典故北京

Beijing

刘一达 · 著

北 京 出 版 集 团
北京十月文艺出版社

图书在版编目（CIP）数据

典故北京 / 刘一达著. — 北京 : 北京十月文艺出版社，2020.11

ISBN 978-7-5302-2054-2

Ⅰ. ①典… Ⅱ. ①刘… Ⅲ. ①散文集—中国—当代 Ⅳ. ① I267

中国版本图书馆 CIP 数据核字 (2020) 第 091169 号

典故北京
DIANGU BEIJING
刘一达 著

出　版　北京出版集团
　　　　北京十月文艺出版社
地　址　北京北三环中路 6 号
邮　编　100120
网　址　www.bph.com.cn
发　行　新经典发行有限公司
　　　　电话（010）68423599
经　销　新华书店
印　刷　北京盛通印刷股份有限公司
版　次　2020 年 11 月第 1 版
　　　　2020 年 11 月第 1 次印刷
开　本　880 毫米 ×1230 毫米 1/32
印　张　14.25
字　数　293 千字
书　号　ISBN 978-7-5302-2054-2
定　价　55.00 元
质量监督电话　010-58572393
如有印装质量问题，由本社负责调换。

作者简介

刘一达，笔名达城、如一。北京人。中国人民大学新闻专业毕业。当过工人、教师、职工学校副校长、北京市委机关干部、《北京晚报》记者。1980 年开始从事文学创作，至今已出版京味儿长篇小说、中短篇小说集、散文集、随笔集、纪实文学、话剧剧本、电视剧本等八十多部，约两千万字，获得过各种新闻奖和文学奖五十多项。其京味儿作品具有一定的影响力，已成为京味儿文化的标志性作家。2016 年，编剧话剧《玩家》，在北京人艺连演几十场。2017 年，成为京味儿小说语言非遗传承人。2018 年，出版十二卷《刘一达京味儿长篇小说集》。已出版的京味儿“虫儿系列”《人虫儿》《再说人虫儿》《画虫儿》等深受读者喜欢，再版多次，畅销不衰。《典故北京》是其积二十多年心血采访创作的有关北京人文历史的最新力作。

目 录

上篇　引经据典

上篇

引经据典

皇都中轴线的故事由儿

记得两年前，跟两个外地朋友逛新修的前门大街，修整后的前门大街通了有轨电车。

这是北京最早的电车，因为最初的电车上装着铃铛，开起来铃铛“当当”直响，所以老北京又把这车叫“diangdiang”车，diang有音没字，只能写成“铛铛”或“当当”车了。

当然，现在的“diangdiang”车只是一个观光项目，并不是北京人出行的代步工具了。看着“diangdiang”车的轨道，我对那两个朋友感慨道：“你们知道脚下踩的是什么地方吗？”

“什么地方？这不是有轨车道吗？”一个朋友笑了笑道。

我对他说：“没错儿，是有轨车道。但你们知道吗？这条道是老北京的中轴线呀！”

“中轴线？”

“对呀！你们往南看，这条线一直到永定门，往北看，这条线一直穿过正阳门，也就是前门，穿过毛主席纪念堂、天安门广场、天安门，穿过端午门故宫的三大殿，穿过神武门，穿过景山、地安门，一直到鼓楼。”

“哦，有这么神奇？”朋友诧异道。

我接着说：“现在你们看到的北京城是明朝永乐皇上建的，建一座都城要有设计方案，要先确定中心点和中轴线。所以说先有中轴线，后有北京城。这条线是北京城的主脉。知道吗，你们踩在北京城的主脉上了！”

“是吗？”听我这么一说，两个朋友顿开茅塞，纷纷拿起手机在中轴线上留影。

中轴线对老北京城的作用至关重要，现在北京城的规划建设也离不开这条中轴线。新时期，北京的城市发展规划多次调整，在国务院批复的《北京城市总体规划（2016年—2035年）》中，北京城的布局和发展方向又有新变化，《规划》明确了“一核”“两轴”“一区”“多点”的城市发展思路。

“一核”，就是有首都功能的核心区；“两轴”，就是中轴线和东西走向的“十里长街”东西长安街；“多点”是指顺义、大兴、亦庄、昌平、房山五个位于平原的新城；“一区”指的是门头沟、平谷、怀柔、密云、延庆及昌平、房山的山区的生态涵养区。

您瞧，这个《规划》是把老北京城的中轴线，作为两个

“轴”的其中之一来设计的。规划吸纳了新中国成立以来京城发展规划的思路，在保护老北京城市“肌理”和基本“骨架”的前提下，又有新的突破。

老北京城的“肌理”，如同人身上的脉络。人身上的脉络再多，也有主干，或者说主动脉。老北京城的主动脉也叫“龙脉”。

“龙脉”在哪个位置呢？这条“龙脉”起于北部昌平区的燕山山脉，向南一直延伸到南苑一带。元大都，即后来的北京城的设计者刘秉忠，正是根据这条“龙脉”，确定的北京城的“中心点”。

您会问了，这个“中心点”在哪儿呢？它就在现在钟鼓楼的西南方向，离鼓楼非常近。

您也许知道，现在保留下来的老北京城是明朝建的。明朝的北京城是在元大都的基础上建的，只是内城向南移了2.5公里，当然了，内城向南移了，北京城的“中心点”也得变，明朝北京城的“中心点”跟元大都基本相同，所以明朝北京城的中轴线，也跟元大都的位置基本相同。

这条中轴线北起鼓楼，南到永定门，全长7.8公里。现在这条中轴线向北一直延伸到奥森公园的仰山，往南一直到南苑的大红门一带。

按照《规划》，这条中轴线还要向北向南延伸。它的延长线，向北一直延伸到昌平的燕山山脉，向南一直到大兴北京新机场的永定河水系。

乖乖，照这么延长，这条中轴线得有上百公里了！它完全可以申请吉尼斯世界纪录了，可以说是世界上所有城市中最长的中轴线了。

除了南北走向的这一“竖”，即中轴线之外，北京城还有东西走向的一“横”。

这一“横”，就是有“十里长街”之称的东西长安街，这一“竖”一“横”，构成了北京城的基本“骨架”，并由此向纵深发展。

东西长安街及延长线，老北京城从建国门到复兴门，约7公里，今后向西延长到首钢西山山脉，向东延长到城市副中心通州和北运河的潮白河水系。

如此一来，原来的7公里，可能就会变成70公里，这一“横”也堪称世界之最了。

有了这一“竖”，明初在元大都的基础上建北京城的时候，其规制也是按《周礼·考工记》“前朝后市，左祖右社”来设计的，“朝”指的是朝廷，也就是皇宫紫禁城。在紫禁城的后面，明、清两朝各有三个大市场，即东四和西四，以及鼓楼前面的地安门外大街。

在皇城的南门天安门的左边，即东边，建有清朝皇帝的祖庙，也就是太庙，即现在的劳动人民文化宫。在天安门的右边，即西边，建有社稷坛，也就是现在的中山公园。

北京城像一块四四方方的豆腐，中间是南北走向的中轴线，以中轴线为界，分为东城和西城，再以东西长安街为界分为南城和北城。

按照《周易》八卦的形制，南和北、东和西所有大的建筑是相对应的，比如内城的城门，西边有阜成门，东边就有朝阳门；西边有西直门，东边就有东直门；西边有德胜门，东边就有安定门；西边有宣武门，东边就有崇文门。

皇城的四个城门也是对应的，南边有天安门，北边就有地安门；东边有东安门，西边就有西安门。

坛庙也是对应的，东边有日坛，西边就有月坛；南边有天坛，北边就有地坛。街道也如是，有西单，就有东单；有西四，就有东四；有南小街，就有北小街；东四有猪市大街，西四就来个羊市大街；南城有花儿市，北城有灯市。

紫禁城内的建筑尤其重视对称。您逛故宫的时候，就会发现，中间是太和、中和、保和三大殿。两边呢，东边有文华殿，西边就有武英殿；西边有弘义阁，东边就有体仁阁；东边有日精门，西边就有月华门。对应得多妙呀！

这种相互对应的关系，充分体现了“中正和谐”“天人合一”的礼法观念，也使都城变得恢宏大气、井然有序。这恰是北京这座历史文化名城的魅力所在。

“子午线”和“北京城”石桩

老北京城是方方正正的，从地图上看，街道的布局横平竖直，像个规矩齐整的棋盘。

我曾去过法国的巴黎、意大利的罗马、埃及的开罗、伊朗的德黑兰等国都，感觉这些城市虽然历史悠久，古建也比较多，但城市的街道没有北京城设计得这么规整。

也许是依河而建的原因，这些城市的街道是随河而呈分散状的，有些街道是斜的，转着转着，又回到老地方，可是外地人到北京迷路的就少。

中国古代设计都城是有严格定制的，都城的定制都写在《周礼·考工记》里了。元朝的大都城和明朝的北京城，都是严格按《周礼·考工记》来设计的。

所以，它的城垣呈长方形，南北端正，左右平直。城市的布局依《周易》八卦的形制，周正严谨，讲究对称，所以才有规规矩矩的街道和建筑。

元大都的设计者是刘秉忠，明朝北京城的设计者是蒯祥，他也是承天门（即天安门）城楼的设计者。

蒯祥生于1397年，死于1481年，明成祖在建北京城时，他和许多工匠一起北上。他不仅木工活儿做得好，而且会画图设计，建完承天门后，升任工部左侍郎。据说明朝北京城的主要建筑，都是由他主持设计的。

古今中外，大凡建一座都城都要依山傍水。水对一座城市来说至关重要，世界上许多大都市都是沿着河道建成的，比如巴黎的塞纳河、莫斯科的莫斯科河、罗马的台伯河、开罗的尼罗河等。北京城最初的设计也如是，离不开河，但北京城的布局不是根据河的走向建的，而是把河含在城里了。

当然说到河，北京城有四重城，紫禁城、皇城、内城和外城，每重城都有城墙、城门楼子和护城河，所以北京城不是依水而建，而是枕水而栖。

按照《周礼·考工记》的规定，建一座城首先要找到它的龙脉，然后定它的中心点，接着再确定它的中轴线。

确定中轴线之前，要明确它的“子午线”。中轴线上的“子午线”，既以阴阳确定中轴线的平衡关系，又体现帝王皇权的“九五之尊”。

什么是“子”？就是夜里11点到凌晨1点这个时辰，它代表

“阴”；“午”呢？就是正午，是中午11点到下午1点这个时辰，它代表“阳”。它是一天的起点，也是终点。由此看来，“子午线”在中轴线上的地位十分重要。

记得小的时候，听胡同里的老人说到“子午线”时，讲过“北京城”的故事。

传说明朝初年建北京城时，在鼓楼前边的万宁桥，俗称的“后门桥”的桥下，立了一根雕着鼠的石桩，上面刻着“北京城”三个字。

这石桩上面还有刻度。老北京人传说，什么时候什刹海的水没过了“北京城”的“北京”两个字，北京城就淹了。

同样，在南边的正阳门，俗称“前门”的护城河桥下，埋了一块石刻的马。

1950年，在“六海”（中南海、北海、什刹海、后海、西海）清淤，疏通河道时，在“后门桥”的淤泥里，挖出了一根一丈长的方形石桩，上面刻着一只鼠，鼠的下面，果然刻着“北京城”三个字。

老北京人经常问小孩儿：“知道‘北京城’在哪儿吗？”这句话别说小孩儿，大人也不见得能回答上来。

“北京城”在哪儿？北京人会说：“这还用说吗？不就在脚底下呢吗？”

老北京人听了会嘿嘿一笑说：“不蒙你，‘北京城’在后门桥下边呢。”

您要是不明就里，肯定得犯晕。其实老北京人说的“北京城”，就是挖出来的这根石头桩子，因为它上面确实写着“北京城”三个字。

20世纪60年代，在修地铁2号线的时候，工人在正阳门前边的地下，挖出了一块石雕的马，也印证了中轴线上的“子午线”并非虚言。

崇文门为什么要敲钟

我小的时候，聊到北京城的时候，常听老人们说“四九城”这个词儿，也听一些老人常说一句顺口溜儿：“里九外七皇城四，九门八点一口钟。”

什么叫“四九城”呢？其实说的就是北京城，准确地说是北京的内城。

我们常说的老北京城，是指明朝建的北京城，它并不是简单的一座城，而是城中有城，城“套”城。

明朝的北京城有四重城，即城的核心：紫禁城，现在的故宫；紫禁城的外面是皇城，皇城的外面是内城，内城的外面是外城。

皇城有四个城门，内城有九个城门，所谓的“四九城”，其实，指的是皇城的四个城门和内城的九个城门，拿城门代替了城。

那句顺口溜儿里的“里九外七皇城四”，说的都是城门。“里九”说的是内城的九个城门，即南边的宣武门、正阳门、崇文门；东边的朝阳门、东直门；北边的德胜门、安定门；西边的阜成门、西直门。

“外七”，说的是外城的七个城门，即永定门、左安门、右安门、广安门、广渠门、东便门、西便门。

“皇城四”，说的是皇城的四个城门，即南边的天安门、东边的东安门、北边的地安门、西边的西安门。

紫禁城也有四个城门，即南边的端门、北边的神武门、东边的东华门、西边的西华门。

“九门八点一口钟”是怎么回事儿呢？原来老北京人没有钟表，平时人们看时间，主要是听挂在城楼上的“点”来报时。“点”是类似钟的响器，看城楼的人根据时辰，按时打“点”。

“点”是什么呢？原来我以为这个“点”，应该是铁器，所以在写这个字时，往往给“点”字加一个“金”字边，后来发现，不单是我，几乎所有在用到“点”字的文章里都用这个字，实际上这种用法是不准确的。

在《大清会典事例·乐部》中，对“点”做了如下描述：“其为乐器名，铜制，中间隆起，边穿两孔系绳，悬而击之。”可见“点”作为铜制的乐器，击打出来的声音，比铁制的钟要悦耳，同时声音也传得远，所以内城的八个城楼是靠打点报时的。

但为什么九个城门有八个打“点”，只有崇文门是敲钟报时呢?

据说是两个原因：一是因为在清朝的北京城，凡是需要纳税的货车，必须走崇文门，崇文门有“税关”之称。

清朝的税分为“户关”和“工关”，“户关”征收的是百货税，隶属户部；“工关”征收的是竹木船钞，隶属工部。当时全国共设四十三处“户关”，崇文门是京城唯一的“户关”，它的衙门设在了今天崇文门饭店的位置。

清朝的崇文门“户关”，设正副督监二人，左右翼督监二人，由于这个职位非同一般，所以由内务府大臣或尚书侍郎兼任，由内务府司员帮办关务。毫无疑问，税官是个肥缺，所以在任上“栽跟头”的“前赴后继”。

另一方面，朝廷又要求商户依法纳税，一旦发现有人偷税漏税，便要杀头，敲钟的意思是给人们提醒，即警钟长鸣。

敲钟的另外一个原因是为了“镇”海兽。

崇文门在元朝叫文明门，因为元朝有名的哈达大王的府第离城门不远，老百姓又俗称哈达门、海岱门。原来崇文门的瓮城里有个庙叫镇海寺，寺内有个镇海的铁龟。

相传远古时代，北京这地界是一片汪洋，也叫“苦海幽州”，崇文门的下面有个海眼，这个海眼直通沧海，在海眼上趴着一个海龟，挡住了汹涌的海水从海眼里冒出来，保住了北京城的平安。

这个海龟，被龙王爷压在庙下，长年沉睡，但只要一听见打点的声音，就会睁开眼睛醒了，只要它醒了就会兴风作浪，北京城便会成为一片汪洋。所以北京人不能让这个海龟苏醒，永远在城楼子下面压着它，不能用打点来报时，用什么呢？于是只好改敲钟了。

“推出午门斩首”是讹传

明朝的北京，内城有九个城门楼子，除了正阳门属于“帝王门”之外，其他都属于“平民门”。

所谓“帝王门”，即平时城门不开，即便开了，一般老百姓也不能走，只能皇上走的门；顾名思义，“平民门”则是平民百姓走的门。

老北京人有一种说法，北京城是按《周礼·考工记》设计的，所以每个城门的位置和名字都是有讲儿的。

古代人重视风水学。风水，也叫“堪舆”。您也许有所不知，明朝北京的内城，除正阳门之外的八个城门，都是按照《周易》的八卦和《奇门遁甲》的说法，来确定的方位：

北方属“坎”位，为“休门”；

东北方属“艮”位，为“生门”；

东方属“震”位，为“伤门”；

东南方属“巽”位，为“杜门”；

南方属“离”位，为“景门”；

西南属“坤”门，为“死门”；

西方的门属“兑”位，为“惊门”；

西北方的门，属八卦的“乾”位，为“开门”。

按“八卦”的说法，“开”“休”“生”“景”是吉门，其他的属于凶门。当然，这是《周易》“天地人”的方位之说，并不足以说明老北京城门的属性。

不过，位于西南方的宣武门，在清朝是走刑车的，您瞧这是不是属于“死门”？

我小的时候，听说书的人讲书，常常听到某大臣惹恼了皇上，于是皇上龙颜大怒，一道谕旨，将其“推出午门斩首”。那会儿，我总觉得故宫的午门是斩首杀人的地方。

长大了以后，才知道敢情“推出午门斩首”，是民间老百姓的一种讹传。

故宫，也就是紫禁城，有四个城门，南边的城门是端门，北边的城门是神武门，东边的城门是东华门，西边的城门是西华门。有人说午门是紫禁城的城门是不对的。

午门为什么叫午门呢？原来凡是城，都有中轴线，有中轴线就有子午线，午门在紫禁城的中轴线上位当“子午”，所以叫“午门”。

古代的皇宫讲究“五门三朝”的建制，紫禁城是明、清两朝的皇宫，在中轴线上设有五座城门，午门的前边是端门；端门的前边是天安门，明朝叫承天门，它是皇城的城门；再往前是大清门，也就是现在毛主席纪念堂的位置，明朝叫大明门，这个门有“国门”之称；在午门的后面是太和门，明朝叫奉天门，后又叫皇极门。

以上五座城门，都在中轴线上，过去，皇帝有“九五至尊”的说法，五座城门的门钉都是上下左右各九排，所以“五门”是用来表现皇权威仪的。

午门是干什么用的呢？它有三个门，正门肯定是“走”皇上的，每年皇上祭天和到先农坛“农耕”都要出这个门，然后走正阳门，穿过“金街”，到天坛和先农坛。

在“五门”中，午门还有特殊的作用，每年的腊月初一，都要在午门举行“颁朔”典礼，向全国百姓颁布次年的历书。

此外遇到重要的战事，皇上派出的军队凯旋还朝，要在午门接受皇上的庆贺，并且举行“献俘礼”，也就是把俘获的战俘敬献给皇上，听候处理。

当然这是打胜仗的情况，打败仗这礼就省了。

在有皇上的时候，午门还有两个特殊的功能，一个是每当殿试结束，考试的前三名，即状元、榜眼和探花在出宫时，要走午门的正门，享受一下皇上的恩典。

另一个功能，是大臣遇有触犯皇上权威，或违法乱纪的时候，皇上要在午门进行“廷杖”，也就是说大臣要在此接受皇上的惩罚。

“廷杖”，就是屁股蛋子上挨板子，这跟“斩首”即脑袋搬家还有一段距离。那么，“推出午门斩首”是怎么回事儿呢?

原来内城西南的宣武门，按《周易》八卦的说法属“坤门”。“坤门”是“死门”，因为清朝京城的刑场设在了宣武门外的菜市口，犯人开刀问斩的刑车，要走宣武门。

当然对犯人来说，这是有去无回的一座城门，据说当年宣武门的箭楼下的西侧，立着一块石碑，上刻着三个字：“悔已迟”。

这碑是清朝刑部立的，以此来警示世人，犯了杀头之罪的人，到这会儿可不是后悔已经晚了吗?

由此看来，犯了死罪的人是被“推出宣武门斩首”才对。

为什么把开刀问斩的事儿，跟皇宫的午门联系到一起了呢?

原来北京人说话频率快，所以常常会出现吞字的现象，比如中央电视台，会让北京人说成“装电台”；告诉他，北京人会说成“告儿他”；这样子，被北京人说成了“酱紫”。同样，“推出宣武门斩首”，被北京人说着说着就讹化成“推出午门斩首”了。

所以，您再听到“推出午门斩首”时，一定要理解成是“推出宣武门斩首”，别糟改人家午门，那可是从前“走”皇上的门。

内城九门都没“钩儿”

内城的九个门有不少传说。我小时候，听老辈人说，这九座城门的洞上，都雕着花纹，有什么花纹，走什么车。

说起来也挺有意思。西直门在元朝叫“和义门”，早年间，西直门的门洞上方刻着几道水纹，寓意是水。

为什么刻“水纹”呢？原来西直门是走“水车”的。

您会问了，走的是什么“水车”呀？是人们喝的水，还是消防队灭火用的水？

当然是人喝的水。

人喝水，城里不是有水井吗？

有是有，可在老北京，城里的井水甜的少，苦的多。

您会说，怎么老北京甜水井少呢？不是有好几条叫“甜水井”的胡同吗？

是，正因为甜水井少，人们才觉得它金贵，所以才以它命名胡同的。

甜水喝不上，老百姓也没辙，苦水也得凑合喝。但到了皇上那儿就不同了，全国就这么一个皇上，哪能让他喝苦水呀？

于是大臣们派人，在京城内外寻找甜水井，然后亲自尝水是甜的，还是苦的。

那会儿也没科学仪器，人们只是根据水的轻重来分辨水质好坏，水轻的是好水，水沉的是差水，其实这种说法毫无科学依据。

怎么知道水重水轻呢？那会儿的人想出了一个傻招儿，用戥子称。您说水质的重量用戥子能称出来吗？这不是蒙皇上吗？您还别说，皇上还真信。

皇宫的太监们喝了好多地方的水，都觉得不行，就喝着玉泉山的水甜。水甜，水质的分量也合适，赶紧呈给乾隆皇上。

乾隆爷喝着也对了口儿，一高兴还亲自跑到玉泉山，喝着那儿的水像是撒了糖，兴趣头儿一来，写了五个大字：“天下第一泉”。

他这一写不要紧，玉泉山的水成了皇上的专用水。每天天不亮，宫里的太监押运着“水车”，从玉泉山走西直门进宫。当时的“水车”是独轮的，车有个木头架子，两边挂着水桶，插着面小黄旗。

“水车”当然不会是一辆。给皇上办什么事儿，都要是吉利数儿。每天给宫里运水的车至少十八辆。“九”为至尊之数，好事要成双，二九不是十八吗？

天还擦黑，嘎吱嘎吱的水车，插着小黄旗，打西直门进城，奔紫禁城，这个场面也算是京城一“景儿”。一直到民国初年，您在京城的街道上，还能看到这种“水车”。有些清宫戏里，也有这样的镜头。

东直门，在元朝叫崇仁门，老北京人认为此门最穷，城的门洞上刻着个方框儿，意思是块砖，东直门是走砖车的。

当年，北京的砖窑、瓦窑几乎都设在东直门外。您想城里哪能有砖窑哇！烧窑一冒烟儿，把皇上给熏着，那可不是闹着玩儿的。城里盖房用砖都从东直门往进拉。

朝阳门，在元朝叫齐化门，是走粮车的，城门洞上边刻着个谷穗。在早，北京没有铁路，从南方运粮食得走运河，这就是有名儿的“京杭大运河”。它的头儿在通县，船到通县，然后再装车进城，走朝阳门。

阜成门，在元朝叫平则门，城门洞上刻着个图案，是一枝梅花，就是代表煤啦。

那会儿，北京城烧煤，都是从京西门头沟煤矿拉。拉煤是用骆驼，京西有不少驼户，专干这个差事，拉煤的骆驼是打阜成门进城的，当时阜成门里，有不少骆驼客店，供他们歇脚打尖儿。

崇文门，元朝叫文明门，俗称哈达门、海岱门，走的是酒车。在早，北京城里不但没有砖瓦窑，也没酒厂。老百姓喝的“烧刀子”，也就是烧酒，都得从外面运。

现在老北京人爱喝的“二锅头”，那会儿还没有。当时的北京爷们儿喝酒，讲究喝“烧锅”（做酒的作坊）的烧酒，“烧锅”就是现在的酒厂，分为“南路烧”和“北路烧”，以“南路烧酒”最有名，南路烧酒的主要产地在大兴的黄村、礼贤、采育三镇，有六个“烧锅”，一直“烧”到20世纪40年代才关张。

拉酒的车走别的门不行，非得走崇文门，因为它得到这儿上税。崇文门是京南的城门，所以老北京卖酒的招牌上全写着“南路烧酒”。官府为了保证税收，跟城南的十八家“烧锅”签订了协议，只准这十八家的“烧锅”进京，他们的酒车和装酒的坛子上全写着“南路烧酒”。有这四个字，就表明这酒是打崇文门进来的，已然上了税。

宣武门，元朝叫顺治门，俗称顺成门，因为菜市口是刑场，是走囚车的，所以也叫“死门”。宣武门出名是因为“午炮”，清朝的大官出行，有“文官敲锣，武官放炮”一说，但宣武门放炮跟官员出行无关。

据史料记载，“宣武门东边的城墙上和德胜门东边的城墙上，每天的午时燃火药炮一声，声震遐迩，用于城中人对时之用”，人称“宣武午炮”。清末，宣武门外的菜市口是刑场，开刀问斩，杀人的地方。戊戌变法的谭嗣同等“六君子”，就是在这儿被害的。

德胜门，元朝叫健德门，明、清两朝出兵打仗走德胜门。这个德胜有讲儿，是以德取胜的寓意。德胜门上面有一个高大的石碑。乾隆四十三年（1778），京城大旱，庄稼颗粒无收，年底，皇上去明陵，走到德胜门，天降大雪，大悦，作了一首祈雪的诗。皇上的诗叫御诗，当然要立碑，把诗刻上，“德胜祈雪”的石碑就成了一景。

安定门，元朝叫安贞门。军队收兵回城，走这个门，当然，跟德胜门一样，是走兵车的。仗还没打呢，就想得胜；打完了仗，就安定了。这只是借个名儿图个吉利。

八个门的瓮城都有关帝庙，只有安定门的瓮城内建的是真武庙，所以有“安定真武”的说法。

正阳门俗称前门，这是跟地安门外的后门相对应的，这个门是专走龙辇的门。龙辇也就是皇上坐的车。

正阳门的城门轻易不开，一年只有两次，冬至开一次，惊蛰开一次。每到冬至皇上要到天坛祭天，惊蛰呢，皇上要到先农坛耕地。先农坛里专门给皇上预备着一亩三分地，叫“演耕田”，皇上到那儿比画两下，表示普天之下，该种五谷啦。

什么门走什么车也不是绝对的，这只是当年的约定俗成，或者说一种有意思的说法，比如德胜门和安定门，一年当中出兵打仗有多少回呀？难道不出兵，就不能走别的车吗？

不是这么回事儿，平时什么车都能走的，其他的城门也如是，宣武门是“死门”，但朝廷不是天天都杀人，所以平时其他车照走不误。

当然，什么门走什么车，到了民国以后，就成了北京人聊天的谈资。

北京内城的九个城门上面都有匾，这些匾都是清末的翰林、书法家邵章（伯褧）写的。他写在纸上，工匠再刻在砖上，然后才嵌到门洞上面的。

九个城门都有一个“门”字，据说这位邵章老翰林怕麻烦，只写九门的名字，而“门”字就写了一个。

这个“门”字的最后一笔，本来是带“钩”的，但老翰林写的时候，这最后一笔没带“钩”，所以，北京内城的九个城门的“门”字都没“钩”。

为什么不带“钩”？相传明朝初年，明太祖朱元璋命中书舍人詹希原给太学“集贤门”写匾，朱元璋看到他写的匾“门”字带着“钩”，不由得大怒，说我要招贤纳士，你却让带“钩”的把门是什么意思？

詹希原说：“不是我让它带钩的，这个字本来就有钩。”

朱元璋说：“咱让你写的门字就不能带钩。”于是让人将詹希原推出去斩首。

后来，朱棣当了皇上，依然按他爹定下的老规矩，门字不能带“钩”，这种风尚一直传到了清朝，所有城门上的门字都不允许有“钩”。

细琢磨起来非常有文化，早在20世纪20年代，瑞典人奥斯伍尔德·喜仁龙出于对老北京的热爱，把北京的各个城门给勘查和考证了一番，照了不少照片，出了一本书，名儿叫《北京的城墙与城门》，留下了许多珍贵的资料。

现在老北京内城的城门，仅剩下正阳门和德胜门的箭楼，外城的城门，仅剩下东便门的箭楼，还有前几年修复的永定门城楼，其余的城楼只能在喜仁龙的书里和当年留存的老照片里追忆了。

民国时期的北京“三门”

老北京内城的九个城门，都有城门楼子，而且城楼和箭楼之间有瓮城，这些城门楼子和瓮城，现在只剩下正阳门的城楼、箭楼和德胜门的箭楼了，不过地名还在。

老北京内城的城门楼子几乎都在地铁2号线上。因为老北京内城的城墙，相当于现在的地铁2号线，当年建这条环城地铁，就是顺着内城的护城河往下挖的。所以当您乘坐地铁时，就会听到这些带“门”字的站名。

有朋友问：“地铁2号线上带‘门’字的地名原来都有城门楼子吗？”

这话把我问蒙了，我想了想告诉他：“北京内城的城墙是明朝修建的，凡是明朝建的城门都有城门楼子。”

“那建国门和复兴门呢？”朋友问道。

我对他说：“这两个城门，还有和平门都不是明朝修的，所以没有城门楼子。”

他问我：“这是怎么回事儿呢？”

说来话长，老北京内城的城门之间隔得比较远，比如朝阳门往北是东直门，往南是东便门，东便门往西是崇文门，当时的东西长安街没有现在这么宽，但已经是东西走向的主要干道，可是由于有城墙挡着，如果您去现在的建国门外办事，就只能绕道朝阳门或东便门。西边的阜成门到西便门也是这种情况。

清朝实行的是“满汉分置”，内城住的都是旗人，而且也基本上没有什么商业服务业，所以，人们并不觉得怎么别扭。

清朝末年取消“满汉分置”，内城不但允许汉族人居住，而且老百姓可以开商铺做买卖，一下子觉得走朝阳门和阜成门忒绕脚了，于是呼吁政府“破墙开门”。

可北洋政府执政后，一直战乱不断，官员如同“走马灯”，谁也没心思管这事儿，于是“破墙开门”这事儿就石沉大海了。

“七七事变”日本侵占北平以后，以为从此就不走了，野心勃勃地对北平城进行过改建的规划。1939年，日本人开始在西郊兴建所谓的“新北京”，在东郊兴建所谓的“工业区”，当然也遇到了同样的城墙问题。

为了便于交通运输，他们在东边朝阳门到东便门之间，对着东长安街的城墙，开了一个豁口。同样，在西边阜成门到西便门之间，对着西长安街的城墙，也开了一个豁口。

这两个豁口修整出来，能通车了，日本人却没有考虑建城门。当然，他们主要是想解决交通问题，其他事儿不管。出于安全需要，在这两个豁口处，各安装了一个大铁门。

1941年初，北平的日伪当局曾经想在这两个豁口建城门，并且初步拟定了城门的名字。西边的叫“长安”，东边的叫“启明”，不过城门迟迟没开工，两个城门的名字也没叫起来，北平的老百姓只把这两个豁口叫“豁子”。

1945年抗战胜利后，国民党北平市建设局在西边的豁口建了一个城门洞，并且安装了大门，这就是所谓的城门。当时，在城门不远处还立了一块石碑，上书“中华民国三十五年北平市建设局”，以此证明他们是城门的建设者。

东边的豁口并没建城门，但豁口也有铁门，总得给这两座城门起个名字呀，北平市政府为这两个城门在报纸上向市民征求名称，市民起的名字很多。有人就建议，不是抗战胜利了嘛，干脆这两座城门一个叫胜利东门，一个叫胜利西门得了。

当时在政府社会局工作的沈忍庵老先生，从日本投降以后，正是复兴建设的时期这个意思着想，建议两座城门的名字叫“复兴”和“建国”。

经过建设局的讨论，最后采纳了沈先生的建议，确定西边的城门叫“复兴门”，东边的城门叫“建国门”。

东边的建国门始终没建城门，1956年7月，东西长安街开始扩宽改造，复兴门的门洞被拆除，现在只留下了地名。

在二环路上，还有一个带门的地名叫和平门，说起这个门，北京人得感谢一个人，谁？冯玉祥。

怎么和平门跟冯玉祥还有联系？这个故事您听着新鲜吧？

您肯定知道和平门在正阳门和宣武门之间，清末民初的时候，可还没有这个门。当时琉璃厂的厂甸庙会十分火，但厂甸在内城的外面，中间有高高的城墙相隔，城里人想逛厂甸庙会，得绕道宣武门。

恰好民国初年，政府要在宣武门和正阳门之间修一条南北走向的马路，所以老百姓呼吁政府在两门之间破开城墙，打通道路。但当时是北洋军阀执政，你方唱罢我登场，谁也顾不上这个茬儿。

1924年，冯玉祥的部队进驻北京，鹿钟麟当了京畿卫戍总司令，就是把溥仪赶出紫禁城的那位将军。

这位将军听说老百姓想在宣武门和正阳门之间的城墙开个口子，打通南北道路，但是没人管，便把这事儿跟冯玉祥说了。

冯玉祥一听这话，对鹿钟麟说："连个城门都修不了，算什么政府。他们不管，咱们管！"

鹿钟麟觉得他说的话在理儿，可也犯了难，咧着嘴说："对，咱们部队的宗旨就是'不扰民，真爱民，誓死救国'，可是咱们要钱没钱，怎么管呀？"

冯玉祥一拍大腿说："没钱，咱们有人呀！"

"人？人在哪儿呢？"

"你手下的部队不是人吗？"

"是。"鹿钟麟顿时明白了。

冯玉祥大手一挥，对鹿钟麟说：“你就是总指挥，这段城墙咱们的队伍包了！”

于是乎，鹿钟麟成了建这个门的总指挥，一方面找人测量，一方面派人动员城墙两边的老百姓拆迁。当时，城墙内外还住着一百多户人家呢。

那会儿，拆迁也得给人安置费呀，上哪儿找这笔钱去呢？鹿钟麟只好又去找冯玉祥。

据史料记载，冯玉祥派人找当时的财政部要钱，部长没给。他亲自去找，并且跟部长拍了桌子，才弄了一笔拆迁款，把这事儿给解决了。

老北京的城墙十分坚固，城砖都是灌了糯米汤的，当时拆城墙没有机械，全靠镐刨钎撬。这些军人穿着灰色的土布军装，在拆墙时非常卖力气，鹿钟麟也身先士卒，亲自参加劳动。

当时的报馆记者还拍下了鹿钟麟穿着军装，戴着“不扰民，真爱民，誓死救国”的臂章，在工地上挥汗如雨干活儿的照片，登在了报纸上。

城门用了几个月终于建好，当然，说是城门，实际上是利用老城墙，开了两个大的门洞，并且用新的材料，安了两个大铁门，所以工程不是很大。

和平门从1926年动工，到1927年初便建成通车了。但是城门刚通车，冯玉祥的部队就被张作霖的奉军打败，撤离了京城。

张作霖在北京当了大元帅，得知新开了个城门，前去视察。

他看了之后，对手下人说：“既然叫城门，得有个名字呀！

你们都想想，叫什么好？”

有人给张大帅出主意：“咱们奉军打了胜仗，您又当了大元帅，这也算是兴我中华呀，干脆叫‘兴华门’吧。”

“嗯。”张作霖想了想，觉得这个名字好，当下做了批示，于是这个城门就叫兴华门了。

城门名字起好了，得把它“挂”出来呀，谁来写这个城门的名字呢？

有人提议找当时最有名的榜书大家华世奎。张作霖当即同意，于是派人到天津，找到了华世奎。

华世奎不敢违命，泼墨挥毫，题写了城门的名儿。很快，华世奎题的字便用砖雕，嵌在了两个门洞的上方。

谁知事情又发生变故，张作霖在起兴华门的城门名之前，干了一档子青史留罪名的事儿，他派人到北京的东交民巷苏联大使馆，逮捕了李大钊等共产党领导人，并不由分说，很快把李大钊等人判了绞刑。

兴华门的城门名儿叫了几个月，有人对张作霖说，李大钊有个女儿叫“星华”。“星华”跟“兴华”可是同音，这个城门叫“兴华”，岂不是给李大钊留下永久的纪念？

张作霖本来就很迷信，听了这话，瞪起了眼珠子，下令马上改名，并且让手下人重新起名。

当时军阀混战，人们渴望和平，于是有人引用“中正和平”之义，提议将兴华门改名叫“和平门”，当然还有其他的名字，张作霖看了，认为和平门最好，当下圈定。

谁来写这三个字呢？肯定不能再找华世奎了。有人推荐北京的老翰林邵章，邵章是浙江人，也是清末民初京城的“四大书法家”之一，老北京内城的城门名字都是他写的。

张作霖觉得邵章写合适，当即拍板。于是把门洞上“兴华门”的砖刻凿下来，让邵章题写了“和平门”的匾额嵌了上去。

有意思的是，和平门叫了没半年，又改回去，重新叫兴华门了。

关于改名有几种版本，其一是日本天皇的国号叫昭和，他们认为和平门有对天皇不敬之嫌，当时统治北京的是奉系军阀，迫于日本人的压力，只好改名。

当然这只是一种传说，而且改叫兴华门，门洞上的“和平门”匾并没动，只是官面儿上改了叫法。

不过，回炉的兴华门还没叫起来，一年以后，北伐军就打败了奉系，张作霖逃离北京，北伐军进入北京后，又恢复了和平门的名称。

通过和平门城门的名字的变化，您不难看出它有多重要，如果说城门是政权的象征，那么城门的名字，就是权力的象征。

和平门的城门，在20世纪60年代修地铁2号线拆南部城墙时被拆掉。跟复兴门、建国门一样，民国时期北京城修的这三个城门，现在只留下了地名。

老北京的“政府”顺天府

北京是都城，在有皇上的年代，是皇上办公的地方，换句话说，是中央政府所在地。

不说您也明白，中央政府管的是全国的事儿，那么，北京地面儿归谁管呢？按现在的说法，是归北京市政府管。北京是中央的直辖市，跟各省和自治区是平级，但规格要高一些。

明清时期的北京市政府，不直接叫“政府”，而叫“顺天府衙门”，或者直称“顺天府”。以后您要是看到书上有“顺天府”三个字，就要想到这儿说的是北京的事儿，当然，北京前边要加上一个“老”字。

元世祖忽必烈定都大都（北京）之后，改金朝的大兴府为大都路总管府。明朝建国后，首都在南京，将元朝的大都路总管府改为北平府。

明永乐元年（1403），将北平改为北京。这是历史上北京这个地名的肇始之年，换句话说，北京这座城市是从什么时候开始叫北京的呢？准确地说是1403年。

北平改北京了，北平这个地名当然就不能用了，所以把北平府改成了“顺天府”。清朝的“顺天府”在哪儿呢？在东城区交道口的东官街，即现在东城区教育学院的位置。

明、清两朝的“顺天府”，也就是北京市政府，管辖着五州十九县。

五州是通州、蓟州、昌平州、涿州、霸州。

十九县是大兴、宛平、房山、良乡、三河、武清、宝坻、宁河、香河、保定、文安、大成、固安、永清、东安、顺义、怀柔、密云、平谷。

您看了这二十四个州县，就会发现其中一多半属于现在的河北省。没错儿，当时的河北省的大部分属于直隶。在这二十四个州县里，真正属于北京的只有大兴和宛平两个县。

大兴县和宛平县的衙门也在城里，分别管辖城区和近郊的一些村镇。其余的州县虽然归“顺天府”管，但地方上一些具体事务，则要由“顺天府”的府尹（相当于市长），与直隶总督（相当于省长）协商处理，换句话说，这些州县属于双重领导。

“顺天府”所管辖的地方大都靠近帝都，可以说是皇上眼皮子底下的地面儿，所以府尹（市长）要比一般的知府高三级，为正三品，而一般知府只有从四品，跟通政司、大理寺、詹事府、太常寺等中央一级的“一把手”同级。

清朝到了三品的部门，通常用的是铜印，而皇上却给了“顺天府”特殊待遇，让他用的是银印。

此外，“顺天府”的府尹，还有一个其他知府做不到的地方，他手眼通天，可以直接向皇上奏事，而其他知府要想奏事，得通过督、抚转奏，直接把奏本递到皇上手里，没门儿。

因为京城的地面儿就在皇上的眼皮子底下，所以清朝皇上十分重视“顺天府”，从雍正元年（1723）之后，明确规定“顺天府”的府尹，必须由特命大臣一人兼管，由六部尚书、侍郎兼任。说白了，“顺天府”的府尹必须是皇上的心腹之人兼任，这本身就提高了“顺天府”的等级。

“顺天府”衙门的机构设置，除了由皇上指派的大臣兼任府尹之外，还设有：

府丞一人，主管教育和考试。

治中一人，主管钱粮、户籍、土地、农事。

通判一人，主管诉讼、礼仪以及各类城管杂项。

经历一人，主管各类文书文稿的收发。

照磨一人，掌管核对文书及乡试缮册，兼管“顺天府”乡试、会试的考场。

司狱一人，主管刑部所送盲流和流亡犯人的收押和遣返。

此外，还有府学教授、训导各二人，他们除教学外，还负责保管书籍、文庙祭器、乐器等；

此外，“顺天府”衙门还设有堂房，相当于今天的秘书处；

本房，相当于今天的档案室；承发房，相当于今天的收发室。

与此同时，与中央机构的“六部”相对应，设有吏、户、礼、兵、刑、工“六房”。

您看着“顺天府”衙门的机构不少吧，其实机构庞杂，办公人员并没几个，拿“六房”来说，每个“房”，只有一两个人。据史料记载，清光绪年间的“顺天府”，所有办公人员加起来只有七十二人。

“顺天府”衙门的级别不低，但管理权限却并非想象得那么大。俗话说，京官难当，这并非虚言。因为府衙设在京城，同时与中央的各个部并存，“铁路警察，各管一段”，所以许多事务往往会受到制约。

比如属于军事上的事儿，统归步军统领衙门管理，“顺天府”是不能插手的，即便步军统领衙门的人在京城的地面儿上犯了事儿，“顺天府”也无法干预。

这还不算，一些中央单位有时还直接插手京城地面儿上的事儿，例如属于监察部门的五城巡城御史衙门和五城兵马司，属于工部的督理街道衙门经常插手京城地面儿上的事儿，让“顺天府”无所适从。

在清朝，宗人府的权力非常大，它的地位甚至在内阁和“六部”之上。宗人府主要掌管皇族的事务。宗室和觉罗如果触犯法律，“顺天府”管不了，要由宗人府来处理，所以，宗人府经常掣肘“顺天府”的案件处理，弄得“顺天府”束手无策。

尽管如此，清朝皇上对“顺天府”的官员要求很高。现在，北京市东城区教育学院里头有个礼堂，它就是当年“顺天府”的大堂。

当时的大堂悬挂着“肃清畿甸”的匾额，并有雍正皇上御笔题写的训词：“畿甸首善之区，必政肃风清，乃可使四方观化，非刚正廉明者，曷克胜任。”

“顺天府”在京城还有“府办”的学校，叫“府学”。“府学”设在现在的东城区府学胡同65号，府学胡同的地名，就是根据“府学”起的。

“顺天府”的“府学”是明永乐元年（1403）由“大兴县学”改的，占地面积不小。民国以后，这里改为第十八小学、英文补习所，还有文丞相（文天祥）祠。新中国成立后，改为府学胡同小学和文丞相祠。

当时的河北省叫直隶，“顺天府”说是北京政府，管辖的地面儿大致与当时的直隶相同，而真正管理京城地面儿的是“京县”，即大兴县和宛平县。

京城的地面儿以中轴线为界，东边的归大兴县管，西边的归宛平县管。

大兴县署在东城区交道口南路东的大兴胡同。这条胡同也是因为有大兴县衙门，才叫这名儿。

大兴县的名字起于金朝的天德五年（1153），又有一说是金贞元二年（1154），将析津县改为大兴县。

大兴县署最早在城南，据《顺天府志》记载，元大兴县治所在大都城南（现在琉璃厂一带），明洪武三年（1370）始移到北城教忠坊，也就是现在的大兴胡同。

据史料记载，大兴县署占地约4000多平方米，有大门、仪门、大堂、二堂等，署内有六进院子。

辛亥革命后，于1914年10月4日，废“顺天府”，改为“京兆地方”，下辖大兴、宛平等二十县。

民国十六年（1927）首都迁到南京，1928年，国民党南京国民政府下令，把直隶改为河北省，北京改为北平。同时把北平定为特别市。“京兆地方”所管辖的大兴、宛平等二十县，划归河北省。

1935年3月，大兴县政府迁到南苑大红门，1937年“七七事变”后，大红门的县治所迁到南苑镇营市街。

1949年，大兴县人民政府在青云店办公，1954年县委、县政府迁到黄村镇，从此，黄村镇成了人民政府所在地，一直到现在。

而原来的大兴县署，其遗址在新中国成立后成了北京市公安局东城分局的一部分建筑，现在已经看不到什么遗迹了，只留下了一个地名。

宛平县署在地安门大街的东官房。东官房这个地名，也是由宛平县署这儿来的。衙署是明洪武三年（1370）建的，万历十八年（1590）重修，以后也经过多次修建。1928年底，宛平县署由地安门迁到了卢沟桥旁边的拱极城内。

拱极城早年叫拱北城，清朝才改叫拱极城，意为拱卫京师的桥头堡，全城面积才20公顷，有城楼、瓮城、敌楼、角楼，城内有军事衙署、营房等，实际上，就是一座军事防御的城堡，因宛平县署搬到这儿来，所以才改叫宛平城。

1937年7月7日，发生了“卢沟桥事变”，日军的炮火轰炸了宛平城，宛平县署也遭到了破坏，被迫迁到了长辛店的老爷庙，即现在的长辛店镇政府办公。

1952年，宛平县又划归北京市管辖。不久，宛平县被撤。1984年，国家对宛平城进行了修整，今天这里已成为旅游胜地。

地安门西大街的宛平县署，自县被改制后，便成为民居，现在已经没有任何遗迹，唯有东官房这个地名，能让人想到这儿的一些普通民居，当年正儿八经还是北京的政府机关呢。

京城“五大镇物”之谜

一

镇物，说白了就是震慑妖魔鬼怪和邪祟的物件。能做镇物的东西很多，但这个物件是有讲儿的，而且摆放的地方，要跟风水堪舆相结合来确定。

一般人理解的镇物，也许就是镇宅的物件。这种理解没错儿。过去，老北京人居家过日子非常讲究风水，尤其是住的地方。

风水，在中国古代是门学问。这门学问在民间，已经渗透到老百姓的日常生活之中，而且有些已经成为民俗，举个最常见的例子，风水学讲究住的院子不能门对门，即所谓“两门相对，必有一冲”。“冲”，就是相互冲撞、相互抵触的意思。

所以，您看老北京胡同的院门，没有门对门的，南北或东西建门，总要错开一点儿。当然，门对着门，院里人出来进去的也觉得别扭。

再有北京人住的房子院子是什么朝向，有时无法选择，但不同的朝向，该摆放什么东西，却是有讲儿的。

记得有一年，我到著名演员王铁成家里做客。王先生是老北京人，也是一位玩家。当时，他在顺义马坡建了一栋很气派的别墅楼，当然住房的面积很大。

在参观王先生的住宅时，我发现在每层楼的角上都摆着奇石，而且院子里种着“金玉满堂”的花木，即柿子、玉兰、石榴、西府海棠。

老北京的宅子讲究种这些花木，这我懂，但每个房角摆放奇石，我还是有些不解。

王先生看出我的疑惑，笑着对我说：“这些石头可不是随便放在那儿的，它们都是镇物。”

“镇物？”

王先生笑道：“我是在胡同长大的，一个小小老百姓，住这么大的宅子，没有镇物镇宅，那肯定会倒霉的。”

“为什么要用石头呢？”

王先生想了想，对我说：“石头看上去平淡无奇，但它是大自然造化而成的。每块石头都有几亿甚至几十亿年的历史，所以拿它来镇宅再合适不过了。说老实话，有这些石头镇宅，夜里睡觉心里都踏实。”

镇物原来会有这么大的功能？当然镇物跟风水学有直接关系。风水学起源于《周易》八卦和阴阳“五行”，并非是迷信，其中也有许多科学道理。

过去，老北京人住的房子，被所谓的“煞”给“罩”住了。怎么办？搬家，一时半会儿找不到合适的房子，只能想别的辙。

什么辙？请风水先生指点一下吧。这时，风水先生可能会让您找块泰山石，上面写上五个字——“泰山石敢当”，然后，摆在院子门口特定的位置。这块石头，就是所谓镇物。

当然，这些都属于民俗，而且这种民俗在民间已经流传了几千年。

二

住家讲究风水和镇物，城市也讲究有“镇”。您如果到一些小县城旅游，会发现县城周围的某座山上往往会建一座塔，或建一个亭子。其实这塔或是亭子，不仅是为了增加城市景观，而且也是这座城的镇物。

同样，当年老北京城也有镇物，按《周易》八卦和阴阳“五行”形成的风水格局，除了用“苍龙、白虎、朱雀、玄武”这“天之四灵，以正四方”外，还要根据阴阳“五行”相生相克之说，在京城的四周设置镇物。

按这种说法，老北京一共设了“五大镇物”，这“五大镇物”分别是：

东方为“木”，所以在北京的东南，广渠门外二里远的地方，摆放着一根特别大的木头，名叫“樟扁头”，号称“神木”。

西方为“金”，所以在大钟寺摆放着“永乐大钟”。

南方为“火”，因此在永定门外筑有“燕墩”。

北方为“水”，特地在颐和园昆明湖东岸放了一个“铜牛”。

中央为“土”，所以把挖紫禁城护城河（俗称筒子河）的土，特意在现在的景山公园内增筑了万岁山。

其实，这座山在建元大都的时候已经有了，只是很矮，元朝，这座小山就叫“镇山”。

老北京的这“五大镇物”，现在基本上得到了许多专家的认可，您查有关北京的历史文献，也有相关的记载。

不过，我查了一些明、清两朝的历史文献，以及1949年后有关北京历史风物和风土民情的著作，发现有关老北京城镇物的说法极少。明确说出北京城有“五大镇物”的文章，主要发表于20世纪90年代末期以后。

其实，早在元朝初年，刘秉忠设计大都城时，便按照“五行”风水镇局，以及金木水火土相生相克的说法，在京城的周边设置了镇物。

但是到了明朝，在元大都的基础上，对北京城又进行了重新设计和布局，所以上面所说老北京的“五大镇物”，除了“燕墩”和“镇山”（景山）之外，都是明朝以后设置的。

下面，分别跟您聊聊这几个镇物。

三

先说这“五大镇物”目前摆放的位置，有人认为跟“五行”的说法对不上号。从明、清两朝的北京城地图上看，颐和园的昆明湖应该在北京城的偏西，大钟寺则在北京城的西北，“神木”所在的广渠门外，应该在北京城的东南。

为什么镇物摆的位置，跟“五行”之说的位置正北（水）、正西（金）、正东（木）不一致呢？

对此，最初我也有点儿疑义，后来查看了一些资料，才弄明白这种摆放的道理。

“五大镇物”按“五行”原理摆放的位置，应该叫“五方镇物”，它们之间是相生相克的关系，即木生火，火生土，土生金，金生水，水生木。反过来是金克木，木克土，土克水，水克火，火克金。

这种相生相克的关系，是在运动中进行的，五行之所以叫“五行”，就因为它们不是静止的，而是运动的。所以在确定“五方”时，要考虑《周易》八卦的其他条件，京城的“五大镇物”就是在这些因素下产生的。

有意思的是，这“五大镇物”摆放的时间拉得非常长，比如东方的镇物“神木”，据反映明朝北京历史的志书《春明梦余录》记载：“京师神木厂所积大木皆永乐时物，其中最巨者，曰‘樟扁头’，围二丈，外卧四丈余，骑而过其下，高可隐身。”

显然，这根“神木”是明初永乐年就有的。

据《明史》记载，永乐四年（1406），“帝将营（建造）北京，命礼（礼部尚书）取材川蜀（四川），礼伐山通道，奏言得大木数株，皆寻丈，一夕（一天晚上），自出谷中抵江上，声如雷，不偃（没放倒）一草。”

巨木从山下运到江边，准备装船的时候，突然发出雷一样的声音，但并没惊动草木。您说这不是“神”了吗？

永乐皇上听了礼部尚书的奏言，自然兴奋，本来让这位尚书去找镇物，现在找到的镇物不但奇大，而且还会“说话”。

皇上心想这是江山永固的吉兆呀！他不但封这木头为“神木”，而且“天子以为神，名其山曰神木山，遣官祠祭”。

后来，“神木”运到北京，按“五方”之说，把它放在了都城东南的崇文门外。

据明朝的《京师五城坊巷胡同集》记载，“崇北坊”内有“神木厂大街”的地名。“崇北坊”包括现在的花儿市大街，这说明当时的“神木”放在了这里，换句话说，花儿市大街最早叫“神木厂大街”。

“神木”大约是在清朝初年被搬走的，因为改朝换代了，前朝的镇物当然也要改动。在清朝的《乾隆京城全图》上，原来的“神木厂大街”，已经换成了“花儿市大街”。

这根巨大的“神木”在清朝依然还在，不过早已经挪了窝儿。据清朝文献《宸垣识略》记载，“神木”摆放的位置被挪到了“广渠门外二里许”。那里有地名“黄木庄”，即摆放“神木”的地方。

清乾隆二十三年（1758），乾隆皇上得知“神木”的事儿，亲自到现场查看，并写了一篇《神木谣》。

在这首《神木谣》中，有：“天三巽一含精腴，深山大泽连林扶……远辞南海来燕都，甲乙青气镇权舆。”说明这“神木”之“神”在“镇权舆”。于是把此地封为“神木厂”，并且每年派官员到此祭祀。

据当地老人介绍，“神木”直到20世纪50年代还在，后来破除迷信，“神木厂”变成了菜地。

有意思的是，当时，方圆几十里的老百姓，听说“神木”的木头能治病，便有的带着锯，有的带着刨，蜂拥而至，争先恐后地刮凿“神木”的皮和碎屑，然后拿回家熬药。

不到两个月的时间，“神木”便进了寻常百姓家，让人们变换各种方式给“吃”了。昔日的镇物居然被人“蚕食”，说来有些不可思议。

但“神木”真就这么没了。如今，只留下了“神木厂”的地名。

四

颐和园昆明湖的东岸那个镀金的铜牛，是乾隆二十年（1755）铸造的，可以说跟乾隆爷作《神木谣》是前后脚。

这座铜牛看上去非常精美，身长1.75米，宽0.84米，高1.14米，背上用篆书刻着八十个字的《金牛铭》。

我年轻的时候，每次到颐和园，看到这头铜牛总是纳闷儿：为什么在昆明湖的岸边，放一头铜牛呢？

后来，跟颐和园看园子的老人聊天，他告诉我说："这个铜牛是考察昆明湖的水位的，昆明湖比紫禁城的地基高约十米，在早，只要下大雨，昆明湖一带就闹水患，为了防止湖的东堤决口，淹了紫禁城，所以在这儿设置了铜牛。下雨的时候，观察湖水是否接近铜牛的水位线，以便加强防护，免得皇宫遭淹。"

铜牛摆在这儿，是为了观察水位的，这个说法困惑了我很长时间。我实在搞不明白，为什么皇上要铸个铜牛，摆在昆明湖边测水位。

再后来，又有人告诉我，湖边摆铜牛是为了镇水怪的。

我查了一些史料得知，古代人认为牛可镇水，这种传说是大禹治水的时候流传下来的，后来变成了民俗。在南方一些大的河流岸边，确实可以看到各种材质筑的牛。

但北京那么多水面儿，为什么只有昆明湖才有呢？这似乎也说不通。直到前些年，京城"五大镇物"的说法流传后，我才恍然大悟。

说起来，京城的"五大镇物"虽然齐全，但设置的年头是不一样的，比如南方的"火镇"燕墩，与西方的"金镇"永乐大钟，设置的年头隔着一百多年。

燕墩，京城的老百姓又叫"烟墩"，这倒也对，因为据史料记载，元朝的燕墩是个烽火台，而烽火台本来也叫"烟墩"。同时，"燕"字在北京话里，发声就是"烟"的音。

在永定门外大街的路西上坡铁道的南侧，有一座砖台，上面竖立着一个高大的石碑，这就是京城著名的碑刻之一：乾隆燕墩御制碑。

碑体南北两面，分别刻有乾隆十八年（1753）汉文和满文对照的《御制皇都篇》和《御制帝都篇》，这两篇碑文都是乾隆爷的御笔，记录了幽燕之地北京的历史风貌，被史学家称为北京的“史记篇”。

燕墩的位置，在元朝初年是个烽火台，明朝嘉靖三十二年（1553），修建北京的外城时，在这个位置建了一个高大的墩台。

墩台是下宽上窄的立方体，墩台下部的四边，都是14.87米，底部到台顶高19米，顶部各边长13.7米，呈正方形。底部北面有一个门，从这个门进去，循台阶而上，一共45级台阶，可以从顶的西南角到台上。

这个燕墩始建于哪朝，似乎没有什么争议，因为有一首《燕墩竹枝词》说得很明确：“沙路迢迢古迹存，石幢卓立号燕墩。大都旧事谁能说，正对当年丽正门。”这里的“大都”，即元大都。

换句话说，燕墩是元朝大都城的镇物，但城的镇物肯定不会是一个。那四个镇物在哪儿，从史料上难以查找。

五

咱们再看西方的镇物大钟寺的大钟。

大钟寺是因为寺内有“永乐大钟”，所以俗称大钟寺，就像北京的妙应寺因为有白塔，一般人都叫它白塔寺一样。

其实，大钟寺本来的名字是觉生寺，它建成于清雍正十二年（1734），现在大钟寺山门上的匾“敕建觉生寺”，就是雍正皇上的御笔。

雍正皇上为什么要建这个寺庙？根据《敕建觉生寺碑文》所记：这里（指现在大钟寺的位置）是“寂静清修之地”，在这儿可以“以无觉之觉，觉不生之生，所谓觉生也”。

换句话说，当年这里非常寂静，雍正皇上有时心里觉得烦躁，可以在这儿静下心来，思考人生。

由此可知，当年的觉生寺跟镇物没有一毛钱关系。那么，它后来怎么成了镇物呢？

其实，寺庙本身压根儿就不是镇物，我们所说的镇物，是寺庙里放的物件。

什么物件？就是现在这座庙里摆放的那口“永乐大钟”。原来，这口大钟才是镇物。

说到“永乐大钟”，您肯定会想到悬挂在钟楼上的那口大钟。没错儿，那口大钟，也是明朝永乐年间铸的，也叫“永乐大钟”。

您会问了，那口大钟怎么跑到觉生寺去了？难道就是为了做镇物吗？

其实，您有所不知，当年永乐皇上铸造了两口大钟，一口钟是为了报时用的，另一口钟是为了让老百姓听“梵音”的。

报时用的钟，自然要悬挂在城市的中心位置钟楼之上。现在这口“永乐大钟”依然没动地方，只是失去了报时功能。

听“梵音”的这口大钟可就有故事了。

这口大钟，通高6.94米，钟口直径3.3米，钟唇厚度220毫米，重约42吨，钟身内外铸满用楷书写的佛教有名的经文，总计22.7万多字，书法相当工整，相传是由当时的书法名家沈度写的。

这口大钟的重量，比钟楼上的那口略轻，但经文铸造工艺极高，被称为世界“钟王”。当然大钟寺也是因为这口大钟而得名。

这口大钟铸好了以后，放在哪儿呢？有人提议放在这个庙，有人提议放在那个庙，永乐皇上一时难以定夺，这口大钟就一直在铸钟厂放着。

话说到了万历年间，万历皇上的母亲慈圣李太后，是个非常虔诚的佛教徒。有一天，老太后做了一个梦，梦见自己在京城的西边修道成佛，坐着莲花到了极乐世界。

自打做了这个梦，老太后一天到晚变得神神道道的，她以为自己真成了神仙，弄得儿子万历皇上常常不知所措。

司礼监掌印太监冯保是个机灵人，听老太后说起这个梦，心里有了主意，为了讨好皇上，他对皇上献计说，老太后既然梦见自己成仙，咱们干脆就给她修座庙吧。

万历皇上觉得这个主意不错，就让冯保去办。于是冯保四方筹资，在西直门外，建起了这座寺庙。万历皇上了解老妈的心意，把庙取名万寿寺。

万寿寺建好之后，有人想起了那口闲置多年的“永乐大钟”。那口钟铸满经文，老太后听了大喜。

皇上为了了却老妈的佛愿，于是就把这口“永乐大钟”挂到了万寿寺。庙里的和尚每天在吉时击钟，传送“梵音”，倒也合了老太后的心愿。

光阴荏苒，“永乐大钟”安到万寿寺以后，过了些年，老太后和万历皇上相继去世。再后来，万寿寺着了一把大火，寺庙被焚毁。

又过了若干年，后来的皇上得知万寿寺的来历，在原地对万寿寺进行了重建。由于原来安放大钟的钟楼很高，而新建的钟楼安不下这口大钟，所以，大钟被弃于庙外。

清乾隆年间的文人吴长元在《宸垣识略》中，对万寿寺的大钟做了详细描述：大钟“铜质精好，字画整隽，相传为沈度笔，少师姚恭靖公监造，名曰华严钟，击之，声闻数十里。有敕建碑，大学士张居正撰。后钟弃于荒地。本朝乾隆十六年，移钟于城北觉生寺”。

从吴长元的这段话里，我们得以知晓万寿寺的大钟后来的遭遇。也许是因为它太大了，一般的庙装不下它，所以才被抛弃在荒郊野地，无人过问。

后来，乾隆爷知道了这件事儿，亲自到万寿寺外看了看这口大钟，为大钟的精美叹服。正好，当时他在勘定京城的“五大镇物”，于是便下诏，将大钟移到了他老爸建的寺庙觉生寺。

如果吴长元说的时间准确，万寿寺的大钟就是乾隆十六年

（1751）移到觉生寺的，而昆明湖畔的铜牛，是乾隆二十年（1755）铸造的，他写《神木谣》是乾隆二十三年（1758）。您看，这几个镇物的确定，可都是前后脚呀！

据史料记载，乾隆把万寿寺的“永乐大钟”移到觉生寺以后，这座皇家寺庙就有了新的用途，从乾隆五十二年（1787）以后，这里成了乾隆皇上祈雨的地方。

每当遇上大旱无雨的年头，乾隆皇上便到这儿来祈雨，从他这儿起，后来的皇上也以此为继，这种祈雨活动一直持续到清朝末年。

显然，皇帝祈雨跟“五大镇物”之一的“金镇”有直接关系，因为按照“五行”相生相克之说，木生火，火生土，土生金，金生水，水生木。您瞧，金生水呀！这不正好说明大钟寺的“永乐大钟”，是“金”位的镇物吗？

不过，我所疑惑的是，觉生寺的“永乐大钟”是清朝的“金”位镇物，那么元朝和明朝的“金”位镇物在哪儿呢？

因为觉生寺是清朝雍正年间建的，显然元、明之时，“金”位的镇物不在这里。

六

中央“土”的镇物，是景山公园的万岁山，这似乎好理解，因为按“苍龙、白虎、朱雀、玄武”这四个星位，紫禁城的北面正好是“玄武”的位置。

按风水学说，“玄武”之位要有山，而按照“五行”的方位，紫禁城北恰好是四方镇物的中心点，所以在明朝初年修建紫禁城时，便将挖紫禁城的护城河即筒子河的土，在“玄武”的位置上堆了一座山，取名“万岁山”。

元朝，这里是皇家的御园。据文献记载，苑内有熟地八顷，每年春天，元朝的皇上便到这儿耕耘播种，以示天下。

这里还有一个名亭叫“延春阁”，皇上在地里比画完了，便到这个亭子小憩。史料记载，亭子是建在一个小山丘上的，这个小山丘被称为“镇山”。

元大都的这个“镇山”，显然是非常矮的，所以，当挖紫禁城护城河的土，堆起“万岁山”时，这个小山丘可以忽略不计。

不过这座“万岁山”，正好压在了“镇山”的“延春阁”上，不但压住了前朝之运，而且巩固了自己的江山。

每到重阳节，明朝的皇上必出玄武门（紫禁城的北门，清朝改为神武门），溜达到这座“万岁山”上，登高远眺，以求消灾免祸，长命万岁。

到了清朝，顺治皇上觉得这座明朝修的山叫“万岁山”听着别扭，于是改名为景山。

到了乾隆十五年（1750），乾隆爷下旨在景山的五个山头上，各建了一个亭子。

这五个亭子自东向西，分别是“观妙亭”“周赏亭”“万春亭”“富览亭”“辑芳亭”。您看，乾隆建亭子的时间，跟移万寿寺“永乐大钟”的时间，只差一年。

“观妙亭”“周赏亭”“万春亭”“富览亭”“辑芳亭”，这五个亭子分为东南西北中，各放了一尊铜佛像，中央是毗卢遮那佛（大日如来佛），东方是阿閦佛，西方是阿弥陀佛，南方是宝生佛，北方是不空成就佛。过去，北京的老百姓也称这五尊佛为“五味神”。

1900年，八国联军攻入北京，联军就驻在了景山。“五味神”，也就是那五尊铜佛被这些“洋鬼子”给偷走了四尊，只剩下“万春亭”里的毗卢遮那佛（大日如来佛）。

也许是那尊佛太重，他们拿不动，也许是佛的“神灵”现世，把这帮家伙给“镇”住了，总之，这尊佛像保留了下来。

不过，镇物并没保住大明的江山，也没保住大清的江山，明朝的最后一个皇上崇祯（朱由检），就是在万岁山脚下的歪脖树上上吊自杀的。

清朝的最后一个皇上宣统（溥仪），三岁登基没多久，便在辛亥革命后成了“逊帝”，大清帝国也随之灭亡。

七

综观老北京的这“五大镇物”，比较清晰的思路是镇物与乾隆皇上有关。

您看东方的镇物是“神木”，虽然最早是明朝设置的，但乾隆二十三年（1758），乾隆得知“神木”的事儿，亲自写了一篇《神木谣》，并建阁设人看守“神木”。

西方为“金”，在觉生寺设置了“永乐大钟”。乾隆五十二年（1787）以后，这里又是皇帝祈雨的地方。

南方为“火”，元朝在永定门外筑有“燕墩”，乾隆十八年（1753），这位爷用汉文和满文对照御笔写了《御制皇都篇》和《御制帝都篇》，刻碑高立。

北方为“水”，乾隆二十年（1755），在颐和园昆明湖东岸铸造了一个“铜牛”，乾隆爷还为“牛”撰写了《金牛铭》。

中央为“土”，明朝初年，把挖紫禁城的护城河的土，堆高了元朝的“镇山”，此后一直没动。到了乾隆十五年（1750），乾隆爷下旨在景山的五个山头各建了一个亭子。

从时间上来看，这“五大镇物”，基本上是在乾隆十二年到乾隆二十三年这十多年里确定下来的。而在这之前，人们虽然知道京城的“五大镇物”，但是在方位和概念上是含混不清的。

在中国所有皇帝里，乾隆爷的寿命最长，活到八十九岁，他当皇上的时间也很长，有六十年。

这位爷的文化底蕴丰富，喜欢游览，去的地方多，见多识广，同时也重视中国传统的风水学说，所以当意识到大清的江山永固、帝都的安全需要“镇物”时，特地把原来人们搞不清楚的“五大镇物”梳理了一番，于是才有今天我们能见到的这些实物。

老北京的“五大镇物”已经是“过去时”了，庆幸的是这“五大镇物”，除了东南的“神木”外，其他的四大“镇物”——昆明湖畔的铜牛、大钟寺的大钟、永定门外的燕墩、景山公园的万岁山还都在。

不过，现在它们的身份只是历史“文物”而已，在参观游览地也没有相关的说明，所以，许多人并不知道这些老物件曾经是北京城的“五大镇物”，甚至不知道当年的北京城还有“镇物”。

说到这儿，您也许会问：这“五大镇物”，跟现在的北京城还有关系吗?

恕我坦言：这个问题比较敏感，我不懂堪舆，也不懂风水学，难以回答您。

不过，我记得前几年，采访一位九十多岁的老北京人，聊到北京城这几百年没有发生大的天灾人祸时，他一本正经地对我说：“知道为什么吗?有‘五大镇物’保着北京城呢。”

这也许是民间老百姓的一种说法，或者说是一种美好愿望吧。

“五坛八庙”说法多

老北京有句顺口溜儿：“东四西单鼓楼前，五坛八庙颐和园。”

老北京的庙比坛多，但坛也不少，为什么单提出“五坛”和“八庙”呢？敢情这是从《周易》“八卦”和阴阳“五行”这儿来的。

“五行”和“八卦”，对“五坛”和“八庙”，您瞧，老北京的文化有点儿意思吧？

北京有名儿的坛有十多个，“五坛”到底是指哪五坛？在老北京人这儿，说法很多。

有的说“五坛”指的是天坛、地坛、日坛、月坛、先农坛。

有的说“五坛”指的是天地坛、山川坛、社稷坛（中山公园内）、先农坛、先蚕坛（位于北海公园的东北，即现在北海幼儿园的位置）。

还有的说“五坛”指的是天坛、地坛、日坛、月坛、社稷坛。

您瞧这就说出多少坛来了？到底是哪“五坛”呢？

如果从“五行”方位的角度说，“五坛”应该指的是天坛、地坛、日坛、月坛、社稷坛。这正好符合东、西、南、北、中五个方位。这个说法，也得到了大多数北京人的认同。

此外，还有“九坛八庙”一说。“九坛”除了上面说的“五坛”外，还有先农坛、先蚕坛、天神坛（在先农坛内）、地祉坛（在先农坛内）。

其实，这几个坛都在先农坛里，所以，更多的老北京人还是认“五坛八庙”的说法。

跟“五坛”一样，“八庙”的说法也比较多，有的人认为“八庙”指的是八座皇家祭祀列祖列宗、神佛、历代圣贤先哲的有代表性的庙宇，包括：

一、奉先殿（在故宫内）。

二、传心殿（在故宫内）。

三、太庙，在天安门东，即现在的劳动人民文化宫，明清皇帝祭祀祖先的地方。

四、寿皇殿，清朝陈列历代帝王影像的地方，在景山北，原北京市少年宫。

五、堂子，古代叫“国社”，位于东长安街的路南，北京饭店的马路对面，庙早废。

六、历代帝王庙，位于阜成门内大街路北，祭祀历代帝王和名臣的地方，现已修复，对外开放参观。

七、文庙，即孔庙，在东城区的成贤街，是元、明、清三朝祭祀孔子的地方。

八、雍和宫，北京最大的喇嘛庙，占地66400多平方米，本来是雍正的府第，后来雍正当了皇帝，在雍正三年（1725），改为雍和宫，成为黄教的上院。现在，雍和宫的香火在京城排在首位。

在民国时期出版的北京地图《北京内外城详图》上，介绍的“八庙”也是这八座。

“八庙”除了这种说法以外，还有几种说法：

一种说法认为“八庙”指的是八座有名的佛教的寺庙：

贤良寺、法源寺、广济寺、广惠寺、拈花寺、柏林寺、龙泉寺、旃（音沾）檀寺。

另一种说法认为“八庙”是指京城有名的八座喇嘛庙和道观：

隆福寺、护国寺、妙应寺（白塔寺）、普度寺、雍和宫、白云观、东岳庙、朝天宫。

还有一种说法认为“八庙”指的是八座神庙：

一、宣仁庙，供的是风神；

二、凝和庙，供的是云神；

三、昭显庙，供的是雷神；

四、时应宫，供的是雨神；

五、都城隍庙，位于西城金融街内的成方街；

六、都土地庙，供的是土地爷，在西城的宣武医院内；

七、山神庙，供的是山神东岳大帝，在朝外大街东岳庙；

八、太岁殿，在先农坛内北京古代建筑博物馆内。

说了这么多庙，到底“八庙”指的是哪八座庙呢？

从“五坛”祭拜的对象，还有从“天人合一”的角度说，“八庙”指皇家的八座神庙，也就是最后列的这八座庙，还是比较贴切的，当然这也是许多老北京人的看法。

当街牌楼的物是人非

牌楼是老北京比较典型，也是常见的建筑。说到牌楼，您自然会想到牌坊这个词儿，在现实生活中，这两个词儿常常是混着用的，有人习惯把牌楼说成牌坊，也有人把牌坊说成牌楼。实际上，最早牌楼跟牌坊，还真是没有什么区别。

说到牌楼，人们常引《诗经》里的一句诗："衡门之下，可以栖迟。"以此来证明早在周朝就有牌楼了。

周朝就有"牌楼"？这没错儿。不过这个"牌楼"要打引号，因为那会儿的"牌楼"，只是两根柱子上面加一根横木而已。有人考证真正意义上的牌楼一词，到了唐朝才出现。

不过，在老北京，牌楼是主要街道"坊"的标志。辽、金、元、明、清五朝的北京城，"坊"是行政区划的一个单位，相当于现在的街道。

“坊”的下面，是若干条胡同。每个“坊”都有牌坊，上面写着“坊”名儿，它们就建在重要的街口，所以人们叫它“牌坊”。

后来，“坊”的建制取消了，牌坊也不再只是街道的标志物，在园林、宫苑、陵墓、寺庙、祠堂的门前也都建有牌楼，而且规模越来越宏大，建得也比较讲究。

这些牌楼有木头的、石材的，还有砖木的、琉璃的，再后来还有水泥的、钢铁的等材料。不过到这会儿，牌楼只是建筑群的一种装饰物，或者说是一种标志物而已了。

北京是帝都，牌楼可不是随便建的。京城的牌楼不但规制上有讲究，而且非常重视文化内涵。

您会问了：这文化内涵怎么解释？举个例子吧，京城的牌楼讲究对称，比如东长安街建一个牌楼，与它相对的西长安街也要建一个牌楼。东边大市街的十字路口，每个路口都建了一个牌楼，跟它对应的西边的大市街，每个路口也要建一个牌楼。

北京现存最老的牌楼，是朝阳门外神路街的东岳庙（北方最大的正一派道观）山门外的牌楼，上面的匾额是“永延帝祚”和“秩祀岱宗”，相传是严嵩写的。

这座牌楼始建于元至治三年（1323），原来是木制的，明万历三十五年（1607），改成了琉璃牌楼，现在保存相对完好。

据史料记载，到清末民初，京城街道上的牌楼只剩下二十七座。这二十七座牌楼，几乎都有说法。

西单牌楼上的匾额，题的是“瞻云”，跟它对应的东单牌楼上的匾额，题的是“就日”。

您瞧对得多么巧妙，东边是太阳初升的方位，所以要“就日”。西边是太阳落山的方位，夕阳西下，霞光万道，“瞻云”绝对是一道美丽动人的风景。

关于这两个牌楼，还有一段趣闻：

民国初年，袁世凯当了大总统。他对北京的地面儿熟呀，当然知道牌楼的作用，为了彰显自己当了中华民国大总统的“荣光”，特地授意将东单牌楼上的匾额改成了“景星”，那意思是自己这个大总统，是东方的一颗巨星，老百姓都要对他景仰。

东单牌楼上的匾不“就日”，改“景星”了，西单牌楼上的匾额也得变呀！于是改成了“庆云”。

把“瞻”改成“庆”，那意思还用说吗？

但是，袁世凯的野心忒大，当了总统还觉得不过瘾，非要当皇上。他这一恢复帝制，激恼了全国的老百姓，有示威的，有抗议的，有举旗的，有起义的，闹得这位大总统惶惶不可终日，只当了八十三天“皇上”，便嗝屁着凉（死）了。

他这一死，东单牌楼和西单牌楼上的匾额，还保得住吗？很快东单牌楼上的匾，又恢复成“就日”，西单牌楼上的匾，也恢复成“瞻云”了。

西四和东四在老北京都是有名的商业街，也叫大市街，这是两个十字路口，四个路口各有一座牌楼，所以地名叫西四牌楼和东四牌楼。

西四的四个牌楼是有讲究的，因为它是大市街，所以南北路口的两座牌楼上，题的匾额是“大市街”，西边路口的牌楼题的是“行仁”，东边路口的牌楼题的是“履义”。

跟它对应的东四，也是四个路口各一个牌楼，南北路口的牌楼上也题的是“大市街”，东边路口的牌楼上，题的是“履仁”，西边路口的牌楼上，题的是“行义”。

您看多有意思，西边的是“行仁”“履义”，东面的是“行义”“履仁”。

原来在司法部街的北口有一座牌楼，上面的匾额题的是“蹈和”，在它东面的公安街北口，跟它对应的也有一个牌楼，上面题的是“履中”。

“蹈和”对“履中”，这里自然还有典故，您瞧这遥相呼应的两个牌楼，多有文化内涵！

原来在东长安街的把口，是有牌楼的，牌楼上题写的就是“东长安街”，与之对应的是西长安街上的把口，也有一个牌楼，上面题写的是“西长安街”。

同样，在六部口的北口有个牌楼，上面的匾额题的是“敷文”，与之对应的王府井的南口也有一个牌楼，上面题的是“崇武”。

东边是“敷文”，西边对“崇武”，对得多贴切呀！

其实，牌楼除了有地标功能外，另一个重要功能是彰显功臣德将和文化名人的功德。在有皇上的年代，除了树碑立传之外，最高的奖赏大概就是给人立牌楼了。

那年头，贞节是女人的最高境界。女同胞有一个算一个，最高理想不是找个好丈夫，吃香的喝辣的，或儿孙满堂，荣华富贵，而是死后能给自己立一个贞节牌坊，告诉后人：姑奶奶我一辈子纯洁如水，冰清玉洁。

这大概就是封建礼教的结果，也是中国女性的悲哀。我在江西和山西农村，见过这种贞节牌坊。

据说，以前在农村这种牌楼挺多，但一般是木制的，风吹雨打日晒，用不了多少年便哗啦啦了，加上后来破“四旧”的毁坏，所以流传下来的很少。我见的那两个牌楼是石头的，寿命还长一些。

京城有关牌楼的喜怒哀乐故事很多，比如给德国驻华大使克林德在东单北的西总布胡同西口立的那个石牌楼。

说这话是在“庚子事变”那年的6月，义和团在北京烧了十一座教堂，眼瞅着这把愤怒之火就要烧到东交民巷。

您知道呀，东交民巷是当时的使馆区，这可把那些驻华大使馆的外交官们给吓得麻了爪儿，一般人都在使馆里猫着，不敢动窝儿。

但也有胆儿大的，他就是德国公使克林德。6月20日，克林德坐着轿子，奔了总理衙门，想跟清政府官员商量大使们回国的事儿。

轿子走到东单北边，遇上了巡逻的神虎营的士兵，上前盘查，士兵们都拿着枪。这一查不要紧，让这位大使动了怒，“腾”的一下，把手枪掏了出来。

他这儿掏了枪，清朝的士兵当然也不怵，两边擦枪走火，当场就要了克林德的命。

这克林德不是一般人，把他给打死了，能是小事儿吗？可以说这就是八国联军攻打北京的导火索。

后来，八国联军攻进了北京，慈禧太后和光绪皇上仓皇逃亡到了西安，转过年的1901年，慈禧太后让李鸿章出山，跟“八国”签订了《辛丑条约》。条约里除了割地赔款之外，还有一条，在德国公使克林德毙命处，建克林德牌楼。

《辛丑条约》都已经签了，没辙，只好在东单北的西总布胡同西口，给这位德国公使立了一个石牌楼。当然，立这牌楼是整个国家的耻辱，但您是战败国，耻辱也得立。

谁知这个牌楼立起来没几年，在1914年到1918年的第一次世界大战中，德国成了战败国，当时中国是协约国成员，协约国战胜了，中国也有一份儿。

既然如此，人们就不能容忍在中华民国的首都，立着战败国公使的牌楼了。

于是，有人提议要把这个牌楼拆掉。但又有人认为这个牌楼虽然是“耻辱”，但也是历史，应该保留它，告诉后人，知耻而后勇。可把这么一个牌楼放在哪儿呢？一时难以定夺。

1928年，政府尊重民意，把这个牌楼迁到了中山公园的南门一进门不远的位置，匾额换成了“公理战胜”。

这四个字有很深的内涵，意在告诉人们世界上是有公理的，不管人怎么折腾，最后还是由公理来说话，因为公理可以战胜一切。

因为这个牌楼在国际上都有影响，解放以后，中国的外交政策发生了变化，为了跟德国等欧洲国家建立友好关系，所以把牌楼上的匾额换成了“保卫和平”。上面的字由郭沫若先生题写。

也许这四个字的文化内涵更意味深长。您现在到中山公园游览，还能看见这个牌楼。

京城的大街面儿上留下的二十七座牌楼，在民国期间，陆续又拆了四座，到北平解放的时候，街道上的牌楼还有二十三座，其中木头的牌楼有六座。

这些牌楼有的年久失修，损毁严重，加上阻碍交通的发展，所以，从1952年开始，北京市政府便开始对这些牌楼进行拆除。

新中国成立后，京城拆的第一个牌楼是地安门外火神庙的木牌楼，紧接着以影响交通为理由，又要拆东西长安街上的牌楼，以及前门的正阳桥牌楼，也就是有名的五牌楼。

这件事引起社会议论，尤其是在文物保护专家群体中。这个话题被拿到北京市人代会上讨论，经过一年多的争论，最后还是没逃脱被拆的命运。

京城拆牌楼，可以说是拉开了拆古城建筑的序幕，这事儿不但牵动着京城老百姓的心，还惊动了党中央和毛主席。

毛主席在中央的会议上，以北京的民主人士为拆牌楼掉眼泪为例，嘲讽人们的思想保守，说连拆了牌楼都哭鼻子，还怎么能去创新呢？

其实，拆牌楼跟改革创新是两码事，但最高领导人的话，明确地说出了拆牌楼的“政治性”，国民党政府都推翻了，街面儿上的牌楼为什么不能拆?

毛主席都说这话了，谁还敢在拆牌楼这件事儿上说什么？于是京城拆牌楼成了顺理成章的事儿，仅1954年就拆了十七座。

阜成门内的景德坊牌楼，是京城所有牌楼里最漂亮的。拆这座牌楼时，梁思成先生来到现场，抚摸牌楼上的雕刻，久久不愿离开。

有人劝他。他眼含热泪，感慨万千地说：“我是来向牌楼告别的。”一时间，场面有些悲怆。

到1956年，跨街的牌楼拆了十九座，只剩下了四座，也就是现在您仍然能看到的成贤街两座，国子监两座，当然，这四座牌楼以前是木制的，现在已经改成钢筋混凝土结构的了。

眼下，您想看到木牌楼，只能到公园了。

2008年，在西单十字路口东北角的文化广场，按照原来的尺寸重新建了一座牌楼，上面的匾额就是“瞻云”俩字。

时隔不久，东四大街十字路口的东北角，也恢复了一座水泥做的牌楼，上面的匾写着“履仁”。

西单大街现在已经高楼商厦林立，在这些大厦的掩映下，西单牌楼显得很小，像是个积木，但这个牌楼让这条充满现代化气息的老商业街，增添了些许古韵。

探寻老北京的“三山五顶”

“顶”在《现代汉语词典》里，有十多种意思：头顶，顶东西，顶替，担当（一个人顶俩），转让（拿契顶出去）等，但没有我们说的“三山五顶”的“顶”的解释，因为这个“顶”算是专有名词，指的是碧霞元君庙。

为什么北京的碧霞元君庙叫“顶”呢？在《中顶泰山行宫都人香贡碑》上有这样一段话：“祠，庙也，而以顶名，何哉？以其神也。顶何神？曰：岱岳三元君也。然则何予于顶之义乎？曰：岱岳三元君本祠泰山顶上，今栖此，亦犹之乎泰山顶上云尔。”

《中顶泰山行宫都人香贡碑》是清康熙年间刻的，“三元君”指的是碧霞元君、明目元君、佑渡元君。

从这段碑文可知“顶”的叫法是怎么来的。说起来很简单，因为三位娘娘都住在泰山顶上，所以北京的碧霞元君庙，要称为“顶”。

碧霞元君的传说始于宋朝，关于她的“身世”至少有六种说法：

有的说她是汉朝民间美女，受教化修炼丹成，做了碧霞元君。

有的说她是皇帝手下的一个仙女，在皇帝建岱岳庙时，终于得道，成为碧霞元君。

有的说她是“石敢当”的三女儿，玉皇大帝看她有才，让她做了泰山的碧霞元君。

还有的说她是汉朝皇宫里的玉女雕像，后来随风而化。到了宋朝，宋真宗到泰山封禅时，到池边洗手，看到了这个雕像，认为她非凡人，是圣帝之女，令人在泰山建祠供祀，并且封她为“天仙玉女碧霞元君”。

比较普遍的说法是，她是东岳大帝的女儿，跟东岳大帝一起住在东岳泰山。这种说法也得到了专家学者们的认同。

不过，不管她的“出身”如何，泰山顶上碧霞祠里的那位碧霞元君，确实是宋真宗封的。因为在此之前，史料上没有关于碧霞元君的记载。

中国古代的祭祀，主要是拜天神、地祉、人鬼。《周礼》中说：“统乎天者谓之神，属于地者谓之祉，本诸人者谓之鬼。”

“日月星辰，风云雷雨”归于“天神”，“山川城社，门户灶井”属于“地祇”，“先圣先贤，忠孝节义”等被列入了“人鬼”。按照这种说法，碧霞元君应被列为“地祇”。

依照《周易》八卦的说法，东岳在东方，东方为“震”位，其色“青碧”，为什么叫“碧霞元君”呢？原来出处在这儿。

“震”位又叫“生”位，主“发育万物，为仁为春”，有“生生之义”，是天地的“大德”。所以到了明朝，碧霞元君成了滋生万物的女神，民间老百姓又把她尊为“送子娘娘”。

一旦成为女神，碧霞元君的地位就越来越高了，到了明朝中后期，民间老百姓，尤其是妇女求子祈福，不认别的神，就认这位娘娘了。

善男信女要拜娘娘，得给娘娘安排个地方呀！于是从明朝开始，京城便大修娘娘庙。在众多的碧霞元君娘娘庙里，最有名的，也是香火最旺的，就是“三山五顶”。

“三山”主要指的是妙峰山、丫髻山、天台山。

妙峰山也叫“金顶妙峰山”，在京西门头沟。当年，妙峰山的庙会在京城非常有名，香火极盛。

明、清两朝，民间有“妙峰山的娘娘，照远不照近”之说，所以河北，甚至辽宁、山西、山东、内蒙古、陕西的香客，都到妙峰山来朝拜娘娘。

妙峰山的庙会，每年开庙两次，农历的四月初一到二十八为“春山”；农历的七月初一到十五为“秋山”。

妙峰山的两次庙会，可以用人山人海来形容，农历四月二十八是碧霞元君的生日，庙会达到高潮，进香的香客漫山遍野，最多的时候有几十万人。

上山进香的路，被称为“香道”，妙峰山香火最旺的时候是清末民初，当时上山进香有十几条“香道”，但主要的“香道”有五条：

一是南道，从门头沟的三家店，经过陈家庄、孟尝岭、仰岭、大水泉、桃园、樱桃沟、仰山寺，再行数里山路，到达涧沟村，再上山。

二是中道，从大觉寺旁边的山道进山，经过寨儿峪、三百六胳膊肘、五道岭、萝卜地，到涧沟。

三是中南道，有两条，其一是从军庄附近的山进山，走灰峪、六郎塔，在仰山寺与南路会合，去涧沟；其二是从香山北辛庄往西，经青龙山、一片石和满井茶棚，到双泉寺、天台山，沿路经过打鹰洼，到杨坨，再到仰山寺，与另一道线路会合，到涧沟。

四是中北道，由海淀的北安河，经骆驼石、金山寺、瓜打石、三瞪眼、平三里、妙儿洼，到涧沟。

五是北道，也是两条，一条是走聂各庄，经过车耳营村，过双龙岭、磕头岭，到涧沟；另一条是走台头村，过凤凰岭，翻山到涧沟。

这些“香道”，除个别路段因修路而中断外，目前依然故道可寻。

当时交通非常不便，没有火车，也没有汽车，甚至连人力车夫拉的洋车都是后来才有的。善男信女上山进香坐的都是骡车、驴车，或是两条腿走着。

给妙峰山的娘娘进一次香，可谓千辛万苦，但是为了拜娘娘祈福，他们往往在所不辞。当年京城的妇女，如果说没到妙峰山拜过娘娘，等于这辈子白活，可以说是终生遗憾。

所以任凭山高路远，她们也一定要走这一遭，如同藏传佛教的信徒不远千山万水，也要到布达拉宫朝拜一次，藏族信教人的朝拜比北京人拜娘娘更虔诚，他们每走三步要全身伏地，进行大拜，这也许就是宗教信仰的力量。

妙峰山的香火超旺，由此产生了两大盛事，一是京城花会在妙峰山的大聚会。每年妙峰山开庙期间，京城十里八乡的花会都要来此大显身手。

还是那句话，京城的各档花会组织，如果说没在妙峰山庙会露过脸，走过场子，在花会界等于没入“江湖”。

另一个盛事便是各种各样的慈善活动。因为信众拜娘娘路途遥远，道上非常辛苦，特别是那些命运不济的弱势群体，为了祈祷娘娘让自己转运，有的倾家荡产来朝拜，有的拖着病身子，在路上一走就是十天半个月，风餐露宿，忍饥挨饿，急需各方面的援助。

当年人们讲究宿命和因果报应，一个人发了财，必须要施舍点儿东西出去，才能保平安，并且更有所得。这就是人们常说的：舍得舍得，有舍才有得。

所以，老北京的买卖铺户甭管发没发财，都想找机会发慈悲之心，做点儿善事，舍点儿东西，妙峰山庙会便是他们行善的机会。

我跟京城花会的老“会头”隋少甫先生是忘年交，在他生前，我多次采访过他，并在《北京晚报》发表过他的整版人物专访。

他告诉我，京城的花会，分为“武会”和“文会”：“武会”就是以“幡鼓旗动十三档”为代表的各种民间表演。

“文会”实际上就是各种施舍，施舍要有说法，于是便组织起花会，比如施舍馒头的，就叫“云山老母馒头老会”；施舍鞋的，就叫“一日千里靴鞋老会”；施舍茶碗、饭碗的，就叫“南天云彩瓷器老会”。

隋老爷子告诉我，施舍的东西可以囊括生活中的方方面面，只要你能想到的都有“文会”。

当年，在庙会期间，沿着上山的山路有各种各样的粥棚和“会棚”，所谓“会棚”就是各种各样施舍东西的主儿为所办花会搭的棚子。

正因为有了这么多的“文会”，才使妙峰山庙会的香火越来越旺。史料记载，进香路上的各种茶棚就有上百处。

在《燕京岁时记》这本书里，对当时的妙峰山庙会描写道：“人烟辐辏，车马喧阗，夜间灯火之繁，灿如列宿，以各路之人计之，共约有数十万……香火之盛，实可甲于天下矣。”

想想吧，几十万人同时来到妙峰山进香，那是多么壮观的场面。难怪作者感慨道：“香火之盛，实可甲于天下矣！”

妙峰山庙会的盛况，一直持续到清末民初，这事儿还惊动了当时京城的高等学府——北京大学。

1925年4月30日到5月2日，北京大学研究国学的顾颉刚、孙伏园、容庚、容肇祖、庄尚严五位教授组成调查团，坐着骡车来到妙峰山，对庙会进行了三天的采风调查。

妙峰山的上香盛况和各种民俗活动，特别是花会表演，让生活在“象牙塔”里的教授们大开眼界。他们对花会的来源、组织形式、花会的行规、礼仪等都做了记录。

这之后，五位教授把调查文章，陆续发表在当时的《京报》上，文章说：“大家虔诚，大家分工互助，大家做朋友。”“自己民族中的下级社会的文化保存着一点人类的新鲜气象。”

教授们居然从妙峰山庙会的民俗活动中，发现了“人类的新鲜气象”。所以在当时的学术界引起了轰动。1928年，顾颉刚等五教授的文章被结集成书，书名就叫《妙峰山》，再次引起社会对妙峰山庙会的关注。

教授们的这次进山调查，可以说开创了中国民俗学田野调查的先河，并且从此在高等学府诞生了一门学科，即中国的民俗学，所以妙峰山又被誉为中国民俗学的发祥地。

妙峰山的娘娘庙在抗日战争时期曾作为游击队的据点，遭到了日军的炮击，后来，日军砍伐树木，拆毁庙宇，把盖庙的材料拿去建了炮楼。

“文革”时，涧沟大队的村民上山“破四旧”，把妙峰山的庙全部拆除，到1976年，昔日香火盛极一时的妙峰山娘娘庙已经荡然无存。

我记得1981年，我和几个朋友到妙峰山春游，山顶上只有一个小屋，我以为是原来娘娘庙留下的遗迹。当地的朋友告诉我，这是专门给护林员盖的“瞭望台”，可以说当年的娘娘庙只留下了一些断壁残垣。

1985年，门头沟为了发展旅游业，开始全面修复妙峰山的娘娘庙，1988年，妙峰山的山顶娘娘庙建成，1993年，妙峰山恢复了庙会。

记得，举办庙会前，我跟着隋少甫老爷子、民俗专家王作楫来妙峰山踩场子，在山顶的娘娘庙里住了一宿。

这是妙峰山复建后的第一届文化庙会，搞得很成功，现在每年的四月初一妙峰山开庙日，都会举办大型庙会，各路花会都到庙会上献艺，这里依然香火很旺，是京西的一个重要景点。

丫髻山位于京东平谷区的刘家店镇，距京城70公里，因为山顶有两块巨石像是古代女孩儿头上的抓髻，所以得名丫髻山。

丫髻山不高，海拔只有363米，但是因为山顶有碧霞元君庙，在京东非常有名。

相传早在唐朝，就有道士在丫髻山上结庐炼丹，但真正建碧霞元君庙应该在元朝以后，到清朝这里的香火已经相当旺了，丫髻山成为与妙峰山、天台山并列的金顶“三山”。

史料记载，清康熙皇上六十大寿时，平谷的臣民捐资，在山顶修建了玉皇阁。康熙皇上得知此事，龙颜大悦，特给丫髻山的娘娘庙赐匾“敷锡广生”，从此丫髻山沾了皇气，名气更大。

据《燕京岁时记》记载：“每至四月，自初一日起，开庙半月，繁盛亚于妙峰，而山景过之。都人谓之东山。”

山上有康熙五十四年（1715）立的《丫髻山玉皇阁碑》，碑文记载了当时庙会的盛况：“每岁孟夏，四方人士会于此者或辇纸帛，或升香烛，拜叩登山，名为胜会，骈肩迭迹，不可胜计。”这种盛况一直持续到1946年。

1949年之前，山上的庙宇就被毁坏，新中国成立后，丫髻山上的庙宇随着历次政治运动，最后荡然无存。

我记得1998年春，刘家店镇的领导邀请我和民俗学者张玉杰到丫髻山考察，山上基本上没有任何建筑。

在随后的几年，平谷区为开发旅游业，对丫髻山上的娘娘庙等庙宇进行了全面的修复。每年的四月初一开庙，京东八县的人纷纷到此进香和游览，这里已经成为平谷区的一大旅游胜地。1994年，丫髻山庙会被列为华北地区“四大庙会”之一。

“三山”的另一“山”天台山，也叫天太山，山上的庙宇在清末民初被毁后一直没有恢复。

“三山”之外，还有“五顶”。据《五城寺院册》记载，“五顶”是按“五行”的东、西、南、北、中来建的，分设于京城的四周。

东顶在东直门外的水碓村，俗称“行宫庙”，建于明朝。

南顶在永定门外大红门南顶村，该庙原叫灵通庙，建于明正德年间，庙内原有正德五年（1510）御制灵通庙碑。清康熙和乾隆年间，对这座庙都重修过。

西顶在西直门外蓝靛厂长春桥附近，明万历年间建，原叫

“护国洪慈宫”，后来在清康熙五十一年（1712）改为碧霞元君庙。每年的农历四月初一开庙一天。

北顶在安定门外的洼里，即现在奥林匹克公园的北边，建于明朝，清乾隆年间重建。2006年前后，为迎接2008年北京奥运会而修建奥林匹克公园，对这座娘娘庙拆迁时，据传说发生怪事，娘娘庙没有完全拆掉，保留了一部分原有庙宇，并且进行了修复。

中顶在右安门外丰台南苑乡的草桥北的中顶村，是在唐朝的万福寺的旧址上复建的，复建于明天启年间，庙名是“护国中顶岱岳普济宫”。清乾隆三十六年（1771）重建，每年的农历四月初一开庙一天。

南顶实际上有两个，上面那个，北京人叫“小南顶”，此外，还有一个“大南顶”，在永定门外马驹桥附近。

“大南顶”原来的庙名叫“弘仁宫”，建于明成化年间，庙宇的规模非常大，坐东朝西，主要供奉东岳大帝、碧霞元君、斗母娘娘。每年的农历五月初一开庙，香火很盛，京东京南的善男信女都到这里进香。

因为远近闻名，现在的马驹桥，当年不叫马驹桥，而以这座庙命名，叫“弘仁桥”。

此庙在清乾隆三十八年（1773）重修，但到了清末民初，庙宇破败不堪，20世纪四五十年代，此庙彻底拆除。

“五顶”现在除了西顶保存相对完好，北顶保留部分建筑，其他的“顶”已经不复存在了。

20世纪50年代，全民开展破除迷信活动，京城的妇女崇拜娘娘的习俗也属被破除的迷信，从那时起，碧霞元君便淡出了人们的视线。

改革开放以后，一些民间习俗和宗教信仰渐渐恢复，但人们主要信奉的是佛教、天主教和伊斯兰教等，对碧霞元君的崇拜和信仰属于道教，信徒很少，以至于很多人现在都不知道碧霞元君是何许人也。

连娘娘都不认识，也就谈不上朝拜了，当然，人们连碧霞元君都不知道了，恢复和重建“五顶”也就没有什么意义了。

不过，从了解老北京文化的角度来说，人们还是应该知道“三山五顶”是怎么回事儿的。

简析海淀的“三山五园”

海淀，在京城绝对是块风水宝地。

由于有独特的上风上水地理优势，从辽金时代开始，达官显贵包括宫里的皇上，就瞄上了这块宝地，好像不在这儿建点儿苑林别墅，就对不起这里绮丽的风景似的。

在海淀区域内众多的苑林别墅中，最有名的当是“三山五园”。

“三山五园”，现在已经成了海淀的一张“名片”。通用的说法，“三山”指的是万寿山、玉泉山、香山，“五园”指的是清漪园、静明园、静宜园、畅春园、圆明园。

其中的清漪园，就是现在的颐和园；静明园，就是现在的玉泉山；静宜园，就是现在的香山公园。

但是您细分析一下，便能看出这“三山”跟“五园”是相重叠的，万寿山是在颐和园里的，玉泉山就是静明山，香山就是静宜园。

如此说来，“三山”加“五园”不是等于“八园”，而是只有“五园”，而畅春园现在又在海淀公园内，实际上“五园”只有“四园”。

再细数一下，玉泉山不对外开放，所谓的“三山五园”现在老百姓能游览的只是“三园”，即颐和园、香山公园、圆明园。

其实，海淀的皇家园林，除了这三个园子，还有乐善园、长春园、西花园、绮春园等。

圆明园可以说是清朝在海淀建得最早的皇家园林，建于康熙四十八年（1709）。

康熙皇上下江南时，为江南的园林所着迷，而且当时他已经年过半百，为大清帝国的江山永固，辛苦操劳了大半辈子，心里难免会有静静心、享受一下人生的念头，于是让人仿照江南园林的样子，在海淀这个依山傍水的地方，建了一座圆明园。

这个园子在康熙朝规模并不大，到这位爷作古，圆明园一直属于“别宫”性质。

什么叫“别宫”？说白了就是，皇上平时在紫禁城和西苑（中南海、北海）办公和休憩，闷了的时候，到圆明园住几天散散心。

圆明园是从康熙的儿子雍正开始，才大规模地扩张和修建的，不过，雍正在位时间很短，归了包堆才十三年，所以圆明园扩建，也只是把地儿占了，并没来得及具体修建。

史料记载，雍正虽然把圆明园封为御园，但到他死的时候，占地不过三千多亩。您看明白喽，这儿说的是“占地”，并没说到“园子”。

所以说，圆明园的真正大规模修建，并成为风光秀美、景色宜人的皇家园林，还得说是在乾隆爷这儿才搞定的。

清朝到了乾隆继位的时候，有他爷爷和父亲几十年打下的基业，已经到了“鼎盛时期”的盛世，国库充盈，有的是银子让他折腾，加上乾隆爷又是风流才子，而且在位的时间长达六十年，并且活了八十九岁，是中国寿命最长的皇帝，所有这些都“成就”了圆明园。

史料记载，乾隆十年（1745）到十六年（1751），在圆明园的东侧，康熙朝明珠的私人花园原址，建成了长春园。

乾隆三十二年（1767），又将康熙皇帝所赐的熙春园（今清华大学西部）并入圆明园。

乾隆三十五年（1770），将园子东南的大学士傅恒的赐园，定名绮春园。

乾隆四十五年（1780），将皇亲赐园淑春园改名叫春熙院（今北京大学北部），归入御园。

这样一来，圆明园实际上是“五园”，占地约为七千亩。

当时，内务府专门有掌管海淀皇家园林的官员，管园的大臣主要负责“三山”、圆明园和畅春园，其中又以“三山”和圆明园为主。一直到了道光年间，海淀一带的皇家园林被统称为“三山五园”。

“三山”跟现在说的没有变化，即万寿山、玉泉山、香山。“五园”则指的是圆明园的“五园”，即圆明园、长春园、绮春园、熙春园、春熙院。

这种叫法一直延续到清末民初。从皇家园林的属性来说，这种叫法是合理的。

但是到了“庚子事变”，八国联军侵占北京，对海淀皇家园林疯狂掠夺和焚烧之后，人们对“三山”“五园”的特指，逐渐变成了泛指。

因为被八国联军掠夺烧毁的并不止这些“三山”“五园”，其他有名的园林也未能幸免。当然，有些园子被焚毁后，也就再没恢复，包括圆明园的“五园”。

但是，海淀皇家园林的“三山五园”已经被北京人给叫出去了，北京人妇孺皆知西郊有“三山五园”，尽管具体哪“三山”哪“五园”并不见得说得出来，但都知道有“三山五园”的说法。

于是有专家提出恢复“三山五园”的说法。大概在20世纪80年代，有专家撰文提出了“五园”即清漪园、静明园、静宜园、畅春园、圆明园的说法，这种说法得到有关方面的认同，于是，“五园”之说，又传播起来。

这种说法看起来，有些重复，但山归“山”，园归“园”，也能说得通。经过二三十年的通用，现在“三山五园”也已经约定俗成了。

但是从历史文化的视角看，我们应该知道现在“三山五园”形成的脉络，更应该知道原来的“三山五园”是哪“三山”、哪“五园”。

“树矮房新画不古”是何宅

老北京有句顺口溜儿：“树矮房新画不古，一看就知内务府。”树矮，是说树是新栽的；房新，房子是新盖的；画不古，家里墙上挂的字画都是当时画家画的。

这些说的是什么意思呢？

在老北京，看一户人家是不是老式家庭，也就是富了几辈的大宅门，一是看院里的树高矮，二是瞧住的房子新旧，三是瞅家里有没有古画。

如果“树矮房新画不古”，也就是说，宅门挺大，房子挺高，但房子是新的，树是刚栽的，甭问了，肯定是“暴发户”。说到“暴发户”，也别问了，肯定是内务府的官员。

为什么说到“暴发户”，人们自然会想到是内务府的官员呢？因为众所周知宫里的内务府，掌管着皇宫里的各种采买和开支，所以在内务府当官，是个“肥差”，想不贪都难。

清朝的朝廷有规定，内务府的官员，两三年就要轮换，但就是这样也拦不住官员的贪污受贿，所以，当时最引人注目的“暴发户”，就是内务府的官。

从这句顺口溜儿，您可以看出来，老北京人对“暴发户”是持有一种蔑视心理的，为什么？因为他们的钱来路不正。

虽然“暴发户”的普遍心态是喜欢显贵，用北京话说是“烧包儿”，他们有了钱以后，干的第一件事儿就是买房置地，舍得大把花钱，把住的院子盖得挺大，房子也建得挺高，但那会儿的北京人，是不把他们住的院子称为“宅门”的。

因为“暴发”的人家，没有根基，往往像一把干柴，点着之后，燃得急，灭得也快。内务府的官员今天还耀武扬威，趾高气扬，也许明天就东窗事发，折戟沉沙，脑袋搬了家。

现在的北京人，通常把自己的住家叫“宅子”，因此，在家待着不出门，叫“宅着”。把不出门的男士和女士，分别叫“宅男”和“宅女”。

但在老北京，“宅门”这个词儿是不能随便说的，甭管您住的地方大小，都不能拿起就说：“您的宅门在哪儿？”“我们家的宅门在西城。”或者问人家：“您在家‘宅’着呢？”

因为老北京规矩多，别说“暴发户”的宅子不能叫“宅门”，一般老百姓的住家，也是不能称“宅门”的。

已经作古的故宫博物院的研究员朱家溍先生，活着的时候曾经对我说："老北京的'宅门'和'四合院'是有区别的。有北房、南房和东西厢房的院子叫四合院，但是不能叫'宅院'或'宅门'。"

为什么呢？朱先生认为，"宅门"至少有两进的院子，而且要有垂花门，并且带廊子。四合院则单指一个院。

现在，我们经常可以看到一些新的"暴发户"，在新建宅院时，把大门建成了垂花门，其实，这种设计是错的。

按古建宅院的设计法式，迎街的大门是不可以有垂花门的。因为垂花门是宅门中的内宅的入口，换句话说，是二进院的大门，所以只能放在大门的里面。

按传统的营造法式，宅门的设计通常是坐北朝南的，一般垂花门是放在院子的正房、正厅的南北中轴线上的。

垂花门，也叫垂华门，这个花，指的是荷花，荷花又叫莲花，寓意非常丰富。

二层院门的垂花门之所以叫"垂花"，是因为它有垂莲柱，前檐是下垂不落地的对称的两个短柱。这两个短柱的下端，是莲花的花骨朵形的"垂珠"，上面雕着垂莲。

这个垂花柱嵌在门檐上，看上去非常精美。难怪那些不懂行却知道美的"暴发户"，把垂花门当作大门来设计。

为什么说"宅门"必须要有垂花门呢？因为垂花门是内宅的院门，您也许知道什么叫"内外有别"，这个词儿用到垂花门这儿，再恰当不过了。

在老北京，"内"事和"外"事是以垂花门为界的。那会儿，家里的女眷是轻易不能抛头露面的，所以女眷迎送亲朋好友，只能到垂花门这儿为止，不能到大门口。

如果轿子或洋车送女眷，也只能停在垂花门前，站在垂花门下的台阶上，跟人告别。

过去大宅门的妇女，包括太太和小姐都讲究“大门不出，二门不迈”。这儿的“二门”，指的就是垂花门。

当然，有垂花门的院子，还要种上“金玉满堂”的树木，这些树也许是祖爷爷当年种的，所以长得高大茂盛，象征着家族的兴旺。

了解到这些，您就知道什么是“宅门”了。当然，您也就明白为什么“树矮房新画不古”的“暴发户”，没资格把他们住的宅子叫“宅门”了。

东直门的宅子，西直门的府

老北京有句顺口溜儿："东直门的宅子，西直门的府。"这里说的东直门，指的是东城；西直门，指的是西城。

单拎出"宅子"和"府"来，就是说东城的宅门多，西城的王府多的意思。

为什么说"东直门的宅子"呢？因为老北京的大宅门主要在东城。原因是东城有东交民巷的外国驻华使馆区，所以在老北京，东城的开放比西城要早一些。

清末民初，北京最时尚的商业街出现在王府井和东单。您从这一点，就知道当年东城的开放程度了。

近代史上，北京的许多"第一"，出现在东城，比如第一家现代意义的饭店——"六国饭店"；第一家西医门诊的大医院——“协和医院”；第一家现代意义的照相馆——“大北照相馆”；第一家现代意义的俱乐部——煤渣胡同把口的“青年会”；第一家现代婚纱照相馆——东单的“紫房子”；第一条柏油马路——东单的西总布胡同；第一家现代意义的运动场——“东单体育场”，第一家游泳馆——台基厂的“国际俱乐部”；最早的自来水厂在东直门外；等等。

这儿说的都是民国初年的事儿。

为什么东城会领风气之先呢？因为地理位置独特。

您也许知道，“庚子事变”后，在“垂帘听政”的慈禧太后搞的一系列政治改良中，有一项重大改革，就是打破北京城“满汉分置”的格局。

所谓“满汉分置”，就是当年的北京内城，包括东、西城，只有旗人才能居住。旗人按照“八旗”的编制，分别住在内城的不同区域。汉族人，您的官再大，没有“旗籍”，也只能住在外城。

需要说明的是，旗人，又叫“在旗的”，是按“八旗”的编制纳入“旗籍”的，主要是满族人。但入“旗籍”的也有蒙古族、回族和汉族等民族的人，只是人数很少。

“满汉分置”从清朝入关后的顺治年间便开始实行，到清末，已经有二百多年历史了。

慈禧太后的“新政”，一下打破了这个老规矩，也就是说汉族人，包括外国人，谁有钱都可以在内城买房买院居住了。

这条“新政”一实施，您想那些有钱的北京人能不眼热吗？

恰好经过“庚子事变”后，许多满族“八旗”的老宅门已然式微，那些清朝的遗老遗少们，为了维持生计，便琢磨着卖房卖院了，而卖房卖院恰恰也是从东城开始的。

因为东城离着使馆区近，受洋人的影响，那些清朝的官宦子弟，也追求洋人的做派，吃的穿的用的以洋为尊。

但您吃喝和穿戴那些时尚的洋玩意儿，得要银子呀！虽然当时大清国还没倒，您每月还能领到“钱粮”，但按人头份儿发的那些“钱粮”，哪够那些公子哥儿们花的呀？

那会儿，社会的上层人士消费，都讲究记账，不交现钱，年底一块算账还账。所以，许多少爷秧子看上去风光无限，身上却背着巨债。怎么才能找到银子呢？只能卖房卖地。

此外，经过“庚子事变”，许多旗人中的贵族开始认识到房子的“无常”。房子院子说是不动产，但战争来了，房子倒是不能动，但是人没了，留着那么多房子有什么用？于是在满族上层的一些人士中，出现了及时行乐的风气。

这时节，老北京的“房虫儿”也及时转移阵地，从外城杀入内城。“房虫儿”就是买房卖房的掮客，老北京也叫“拉房纤儿的”。

京城打破“满汉分置”的清规戒律以后，这些“房虫儿”认为自己发财的时机到了，自己终于找到了吃肉喝汤的“饭碗”。

“拉房纤儿的”都不是凡人，一个个比耗子还精。这些人眼观六路，耳听八方，消息特别灵通。哪个王爷病危了，急着要给儿子分遗产；哪个王爷的孙子身上背了多少债，债主讨债上了门；哪个贝勒爷的孙子要娶媳妇，着急上火想卖房，他们都心里有数。

当然，另一头儿他们也门儿清，知道哪个汉族的大户憋着在内城买房，哪个外省的大官对哪个王爷的府第垂涎已久？

像闻着腥味儿的猫，只要听到哪个王爷的府第要出手，这帮人便像饿狼一样扑过去，凭着自己的伶牙俐齿，这边找卖房的贝勒爷的孙子谈价，那边找买房的主儿说和，总而言之，只要让他们咬住便不撒嘴，直到这笔买卖成交。

一档子房产的买卖成交了，很快就有第二个第三个效仿者，于是那些败家的少爷秧子们，便开始折腾老祖宗留下的房产了。

到了辛亥革命以后，清朝的遗老遗少失去了“铁杆庄稼”，没有正经八百的职业，又想接着享受昔日的体面生活，只能坐吃山空，靠卖房卖院过日子。有的是把老宅门分割成几块，一个院子一个院子往外卖，有的因为债台高筑，干脆整个宅子都出手。

有了钱就置房置地，是中国人的老传统，内城的城门一开，那些有钱的大户便趋之若鹜，捷足先登，有的洋范儿汉族大户，买了老房老院还要拆了盖洋房，于是东城胡同里大宅门便开始扎堆了。

到民国初年，住到东城的包括政界、商界、军界、文化界、艺术界的大宅门有几百户。

有的一条胡同，就住着十多位政界和文化界的名流，如东城的史家胡同。这条胡同全长700多米，现在仍然保存良好的四合院有八十多个，称得上是宅门的有三十个。

这些宅门几乎都是清末民初那些有钱的大户买下来的，经过百年的风雨，社会变迁，时代更迭，已经换过几茬儿主人了，但住过这些宅门的大人物，数得上来的仍然有上百位。

比如这条胡同的8号院，是俞启威（黄敬）住过的宅子。俞启威曾任天津市市长，夫人范瑾曾是《北京日报》社长、北京市副市长。他们的儿子俞正声担任过全国政协主席。

这条胡同的51号院，是辛亥革命后教育总长章士钊的宅子；53号院据说是李莲英的外宅，华国锋主席曾在此居住，粉碎“四人帮”就是在这里策划的；32号院是原水利部部长傅作义的宅子。

此外，这条胡同还住过原国家副主席荣毅仁；原中央统战部部长李维汉及他儿子、原全国政协副主席李铁映；还住过原《红旗》杂志总编胡绳；据说清末名妓赛金花（傅彩云）在这条胡同也有住宅。北京人艺的宿舍也在这条胡同，焦菊隐、于是之等名家曾在此居住。

您看东城的一条胡同就这么多的宅门，其他胡同也不少。难怪老北京人说“东直门的宅子”呢。

为什么有“西直门的府”之说呢？因为当年清朝在西城的地面儿上建的王府多。

这儿，还得跟您多说一句：跟“宅门”和四合院不是一回事儿一样，在老北京，“府”也是不能随便说的。“府”特指王爷府，不是王爷，您住的地方再体面，也不能叫“府”。

西城的王府多，也是清朝实行的“满汉分置”形成的。辛亥革命推翻了清政府后，居住在王府的王爷后代们处于穷途末路。

为了维持生计，他们纷纷出卖王府。本来地广轩敞的王府，被这些不肖子孙们分割、肢解或拆改，然后，经“房虫儿”之手，转卖给有钱人。

据北京市文物局公布的数字，到北平解放时，尚存六七十处王府，这些王府百分之七十以上在西城，而且大体保持着王府原来的格局的也在西城。

从新中国成立初期到现在，经过七十年的城市改造和变迁，多数王府被拆改添建，改变了原有的格局。但目前京城保存相对完整的几个王府，都在西城。

经过修整，基本保持原貌的典型王府，当属位于西城的恭王府。它也是目前北京唯一的一座对外开放的王府，已成为著名的旅游景点。

恭王（道光皇帝第六子奕䜣）府，在前海西街，最初是乾隆时的大学士和珅的宅第，嘉庆时，成为乾隆第十七子庆亲王永璘的王府，后被咸丰皇帝收回，转赐给他弟弟恭亲王奕䜣。

恭王府占地面积非常大，仅府第就有46.6亩，王府的花园名“萃锦园”，占地38.6亩，现在前海西沿的郭沫若故居，您觉得面积不小吧，它当年只是恭王府的马厩。

京城另一座保存相对完整的王府是醇王府，也在西城。

醇王（道光皇帝第七子，末代皇帝溥仪的祖父奕𫍽）府，在西城后海北沿，王府坐南朝北，布局宏阔，是目前北京保存最完好的王府之一，后来，原国家卫生部在这里办公，现在是国家宗教局的办公地。

王府的花园，原来是康熙朝大学士明珠宅第的一部分。新中国成立后，这里是国家名誉主席宋庆龄的居所。宋庆龄去世后，经国务院批准，她的居所对外开放。目前人们参观游览的宋庆龄的故居，其实以前就是醇王府的花园。

醇王府（南府）在西城区太平湖东里。原来是乾隆第五子荣亲王永琪的府第，奕譞被封为醇郡王后，分府出宫住在了这里。同治三年（1864）奕譞加封为亲王，其府被称为醇王府。

同治十三年（1874），同治皇上病逝，奕譞的二儿子载湉嗣位，成为光绪皇上。因为光绪皇上就是在这个府第出生的，所以府第成为“潜龙邸”。根据清朝皇家的老规矩，皇上的出生地应该升为宫殿，所以奕譞和他的家人得另选府第，后来搬到后海北沿。

昔日的王府成“潜龙邸”了，当然就不能再住人了，直到奕譞去世，王府的前半部分改为奕譞祠堂，再后来，“潜龙邸”开办了北京市三十四中学，另一部分被中央音乐学院占用。不过王府现在还保存着一部分建筑，作为文物保护单位了。

西城还有一座保存相对完整的王府：礼王府。不过，现在王府没有对外开放。

礼王（清太祖努尔哈赤第二子代善）府，在西皇城根儿，大酱房胡同东口，府第占地很大，主体建筑保存相对完整。

王府的一部分后来成为华北大学，再后来是中央人民政府内务部，后来国家民政部在此办公，现在仍然是中央单位的办公机构。

清朝的王府建筑是有规制的，一般王府的面积都很大，经过百年的变迁，几乎所有王府都有变化，有的保留下来的一部分还相对完好，比如位于西城的庆王府。

庆王（乾隆曾孙奕劻）府，在定阜大街，王府占地很大，建筑宏伟，原府分为三大部分，现只有西部保存相对完整。新中国成立后，京津卫戍区司令部曾在这里办公，现在仍然是部队机关使用。

有的王府被政府机关占用后，为了保护王府的原有风貌，进行了异地迁移，比如顺承郡王府。

顺承郡王（礼亲王代善之孙勒克德浑）府，在太平桥大街，现在的全国政协礼堂就是由王府的一部分建的。

最后袭封的顺承郡王讷勒褐，死于光绪七年（1881），从此家道中落，到他儿子这儿，家境已经入不敷出，最后以七万银圆将王府卖给了张作霖，作为后者的大帅府。

1949年9月，第一届中国人民政治协商会议就是在这里召开的。新中国成立后，这里是全国政协的办公地。

王府的中路建筑保存完好，东路的前后多层院落也保存完整。20世纪90年代，全国政协办公楼扩建，王府的遗存部分被整体迁到朝阳区，也算是进行了异地保护。

老北京人都知道，除了皇上住的紫禁城，王府的门最大，王府的庭院深深，当然故事也多多。您也许不知道，当年有位王爷为了建王府，把爵位都给丢了。

哪位王爷呢？他就是郑亲爷。您看好了，他还是位亲王呢。

郑亲王（清太祖努尔哈赤的三弟舒尔哈齐之子济尔哈朗）府，在西单大木仓胡同。

济尔哈朗在清初赫赫有名，他年轻有为，能征善战，在征服中原的大小战役中，战功卓著，属清朝的开国元勋，被封为“八大铁帽子王”之一——郑亲王。

郑亲王府的占地，东边快到西单北大街了，西边临近太平桥大街，您想面积有多大吧。

我小时候，在西城的二龙路小学念书，我们小学当年是王府祠堂的一部分，学校旁边有条小胡同，胡同的名儿就叫“王爷佛堂”。现在这所小学已拆，在原址建了西城区档案馆。

当年，郑亲王建这王府时，清军刚进关，王爷还在率领军队在南方打仗，看了手下人拿给他的建府图纸，哈哈大笑，对来人说：“仗快打完了，我也该享享福了。你们别小里小气的，要用心把王府建得气派一些！”

手下人对王爷的这番话心领神会，回到北京还真没小里小气，不惜重金，把王爷府建得富丽堂皇，雄伟巍峨。结果惹恼了皇上。

敢情朝廷对王府的营建是有规制的，郑亲王自恃武功，把王府建得那么气派，真是忘乎所以了。

史料记载，郑亲王因建府殿逾制（超标），于顺治四年（1647）遭弹劾后，被罢官罚款。

清朝的法律真够严的，济尔哈朗堂堂的“铁帽子王”，就因为建府超标，把官给丢了。当然官没了，王府并没没收，王爷还是王爷，府也还是王府。

郑亲王府自东向西分三部分，现在仅存中部两个殿堂，以及西部花园的一部分。庆幸的是王府面阔五间的正门保存下来，后来是国家教育部的正门，我小的时候常到门口玩儿，印象深刻。

解放前，在王府办过中国大学，后来归教育部使用，不过在原来的王府内盖起了新的办公楼，大门也改在了北面的辟才胡同。

西城的王府多，但是拆的王府也多，许多王府现在已是有其名，没其“府”了。

我是在西城出生长大的，当年住家在西单辟才胡同，离辟才胡同西口不远有个王府仓胡同，东起锦什坊街，西边到阜成门的顺城街。

我的小学体育老师住顺城街，小的时候去老师家，老穿这条胡同，但走过无数次，在这条胡同也没见过有王府规模的院子。

为什么叫“王府仓”呢？很长时间我解不开这个闷儿，后来查看史料才知，原来这条胡同确实曾经有过王府，是康熙皇上第二十子允祎的府第。

允祎原来是贝子，在雍正八年（1730）升为贝勒，王府仓的地名正是因为允祎贝勒府而叫出去的。王府在后来的城市变迁中荡然无存，仅留下了地名。

这种情况很多，永瑆贝勒（乾隆第十二子）府，原来在西直门内路北，府第建于嘉庆年间，原来的府门有三间，数进四合院，现基本拆没了。

您知道西城有个地名叫和平里吧？这个地名是怎么来的呢？

原来跟承泽亲王府有关。

承泽亲王（清太宗皇太极第五子硕塞）府，即庄亲王府，在西四北太平仓，向北到麻状元胡同，占地有三四条胡同。因庄亲王载勋在王府内设过“拳坛”，王府在“庚子事变”时被八国联军焚毁。

北洋军阀统治时期，人们传说王府的地下埋着黄金，军阀李纯和其弟李馨花重金把王府买了下来。

据说李氏兄弟派人掘地三尺，也没挖出什么宝贝来，后来哥儿俩在王府原址盖了许多房，院子称为“和平里”，敢情今天和平里的地名是由这儿而来。

岁月无情，李家哥儿俩建的宅院，已经不复存在，不过地名留下了，西城文物局还保留着“和平里”的门额砖雕。

有些王府虽然名存实亡，庆幸的是原来王府的一些院落和建筑保存下来了。

涛贝勒（醇亲王奕譞第七子载涛）府，府门开在什刹海的柳荫街，西临松树街，南到定阜大街，北边是铜铁厂胡同。

跟其他王府相比，涛贝勒府的面积不大，但多数建筑已被拆改，现存的原来府第面积有1000多平方米，后来成为辅仁大学附中的男生宿舍，1952年改为北京市第十三中学。

洵贝勒（即清末海军大臣载洵，他本来是醇亲王奕譞第六子，后过继给瑞郡王奕誌）府，在西单的背阴胡同以西的槐里胡同，占地很大，西边到西单北大街，后来在王府的西部建了孔教大学，新中国成立后，被中央组织部全部征用，在王府原址盖起了大楼，现在王府的遗迹只留下了一段院墙。

仪亲王（乾隆第八子永璇）府，在西长街路北，电报大楼东边，王府原来占地很大，后来仅存花园的一部分，文化局和市文联在此建了办公楼，现在为中央宣传部办公楼，昔日的王府了无痕迹。

克勤郡王（礼亲王代善长子）府，在新文化街西口路北，原府面积不大，跟其他王府没法比。最后一代克勤郡王曼森是宣统元年（1909）袭封的，民国以后，他把府第卖给了熊希龄，后来熊希龄夫妇将此宅捐给北京救济会，现在王府的原址是小学校。

定亲王（乾隆长子永璜）府，在西四南大街缸瓦市东，颁赏胡同南。原来府第很大，占地近40亩，西墙在今天砂锅居饭庄一带。王府后来大部分改为民居，仅存的部分成为九三学社的办公用房。

恂郡王（康熙第十四子允禵）府，在西直门内大街，南到半壁街，府第建筑基本无存。在西城的王府中，还有一些府第因为住过不同的人，民间老百姓对府第的叫法也不尽相同。

比如绵德府，民间传说是王府，其实只能算贝子府，府第在西单的小石虎胡同。这个府清初是吴三桂的儿子吴应熊的，后来才给了绵德。

绵德是乾隆的长子定亲王永璜的长子，算是乾隆爷的长子长孙，但这位爷太不争气，年轻的时候，在爷爷的眼皮子底下，竟敢收受贿赂。

本来乾隆十五年（1750），他已然袭父亲爵位，当了定王爷，但乾隆三十七年（1772），他接受革职的礼部郎中秦雄褒私送的书画。乾隆爷知道后龙颜大怒。为了整肃门风，乾隆爷把绵德的爵位给削了，王爷的爵位被绵德弟弟绵恩承袭。

不过，乾隆爷还是爱惜孙子的，您别忘了，绵德是他的长孙。四年后，爷爷动了怜悯之心，封他为镇国公，乾隆四十九年（1784）又晋升为贝子。可惜没过几年他就一命呜呼了，只活了四十岁。

这个府第是绵德革了职当镇国公以后住进来的，因为不久他又当了贝子，所以叫贝子府合适。

不过，因吴三桂的儿子吴应熊娶了皇太极第十四女和硕恪纯长公主，早先住在这里，所以人们又称此府为“驸马府”，也有叫“格格府”的。

您瞧，同一座府第，因为住过不同的人，或者同一个人有不同的命运，所以，府名也会有所变化。

绵德府后来由蒙藏院开过蒙藏专门学校，后来改为北京民院附中，现在已迁走。此外，这里还开办过松坡图书馆，原来的府第还保留着两个大院子，建筑有2700平方米。

这个府第离西单食品商场很近，我小的时候，常跟同学到这儿玩儿，因为院里有一棵高大的枣树。

据说这棵枣树有一百多年了，树干一个人抱不过来，每到秋天，树上结满了大红枣儿，煞是可爱，吸引着周边胡同里的孩子。

记得我跟发小儿手心痒痒的时候，也在夜深人静的时候，偷摸上房摘过树上的枣儿。

现在西单大街已经高楼大厦林立，昔日的绵德府在群楼的包围中，显得有些孤单寂寞。我每次经过这里，都忍不住要朝府第看两眼，当然看到的只是屋顶，这也许就是昔日王府的命运吧。

现在京城可参观的王府，只有恭王府及花园，还有醇王府的花园，但它对外名称是宋庆龄故居。

这么说来，“西直门的府”这句话也属于老皇历，早就翻篇儿了。

东富西贵，北贫南贱

老北京有句顺口溜儿："东富西贵，北贫南贱。"这句话是什么意思呢？咱们先说说老北京城的东西南北是怎么划分的。

原来老北京的内城，像一块四四方方的豆腐，东西以永定门到鼓楼的中轴线为界，南北以长安街为界。上下左右来两刀，于是就形成了四块，即人们常说的南城和北城，东城和西城。

实际上，这种划分是民国以后的事儿，民国以前是不能这么划分的。为什么？

因为清朝实行的是"满汉分置"，内城住的都是"旗人"，外城住的是汉人，也包括汉族的大官。

所以，真正的南城和北城，只能以内城的城墙为界，即南边以"前三门"——宣武门、正阳门、崇文门为界，城墙以南的叫南城。北边的以安定门和德胜门为界，称为北城。

慈禧太后推行所谓政治改良，实行“新政”，取消“满汉分置”以后，东西城和南北城才得以以中轴线和长安街为线，来“切”豆腐。

不过，这里说的东西南北城，纯是民间老百姓的叫法，跟行政区域的东、西城是两码事。

那么“东富西贵”是怎么回事儿？什么叫“富”，什么叫“贵”呢？

这儿说的“富”，指的是有钱的富户，也就是现在人们说的“大款”和“土豪”。

“贵”，指的是“贵族”，即清朝王爷和其他皇亲国戚等遗老遗少。这个“贵族”，到了辛亥革命推翻了清政府以后，纯粹是一种身份，或者说是一种“血统”而已，因为这个时候，他们的地位已经是“凤凰落架不如鸡”了。

那么，为什么要说“东富西贵”呢？主要是东城的大宅门多，而老北京的大宅门，是有钱的富户的同义词。

西城的王府多，当然“贵族”也就会多。这么一说，您自然就明白了。

不好解释的是“北贫南贱”。很多人搞不清楚“贫”与“贱”的区别，常常写成“北贱南贫”，其实，这里的区别还是很大的。

老北京有句顺口溜儿：“穷德胜门，恶果子市，不开眼的絳儿胡同。”“絳儿”也被老北京的土话给讹化成“摊儿”，所以

“绦儿胡同”，被北京人给说成“摊儿胡同”。

德胜门、果子市、绦儿胡同这三个地名还在，胡同也还在。

当年，离德胜门不远的果子市，在老北京城赫赫有名。

老北京人管卖水果的坐商叫“果局子”，德胜门的果子市，犹如一个大的果品批发市场，京城的“果局子”大都到这儿来批水果，就像北京现在的“新发地”蔬菜批发市场一样。

水果的市场最难管理，一方面，地痞流氓在这儿欺行霸市，另一方面，果农还要依靠这些人。

在水果上市的旺季，瓜果梨桃是一天一个价儿，京郊的果农赶着马车拉着水果来到果子市，价儿要高了，没人要，要低了赔钱。而且天热，像桃子、李子、杏这样的水果，在车上压两天就会烂，再便宜也没人要了。

因此，果农只能找“果牙子”给帮衬或托底。老北京的“牙子”是非常特殊的角色。所谓“果牙子”，其实就是一手托两家的中介人。

当然，“果牙子”之间为争果农的“保护权”，经常大打出手，同时，地痞流氓也分“道儿”和“门儿”，相互间的争斗也在所难免，果子市的所谓“恶”，就在这儿。

当然“恶”，并不是“富”的象征，光脚的不怕穿鞋的，老北京人有句话，“穷横”，越穷的人越横。果子市就是一个例子。

自然，人穷了，会“不开眼”，所以才有“穷德胜门，恶果子市，不开眼的绦儿胡同”这句顺口溜儿，当然，这说的都是几十年前老北京的事儿，现在德胜门可不是这样了。

德胜门一带的情况，只能说是老北京北城“穷”的一个缩影，那时，拉洋车的、送水的、淘粪的、做小买卖的、捡破烂的等穷苦人，多集中在北城，所以落下一个“北贫”的说法。

“南贱”是怎么回事儿呢？这个“贱”字显然是带有某种歧视的用语。我曾为了这个“贱”字查过相关资料，“贱”的含义，就是所从事的职业卑下，社会地位低。

当然，这种社会偏见，都是老北京的事儿了，现代社会，人人平等，没有高低贵贱之分了。

老北京人为什么说“南贱”呢？这是清朝实行的“满汉分置”造成的。清朝，内城住的旗人是不许经商的，当然，内城也不准有商家铺户，更没有酒肆茶楼、杂耍戏园、秦楼楚馆等休闲娱乐的场所。

那么，这些场所都在哪儿呢？主要是在“前三门”以外，尤其是前门外大街。老北京把“贱”的行当统称为“五子”。

哪“五子”？它们是：

“厨子”，喻指餐饮业，也就是饭馆炒菜的。

“戏子”，喻指戏园子，也就是唱戏的。

“窑子”，喻指妓院，即妓院里的妓女。

“澡堂子”，喻指澡堂子搓澡、修脚的。

“剃头挑子”，喻指理发业，当时也叫剃头的。

“五子”所说的这五个行当，在老北京几乎都集中在“前三门”外，直到清朝末年，清政府取消内外城“满汉分置”的制度后，内城允许开饭馆，开戏园子，开理发馆，开澡堂子以后，这种格局才被打破。

但妓院一直都集中在南城，因为老北京的妓院主要是“官妓”，也就是政府批准、有营业执照的，内城没放开，是便于管理的需要，不过内城也有“暗娼”。

随着“五子”的“北上”（进入北边的内城），“南贱”的说法，也渐渐没人说了，到解放以后，原来老北京歧视人的“五子”之说便被人民群众摒弃，“北贫南贱”之说早已成为历史。

“大纱腊儿”和“堆子”

北京城在元、明、清三朝，都以“坊”来划分街道和居民区，所以，留下了一些带“坊”的地名，比如“白纸坊”“金城坊”等。

“坊”在北京，虽然是最小的行政机构了，但它下面还有“铺”。“铺”相当于现在的居委会。

北京有个地名叫“十里堡”，其实就是“十里铺”，北京人也是这么发音的。还有“六铺炕”这样的地名，都是当年“铺”留下的“铺底子”。

元朝的“坊”与“坊”之间，或者大一点儿的胡同，不但有牌楼做标志，而且还设有栅栏。

栅栏主要是防盗防贼用的，类似我们现在看到的大院的院门。栅栏，也叫栅栏门，它是活动的，白天开着，晚上才关上。

您从现在北京的地名“大栅栏”，就能联想到当年栅栏的情况了。

聊到这儿，您也许会问，北京的这条有名的商业街大栅栏，明明写的是“大栅栏”，为什么要念“大纱腊儿”呢？

原来的大栅栏叫廊坊四条。在前门外的珠宝市，有几条有名的专门经营珠宝、金店、票号的胡同，因为最初这些店铺的门脸都带廊子，所以北京人管它们叫“廊坊”，于是胡同的名字也按“廊坊”排序，从西河沿的商业街往南，分别叫“廊坊头条”到“廊坊四条”。

这些“条”（街）口儿都有栅栏，但廊坊四条口儿上的栅栏，比其他街口儿的栅栏要高，所以人们习惯叫它“大栅栏”。

在元朝，“廊坊四条”经营珠宝、玉器和珊瑚的店铺比较多，尤其是经营珊瑚的店铺比较有名。蒙古语的珊瑚，发音是“山烂”，北京人说话喜欢变音，而且讲究带儿化音，“山烂”说着说着就变成了“纱腊儿”。

街口儿的栅栏高大，又以经营“纱腊儿”（珊瑚）为主，北京人叫着叫着，“大栅栏”就变成了“大纱腊儿”。

时过境迁，当年的栅栏早就没了，只留下了大栅栏的地名，但北京人还习惯叫它“大纱腊儿”。

咱们接着说“坊”，老北京“坊”下面的编制是“铺”，这个“铺”，也得有管事的人呀。

这些人属于军队的编制，职责是看着栅栏，每天一早一晚开关、巡逻、清扫积雪、捉拿盗贼、维持地方治安、调节民事纠纷等。

因为他们日夜轮班看守栅栏，老北京人戏称他们是“看堆的”，也有人称他们是“堆子兵”。《天咫偶闻》里对“堆子兵”有这样的描述：“盖京师街巷，皆有堆铺若干。堆总以官厅立一官司之。凡有水火盗贼及人家细故之或须闻之官者，皆可一呼即应，法至善也。”

您可能知道，北京城穿“官衣”的巡警，即后来的警察，是清末民初才从日本引进的，巡警的执法带有法律法规效用。但这之前，京城管地面儿上治安的主要还是穿兵服的军人，“堆子兵”就是其中之一。

因为“铺”是“堆子兵”看管的，后来老北京人就把“铺”说成了“堆子”。

“堆子”的一些职能，有点儿像现在的派出所。时过境迁，“堆子”这种形式早就成了历史，但在北京还留下了一些叫“堆子”的地名。

比如“白堆子”，这个“白”，不是姓白的白，而是一种由大理石研磨出来的白砂石，俗称“江米砂”。因为当年建北京城时，需要大量的这种白砂石，堆在西郊，由“堆子兵”看管，所以当地人管这地方叫“白堆子”。

北京还有个地名叫“水锥子”。很多朋友纳闷儿，这“水锥子”是什么意思呢？难道是水里放着的“锥子”吗？

其实，这个地名是“水堆子”，也就是当年为防汛抗洪，管理开闸泄洪和漕运而设的水政。那么“水堆子”怎么变成“水锥子”了呢?

原来，在老北京土话里，“堆”这个字，通常要读“锥”的音，这也属于北京话变音的一种。

音变了，所以“水堆子”的发音，就成了“水锥子”。换句话说，“水锥子”就是“水堆子”，只不过它是老北京人的发音而已。

由于普通话的普及，北京话里的土音也在变化，现在的北京人已经很少再把“堆”字说成“锥”了，所以有些人便搞不懂“水锥子”是什么意思了。

一个“堆子”地名，居然引发出这么多典故来。您说北京文化是不是博大精深?

“五脊六兽”是怎么来的

老北京人在形容一个人瘦弱，或者饥不果腹，病恹恹时，常常喜欢用“五饥六瘦”来形容。

“五饥六瘦”是一句成语，但北京人常常把“五饥六瘦”写成“五脊六瘦”或“五脊六兽”。是写错了？还是这三个是不同的成语？

要弄清这是怎么回事儿，还是先说说什么是“五脊六兽”吧。

“五脊六兽”，实际上是古建行的一句术语。什么意思呢？原来中国古建的屋顶结构是有讲儿的，不同规格的房子，有不同的形制，“五脊六兽”就是房屋顶部的结构。“脊”，指的是屋脊，“兽”，指的是屋顶上的装饰物。

中国的古建就屋顶的形制来说，有“硬山”“悬山”“歇山”“攒尖”“勾连搭”等样式，“庑殿顶”算是中国古建级别最高的建筑形制。

“庑殿顶”的形制，前后左右四面都有坡度，其中前后两坡在顶部相交，形成“脊背”，也叫“正脊”。左右两坡同前后两坡相交，形成四个“垂脊”。

“正脊”加上四个“垂脊”，不是“五脊”了吗？所以“庑殿”，也被称为“五脊殿”。

“正脊”两端各有一个龙头的雕饰，头朝里，像是龙口吞着“正脊”，所以又叫“正吻”，或“大吻”“螭虎”。“螭”读吃，是古代传说中没有角的龙。

在“正吻”的后面，各有两个兽头的雕饰，古建行的术语叫“背兽”。在四条“垂脊”的下端，各有一对双角兽头的雕饰，称为“垂兽”，也被称为“角兽”。

两个“背兽”加上四个“垂兽”，正好六个兽，“六兽”就是这么来的。

我见过有人写文章，把“五脊六兽”，写成了“屋脊六兽”，显然这是没弄明白“五脊六兽”是怎么回事儿。

“五脊”确实是在房顶上呢，但它跟一般的“屋脊”还是有所不同，而且按通常成语的语序来说，“屋脊”也跟“六兽”排列不到一起。

京城的古建必须是像故宫的“三大殿”、孔庙的大成殿、长城的祾恩殿这样规模的，才有“五脊六兽”的形制。

一般古建够不上这个级别，不会出现“五脊六兽”，所以，您在形容一般古建时，别用这个词儿。

需要说明的是，“五脊六兽”的形制，通常用的都是琉璃瓦，而且是黄色的。

在有皇帝的帝制时代，黄色是皇帝的专用色，别说一般老百姓，就是皇帝的亲弟弟也不能用。

您以后游览名胜古迹时，留神观察，只要是黄琉璃瓦的建筑，甭问，肯定是皇家的。

当然，这得说是古建，现在的建筑早就没这讲究了。有一次我到一个荒僻的山村，发现一户人家的院子高房带脊，而且还是黄琉璃瓦。

在穷乡僻壤能见到黄琉璃瓦的建筑，不能不让我感到惊诧。是不是吃了豹子胆？一问才知，这家主人的儿子是烧琉璃瓦的。

我笑着对这家主人说道：“要是在有皇上的年代，您跟您儿子的脑袋都得搬家。”

主人笑道：“有皇上的年代，我们草民上哪儿找黄琉璃瓦去呀？”

北京人说什么事儿，喜欢以“六”为大，比如说把这一带所有的景点都看了，北京人会说：“我在这儿转了六够。”吃饭，吃了半天，北京人会说“吃了六够”。同样，说一个人非常瘦，北京人也会用“六瘦”来形容。

但形容人瘦的成语很多，其中经常用的是“面黄肌瘦”，由“六瘦”和“肌瘦”，后来演变成“五饥六瘦”。这个成语从字义上来说，是没有毛病的。

由于“脊”“兽”与“饥”“瘦”同音，有人认为“五饥六瘦”是“五脊六兽”的谐音，所以，经常把“五饥六瘦”写成“五脊六瘦”，甚至有的《现代成语词典》也这么写，这就值得商榷了。

首先“五脊六瘦”的“五脊”就解释不通，人身上有五根脊柱吗？其次，“五脊”跟“六瘦”从词性上说，也不是并列关系，“五脊”跟“六瘦”谁也不挨谁。

所以“五脊六瘦”这个成语的写法是不对的，应该写成“五饥六瘦”，或者直接用“五脊六兽”，把它当成一种借代关系来用。

“五饥六瘦”的成语用法已经约定俗成，主要是形容人的瘦弱，“五脊六兽”是古建的屋顶形制，它不是形容词，而是名词。您弄清楚这两个成语是怎么回事儿，也就不会写错了。

西单和“瞻云坊”

西单，位于北京长安街西部的十字路口南，是北京非常有名的商业街，也是西长安街主要的十字路口。

许多外地的朋友，觉得西单这个地名有些怪，为什么叫这个地名呢?

原来西单最初不叫西单，而叫西单牌楼。您一听这个地名就会知道，西单跟牌楼有关。

但是您也许不知道，西单牌楼这个地名是清朝以后叫起来的，明朝的时候，这个地方不叫西单牌楼，叫“瞻云坊”。

这“瞻云坊”，并不是“坊”名，而是“坊”。要弄清这个问题，得跟您多说两句。

明、清两朝，北京城的街道是以“坊”来命名的，也是以

“坊”的建制来管理居民的，跟现在北京城区的“街道”差不多。

不过，那会儿的“街道”，统一叫什么什么“坊”，不像现在以街来命名，比如新街口地区就叫新街口街道。

明朝永乐皇帝修建北京城时，京城共有二十三坊，“坊”名都是沿用元朝的，后来经过调整改为二十八坊。

到了明嘉靖年间，北京修筑外城后，增加了八坊，这样算下来，内外城加起来一共是三十六坊。

西单这地界，在明朝还没有形成商业街，所以它在两“坊”之间。

东边是“小时雍坊”，“坊”的地域，即现在的西单图书大厦到灵境胡同一带。

西边是“阜财坊”，“坊”的地域，即现在西城区的槐柏树街到西单的甘石桥西南。

因此，当年西单叫“瞻云坊”，跟实际的“坊”没有什么关系。

那么为什么老百姓管这地界叫“瞻云坊”呢？

原来当年在西长安街的西口，建了一座四柱三楼的木制牌楼，牌楼上的匾额是“瞻云”二字。

因为这个牌楼在当时是地标性建筑，老百姓说自己住哪儿时，一般都会说，住在“瞻云坊”北边，或住在“瞻云坊”西边。

叫着叫着，当地的老百姓就把这个地界叫“瞻云坊”了。当然，叫着叫着，全城的老百姓也都这么叫了。

但“瞻云”两字比较文气，上不了老百姓的口语，听着也费解，因为北边的大市街是个十字路口，每个路口都有一个牌楼，而“瞻云”牌楼这里的路口，只有一个牌楼。

这样一来，老百姓便把“瞻云”牌楼叫作“单牌楼”，把北边大市街的地方叫“四牌楼”。

由于长安街的东边，即跟“瞻云”牌楼相对的地方，也有一个牌楼，上面的匾额，写的是“就日”，它的北边也有一个大市街，跟西边的相对应，也叫“四牌楼”。

这样一来，西边的老百姓说“单牌楼”的时候，常常跟东部的“单牌楼”相混。同样，西边的老百姓在说“四牌楼”的时候，也会跟东边的“四牌楼”相混。

为了区别东西牌楼，慢慢儿地，西部的老百姓改口了，把“瞻云”牌楼叫“西单牌楼”，把西边的“四牌楼”改叫“西四牌楼”。东边的“就日”牌楼也跟着改口了，叫“东单牌楼”，东边的“四牌楼”改叫“东四牌楼”。

北京人对地名习惯简化，“西单牌楼”和“西四牌楼”，“东单牌楼”和“东四牌楼”，老百姓叫着叫着，觉得“牌楼”俩字忒绕嘴，于是干脆把它给舍了，直接叫“西单”和“西四”，“东单”和“东四”了。

这就是现在北京城的地名“西单”“东单”“西四”“东四”的来历。

东四西单鼓楼前

一

老北京有句顺口溜儿：“故宫北海颐和园，东四西单鼓楼前。”前一句说的是“景儿”，后一句说的是“市”。这个“市”是市场的市，用现在的话说是繁华的商业街。

“东四西单鼓楼前”，说的是京城的东四、西单、鼓楼这三个地名。这三个地方，是北京三条主要的繁华商业街。根据这三条街历史发展的“商脉”来看，“鼓楼前”应该是起于元朝的繁华商业街；“东四”应该是起于明朝的繁华商业街；而“西单”能成为繁华的商业街，则是在清末民初以后的事儿了。

所以，“东四西单鼓楼前”的说法，并不是顺着北京历史发展的商脉来描述的。如果按京城的商脉来说，最早的商业街应该是“鼓楼前”。

有一次，坐朋友的汽车，走到鼓楼的时候，我抽不冷子问他：“你知道北京有‘齐政楼’吗？”

他愣了一下，想了一会儿说：“不知道。‘齐政楼’在哪儿？”

估计很多朋友听到“齐政楼”也会犯蒙。我笑着对这位朋友说：“‘齐政楼’就在你的眼前。”

他十分不解地问道：“这不是鼓楼吗？”

我笑道：“鼓楼，在元朝叫‘齐政楼’。”

“为什么叫‘齐政楼’？”他问道。

我告诉他，“齐政”是“七政”的谐音。按中国古代的天文历法，日、月，加上金、木、水、火、土这五大行星，合起来统称“七政”。鼓楼是按时辰报时的，所以借“七”的谐音，叫它“齐政楼”。这么一说，朋友才恍然大悟。

元朝的“齐政楼”在元大都的城中心，后来毁于战火。明永乐十八年（1420）建北京城时，北京的钟鼓楼重建，更名叫鼓楼，它就是我们现在看到的鼓楼。

关于明朝的鼓楼，是不是元朝的“齐政楼”的位置，有两种说法，一种是在原址建的；另一种说法，元朝的“齐政楼”在明朝的鼓楼西边。

我们先不管它到底是不是在原地建的，单说“鼓楼前”的繁华热闹，是从元大都时代就开始了。

中国古代建都是有规制的，这个规制简单地说，就是“前朝后市，左祖右社”。“朝”，就是朝廷，也就是皇宫，“市”就是市场。换句话说，市场要在皇宫的北边。

您看北京城的中轴线，前边是皇城的南门天安门，接下来是故宫的端门和“三大殿”，以及故宫的北门神武门，再往北是皇城的北门地安门，再往北就是鼓楼了。

我们说的“鼓楼前”，实际上就是地安门外大街这段路。您瞧它是不是“后市”？

元朝初年，京杭大运河漕运的终点码头，还在通州的张家湾，南方来的物资运到通州，再往大都城运送，十分不方便。

著名的水利专家郭守敬在元至元二十八年（1291），引昌平白浮泉和西郊诸泉之水，经瓮山泊（昆明湖），入大都城的积水潭，然后向东折南，出大都东流，汇入大运河，这就是京城有名的通惠河。

换句话说，郭守敬开通了通惠河，使京杭大运河直通大都城，并且把大运河的终点码头，设在了积水潭。

元朝李洧孙在《大都赋》里，描写当时积水潭码头的盛况：“川陕豪商，吴楚大贾，飞帆一苇，经抵辇下。”每天这里往来的货船如梭，千帆竞渡，热闹非凡。

元大都的“后市”设在了鼓楼附近，而积水潭恰恰在鼓楼的西边，所以这里成了大都城最繁华的商业街。

周边有米市、面市、菜市、肉市、果子市、鹅鸭市、铁器市、鞋帽市、皮货市、珠宝市等众多的市场，而且酒馆茶肆、唱戏游艺场所一家挨着一家，相当热闹。元朝著名的剧作家关汉卿，曾在“鼓楼前”的戏园演过戏。

“鼓楼前”的这种热闹繁华景象，一直延续到清末民初，直到现在，这儿依然是热闹的老商业街。

二

东四牌楼从明朝开始，就是京城繁华的商业街。这条商业街的形成，跟灯市口的灯市和隆福寺及三官庙的庙会有关。

明朝，正月观灯的“灯节”是民间的重要节日。据史书记载，明洪武皇帝朱元璋当年在南京时，就规定每年正月“放灯十日”为“灯节”。

朱棣迁都北京后，仿照旧例，在东四牌楼南设“灯市”（就是现在的灯市口），从正月初八到十八，在这儿“放灯”，就是搞灯展，并且“赐百官假五日以观灯”。等于说放五天公假，让大伙儿来赏灯。

“灯节”期间，灯市一直延伸到北边的东四牌楼，街中列市，百物杂陈，观者如云，游客如织。这种热闹的灯饰，自然会带动东四一带商业的发展。

此外，隆福寺的庙会是东城主要的庙会，每月的初五、初十、十九、二十、二十九、三十开庙。另外，东四东边的三官庙也从初一到十五开庙。

三官庙在朝内大街原来外交部东边的位置，建于明成化年间，所谓“三官”是指“天地水”三元之神。庙的规模很大，而且自成化皇帝以后，明朝的历代皇帝都到这儿进过香，所以香火很旺。

当时的庙会，犹如农村的大集，开庙的日子，庙内和庙的周边，摊位一家挨着一家，吃喝玩乐，应有尽有。这些对东四商业街的繁荣也起到了促进作用。

除此之外，东四离明、清两朝的“十三粮仓”很近。元朝的皇家粮仓主要在通州，明朝以后，粮仓开始迁移到内城，因为朝阳门离通惠河的河道近，粮仓选择在朝阳门到东直门之间的地段。

清康熙年间，在这一带陆续建起了十三个大的粮仓，号称京城的“十三粮仓”。

我们从现在这一带的“禄米仓”“新太仓”“南新仓”“海运仓”等地名，就能知道当年“十三粮仓”的概况。

民以食为天。粮仓的设立，每天储粮运粮的车流不断，自然会带动周边商业服务业的发展。明朝中叶，东四牌楼形成了繁华热闹的“大市街”。“大市街”的形成，使东四成为京城最为繁华的商业区。

这里的店铺鳞次栉比，不但有老北京有名的“四大恒”钱庄；还有许多老字号，比如有：

“瑞芳斋”“聚庆斋”等点心铺；

“北庆仁堂”“宏仁堂”等中药铺；

“森春阳”等海味店；

“内同兴”等肉铺；

“天和号”“德瑞和”“鸿源长”等油盐店；

“东天义”“东天源”等酱菜园；

“全德昌”“公义和”“德隆昌”等干果杂货店；

“同义祥”“万聚祥”“利源增”等布店；

“德古斋”“永信斋”等钟表店；

“义兴和”“松古斋”“裕记”“永和号”等古玩铺；

“英华楼”“聚宝楼”“泰源楼”等金银首饰楼；

“东恒肇”等当铺。

东四商业街有名的餐馆、茶馆也很多，如“便宜坊”烤鸭铺（宣武门外米市胡同的老便宜坊的伙计开的）、隆福寺街里的“福全馆”“灶温”等。

值得一说的是，东四牌楼的东南数条胡同，是明朝京城的秦楼楚馆街，也就是“红灯区”。如果说，京城清朝的“红灯区”在前门外的“八大胡同”，那么，明朝的“红灯区”主要集中在东四一带。

东四南边的内务部街（胡同），在明朝叫“勾栏胡同”。在《现代汉语词典》里，“勾栏”的解释是“宋元时称勾栏，后来指妓院”。也就是说，“勾栏”在明朝是妓院的代名词。

那时的官妓不但会琴棋书画，还会吹拉弹唱，会舞蹈音乐。东四南边的“演乐胡同”，便是官妓演练舞蹈音乐的地方。在这条胡同的附近有条“本司胡同”，“本司”指的是明朝管理妓院和娱乐场所的“教坊司”。

您从这些保留下来的胡同名儿，就能想象出当年这里灯红酒绿的热闹情景，同时也印证了东四商业街吃喝玩乐为一体的商业链。

三

西单成为著名的商业街是在清朝。在西单的西边不远，有条街叫“成坊街”，因这里有个“都城隍庙”而得名。

据《宸垣识略》记载，这个庙建于元朝，最初叫“佑圣王灵应庙，天历二年，加封大都城隍神为护国保宁王，夫人为护国保宁王妃，明永乐中为大威灵祠”。到了清朝，才叫“都城隍庙”。

“城隍”是卫护城池的神，所以，当年，这个庙的香火很盛，而且在清朝也是京城大庙会之一，庙会对西单商业街的形成起着关键作用。

但西单商业街的红火，还是在清末民初。西单的十字路口南边，是民国时期的教育部街，当年的教育部就在这里，那会儿，鲁迅就在这儿上班。

因为离教育部很近，所以，周边集中了中国大学（在二龙路，即现在的国家教育部所在地）、民国大学（在西单西南的太平湖）、交通大学（在西单东边的府右街）、孔教大学（在西单北边的甘石桥）、北平大学工学院（在端王府夹道）等高等学府。还有二十多所中学和专科学校，以及三十多所小学。

学校的集中，拉动了西单及周边地区的消费，与“东四”

“鼓楼前”不同的是，由于年轻人是主要消费群体，所以西单商业区具有“四多”的特点：一是新式的店铺多；二是新派菜系的酒楼多；三是戏园子和电影院多；四是书店多。

从20世纪二三十年代，到北平解放，西单商业区先后出现了上百家老字号店铺，比如比较时尚的百货商店有“上海”“三友”等；

绸布庄有“金城”“益茂”“恒丽”“恒兴祥”“介福”“德茂”等；

鞋店有“华北”“万里”“老佳丽”等；

药铺有“同乐堂”“同春堂”等；

大药房（卖西药的）有“中华”“中德”“北方”“英美”“宏济”“韩奇逢”等；

西装店有“裕泰”“瑞大”“同聚鑫”“福记”“丰泰隆”等；

茶庄有“福生”“吴鼎和”“开泰”“元长厚”等；

食品店有“桂香村”“天福号”“和兴成”“万春昌”“大顺斋”“永顺斋”等；

酱菜园有“天源”等；

鲜果店有“同兴魁”“信成尚记”“南桥王福记”等；

理发馆有“中国”“万国”“中央”“兴隆”“第一”“仙宫”等；

照相馆有“中原”“中国”“长安”“真光”“大陆”“新明”“杰灵”“艺文”等；

钟表店有“亨得利”“慎昌”“有喊”等。

西单商业区的餐馆可以用引领老北京餐饮时尚潮流来形容，民国时期京城有名的淮扬菜系的“八大春”，都在西单一带。

此外还有“西来顺”“又一顺”“谭家菜”“烤肉宛”“辽阳春”“西黔阳”“聚仙居”等中餐馆，另外还有“大陆”“滨来春”“有光堂”等西餐馆。

西单周边的戏院、电影院很多，有名的有哈尔飞大戏院、长安大戏院、新新大戏院（即后来的首都电影院），以及红光电影院、红楼电影院（在西四）等。

当然，老北京的西单商业街最有名的是西单商场。西单商场最初是几个大小商场组合而成的，1932年，在西单北大街槐里胡同西口，建起了“厚德”商场，这是西单商场的第一家。

接着又建了“福寿”“慧德”“玉德”“福德”等商场，这几家商场的售货大厅都是通着的，外面看像是一个大商场，所以统称西单商场。

不知西单商场这地界是风水不好，还是别的什么原因，总之，开业之后它就多灾多难。我从小在它附近的辟才胡同长大，记忆深刻。

“文革”时，造反派搞武斗，商场给砸得乱七八糟，停业很长时间才重新开业。但好景不长，两年后的西单食品商场发生了爆炸事件，商场又停业一年多。重新开业不久，就赶上了唐山大地震，房屋损坏严重，又一次停业半年多。

改革开放以后，西单商场又经历过多次调整，浴火重生，现在这家几起几落的老商场，依然是西单商业区的标志性业态。

其实，早在西单商场开业才四年的1936年冬天，这里就着了一把大火，商场几乎烧成了废墟。商家为了维持生计，不得不在原地搭露天大棚，设摊儿经营，直到1940年，“福德”“玉德”“慧德”“厚德”“福寿”等才重建后开业，意味着西单商场的“复活”。1958年，西单商场改为国营。

西单商场当年是京城西半部最大的商场，不但商品的品种众多，而且商场内有中西餐馆、咖啡馆、西餐馆，还有启明茶社等说书、说相声的场子，以及电影院，所以，来这里消费的顾客络绎不绝，是西城最热闹的地界。

“东四西单鼓楼前”，说的是老北京的商业街，现在北京的变化已经可以用翻天覆地来形容了，由于城市的格局和人口的居住区域的变化，商业街的规模和地界也发生了变化。

与此同时，又出现了许多新的商圈，比如“国贸”商圈、“三里屯”商圈、“双井”商圈、“中关村”商圈、“南锣”商圈等。

不过，不管城市怎么变，老商业区的商脉还没断，您现在漫步“东四西单鼓楼前”，依然能找到它当年繁华的踪迹。

京城牌匾逸事多

牌匾是一座城市的文化标记，北京是历史悠久的文化名城，自然少不了牌匾文化。京城的牌匾主要分两类，一类是古建上的题额，另一类是店铺字号的牌匾。

京城所建的牌楼，上面的匾额非常有名，比如原来设在六部口有个牌楼，上书“敷文”；位于王府井南口的牌楼上有“崇武”；还有北海桥上的牌楼“金鳌”“玉蝀”和北海公园内的两坊“堆云”“积翠”。

北京内城的九个城门，每个城门上都有砖刻的匾额，这些匾额都是老翰林、书法家邵章（伯褧）书写后，刻在砖上的。

据说邵章只写了九门的正名，门字只写了一个，所以九门的“门”字是一样的，而且最后一笔只写了一横折竖，而不是横折竖钩。

和平门是民国以后修建的城门，有门没楼，在门洞上方有一块砖刻的匾，上边写着“和平门”三个字。这块匾额，是当时有名的书法家华世奎写的榜书。

老北京的一些饭庄酒楼的匾，都出自文化名人之手。

前门外的“丰泽园”，是著名的鲁菜饭庄。1930年，绰号“栾蒲包”的老堂头栾学堂从“八大楼”的新丰楼拉出一拨人马，在西珠市口买了房子，另起炉灶，开了这家饭庄。

开业之前，给饭庄起什么名字，让饭庄的股东们颇伤脑筋。他们不想起馆、轩、堂、斋、楼这样俗的字号，但起什么好呢？一时间，没了主意。

这时，饭庄的大股东、同德银号的经理姚泽圣，出资五千块大洋，邀请栾学堂等人游中南海。

当时的中南海，还是对外开放的公园。栾学堂在中南海看到了丰泽园的景观，灵机一动，对大伙说：“‘丰泽园’这个名字好。为了纪念此行，饭馆的名字就叫‘丰泽园’吧。”

大伙琢磨了一下，也觉得这个名字好，于是请徐永海找书法家李琦写了“丰泽园”饭庄这块匾额。

“丰泽园”有位特级厨师，叫牟常勋，因脑袋长得大，人送外号“牟大头”。20世纪50年代，“牟大头”出席全国政协会。毛泽东主席接见与会委员时，见到了他，一问，知道他是“丰泽园”的厨师，笑着对他说：“你们饭庄跟我住的地方都叫‘丰泽园’，我们有缘哦。”

老北京有“无匾不恕”的说法。冯恕，字公度，号华农，浙江慈溪人，曾任清政府的海军部参事、海军协都统，是著名的书法家、实业家。北京的“张一元”茶庄、“同和居”饭庄的匾都是他自认为写得不错的匾。

北海公园的“仿膳”，最早是茶庄，创建于1925年。由慈禧太后赐封的御膳房“抓炒王”王玉山和御膳房白案厨师，擅长马蹄烧饼、小窝头的杨青山、温宝田，以及红案灶上做细活儿的潘文赏等御厨创办。

“仿膳”开业后，很长一段时间，以卖茶水和宫廷小吃为主，没有炒菜，1956年才改为仿膳饭庄。因老舍先生常去“仿膳”吃饭，饭庄的匾由他亲题，至今沿用。

北京的烤肉，有“南宛北季”之说，“烤肉宛”创立于清康熙二十五年（1686），“烤肉季”创立于清道光二十八年（1848），两家老字号，均以烤牛羊肉闻名京城。

现在北京“烤肉宛”的匾，是溥仪的堂兄溥儒写的。其实在此之前的1954年，八十六岁的齐白石给“烤肉宛”题过匾，还送给过他们一幅写着“仁者多寿”的画儿。

“烤肉季”的匾是溥杰写的。此外，老舍夫人胡絜青、画家黄苗子等也给“烤肉季”留过墨宝。

鸿宾楼饭庄是清咸丰三年（1853）在天津创办的老字号清真饭庄，以“全羊大菜”和海味菜享誉津门。

新中国成立后，北京没有像样的清真餐厅，1955年，根据周恩来总理的指示，鸿宾楼由天津迁到北京。

鸿宾楼的字号，取自《礼记》里的“鸿雁来宾”一词，寓意美好。鸿宾楼一共有三块匾，每块匾都出自名家之手。

第一块匾，由天津的两榜进士于泽久所书；第二块匾，是郭沫若先生写的；第三块匾出自启功先生之手。

于泽久写的这块匾，是京城并不多见的金匾，匾上的字是用20两纯金（约625克）涂饰的。

这块匾藏着三个玄机：第一个是鸿宾楼的“鸿”字缺一点；第二个是牌匾上没有落款；第三个是金匾在一百多年后，发现底板内藏着一幅晚清时期的工笔画《牡丹美人图》。

三个玄机是三个谜，谁也不知这里藏着什么故事。

“全聚德”开业于清同治三年（1864），它的创始人叫杨全仁。

当初，杨全仁没太大的野心，只想在前门外的肉市，开一家门脸儿不大的店铺，专门经营烤鸭。不过，在开业之前，杨全仁为店铺起什么字号犯了愁。

杨全仁知道起一个好字号，不但会让自家的店买卖兴隆，而且能扬名四海，生意长久。可起什么字号呢？

正当他百思不得其名，一筹莫展之时，离他的店不远，有家叫“德聚全”的卖干鲜果品的小铺关张歇业了。

“德聚全”？这名字不错呀！他灵机一动，把这家倒闭的干果店买了下来。朋友知道他买的不仅是铺面房，还有字号，对他说：“如果把‘德聚全’三个字给调过来，变成‘全聚德’，不是更好吗？”

杨全仁一拍巴掌，笑道："正合我意。'全聚德'，这仨字太妙了！'全'，全而无缺；'聚'，聚而不散；'德'，仁德为先。您瞧，'全'和'仁'，不正是我杨全仁的名字吗？"

众人听了，无不为这块得来全不费功夫的字号拍案叫绝。于是，杨全仁请清末名士钱子龙题了匾额。这块匾一直沿用至今。

京城老字号偶然获匾的事儿还有一例，那就是以做酱肘子闻名的"天福号"。

20世纪90年代，我到"天福号"采访，当年食品厂的老职工给我讲了"天福号"这块牌匾的故事。

"天福号"是乾隆年间由山东掖县人刘凤祥创建的。相传，当年刘凤祥在西单牌楼东南角，开了一个专做酱肉的小铺。

小铺开张以后，生意不错。有老乡对刘凤祥说："你的铺子买卖这么好，应该有个字号。"

刘凤祥听了，觉得他说得有道理，但他小字不认，大字不识，哪儿会起字号呀？想了好多天，也没想出来。

这天，刘凤祥买了肉以后，到小市转悠，突然发现在一个旧货摊儿上有块匾，上面写着三个字。他看了半天不认识，问旁边的人，人家告诉他这三个字是"天福号"。

"天福号"？这不就是天赐洪福吗？刘凤祥琢磨了一下，不由得心中大喜，当下把这块匾买了下来。

回到铺子后，他找人重新把这块旧匾擦了一遍漆，又用金粉把上面的字描了几遍，挑了个吉利的日子，把它挂了出去。

这真是天遂人愿，"有福之人不用愁，得匾全不费功夫"。

传说中的“天福号”老匾的故事，还是挺耐人寻味的，因为自从挂上这块匾，“天福号”的生意一直很红火。

京城的许多老字号牌匾，多出自大家之手，比较有名的是张伯英、孙毓鼎、潘龄皋、冯恕等书法家，也有像康有为、梁启超这样的政治名人。

当然，一个老字号，经历了几百年，不可能只有一块匾，有的老字号有两个或多个名人题的匾，如琉璃厂的“荣宝斋”，前后有陆润庠、徐悲鸿、郭沫若、董寿平、启功等多位名家题过匾。

“张一元”的匾，最早是冯恕题的，现在用的是董石良所题。“都一处”的匾，相传最早是乾隆题的，现在用的是郭沫若题的。

有意思的是，当年曾任北洋政府大总统的徐世昌、步军统领江朝宗、直系首领吴佩孚等，也给一些京城的老字号店铺写过匾，如“戴月轩”“静文轩”的匾，是徐世昌题的；“盛锡福”的匾，是吴佩孚题的。

京城的老字号经过“文革”更换店名后，老匾不知去向，所以改革开放恢复老字号后，找名家重新题匾，成了一种特殊的文化现象。

20世纪80年代后，京城题匾的大家有著名书法家董寿平、启功、刘炳森、李铎、欧阳中石等，也有一些政治文化名人，如郭沫若、赵朴初、溥杰、许德珩、胡厥文等。

郭沫若先生题的匾既有文物商店，也有老字号店铺，如“荣宝斋”“中国书店”“都一处”“力力餐厅”等。

赵朴初先生生前是中国佛教协会会长，虽然非常有学问，是书法大家，但为人随和谦恭，所以找他题匾的店家很多，如“青山居”“敦华斋”“天宫阁”“功德林”等。

京城老字号的牌匾，展示的不仅是书法艺术，也是皇都深厚的文化内涵，所以有关牌匾的历史掌故和传说故事很多。

“柳泉居”是京城创立于明朝隆庆年间的老字号，最早是经营黄酒的酒馆。

相传当时的酒馆不大，院里有棵大柳树，还有一口井，铺子小，没字号。那么“柳泉居”的字号是怎么来的呢？有一段传说非常有意思。

相传明朝有名的奸臣严嵩，受宠于嘉靖皇上，嘉靖给他下了一道免死牌，不管他犯多大的罪都不会掉脑袋。到了隆庆皇上这儿，大臣们纷纷上书，要处死这个祸国殃民的奸臣，但有嘉靖的免死牌，隆庆也无可奈何，最后只好抄了他的家，罢了他的官。

丢了官职的严嵩走投无路，只好拿着饭碗沿街乞讨，但老百姓都恨他，谁也不肯给他吃的。他又渴又饿，步履蹒跚地来到了那家黄酒馆。

一进门闻到酒香，他走不动道了，央告掌柜的给他口酒喝。

掌柜的心地善良，见状给他盛了一碗酒。严嵩喝下去，顿觉神清气爽，于是又让掌柜的给他拿口吃的，并对掌柜的说，我也不白吃你的，白喝你的，你让我吃几碗饭，我回头给你写几个字。

掌柜的见他身上带着文气，以为他是落魄的秀才，便去给他盛饭。严嵩一连吃了三碗饭，有了精神，对掌柜的说：“拿纸拿笔去！”

掌柜的拿过纸笔，严嵩看了看院子里的柳树和那口井，大笔一挥写下了“柳泉居”三个字。

掌柜的见他的字写得遒劲有力，非同一般，问他到底是干什么的，严嵩这才告诉他自己的真实身份。

掌柜的大吃一惊，又送他一些吃食，他才离开这个酒馆。不久，严嵩连饿带冻死在街头，“柳泉居”这三个字成了他的绝笔。

因为严嵩的名声实在不好，掌柜的一直没敢把这三个字拿出来，几十年过后，直到他的儿子这儿，才把酒馆改成饭馆，把当年严嵩写的字挂出来，成了饭馆的字号。

经历了几百年的风雨，当年严嵩给“柳泉居”题的匾早已不知去向，只留下了这个传说故事。

“柳泉居”在20世纪30年代，是京城有名的饭馆，与“三合居”“同和居”并称为“京城三居”，一直到1949年以后，在京城餐饮业的口碑还很好。

1978年，“柳泉居”门脸重新装修后，由京城著名书法家贾松阳重新题了匾。后来，老舍夫人胡絜青也给“柳泉居”题过匾。2017年，这家老字号在平安里复建营业，有六百多年历史的老店，生意依然红火。

严嵩是明朝有名的祸国殃民的奸相，名声不好，但他的字写得不错。京城还有两个老字号的匾是他的字，一个是“西鹤年堂”药店，另一个是“六必居”酱菜园。

为什么叫“六必居”呢？

相传，“六必居”开业于明朝中叶，最初是六个人合资开的酱菜园，买卖开张之后，还没字号。

宫里的一位太监到酱菜园买咸菜，店里掌柜的看出他是从宫里出来的人，把他买的咸菜打了包，却没收他的钱。

太监纳闷，问他为什么不收银子。掌柜的说了实话：“想求您找人给酱菜园起个名儿。”

太监想了想说：“这事儿包在我身上，你们预备好润笔费就是。”

掌柜的没想到两天以后，这位太监把当朝首辅严嵩给请到了酱菜园。

严嵩问明白掌柜的请他的用意，又问了问开这家酱菜园的情况，想了想对他说：“你们是六个人开这个酱园，六人六心呀！”

掌柜的不明就里，点了点头说：“是呀，六个人可不有六个心嘛。”

“好吧。”严嵩让掌柜的去拿笔墨，然后铺上纸，大笔一挥，写下了“六心居”三个字。

太监和掌柜的对严嵩起的这个字号，连声说好。

但见严嵩放下笔，沉吟片刻笑道：“好什么好？要想办成事必须要精诚合作，一心一意，这六个心，怎么能开好这个酱菜园呢？”

掌柜的一想，他说得也对，但这“六心居”已经写好，他能再写一个吗？

严嵩也对“六心居”这三个字很满意，不想重写了。他看了看桌上已经写好的字，突然灵机一动，要过笔，在“心”字上来了一撇，于是，“六心居”变成了“六必居”。

其实，这只是一个传说故事，真实的“六必居”是山西汾阳“赵氏三兄弟”赵存仁、赵存义、赵存礼合开的一个卖柴米油盐的小铺，后来才做酱菜。

字号为什么叫“六必居”？老话说：“开门七件事，柴米油盐酱醋茶。”他们除了茶都卖，七件过日子必须有的东西，他们占了六样，所以叫“六必居”。

说起京城老字号的匾，最有意思的是当年我采访老古玩商邱震生先生时，他给我讲的东琉璃厂的“宝古斋”匾上换字的故事。

清末民初，是琉璃厂文化街最火的时候，当时琉璃厂的许多店铺，都请名家题匾，如：

“荣宝斋”的匾，是清同治年间的状元陆润庠所题；

“邃雅斋”是姚华题的匾；

“开通书社”是傅增湘题的匾；

“藻玉堂”是梁启超题的匾；

“虹光阁”是天津书法家华世奎题的匾；

“悦古斋”是皇家宗室宝熙题的匾；

"翰文斋"是李文田题的匾；

"长兴书局"（海王村中国书店内）是康有为题的匾，等等。

在文化名人给琉璃厂题的匾里，比较有名的是光绪皇上的老师翁同龢先后给"尊汉阁""赏奇斋""秀文斋"等古玩店题的匾。

琉璃厂"宝古斋"的东家最喜欢翁同龢的字，但"宝古斋"开业时，翁同龢早已作古。

琉璃厂有家老铺"茹古斋"的匾，是翁同龢题的。"宝古斋"的东家本来想买下"茹古斋"的旧匾，但那块匾已经毁了。

恰逢西琉璃厂路南"赏古斋"的老经理刘竹溪去世，店铺经营不下去要歇业。"赏古斋"的匾，也是翁同龢写的。"宝古斋"的东家灵机一动，想把这块匾买下来。

但老经理尸骨未寒，您就要买人家的匾，这不是透着失礼吗？于是，"宝古斋"的东家想了一招儿，借着吊唁的机会，向"赏古斋"少掌柜的刘少溪说，翁同龢写的匾有问题，赏古的"赏"字下面的"人"字的一撇太短，这不是"方人"吗？不然老经理怎么会死呢。

少掌柜一听这话，脸上顿时阴云密布，看了看那块匾，恨不得立马儿想找锤子把它砸了。

"慢着！""宝古斋"的东家说，"黑漆烫金的匾砸了多可惜，卖我吧。"

"您肯要它？"少掌柜的十分不解地问道。

“我买它也是收藏。”“宝古斋”的东家淡然一笑说。

于是，少掌柜的刘少溪把“赏古斋”这块匾卖给他了。

当然，“宝古斋”的东家买这块匾，就是为了要挂出去的。不久，他找到京城的金石大家陶北溟，将“赏古斋”的“赏”字的口去掉，改书“珤”字，看上去就是“寶古斋”（“宝”是繁体字）三个字。

匾，还是原来的匾，但“赏古”变成了“宝古”，刻好后挂出去，人们都以为是翁同龢专门给“宝古斋”题写的，只有琉璃厂古玩业的同行知道底细。

自然，两个老字号匾上换字的事儿，也被传为佳话。

京城历史悠久的老字号很多，匾的故事也很多，这些匾的逸闻掌故，现在已然是老北京文化的内容了。

造办处与“燕京八绝”

经常听到有的玩古玩的收藏家拿出一件藏品，自鸣得意地说：“这是宫里造办处出来的玩意儿。”

当然，懂眼的人，听到“造办处”这仨字，也就明白他拿出的玩意儿不一般。

造办处是干什么的呢？简而言之，是清朝皇宫里专门给皇上制作玩意儿的御用工厂。它的全称是：内务府造办处。

给皇上制作玩意儿，当然要找顶尖的工匠。“顶尖”这俩字，可不局限于北京城，而是全国范围内的。

当年，内务府的权力非常大，皇上想要做什么玩意儿，内务府有权向各省的政府下令，招聘所需的能工巧匠，比如“绣作”，苏绣在全国有名，所以主要招聘的是江南的工匠。

造办处的工匠主要分为南北两派，南派的匠人以湖南、湖北、广东、广西、江苏、浙江等地的为主，都是这些省份的官员，根据内务府的要求，百里挑一甄选出来的能工巧匠。

“南匠”又分为以下几类：一种是出类拔萃的匠人，应召完成一件作品，其精湛的技艺被内务府看中，便把人留下来。

这类“南匠”不用返回原籍，岗位在编，即所谓临时工转正，入了旗籍，并且属于内务府的在册人员。

入籍入册，自然身价也就高了，老了也不用回老家，享受官府的“钱粮”（退休金）待遇。这应该是“南匠”里的佼佼者。

另一种“南匠”是属于“供奉”。“供奉”这名儿好听，但不实用，待遇比前面说的“入籍入册”的工匠差了一等。

这类“南匠”在某一门类的活儿上技艺出众，而且在造办处干的年头也不短，但一直没有“转正”，到干不动的时候，他们也享受不到“退休金”待遇，“供奉”成了“贡献”，于是只能回老家养老，这种工匠在造办处居多。

还有一种“南匠”，属于临时工，因为造办处要做一件大活儿，他们有某种技艺，被招募到造办处，这件大活儿完工后，他们就算完成使命，哪儿来的回哪儿。

北派的工匠，主要来自北京、河北（直隶）、山西等地，分为旗籍工匠和汉人工匠。旗籍工匠是在旗的，因为每月有固定的“钱粮”，所以衣食无忧。汉人工匠有长期在造办处干活儿的，享有内务府每月发的钱粮待遇；也有临时聘用的工匠，跟“南匠”的临时工待遇一样，完活儿后，打道回府。

不管南方的工匠，还是北方的工匠，只要能进造办处，绝对都是某一工种里的顶尖高手，而且身怀绝技。

事实也证明了这一点，现在我们看到的造办处出来的玩意儿，不但工艺精湛，而且都有独门的绝技。

他们的许多绝技没有传下来，现代人很难仿造，即便动用现代科技手法，也很难达到手工制作的工艺。没辙，造办处就是这么牛。

造办处在创办初期，只是给皇上做一些生活用品，以及骑马和射箭用的工具。工匠是从社会上临时招聘的，也没有固定的干活儿场所，他们干活儿，就在故宫养心殿周边闲置的房子里。

养心殿是皇上的寝宫，造办处设在这儿，主要是方便皇上随时巡视。当时，掌管造办处的官员叫“养心殿管理造办处大臣”。

后来，随着皇上要做的物件种类越来越多，造办处的工匠也跟着增多，同时，工匠们干活儿时“叮叮当当”的声音，皇上听了也觉得闹心，所以，造办处在康熙三十年（1691）搬出了养心殿。

造办处把武英殿北边的一百五十多间空房，当成了工匠们的操作间，如同造办处的大“作坊”。有了固定的干活儿地方，各种工匠的制作程序也逐渐完善了。

从康熙三十二年（1693），造办处开始设立各门类的作坊，到乾隆二十三年（1758），共设有四十二个制作不同物件的作坊。

这些作坊是：

造钟处、铸炉处、枪炮处、玻璃厂、盔头作、舆图房、弓作、鞍甲作、珐琅作、镀金作、玉作、螺丝作、錾花作、镶嵌作、摆锡作、牙作、砚作、铜作、镀作、凿活作、风枪作、眼镜作、刀儿作、镟轴作、匣作、裱作、画作、广木作、木作、漆作、雕銮作、镟作、刻字作、灯作、裁作、花儿作、绦儿作、穿珠作、皮作、绣作、画院、如意馆。

您从这四十二个作坊的名称上，不难看出造办处几乎涵盖了当时手工制造业的大部分。

这是乾隆二十三年（1758）以前造办处的分工情况。这一年，造办处以“合并同类项”的方式进行了改组，将原来的四十二个作，合并为十三作，这十三作是：

匣裱作、油木作、灯裁作、金玉作、铜镀作、盔头作、造钟处、铸炉处、炮枪处、珐琅作、玻璃厂、舆图房、如意馆。

有的书上说清宫造办处是十四作，这是怎么回事儿呢？

原来在光绪年间，随着西方工业革命的发展，出现了许多新型的枪炮，造办处为此成立了花炮作，后改叫花炮局，专门负责采购西洋花炮。如此，造办处又多了一作。

造办处各作的工匠，按各自的手艺不同，共分为六十一个工种。

其中，隶属如意馆的有：雕玉匠、牙匠、画匠、托裱匠、帖匠、轴匠。

隶属金玉作的有：镀金匠、螺丝匠、琢玉匠、磨玉匠、錾花匠、镶嵌匠、摆锡匠、砚匠。

隶属匣裱作的有：镟匠、匣匠、裱匠、彩画匠、广木匠。

隶属油木作的有：木匠、漆匠、雕匠、刻字匠。

隶属铸炉处的有：铸匠、锉匠。

隶属造钟处的有：钟匠。

隶属炮枪处的有：铁匠。

隶属鞍甲作的有：鞍匠、皮匠、甲匠。

隶属弓作的有：箭匠、弦匠、弓匠。

隶属珐琅作的有：珐琅匠。

隶属玻璃厂的有：玻璃匠、吹玻璃匠、烧匠、碾匠。

隶属铜镀作的有：镀匠、铜匠、凿匠、风枪匠、眼镜匠、刀匠。

隶属灯裁作的有：灯匠、穿珠匠、裁匠、花匠、绦匠、染皮匠、彩绣匠。

隶属舆图房的有：画线匠、绘图匠。

隶属盔头作的有：盔头匠、切末匠。

隶属花炮作的有：花炮匠、南盒子匠、北盒子匠、洋花匠、洋盒子匠、软灯匠、起花匠。

这六十一个工种，俗称“造办处的六十一行”，这些工匠并不是全部，不过，在清宫造办处的二百多年历史中，这些手艺是相对固定的，工匠也是造办处在册的正式工，不包括他们的助手、副工。

据光绪二十一年（1895）造办处的“匠役饷册”记载，当时在册的各作共有正式工匠449人，其中“南匠”为56人。

从这个统计人数，您就知道清宫造办处是什么规模了。

清宫造办处对京城手工业的发展有一定的影响，尽管宫里的规矩很多也很严，造办处工匠的绝活儿不能外传，但他们做的玩意儿，经常被皇上赏给王公大臣。

这些玩意儿通过王公大臣之手，会传到民间。虽然这些工匠做出来的玩意儿极为精细，民间工匠很难仿制，但玩意儿样式却不难模仿。您别忘了那句话：高手在民间。

所以造办处工匠做的玩意儿，多多少少影响着民间手艺人，特别是辛亥革命推翻了帝制，清宫造办处名存实亡，大部分工匠被遣散，流落民间以后，为了生存，他们不得不接着耍手艺。

这样他们的绝活儿也流入民间，使京城的民间手工艺在民国初年进入一个黄金发展期，并由此形成了中外闻名的“燕京八绝”。

所谓“燕京八绝”，是北京的八种艺术品工艺的绝活儿，它们是：

玉雕、牙雕、景泰蓝、雕漆、花丝镶嵌、金漆镶嵌、宫毯、京绣。

您从前面说的最初造办处的四十二作便能看出，“燕京八绝”的手艺跟造办处工匠的手艺是紧密相连的，换句话说，“燕京八绝”，包括宫里造办处“四十二作”“六十一行”里的绝活儿。

清宫造办处的珐琅作、镀金作、玉作、錾花作、镶嵌作、牙作、铜作、镀作、凿活作、镟轴作、画作、雕銮作、镟作、绣作、画院、如意馆等，其工艺跟“燕京八绝”的工艺是重合的。

可以说“燕京八绝”的绝活儿，本来就出自清宫的造办处，比如珐琅作、玉作、牙作、镶嵌作、绣作等。

“燕京八绝”的第一绝是玉雕，北京玉雕的历史可以追溯到商朝，1977年在北京平谷刘家河出土的商朝墓葬中，发现了不少珍贵的玉器。

现在陈列在北海团城承光殿前石亭内的“渎山大玉海”，是元朝北京玉雕的代表作。这个“渎山大玉海”重三千五百公斤，雕刻的鸟兽出没于波涛之状，堪称罕见的玉器珍宝。

明朝是京城雕玉发展的黄金期，一是新疆的和田玉料大量进京；二是国内琢玉高手云集，明朝唯一见诸史册的琢玉大师、苏州人陆子冈曾多次来京传艺，使官府玉作和民间雕玉技艺有了新的发展。

明朝的皇家玉作，隶属朝廷的御用监，与清宫的造办处相似，是专门为皇家服务的玉作。其雕玉的风格气度豪放，质朴厚重，琢工圆润，格调高雅，对民间玉作的影响很大。

这种技艺一直延续到清朝，形成了京城独有的玉雕风格。

辛亥革命以后，清宫造办处的雕玉高手流入民间，加上“一战”之后，欧美国家的经济复苏，京城玉器大量出口，京城的玉器行业呈现出前所未有的兴盛期。

当时京城出现了崇文门外大街、花儿市上三条下三条、前门外廊坊头条、羊肉胡同、炭儿胡同等十几条“玉器街”。

在这些“玉器街”里大小作坊林立，涌现出“瑞兴斋”“富德斋”“荣兴斋”“义诊斋”“永宝斋”“宝珍斋”等上百家有名的玉作。

据相关资料记载，这一时期京城从事雕玉的工匠有八千多人，这还不算学徒的徒弟、已经经营玉器生意的买卖人。玉器行的这种兴盛一直延续到1937年“七七事变”。

虽然由于日本入侵北平后，玉料来源中断、产品滞销带来玉器行的萧条，但是这一时期，北平的玉器行业培养出一批雕玉大家。这些雕玉工匠在北平解放后，焕发出的创作激情，使京城玉雕进入一个新的发展时期。

新中国成立后，京城雕玉工匠最有名的就是“四怪一魔”。

“四怪”是潘秉衡、何荣、王树森、刘德盈。“一魔”是张云和。

潘秉衡大师，在玉器行首创了带故事情节的圆雕和组雕人物，恢复和创新“金镶玉”工艺，完善玉器传统薄胎工艺。

何荣大师，以擅长圆雕神像和仕女而闻名。

王树森大师，他所圆雕的人物带有立体感，神形兼备，栩栩如生。

刘德盈大师，以立体圆雕花卉而闻名。

张云和大师，人称“鸟儿张”，以圆雕各种鸟儿活灵活现而著称。

此外还有夏长馨、王仲元等大师，以及后起之秀陈长海、李博生、王德龄、贾玉森等大师。

"燕京八绝"的第二绝是牙雕，从出土的文物中可知中国从商朝就有牙雕艺术品了，但长期以来，象牙属于皇家和贵族的专利，很难到一般老百姓手里。

北京的牙雕在明清时期，深浅浮雕的技法相当精湛，尤其是清宫造办处的牙作，雕出的龙舟、宝塔、花篮、牙扇、牙熏等，层次多重，玲珑剔透，立体感强，工匠的技艺达到前所未有的水平。

牙雕一直深藏在造办处，直到20世纪初，才在京城的市面上显山露水。1910年，老艺人王彬开办了第一个牙雕作坊。之后，京城的牙雕作坊才逐渐多起来。

到新中国成立后，牙雕成为北京工艺美术的一枝奇葩，牙雕行也出现了许多代表性的大师，如擅长雕老人和佛像的王彬，以深浅浮雕著称的胡凤山，牙雕的多面手崔华轩，敢于创新的高手杨士惠、杨士忠兄弟。杨士惠的牙雕艺术曾受到毛泽东主席的赞誉。

还有擅长雕罗汉、古代人物的曹斌，专攻盔甲人物的李洪义，以及雕怪兽的高手赵声远，雕仕女的丁玉亭、同玉舟、孙森、杨士俊等大师。他们的作品在国内多次获奖。

进入21世纪，大象属于世界上受保护的濒危动物，所以象牙也是保护对象。我国加入了《濒危野生动植物种国际贸易公约》，所以，从2018年1月1日起，我国全面禁止商业用途的象牙加工及销售。

这意味着任何生产加工销售象牙制品都是违法的。按法律规定，非法出售、运输、收购野生动物制品、象牙制品，一般情节要判5年以下有期徒刑，情节严重的要判5年至10年有期徒刑。如此一来，牙雕这一绝，就真成了“绝”品。

“燕京八绝”的其他“绝”，如景泰蓝、雕漆、花丝镶嵌、金漆镶嵌、宫毯、京绣等，现在依然是北京工艺美术行业看家的技艺，而且其技艺也都列入了非物质文化遗产保护名录。

这些行业的工艺大师们，秉承前辈的工匠精神，与时俱进，在工艺上敢于利用现代的高科技，大胆创新，使传统“燕京八绝”的绝活儿不断发扬光大。

五花八门与天桥“八大怪”

老北京的天桥是非常有名儿的地方。现在来北京旅游，有句广告语：“登长城，游故宫，吃烤鸭。”过去，来北京旅游必逛的地方是天桥。

清末诗人易顺鼎在《天桥曲》中，写道：“垂柳腰肢全似女，斜阳颜色好于花。酒旗戏鼓天桥市，多少游人不忆家。”

您看，到天桥一逛，您连家都忘记回了。为什么？因为天桥不但可以看各种各样的民间艺术表演，而且还有各种的小吃摊儿。饭馆、酒馆、茶馆、戏园子应有尽有。来天桥，吃喝玩乐全有了。

老北京人聊到天桥的时候，一定会说：“那地方真是五花八门，让人眼花缭乱。”

“五花八门”，五岁小孩儿也会知道这是一句成语。但什么叫“五花八门”？哪“五花”，哪“八门”？深问您一句，您就不见得知道了。

有人解释“五花八门”，是指中国古代打仗的阵势。古人打仗讲究排兵布阵，其中最有名的是“五行阵”和“八门阵”，“五花八门”就是指这两个阵势，因为它们变化多端，让人眼花缭乱，所以这个成语有目不暇接的意思。

可这个成语既然是典出“五行阵”和“八门阵”，为什么不叫“五行八门”，却叫“五花八门”呢？显然，这种解释不能自圆其说。

其实，“五花八门”是过去的江湖的隐语，“五花”和“八门”都是有所指的。

“五花”，喻指五种花，而且这五种花都是喻人的。

它们是：“金菊花”，喻指卖茶的女子；“木棉花”，喻指走街串巷为人看病的游医，即郎中；“水仙花”，喻指妓女；“火棘花”，喻指杂耍演员；“土中花”，喻指挑夫。

“八门”，指的是过去江湖上卖艺耍手艺的八种人，简单说就是“巾皮彩挂，平团调柳”。

具体讲：“巾”，指的是看相算命的；“皮”，指的是卖中草药的；“彩”，指的是变戏法的；“挂”，指的是江湖卖艺的；“平”，指的是说书弹唱的；“团”，指的是街头卖唱的；“调”，指的是搭棚扎纸的；“柳”，指的是高台唱戏的。

这“五花八门”，您在老北京天桥都能找到。不能说天桥这地界，出产“五花八门”的这些江湖艺人；只能说天桥特有的“气场”，适合“五花八门”的这些江湖艺人生存和发展。

正因为如此，天桥在老北京人眼里是块“杂巴地”。江湖上的许多好玩儿的有趣的，您在这儿能见到。江湖上那些坑蒙拐骗，见不得人的阴暗事儿，您在这儿也能碰到。

当然，天桥最诱惑人的是杂耍、曲艺等民间的表演艺术，它也被视为老北京曲艺和杂技的发源地，比如相声就是在天桥产生的，还有一些曲艺的曲种、杂技的表演是在天桥唱出来演出来的，包括代表北京的剧种评剧。

在天桥各种民间表演艺术中，最有名的就是“八大怪”了。这“八大怪”，是八位以“怪”著称的艺人，跟“八门”没有任何关系。

一个艺人能跟这个“怪”字沾边，那可不是简单的事儿，其身手肯定不凡，而且要有与众不同的绝活儿。

我在20世纪80年代初，曾多次到天桥地区采访。当时天桥地区的许多老胡同和平房还没拆，老天桥演艺场子的遗迹尚存，一些天桥的老艺人还在。在这里的街巷漫步，还能感觉到老天桥的古韵。

我先后采访了“大狗熊”“飞飞飞”“虫子杨”“大刀张”张宝忠的儿子张少杰、“摔跤满”满宝珍、玩车技的“小老黑儿”等老天桥有名的艺人。

双簧表演艺术家孙宝才，绰号“大狗熊”，当时一些文章说他是天桥的“八大怪”之一。我采访他时，他已经八十多岁了。

老爷子是在北京曲艺团退的休，土生土长的“天桥人”。他笑着对我说：“我可够不上‘八大怪’。当年天桥的‘八大怪’在京城赫赫有名，家喻户晓，说他们‘怪’，名不虚传。他们的玩意儿真够得上这个‘怪’字。”

“八大怪”，人怪，玩意儿怪，对他们的说法也“怪”。

“八大怪”究竟都是谁？在天桥的地面儿上，居然也说法不一。记得当时我问了许多人，这个告诉我“八大怪”都有谁，那个告诉我“八大怪”是谁，十个人十个说法，最后把他们告诉我的“怪”放到一起梳理，竟然弄出二十多个“怪”来。

到底谁是“八大怪”呢？后来我查了许多老北京有关天桥的史料，发现原来这“八大怪”是有“时间段”的，也就是说不同的历史时期，有不同的“八大怪”。

“八大怪”是天桥艺人们比较公认的“怪人”。这些“怪人”出现在三个时期：

第一个时期是清朝末年的光绪年间，这个时期，是天桥民间艺人的初起阶段，被人们评为“八大怪”的算是第一拨。

这拨“八大怪”的第一“怪”，是唱太平歌词、说相声的朱绍文，他的艺名叫“穷不怕”，祖籍浙江绍兴，是汉军旗人。

朱绍文生于1829年，死于1904年，活了七十五岁。他从小学的是京剧，唱架子花脸，后来标新立异，改唱太平歌词，并与说相声的“孙丑子”结拜为把兄弟。

在天桥表演，行话叫“撂地”，即在地面儿圈出一块场地，演员在“地上”表演，演完一段，向观众收钱，所以又叫“平地抠饼”。要想让观众掏钱，您必须得有真功夫。

朱绍文会的玩意儿很多，他除了即兴演唱太平歌词，还擅长用白沙子在地上撒字，为后人津津乐道的是他撒的一副对联：“画上荷花和尚画，书临汉字翰林书。”

这副对联正着念，反着念，音是一样的。写这些是为了“粘圆子”，江湖术语招人的意思。白沙撒字，堪称天桥一“怪”。

朱绍文还会打竹板，他手里的竹板上刻着两句话：“满腹文章穷不怕，五车书史落地贫。”“穷不怕”这个外号就是这么来的。

他收了两个徒弟，一个叫“贫有本”，一个叫“穷有根”，有时三人一块说相声。他们编的相声针砭时弊，嘲讽陋习，一时传为佳话。

1872年出版的《都门汇纂》里，有一首说他的《竹枝词》：“白沙撒字作生涯，欲索钱财谑语发，弟子更呼‘贫有本’，师徒名色也堪夸。”

相声这种表演形式，在朱绍文之前，已经在天桥出现，但是朱绍文有文化，他改编了许多民间笑话，并且采用说、学、逗、唱的形式，使相声这种民间表演更加完善。

朱绍文创作了许多相声作品，如《字象》《黄鹤楼》《庄公打马》《八大改行》等，已成为经典作品，至今仍被相声演员表演。

第二“怪”是滑稽演员“醋溺高”。“醋溺高”是他的外号，什么意思呢？至今无解。江湖上只知道这个人姓高，叫什么名不知道。

此人整天蓬头垢面，留着脏兮兮的大胡子，身穿油脂麻花的布袍，一脸滑稽相，擅长模仿各种人物，说学逗唱，无所不能。

《朝市丛载》一书对他的描写是：“一脸黑泥连鬓毛，手拈草珠旧纱袍。骂人都作寻常事，得意人呼醋溺高。”

第三“怪”是演滑稽的“韩麻子”。此人也没留下名字，人们只知道他姓韩。

他怪在长的模样上，冬瓜脑袋，紫黑的脸，眉目怪诞，奇丑无比，一脸麻子，前额还有几道梅花纹。

他的这副尊容本身就惹人发笑，再加上他擅长说、学、逗、唱，所以，在天桥，不用拉场子，拎着大鸟笼子，往那儿一站，便会招来许多看客。

第四“怪”是敲盆唱曲的“盆儿秃子”。人们也不知其姓名，只知道他的绰号。

所谓的“盆儿”，是他在天桥表演，手里总是拿着一个口径一尺长的瓦盆，用筷子能敲出悦耳的声响，一边敲，一边哼唱自编的太平歌词，经常“现挂”抓哏，让人捧腹。

《天桥杂咏》里形容他：“曾见当年盆秃子，盆儿敲得韵铮铮。而今市井夸新调，岂识秦人善此声。”

第五“怪”是玩杠子的“田瘸子”。人们也不知道他的姓名。他走道一瘸一拐，但在杠子上却身手不凡，既能寒鸦浮水，又能鹞子翻身，最绝的是他能以两个手指支撑，在杠子上倒立“拿大顶”，让人百看不厌。

《朝市丛载》中对他赞誉道："瘸腿何曾是废人，练成杠子更通神。寒鸦浮水头朝下，遍身功夫在上身。"

第六"怪"是表演化装相声的"孙丑子"，人们也只知道他的外号，不知他名字。他是"穷不怕"的师兄弟，以说相声谋生。长相丑，又常常穿着奇怪的装束，有时甚至穿着出殡的丧袍，披麻戴孝，手里拿着招魂幡，做出各种怪相，来博取人们的开心一笑。

《天桥杂咏》一书对他的评价是："为谋生计戴麻冠，行哭爸爸又呼冤。莫道国人多忌讳，也知除假使真钱。"显然对他的这种自轻自贱、低级下作的表演是嘲讽的。

第七"怪"是表演吹鼻嗡子的"打麻铁壶的"，他连姓名都没留下来，人们只记住了他演的玩意儿了。

"吹鼻嗡子"就是用两个特制的小竹管儿插到鼻孔里，然后使劲用鼻音通过竹管发出有韵律的音响。随着音响，他还要哼唱自编的小调。与此同时，他的腰上还挎着一个破铁壶，一边唱着，一边敲打着这铁壶，十分风趣，逗人发笑。

《天桥杂咏》里对他的描写是："麻铁壶敲韵调扬，亦能随手协宫商。当时牛鬼蛇神样，看到而今转觉强。"

第八"怪"是要石头的"常傻子"，人们只知道他姓常，名字没有留下来。外号"傻"，其实他并不傻。在天桥卖艺时，常带着他的弟弟，哥儿俩一块要石头。

他要石头兼卖丸药，即所谓"大力丸"。"撂地"时，放着大大小小的一堆石头，旁边是铁匣子，里面装着"大力丸"。

表演时，手里拿着一块青石，面对一块大石头，嘴里振振有词，然后屏气凝神，大喊一声照着那石头砸下去，顿时石头粉碎。

这时，他对现场的观众说，这是吃了“大力丸”之后才有的力气，撺掇大伙儿买药。这大概是最早的商品推销术。

《天桥杂咏》对他的描述是：“猛向石头哈一声，抡开双臂定双睛。石头撤去石头垫，肉绽皮开也不成。仙家煮石事荒唐，常傻而今可做粮。顽石且能迎手碎，何须更觅点金方。”

以上的第一拨天桥“八大怪”，有三个特点：

一是除朱绍文之外，其他七“怪”都有姓，却没留下名字，可见他们几乎没有文化，社会地位比较低。

二是他们的“怪”，是因为长得丑。您瞧吧，不是麻子、秃子、瘸子，就是傻子、丑子，没一个长得顺溜的。

三是他们的表演比较简单，有的几乎没有什么艺术性，只是靠长相古怪，或穿着奇特，做“怪”样，出洋相来博取观众的欢心。

第一拨的“八大怪”，多少有拿这些人“开涮”和嘲弄的意味。当然他们的表演，除了“穷不怕”以外，也没有什么“艺”可以传承的。

在清末民初，20世纪一二十年代，即辛亥革命前后，天桥又出现了一批“怪人”，被人称为第二拨“八大怪”。他们是：

第一“怪”是“老云里飞”。他的真名叫白庆林，堂号“庆有轩”。他最早是梨园行的武生演员，在天桥卖艺除了唱两口，也靠打把式翻跟头招揽观众。

他“撂地”的场子，用白灰写着“云里飞，壁里蹦，雨来散，风来乱”。他的跟头翻得高，也翻得远，给人以云中翻滚的感觉，“云里飞”名不虚传。

第二“怪”是用鼻哨吹戏的“花狗熊”，只留下外号，没留下真实姓名，他的功夫是用两根竹管插进鼻孔，能吹出许多戏曲，还有各种鸟兽的声音，边吹边唱，插科打诨，逗人发笑。

第三“怪”是口技演员“百鸟张”，他的真名叫张昆山，老北京的许多报章都介绍过他，其口技表演惟妙惟肖，自称“凡是能飞的一概能学”。“百鸟张”的口技当年在京城家喻户晓。《都市丛载》说他：“学来禽语韵低昂，都下传呼‘百鸟张’。最是柳荫酣醉后，一声婉转听莺簧。”

第四“怪”是耍活蛤蟆的，只留下了玩意儿，没留下姓名。因这个演员年过花甲，演出时呼蛤蟆是学生，一招呼学生，蛤蟆便自己爬过来，所以人们又叫他“教书老先生”。其实他并没文化，靠玩蛤蟆玩出了名儿。

第五“怪”是耍金钟卖唱的，也没留下姓名，人们只记住了他的玩意儿。所谓“金钟”，是锃光瓦亮的一个铜筒子，亮如明镜，演员拿出各种图片，照在铜筒子上，幻化出不同影像，演员一边摆弄图片，一边唱小曲，非常滑稽。

第六“怪”是耍中幡的“王小辫”，这在当年天桥是非常有名的表演项目。中幡是用长三丈多的竹竿，挑起顶部的伞盖，伞布两边配有小旗和串铃，整个中幡有几十斤重。

"王小辫"托在手上，顶在肩上、头部、胸前后背，能耍出一套完整的动作，有"霸王举鼎""朝天一炷香"等名堂。"王小辫"在耍中幡的同时，还带着徒弟现场摔跤表演，每天都能吸引许多观众。

后来，他的徒弟宝善林"宝三"，继承了他的中幡表演绝活儿，现在，天桥的中幡已经被列为北京市非物质文化遗产。

第七"怪"是练铁锤的志真和尚。此人的一绝是，手拿几十斤重的铁锤，一边大喊，一边朝自己的胸部猛击，却无任何疼痛之感。练完之后，他便兜售自己炮制的"切糕丸"，声称吃了这种药丸，不但能治饿，还能抗击打。

《江湖丛画》对他的这种"怪举"写道："卖打夸张药力真，街头叫喊为惊人。频敲左肋砰砰响，也是千锤百炼身。少林肯传授轻抛，两个铜元卖一包。不信当场来试验，小僧能挺铁锤敲。"

第八"怪"是耍狗熊顶碗的"程傻子"。此人在老天桥非常有名，绝活儿是头上能顶十三个花碗，而且顶着碗能做许多高难度动作，花样让人看了目不暇接。

除了这个绝活儿，他还会耍狗熊，是天桥艺人的一个招牌。《江湖丛画》中对他描写道："程傻登场不耍熊，十三宝塔耍尤工。要知饭碗熊牢固，第一全凭顶上功。"

民国以后到1949年北平解放，天桥的演艺场子又出现了一些奇人，人们列出八位来，把他们看作是第三拨"八大怪"。他们是：

第一“怪”是表演滑稽和相声的“小云里飞”，他的大号叫白宝山，是老“云里飞”的儿子。因为他戏曲武功出众，折跟头打把式让人眼花缭乱，人送外号“草上飞”“壁里蹦”。

“小云里飞”从小跟父亲在天桥“撂地”，继承了父亲的功夫，又有所创新，每次演出，带着儿子白全福和弟子，每个人扮演不同角色，说学逗唱，插科打诨，逗人发笑。

相声的“柳活儿”到他这儿日趋成熟，他留下了许多“柳活儿”的经典，如《炸酱面》《空城计》等，相声名家侯宝林、郭全宝等都跟他学过艺。

第二“怪”是拉洋片的“大金牙”，他的本名叫焦德池，因为嘴里镶着金牙而得此绰号。拉洋片是他首唱，同时他还研究出一套配合照片的唱段。

后来，他的儿子继承了拉洋片的演唱技巧，现在，拉洋片已经被列为北京市非物质文化遗产。

第三“怪”是骂大街的“大兵黄”，此人大号黄才贵，早年在军阀部队当过兵，也负过伤，练就了他身上天不怕地不怕的“野”性。

他在天桥主要是靠卖药糖谋生，为了招人，他身上穿着黄马褂、紫缎子长袍，手持文明棍，对官场和民间看着不顺眼的事儿，便扯着嗓子叫骂。他骂人骂事，鞭辟入里，酣畅淋漓，都是老百姓想说不敢说的，所以观众听了都觉得解气。

虽然他多次被巡警抓走，但他的“兵痞”劲头儿，谁也奈何不了。抓了放，放了抓，最后索性放任自流了。“大兵黄”骂大街，当年在天桥绝对是一“景”，当然也是一“怪”了。

第四“怪”是表演耍牛骨数来宝的“曹麻子”，他的本名叫曹德奎。他从小跟“黑泥鳅李”学艺，在天桥“撂地”时，带两个徒弟，化上装，手里拿着“合扇”，这种响器俗称牛胯骨，上面有十三个小铃铛，所以又叫“十三太保”，两个徒弟也化上装，手里打着快板。

表演时，“曹麻子”常常现抓词儿，内容主要是针砭时弊，揭露社会阴暗的。这些段子被后人整理，现在还有演员表演，例如《骂摩登》《打天坛》《变法》《拆城墙》等。

第五“怪”是说对口相声的焦德海。他是徐有禄的徒弟，相声“八德”之一，给他捧哏的是刘德智，他说的相声亦庄亦谐，模拟人物惟妙惟肖，拿手的名段《交地租》《羊上树》《粥挑子》等，令人捧腹。

不过，把他列入“八怪”有些牵强，因为跟那些“怪”人相比，他的幽默还是比较“文”的。他的徒弟有单口名家张寿臣，以及白宝亭、于俊波等。

第六“怪”是练气功和摔跤的沈三。沈三是天桥的名家，当年他的气功绝活儿“胸前开石”“双风贯耳”等，现在仍被人津津乐道。

所幸这些绝活儿被后人传承，现在还有人能表演。沈三的摔跤也很有名，他的徒弟后来有的成为全国中国式摔跤冠军。

第七“怪”是蹭油的“催巴儿”。他的本名叫周绍棠，“催巴儿”是带有贬义的老北京话，即“祟催”，给人打下手之意。

他不是艺人，是卖野药的，主要卖能去油污的药剂和治皮癣的药。跟一般摆摊儿设棚卖药的不同，他边走边吆喝，有时还故意在人衣服上蹭点油污，然后用他的药剂当场擦拭。

逛天桥的都知道天桥有这么一号，但他在人群中到处游窜，谁也不知道什么时候就被他蹭一下，所以在老天桥他成了“怪”人。

第八“怪”是表演赛活驴的关德俊。驴是用黑布精心制作的，驴头做得跟真驴相仿，穿在身上，像“活”驴一样，舞台上有许多道具，表演时的一些高难度动作，让人提心吊胆，但他却从容不迫。“赛活驴”的表演作为老天桥的民间艺术，已被列为北京市非物质文化遗产，现在还有演出。

天桥的“八大怪”仅仅是民间的一种说法，其实，老天桥卖艺的知名艺人和“怪人”绝对不止这些，比如史料记载过的“架黄瓜”“张狗子”“气功断石傻子”，等等。

天桥三个不同时期的“八大怪”，还是很有代表性的，通过这些“怪”，可以看出老天桥的特点，您要想在天桥的地面儿上刨食，想要出人头地，不在艺术上有绝活儿，就得在“怪”上做文章。

比如那位靠骂大街出名的“大兵黄”，“怪”到让人称奇了，您也就出名了。由此说来，老天桥本来就是一个很怪的地方。

京城的“花儿把式”和花店

“把式”，也可以写成“把势”。通常有两种解释：练武术的，还有专精一门手艺的人。“花儿把式”就是专门精通养花儿的手艺人。

老北京有“四大玩”之说，“四大玩”即花、鸟、鱼、虫。“鸟儿”和“鱼”，用不着解释，您就知道。“虫儿”呢？专指人们玩的“鸣虫儿”和“斗虫儿”。

北京人讲究玩的“斗虫儿”，是蛐蛐儿。“鸣虫儿”有“四大鸣虫儿”之说，即蝈蝈儿、蛐蛐儿、金钟儿、油葫芦。

“花鸟鱼虫”，把花儿排在了第一玩。这是为什么呢？因为“玩”花儿、养花儿的人多。

有位朋友曾对我说，这“四大玩”里，最好养的就是花儿了。

其实，这话分怎么说，有的花儿的确耐活，比如有一种俗名叫“死不了”的花儿，几个月不管它，它也照样活，还能开花儿，也能结籽。

但是有些娇贵的花儿，您要是不懂它的生长习性，不会养，即便天天鼓捣它，保不齐都活不了。

所以，养花儿既是一种乐趣，也是一门手艺。老北京管懂养花儿技术的人，叫“花儿把式”。以前，宫里和王府，有专门养花儿的“花儿把式”。老北京的大宅门，也雇用“花儿把式”到家里养花儿。

北京人爱养花儿，自然，逛花店也就成了一种乐趣和时尚。

北京的花店一年四季花事不衰，各种各样的花儿清香满室，秀色宜人。冬天，绿叶红花，春意盎然；夏季，枝繁叶茂，清幽爽目。

这些年，随着老百姓生活水平的提高，人们更重视家居的品位，甭管住的地方大小，家具和摆设的古朴与新潮，总之，屋里总得摆上几盆花儿，这样才有品位，也显得有生机和活力。

当然，现在花儿的品种也多了，就连昔日只有文人雅士喜欢的盆景，也进入了寻常百姓家。花店里除了奇花异草以外，玲珑奇巧的盆景也占有突出位置。

在老北京，街面儿上是没有鲜花店的。一些史料记载的花店，均为簪花，即绢花店。

当年，京城的妇女以头戴身佩绢花为时尚。绢花曾是京城民间手工艺的一绝。

做绢花的手艺人模仿能力极强，用各种颜色的绸缎做出来的花儿惟妙惟肖，非常逼真，常常能以假乱真。

京城簪花的制作与销售多为前店后厂，主要集中在崇文门外。北京有一条著名的街道叫花市，便是以此为名。顾名思义，花市的花，是簪花，而非鲜花，花的读音必须儿化，念成“花儿市”，不然便没味儿了。

那会儿，京城难道没有卖鲜花的吗？当然有。因为簪花再美，毕竟是假的，没有灵气，而且属于装饰物，真正赏心悦目的还是鲜花。

鲜花，不但老百姓喜欢，王公大臣、达官显贵也钟爱。据说当年慈禧太后就酷爱奇花异草。您想据传她的小名儿叫兰子，就是个花名儿，她能不爱花儿吗？

“老佛爷”喜欢花儿，当然，她身边的宫女们也不能不喜欢。传说北京人爱喝的茉莉花茶，就是从“老佛爷”这儿来的。

有一年，一个宫女为“老佛爷”选茶叶泡茶，一不留神把头上戴的两个鲜茉莉花瓣儿掉在了装茶叶的锡筒里，当时她也没看见。

过了几天，她给“老佛爷”选茶时，在锡筒里发现了这两个花瓣儿，并闻到一股淡淡的幽香。

宫女吃了一惊，知道自己闯了祸，生怕“老佛爷”喝出茶有香味儿，自己会受到杖责。

果然，“老佛爷”在她沏的茶里喝出了茉莉花的香气。

"老佛爷"把宫女叫过来盘问，宫女吓得直肝儿颤，但又不敢在"老佛爷"面前撒谎，只好如实相告。

谁知，"老佛爷"一听，不但没责怪她，反倒击掌叫好，原来这种茉莉香味儿正合她的口儿。

于是，"老佛爷"命太监如法炮制，在装茶叶的锡筒里多放鲜茉莉花，以使香味儿更重。

太监心领神会，知道"老佛爷"好这口儿，嘱咐茶农用茉莉花窨制鲜茶。

精明的茶农在采茶的季节，便开始用茉莉花窨制，使茶叶香气扑面，深受"老佛爷"喜爱。

后来茉莉花茶在王公大臣中传开，以后又传到民间，喝茉莉花茶渐渐地成为北京人的风习，直到现在仍不改口儿。

当然，这只是一种传说，而关于茉莉花茶的起源有多种传说，另一个版本的传说，把慈禧太后换成了武则天。

不管怎么说吧，花茶跟鲜花有关，而鲜花又是宫里皇妃的钟爱之物。

在老北京，皇宫王府需要的鲜花，直接由城南黄土岗（现在的地名叫花乡）的花农进奉。北京的花木产地，主要集中在城南丰台黄土岗一带的十八村。

那里的土质好，泉水多，适宜花木生长。花木除进奉外，花农便挑着担儿进城串胡同叫卖，或在庙会上摆地摊儿出售。

北京最初的鲜花市场在广安门内的慈仁寺，因为这儿离黄土岗比较近便。以后又挪到宣武门外的上、下斜街和土地庙一带。

每到花季，丰台的花农荷艳担香，从十几里外的花乡，步行到花市，一路飘香，成为京城的一道景观。

到了清末，花市又移到东西两庙（护国寺和隆福寺）。直到20世纪60年代，两庙仍是花市和花店较集中的地方。

北京地处北温带地区，花期较短，应时应令的鲜花必须在温室里养植。老北京把温室叫“暖洞子”，这里养出的花儿也叫“堂花”。

因为“堂”的古字，也写作“唐”，所以也称“唐花”。现在中山公园里的花房，就叫“唐花坞”。

温室培植的鲜花，价钱昂贵，一般老百姓虽然喜爱鲜花，却难以问津。所以京城的妇女们才选择了“假花”，即绢花。

直到民国初年，北京才有专门的花店，不过，那时的花店跟现在的花店相比，还是有区别的。

那时，城里人已有饮茉莉花茶的嗜好，一些茶叶铺怕从南方来的花茶跑味儿，便自己现窨（同熏）现卖。窨茶主要用茉莉、玉兰、栀子、含笑等花儿。

要使这些花儿芳香浓郁，必须在含苞待放时掐下来。花骨朵儿和已开放的花儿，窨出来的茶，香味儿不浓，茶叶铺不要。

所以，茶叶铺要在午后时分掐花儿，然后用铁盒封好，茶叶铺按朵儿论价。这种供应窨茶的花店叫“白货厂子”。此外，有的花店还专门为药铺种植入药的花儿。

在老北京，花店的主顾大多是大宅门的达官显贵。这些大户逢年过节讨吉利，婚丧嫁娶装门面，都需要大量的鲜花。

原来一些王府和权贵的家里，都有专门养花的“花儿把式”。花店看好这个生意，便创办了“上门服务”的业务，把大宅门里养花儿的活儿承揽过来。有些大户人家为了减少雇用人工的负担，便把养花儿的事儿交给了花店。

花店的“花儿把式”除了管拾掇宅门的花木，也管其他跟花儿有关的活儿。比如办丧事，花店管做“灵活”，用松柏扎成松人、松亭、松鹿，十二件一套，这些“灵活”比卖鲜花更有赚头。

不过，红白喜事用的鲜花，毕竟不如平时人们在家里摆放或在院子里种的花儿多。所以，花店的主要收入，还是出售盆花儿和应节当令的鲜花。

老北京人活得洒脱，也活得滋润。住四合院讲究“天棚鱼缸石榴树，先生肥狗胖丫头”。夏天，要在院子里搭天棚，还要种上多种名目的树，摆上鱼缸。

院子里当然不能光种石榴树，还有象征富贵吉祥的四季海棠、玉兰、牡丹、丁香等。

为什么说多种名目呢？因为北京人在院里种什么花儿，在厅堂和卧室、书房摆什么花儿都有讲儿，不能乱种乱养乱摆。

京城的老话说：“桑皂杜梨槐，不进阴阳宅。”为什么桑树、皂树、杜仲树、梨树、槐树不能在院子里种呢？

因为这些树种的谐音不好听，桑的谐音是“丧”；“皂”是黑的意思，黑的东西不吉利；杜仲的杜，跟“度”同音，“度”是死的意思；梨的同音是“离”；槐的谐音是“坏”。这些讲儿，花店的“花儿把式”们都门儿清。

当然，“花儿把式”的功夫是拾掇花儿。养花儿是需要学问和技术的，一般人看花儿赏花儿可以，真让您养，未必能养得好。

新中国成立后，北京的花店兴旺起来，除了一些传统花木，花木工人还不断地移植和引进新的花卉品种。花店里的花儿万紫千红，群芳争妍。鲜花的价格也越来越便宜，鲜花逐渐成为美化人们生活不可缺少的点缀品。人们逛一趟花店，花钱不多，就可以端几盆喜爱的花儿回家。

每年的四五月，京城的各个花店顾客盈门，逛花店成了人们生活中赏心悦目的事儿。

但是，谁能想到养花儿也会成为罪过呢？“文革”当中，红卫兵和造反派把养花儿批判为“封资修”的产物，花香味儿被说成了“资产阶级的香风臭气”。

您想呀，养花儿都是“香风臭气”了，花店的命运能好得了吗？“文革”时期，北京的花店受到严重摧残，红卫兵小将们视花儿为敌，提出的口号是“砸烂花盆闹革命”。花木工人用多年心血培育的名贵花卉，被毁于一旦。

当时，京城的花店都改换门庭，经营其他商品了，偌大的京城没有一家专营的花店。直到改革开放以后，鲜花店才获新生。

20世纪70年代末，东四的隆福寺街，有了重新恢复的第一家花店。以后，护国寺、西单、东单、崇文门外大街又相继开办了几家鲜花店，但当时的花店均属“国营”，算是北京市花木公司下属的门市部。

这些花店除了卖各种应节当令的鲜花，也卖观赏鱼、金鱼或热带鱼。北京的花店，鲜花与观赏鱼“联姻”，应该说是从这时才开始的，这也成了当时全国花店中独有的现象。

到20世纪80年代末，京城有了属于“个体”的私营花店。随着市场经济的发展，到20世纪90年代，京城的花店几乎都变成了个体或民营。

如今，北京花店（指鲜花市场）的格局，已发生了巨大变化。

首先，鲜花的品种多了。过去，北京花店经营的鲜花，以北京的品种为主，如春夏的茉莉、百合、栀子、玉兰、合欢、兰花、月季、牡丹等；秋冬的菊花、桂花、梅花、玫瑰、蟹爪兰、水仙等。

现在则不同了，花店里不但有北方生长的鲜花，也有南方生长的花木，还可以买到从国外进口的鲜花。

随着物流业和保鲜技术的发展，有些鲜花店，直接从亚热带或热带地区选购鲜花，空运到北京，拿到市场上出售。

即便在冬季，您在北京的花店也可以买到四季橘、凤梨、杜鹃、大花蕙兰、君子兰、金橘、金琥等名贵花木。

其次，鲜花的用量日益增加，使鲜花市场蓬勃发展。如今，花木业已经成为一个新兴的产业。

过去鲜花市场主要面对家庭，现在则不然了，除了家居需要鲜花外，各种会议、庆典、红白喜事也需要大量的鲜花。

平日，不但宾馆、饭店和机关、学校、企事业单位的礼堂、会议室、会客厅、办公室需要摆放鲜花，就连个体餐馆或门市部也需要用鲜花来装点门面，鲜花的用量是过去的上百倍。

现在，京城已形成了新鲜花木的产业链，有些花店已发展壮大成为花木公司，不但有自己的批发兼零售的门市部，还有自己的花木养植基地，大一点儿的单位还建有自己的花房。

现在北京的花店，跟过去的花店也不一样了。过去的花店是一家一户的小门脸儿，即门市部。人们买鲜花，只能奔这种花店。

现在，北京已形成了若干个大的花鸟鱼虫市场。这类市场面积很大，北京人所说的花鸟鱼虫“四大玩”都集中到了一起。除了这“四大玩”，还有奇石、紫砂、玉器、古典家具等文玩。

人们到花鸟鱼虫市场逛一趟，想看的想养的想玩儿的东西都能买到。

值得一说的是，过去那种一家一户的小门脸儿花店在京城还能找到，但有所不同的是，现在这种花店主要经营的是插花。

这种插花是20世纪90年代末从日本、韩国和东南亚引进的“舶来品”，目前深受京城女士们的喜欢，尤其是受到“90后”和“00后”青年的青睐。为自己的情侣买几束鲜花，作为生日礼物，现在已经成了时尚。

情侣们手捧鲜花，会感受到一种浓浓的爱意，胜过许多甜言蜜语。而新居摆上几束插花，会让人们贴近大自然，让居室“环保”，清新怡人，也会给平淡的生活增加许多情趣。

人们的生活离不开绿色，也离不开鲜花，就像人们的生活离不开阳光、空气和水一样。

有花儿就会有花店，花店是一座城市历史发展的一个缩影，也是一座城市历史文化的一种载体或符号。透过花店的变化，我们可以感受到一座城市的历史变迁和发展，难道不是吗？

千年市树说国槐

北京的市树是“哥儿俩”：国槐和侧柏。国槐既然是市树，肯定是北京人非常喜欢的树种，不然，那么多树种，怎么会选它呢？

北京人喜欢槐树，大概跟地理环境和历史人文有关。江南的城市，路两边多为梧桐，槐树很少见，可在北京，“落叶梧桐雨”的意境只能在诗里去体会。

诗人在北方，眼之所见更多的则是槐树，“绿槐花堕御沟边，步出都门雨后天。”（唐·朱庆馀）“唯有门前古槐树，枝低只为挂银台。”（唐·段怀然）。

槐树的树形高大，根扎得极深，生长快，有旺盛的生命力，不但耐干旱，也能抗洪水。所以远在古代，人们就把它视为吉祥瑞气的象征。古代有“槐官相连”“槐鼎”等说法。

《周礼·秋官·朝士》里说：“面三槐，三公位焉。”您瞧，那会儿的人就把槐树比喻成“三公”或“三公之位”。

“三公”指的是谁？指的是古代辅佐天子的最高行政长官，最早是太师、太傅、太保；后来是丞相、太尉、御史大夫；再后来是司马、司空、司徒。

古人对槐树还有“槐位”“槐卿”“槐兖”“槐宸”“槐掖”“槐望”等说法。

“槐位”也指“三公之位”。“槐卿”指的是“三公九卿”。“槐兖”指“三公”。“槐宸”指皇帝的宫殿。“槐掖”指宫廷。“槐望”指有声望的公卿。

您瞧，古代人对槐树是多么敬畏，不但喜欢槐树，还给槐树封了“官位”，而且这“官”还不小。

唐朝的人更有意思，将槐树喻为科考，考试的年头叫“槐秋”，举子赴考叫“踏槐”，考试的月份叫“槐黄”。

北宋初年，写得一手好文章的兵部侍郎王祐因同僚的谗言险遭罢免。他郁闷之时，想起古人所说“面三槐，三公位焉”的话，相信王家后代必出公相，于是在院子里种了三棵槐树，作为标志。

谁知这事儿果然应验，王祐的儿子王旦，在宋真宗时做了宰相。当时人称王家是“三槐王氏”，王祐感恩于那三棵槐树，在开封自己的宅子里建了一座很大的宅子，称为“三槐堂”。

后来“三槐王氏”不断繁衍，又出了不少贤才，成了王氏大家族中很重要的一个分支。

有人认为，正是由于古人对槐树的重视，才把槐树尊为国槐。

其实并非如此，槐树为什么叫国槐呢？原来槐树在植物王国并非“独生子”，还有一种跟槐树差不多的树叫刺槐。刺槐原产地是北美，模样跟国槐差不多。

我们常说的槐树原产地就是中国，为了区别原产北美的刺槐，人们就把原产地中国的槐树叫“国槐”，而把刺槐叫“洋槐”。

槐树在北京，不仅限于“道路两旁”，皇宫里也种，所以老北京人又叫槐树“宫槐”。

您进故宫的西华门往东走，在武英殿东边的断虹桥北，会看到一片古槐，据说这些古槐是明朝初年修建紫禁城时种的。

《旧都文物略》这本书里，写到了这片槐树：“桥北地广数亩，有古槐排列成荫，颇饶幽致。”

数亩成荫的槐树林，槐树肯定不少，但是到了清朝末年，随着帝国的衰落，存活下来的只有十八棵了，被人称为“紫禁十八槐”。

其实，紫禁城里的这“十八槐”，现在存活下来只有十六棵了。有意思的是，前几年，有一棵枯死的老槐根部，又长出了一棵幼苗，所以，有人戏说这是“十六棵半”。

有关“紫禁十八槐”的讲儿可就多了，有的说这些槐树是指明朝开国老将的；有的说这些槐树是指明成祖的宫妃的；有的说这些槐树是指天上星宿的。

如今，那些所指的“人物”都已魂归故里，只剩下那几棵老槐还在喋喋不休地向游人们讲它们的故事。而星宿之说，只能告诉人们，想象力是可以超越时空的。

“宫槐”并不是皇家独有的树，京城老百姓更喜欢种槐树。走在北京的街道上，您几乎见不到没有槐树的胡同。

历史长点儿的胡同，总有几棵老槐立在那儿，像个历尽沧桑的老爷子，拄着拐杖，伴着风雨，向人们不停地讲那过去的事情。所以，老北京人常说：“一棵古槐半部书。”

北京的街道，以槐树命名的不少，像什么“槐柏村街”“槐树路”“龙爪槐胡同”“槐房树路”“三槐堂路”等等。您翻开北京地图就会发现，这些胡同名儿至今仍在沿用。

北京的槐树多，槐树的传说和故事也多。

当年景山公园东侧的山坡上有棵古槐，李自成攻打北京时，明朝的末代皇帝崇祯仓皇逃出紫禁城后，就是在这棵树上吊死的。

于是这棵槐树，便被封建统治者视为犯了滔天大罪，判了个“无期徒刑”，用大铁链子锁了起来。可怜这棵无辜的老槐树一锁就是二百多年。

说来也有点儿讽刺意味，八国联军入侵北京后，把这条锁树的铁链子给盗走了。这棵老槐也算命大，服刑二百多年，依然挣扎着生存，直到“文革”时，被红卫兵砍了几斧子，挣扎了一年多，最后才干枯，饮恨而死。

前些年，景山公园为了保持这一景观，在原地又新栽了一株槐树，使观赏者发思古之幽情，遐想之中获得沉思。

槐树的生长速度很快，新植的槐树，用不了几年便会枝繁叶茂。槐树的体形硕大，树冠形状像巨大的华盖，有人称它“槐荫不见光，能接三指雨”。而且它花期长，由盛夏到秋凉，可达两三个月。

春天，它为北京人展示新绿，新叶滴翠，花蕾溢香。夏季，它为北京人遮阳防暑，树冠如伞，增几多荫凉。

北京城里路边槐树枝叶茂盛的当属南、北池子和南、北长街。这里的路面以前是两股河道，槐树是河道改成路以后种的，有的槐树已经近百年，树冠相连，宛如天然的天棚。

夏天，人们走在这条路上，会感到清爽怡人。有时，我骑车到东城办事儿，宁肯绕点道，也拣这条路走。瞧，这就是槐树的魅力。

北京人对国槐的情愫，不全在它的繁茂遮阴、花香怡人，更主要的是它的性情、它的品格。

国槐有极强的生命力，甭管多坏的土质，也不论多恶劣的气候条件，它全不在乎，以顽强的意志抗争。

这多少有点儿像北京人，那种对生活的执着追求，对美好事物热烈渴望的顽强劲儿。

槐树的品格是对人类的无私奉献。您瞧，五月槐花香，槐花沁人心脾，是优良的蜜源。槐花蜜是价值非常高的蜜。

槐的花蕾可以做染料。槐的荚果，俗称“槐米”“槐角”，是一味中药，有清凉收敛、止血降压的作用。肠道有了寄生虫，吃槐角制成的丸药最灵。

槐树的叶子有清凉解毒的功效。槐皮、槐根可以治烫伤。种仁，含有淀粉，可以酿酒，做糊料、饲料，肉能入药；种子可以做饲料。槐木的纹理通直，在硬杂木中，属它做出的家具光亮。

朴实无华的槐树，竟有十几样用途，这倒有点儿像那些坚守岗位的普通劳动者，不求奢华，默默地做着贡献。

到2018年，北京有古树名木四十三万余棵，是全世界古树最多的城市。2018年评选北京“最美十大树王”，北京侧柏之王是密云区新城子镇九楼十八杈，胸围780厘米，树高18米，冠幅15米，树龄3500年，是目前北京最老的树。

北京的国槐之王，是北海画舫斋古柯庭院西南角的一棵老槐，胸围596厘米，树高13米，冠幅9米，树龄1200年，因为是唐朝种的，所以又叫“唐槐”。

北京人爱槐树，把它作为市树，作为城市历史与文化的一个标志。在日新月异的北京城市建设中，久经风雨的古槐又展新姿，吐绿扬花的新槐，摇曳在春风中正畅想未来。

未来，在槐树王国里，又会有多少新的传说、新的故事等待它们诉说。

头顶，脚踩，身穿和腰缠

老北京有句顺口溜儿：“头顶马聚源，脚踩内联升，身穿瑞蚨祥，腰缠四大恒。”这里的头顶、脚踩、身穿和腰缠，实际上说的是老北京的三家老字号店铺和四家有名的钱庄。

当然，这里强调的是过去老北京人是重视体面的，像现在的年轻人一样，也讲究穿戴名牌。

头顶指的是帽子，“马聚源”是一家老字号帽店，开业于清嘉庆年间，坐落在前门外的鲜鱼口路北。

当时它经营的高档朝帽缎靴，街面儿流行的缎子、细布、绸纱做的瓜皮帽、三块瓦的皮帽，以及缎子风雪帽等，不但样式好，质量精，而且适合不同阶层的人戴，所以字号享誉京城。在老北京，人们常以戴“马聚源”的帽子为荣。

新中国成立后，“马聚源”帽店迁到大栅栏，与“东升”帽店合并，除了经营绸缎做的帽子以外，还经营各种皮鞋布鞋。

脚踩，当然指的是脚上穿的鞋了，“内联升”是开业于清朝咸丰年间的老字号鞋店。开业之初，它的店址在东交民巷里头。八国联军入侵北京时，东交民巷着了把大火，店铺未能幸免，后来迁到前门外的廊坊头条。

由于东家和掌柜的善经营，跟宫里内务府的官员都有往来，店掌柜的居然搜集到了当朝的王公贵族和知名官员的鞋的尺寸、样式和这些人的特殊爱好，编出一本《履中备载》，专门为这些人备鞋，功夫真是做到家了。

当然，“内联升”的字号起得也好，“内联升”寓意“大内”“连升三级”，所以京城的官员以“脚踩”“内联升”的朝靴为幸，字号红火一时。

辛亥革命以后，没人再穿朝靴了，他们降低身段，改做千层底的布鞋。由于名声在外，加上他们做的布鞋工艺讲究，做工精细，造型美观，穿着舒适，所以深受不同阶层的人喜爱。

解放以后，“内联升”迁到了大栅栏，由于它做的千层底布鞋有名，许多北京人穿布鞋就认“内联升”，一些党和国家领导人也穿过他们做的布鞋。

身穿，当然是指衣服。老北京人跟现在的北京人不一样，现在人们穿衣都讲究买做好的“成衣”，过去不是这样，成衣很少，人们穿衣都是自己买布，找裁缝或自己做，所以买什么样的布非常重要。

“瑞蚨祥”是开业于清光绪年间的绸布店，店址在前门外大栅栏。当年，前门外大街的布店林立，其中最有名的是“八大祥”，即八家带“祥”字的老字号布店。“瑞蚨祥”在同行的激烈竞争中脱颖而出，位居“八大祥”之首。京城的老百姓做衣服，讲究用“瑞蚨祥”的布料，尤其是它的绸缎，直到现在依然有名儿。

“腰缠”，指的是腰里揣的银票和钱票。我们现在看到的银行，是民国以后从国外引进的金融机构。老北京没有银行，当时人们使用的货币是铜钱和银子，后来使用的是银圆。

那会儿，现代意义上的银行，叫钱庄或票号，“四大恒”是四家开业于清朝乾隆和嘉庆年间的老字号钱庄，即“恒利”“恒和”“恒兴”“恒源”。

这四家钱庄位于繁华的前门外珠宝市和东四牌楼，创办人来自浙江。当年这两个地方钱庄和票号比较集中，而“四大恒”在办理兑换金银制钱、存款放贷等方面资本雄厚，信誉较高，基本操纵着京城的金融市场，所以京城的老百姓以是这四家钱庄的客户为荣。

“庚子事变”以后，国外的银行业开始进入中国市场，北京金融业的格局发生巨变，传统的钱庄票号逐渐退出历史舞台，“四大恒”也随之歇业，淡出人们的视野。

今天这些老字号，除了“四大恒”，其他都在，当然随着时代的发展，历史的变迁，北京人早就没有头顶、脚踩、身穿和腰缠之说了，不过，喜欢时尚、追求名牌的意识依然不减，只不过已经不是那些老字号了。

京城的“四大”与“名医”

古代的印度人把“四”视为“最大”和“无限”，比如他们认为地、水、火、风是构成一切物质的元素，所以称为“四大”。

有个成语叫“四大皆空”，有人用它来比喻一个人干事儿一事无成，其实这是不对的。“四大皆空”是佛经里的一句话，佛家认为宇宙间的一切都是“空”的，所以跟人干事儿一事无成是两码事。

闲话少叙，单说这个“四”字，古代的中国人也认，要不然怎么会有“四书五经”“四时八节”“四面八方”“四海为家”“四通八达”“四亭八当”等说法呢？

现代人也以“四”为论。比如中医的“四门医术”：望、闻、问、切。京剧的“四门功课”：唱、念、做、打。相声的“四门功课”：说、学、逗、唱。

北京人也爱拿“四”说事儿。比如评选活动，往往也喜欢以“四”为尊，评出“四大”什么来，比如“四大名旦”，即梅兰芳、尚小云、程砚秋、荀慧生；“四小名旦”，即李世芳、毛世来、张君秋、宋德珠。

梨园界还评出来“四大须生”，这“四大须生”还分前后，“前四大须生”是余叔岩、高庆奎、马连良、言菊朋；“后四大须生”是马连良、谭富英、杨宝森、奚啸伯。

书法家在老北京也叫“书家”，老北京有两个“四大书家”之说。一个是清乾隆年间的“四大书法家”，他们是成亲王永瑆（乾隆的第十一子）、翁方纲、铁保、刘墉（即传说中的“刘罗锅”）。另一说是清末民初的“四大书法家”，他们是宝熙（瑞臣）、邵章、罗复堪、张伯英（勺圃）。

此外，金融界还有所谓“四大钱庄”的说法，即“四大恒”：“恒利”号、“恒和”号、“恒兴”号、“恒源”号。老北京人说谁有钱，不说腰缠万贯，而说“腰缠‘四大恒’”，由此可知“四大恒”的影响力。

新北京有“四大商场”的说法，即王府井百货大楼、东安市场、西单百货商场、东四人民市场；还有“四大菜市场”，即西单菜市场、东单菜市场、崇文门菜市场、朝内菜市场。

老北京的各行各业也喜欢以“四”说事儿，比如戏曲界有“四大徽班”，即三庆班、四喜班、春台班、和春班。

玉器行有“四怪”一说，即四位大师级人物潘秉衡、王树森、何荣、刘德瀛。

餐饮业的“四大斋”，即做五香酱牛羊肉的“月盛斋”、做月饼和点心的“正明斋”、做酱肘子的“天福斋”、做酸梅汤的“九龙斋”。

老北京的餐饮业还有“四大兴”，即“福兴居”“万兴居”“同兴居”“东兴居”。

清真餐馆有“羊肉四大家”的说法，即“东来顺”的涮羊肉、“烤肉季”的烤羊肉、“月盛斋”的酱羊肉、“白魁老号”的烧羊肉。

老百姓家里的“四大件”，即所谓的“三转儿”手表、缝纫机、自行车，“一提拉”录音机（另一说是收音机）。

当然有些“四大”什么的名目，只是有时有会儿的过眼云烟，时间一过，也就没有多少人记得了。我在20世纪90年代，还有幸入围了一个“四大”。

1994年，我在《北京晚报》当记者时，被评为首届全国“百佳”新闻工作者，同时被评上的还有三位，于是北京的媒体把我们四个人说成是京城的“四大名记”。

那段时间，我走到哪儿，别人都介绍我是“名记”，因为在北京话里“名记”跟“名妓”同音，而且以前人们很少说“名记”这个词儿，弄得我赶紧跟人家解释这个“名记”是记者的“记”。

当然，这“四大名记”随着岁月更迭，时过境迁，现在的北京人早就忘了，我走到哪儿，也没人提起“名记”这个茬儿了。

不过，有些“四大”却能青史留名，因为他们独特的技艺和高尚的人品，岁月难以洗去他们的名望，比如老北京的“四大名医”。我很小的时候，就听一些老北京人如数家珍地说出他们的名字：萧龙友、孔伯华、汪逢春、施今墨。

京城早年有给皇上看病的太医院，辛亥革命后，太医院的不少医生流散到民间，北京的名医很多。那么这“四大名医”是怎么来的呢？

是民选，还是“公知”，其实都不是。

原来在1935年，国民党政府颁布了中医行医的管理条例，规定了考核办法和立案手续，也就是说您想开中医诊所，得有合法的执照，这个执照不是随便申请就能得到的，必须参加考试。

在北京的第一次中医资格考试时，当局挑选了医术精湛、德高望重的大夫当主考官，萧龙友、孔伯华、汪逢春、施今墨这四位就是当时的主考官，负责出题和阅卷、评判，“四大名医”就是这么来的。

这“四大名医”各有所长，萧龙友的拿手绝技是治疗各种虚劳病症、孔伯华擅长治疗温热病症、汪逢春擅长治疗湿温病症、施今墨擅长心脏病和内科杂症。

萧龙友，生于1864年，去世于1962年，活了九十八岁。他于1934年与孔伯华一起创办北平国医学院，培养了大批中医人才。儿子萧璋是北京师范大学中文系教授。

孔伯华，山东曲阜人，生于1885年，去世于1955年。他的祖父孔宪高是前清的进士，通文也精医理。孔伯华受其影响，从小就习文习医，十六岁来北京应聘外城官医院，任医官，后来辞职开门诊，因为医术不凡，声名鹊起。

孔先生不但医术高明，人品也佳，他的诊室题匾“不龟手庐”，“龟手”就是手有皴裂和冻疮的意思，这是他自谦给人看病不过是让人的手不皴裂、没有冻疮，意思是有特效的雕虫小技而已。他与萧龙友创办北平国医学院，历时15年，毕业生达700多人，这些学生后来分布于全国各地从医，可谓桃李满天下。

1952年，毛泽东主席在西郊的玉泉山接见了孔伯华。这之后不久，孔伯华给中央写信，提出：“中西医体系两异。其理法说教虽有不同，皆以治人之疾病为目的，其用心并无二致。取长补短，合一炉而冶之，必将有所创新，能提高而跃进。”可以说，他是最早提出中西医结合的名医之一。

孔伯华的三子孔祥珊（嗣伯）、四子孔祥琦承继父业，在京城也是名医。

汪逢春，生于1887年，去世于1948年。汪先生除了开门诊治病以外，还主张从医的大夫要有系统的学习。1942年，他创办了国药会馆讲习班，培养了许多国医高手。

施今墨是浙江萧山人，在京城名气最大，资格也老，参加过孙中山领导的同盟会，并且还参加过在南京举行的孙中山中华民国临时大总统的就职典礼，同时他也是给孙中山和毛泽东、周恩来等领导人看过病的大夫。

施今墨最露脸的一件事儿是拯救了中医。民国以后，西医开始在临床上成为主流，1928年，国民党政府扬言要取消中医的合法行医资格。1929年，汪精卫任国民党政府行政院长时，在所谓国民议会上，余云岫提出了取消中医的议案。当时国民党的少壮派态度坚决，大有不取消中医誓不罢休的劲头儿。国民党政府迫于他们的强势，不得不采纳了他们的建议，草拟了决议准备在会上表决，消息传出，震惊了全国。

施今墨得知此事非常气愤，联结同人，成立了中医公会，并组织华北中医请愿团到南京请愿。正在双方剑拔弩张、互不相让的时候，汪精卫的岳母得了一种怪病，拉稀不止，去了几家西医院，打针吃药不但不见效，反而病情加重，眼看生命垂危，有人建议请施今墨把脉诊治。汪精卫本来对中医也持怀疑态度，但情急抱佛腿，只好同意试试看。

施今墨得知给汪精卫的岳母看病，心想正是让那些国民党少壮派见识一下中医疗效的机会，于是欣然前往汪府，给汪的岳母把脉后，又问了问症状，开了药方，然后微微一笑对她说："这药煎制后分七天吃了，你的病要是好不了，我甘愿受罚。"

汪精卫问："还要不要复诊？"

施今墨笑道："病已经好了，还用再找我吗？"

面对病入膏肓的人，敢说出这话，在场的人无不惊疑。老太太服用了施今墨开的药，过了七天后，果然病症全消。这件事儿让汪精卫对中医的医术不得不刮目相看。

此事见报后，令主张取消中医的那帮人无话可说，后来，在全国舆论的压力下，国民党政府不得不收回取消中医的议案，不久，还批准成立了中央国医馆，施今墨担任了副馆长。1931年，施今墨又与同道筹建了华北国医学院。

1953年，当时的政务院总理周恩来在中南海接见了施今墨，对他说："在新中国，中医一定会有一个新的发展，我们不但要让中医在国内占有重要地位，而且要把它介绍到国外去，让西方人懂得中医是人类医学宝库中的重要财富。"

在周总理这番话的感召下，施今墨献出了治疗胃溃疡、十二指肠溃疡、肝脾肿大、气管炎、高血压、神经衰弱等十大验方。后来这十大验方，被制成"高血压速降丸""感冒丹""气管炎丸""神经衰弱丸"等成药，并打上"名医施今墨处方"销往国外。

施先生是全国政协委员，活了八十五岁，他的儿子施小墨、女儿施如瑜、姑爷祝谌予继承了他的中医事业，后来也成为京城名医。

山东人与“八大堂”和“八大楼”

“八大堂”，是老北京的八家带“堂”字的饭庄字号；“八大楼”，同样也是八家饭馆的名号。

老北京的饭馆很多，“堂”“楼”以外，还有“八大居”和“八大春”等说法。

北京城是辽国的南京。辽国有五个都城，上京临潢府（今内蒙古巴林左旗林东镇），中京大定府（今内蒙古赤峰市宁城县），东京辽阳（今辽宁省辽阳市），西京大同府（今山西省大同市），北京是南京析津府。

从辽朝开始，北京就是都城。跟历史上任何一个都城一样，从那时开始，北京就是一个五方杂处的移民城市。

从辽朝到民国这千余年，统治者换了几个民族，所以在吃上，京城没有自己独有的风味菜。不过，话又说回来，说没有自己独有的菜，这本身就是一个特色。

它体现了京城文化的包容性和宽容大度。在这一“特色”里，首先就要说到山东菜，也就是鲁菜。

老北京做买卖，是非常看重帮派体系的。山西人在京城开钱庄的多，开酒馆（大酒缸）的也多，所以这两个行当，几乎是他们的天下，其他地方的人，很难插足。开当铺的几乎都是安徽人，外省人很难介入。开古玩铺，开书店的，多是河北人。开布铺的山东人居多。

同样，老北京有四个行当是山东人的天下，一个是送水的，一个是卖猪肉的，还有“勤行”，也就是开餐馆的，另外就是淘大粪的。山东人能吃苦，这四个行当都属“苦大累”的活计。

老北京没有自来水，人们喝水用水，全靠井水和河水。井是要有人掏钱打的。打井的主儿把井打出水来，便靠卖水为生，老北京管干这行的，叫开“井窝子”的。

有的“井窝子”，管着几条胡同的人吃水用水。当然，开“井窝子”的单管卖水，送水得另雇人。

送水是卖力气的活儿，同时还要办事实在、认真，所以开“井窝子”的相中了山东人。最初也就是同村的七八个人，时间一长，十里八村的汉子都来了，京城送水的成了山东人的“天下”。

老北京人管送水的叫“水三儿”，据说这是“老山东”自己起的名儿。

老北京非常尊重少数民族的生活习惯，卖牛羊肉的单有地方，叫“羊肉床子”。肉市，主要是卖猪肉，几乎被山东人垄断。

还有就是餐饮业，老北京管餐饮业叫“勤行”。“八大堂”和“八大楼”都属于鲁菜，鲁菜是中国的“八大名菜”之一，也是北方菜的代表，鲁菜又分为“胶东派”和“济南派”。

从明朝开始，鲁菜就在京城唱主角，京城的鲁菜餐馆，从东家到堂头，从厨师到先生（财会人员），几乎都是山东人。

还有一个行当也是山东人独霸天下，就是淘大粪的。您瞧，吃喝拉撒“一条龙”，几乎全让山东人给包了。

老北京的餐馆，也分等级和档次。高档的餐馆叫饭庄，当年的饭庄都设在宽敞的大四合院，有几家最有名的饭庄是带跨院的“宅子”，院子里有花园，有亭台楼榭，甚至还有戏台。

这种饭庄，除正常的用餐之外，还可以举办红白喜事、贺寿庆典等宴席。

饭庄的字号多带“堂”字，“八大堂”就属于这类高档饭庄。“八大堂”是“惠丰堂”“聚贤堂”“福寿堂”“云福堂”“会贤堂”“福庆堂”“庆和堂”“同和堂”。

京城的饭庄不仅就餐的环境高雅，而且几乎每个饭庄都有自己的当家菜，比如坐落在东城金鱼胡同的“福寿堂”，拿手菜是“翠盖鱼翅”。什刹海的“会贤堂”，拿手菜是“什锦冰碗”。地安门外的“庆和堂”，拿手菜是“桂花皮炸”。西单报子胡同的“同和堂”，拿手菜是“天梯鸭掌”。“聚贤堂”的拿手菜是

“炸响铃双汁”。南城的“同兴堂”，拿手菜是“烩三丁”“枣泥方谱”等。

第二档次是饭馆酒楼。饭馆酒楼主要设在繁华街道的大街面儿上，门脸儿不大，饭馆的面积通常五六百平方米，有的在1000平方米左右。字号多起带“楼”字的，叫“楼”，不见得真有楼。“八大楼”就属于这类饭馆。“八大楼”是“东兴楼”“正阳楼”“鸿兴楼”“泰丰楼”“致美楼”“新丰楼”“安福楼”“春华楼”。

在早，老北京人一般设宴请客，主要是去“八大楼”这样的饭馆。不过，一般带“楼”字的饭馆地方有限，“大席面儿”只能摆五六桌，超过十桌（100人左右），您只能去带“堂”字的饭庄了。

跟“八大堂”一样，“八大楼”也有自己的看家菜。比如光绪二十八年（1902），在东华门大街开业的“东兴楼”，以“济南帮”为主，兼有“胶东帮”的特色，拿手菜是“白扒鱼翅”“酱汁鲤鱼”“干煎鳜鱼”等。再比如光绪二年（1876），在前门外煤市街开业的泰丰楼，拿手菜是“炸烹虾仁”“油爆肚仁”“干熇鳜鱼”。“新丰楼”的拿手菜是“锅塌比目鱼”等。

第三档次的是小饭馆。这类饭馆的店堂营业面积较“八大楼”要小，多以“居”为字号，但菜品却很独特，有以不同菜系和风味的招牌菜招徕顾客的，如宣武门外半截胡同的“广和居”。

“广和居”开业于清朝嘉庆年间，是京城资格比较老的餐馆。因为饭馆就在会馆集中的宣南，所以，近代史上的许多文化名人，包括康有为、梁启超、谭嗣同、鲁迅等，都在这儿雅集小宴，并且在自己的日记里留下了记载。

据说京城著名的“私家菜”，潘炳年的“潘鱼”、吴闰生的“吴鱼片”、江藻的“江豆腐”，都是家里的厨师跟“广和居”的厨师研究出来的。

京城的小饭馆除名菜之外，还有专门主打一种风味菜出名的，比如“砂锅居”的“白肉”（“烧燎白肉”“砂锅白肉”等）、“天兴居”的“炒肝”、“天承居”的“炸三角”、“同和居”的“三不沾”等。

在老北京，这类饭馆，也有“八大居”之说。这“八大居”是“砂锅居”“天兴居”“鼎和居”“广和居”“义盛居”“同和居”“天然居”“会仙居”。

清末民初，特别是辛亥革命以后，随着中华民国临时政府在北京的成立，南方各省的官员和学子纷纷进京谋官谋职，同时也给京城带来了商机，京城餐饮业的格局这时也被打破，出现了“八大菜系”里其他菜系的餐馆，也出现了“西番馆”，即西餐馆。

比较显山露水并且独占鳌头的淮扬菜馆，这一时期在西单地区扎了堆儿，先后出现了若干家以“春”字为字号的淮扬菜馆。

按以往“八大堂”和“八大楼”的提法，老北京人把当时比较“火”的，带“春”字的餐馆给归拢到一起，称之为“八大春”。

这“八大春”是“上林春”“鹿鸣春”“庆林春”“淮扬春”“新陆春”“大陆春”“同春园”“春园”。

如果您看过有关老北京餐饮方面的书，就会发现有关“八大堂”和“八大楼”的提法不尽相同，具体到哪“八大堂”也有不同的说法。

比如有的文章，把比前面说的“八大堂”更有名的“堂”，如“庆惠堂”“集贤堂”等归到“八大堂”，换掉了前面说的“八大堂”里的其他“堂”，而且举出了各种论据。于是，出现了所谓的“八大堂”和“八大楼”之争。

其实，这种争论是由不清楚老北京的历史和文化产生的，也是不懂京城餐饮界的特点出现的无谓之争。

首先，老北京的“八大堂”或“八大楼”之说，只不过是民间老百姓的说法，并不是官方给“封”的，也不是有关部门组织下征求民意选出来的，所以它本身就不具有权威性，只是约定俗成的一种普遍认同而已。

其次，老北京以“堂”字为字号的饭庄，并不是只有这“八大堂”。“八大堂”之外，还有“增寿堂”“同兴堂”“天丰堂”“天寿堂”等，确实有的“堂”，比这“八大堂”更有名，也更有“堂”味儿。

同样的，“八大楼”之外，还有“萃华楼”“松鹤楼”。“八大居”之外，也还有“柳泉居”“东兴居”“万兴居”“福兴居”等。

“八大春”的提法更有意思，因为“八大春”之外，还有

“万家春”“四如春”“新南春”“宣南春”“芳湖春”“东亚春”“新路春”“玉湖春”等，有人干脆在“八大春”之外，又加了四“春”，统称“淮扬十二春”。

此外，老北京人对“八大堂”和“八大楼”的说法，是以时间排位和名声大小做考量的，除了“八大春”之外，这“八大堂”“八大楼”和“八大居”等，大都是在清朝光绪年以前就开业的，年头比较长了。

这些“八大”的说法，大约产生在20世纪20年代前，所以现在京城的有些“堂”“楼”“居”，比这些“八大”要有名，但它开业的年头比人家“八大”要晚，当然不能算在“八大”里了。

比如有人把“萃华楼”归到“八大楼”里了。“萃华楼”现在是东城比较有名的老字号餐馆，生意一直挺火，尤其是看家菜“四喜燕菜”“芙蓉鸡片”“油爆双脆”享誉京城。但“萃华楼”开业于1940年的6月，这时“八大楼”早已经在京城妇孺皆知。

之前，“东兴楼”的堂头马松山跟东家失和，正好有几个发了财的主儿想在东城开饭馆，于是说通了马松山，又找了十多位有钱有势力的人合股，在王府井大街找了个有二十六间房子的三进的四合院，开办了“萃华楼”。

当时京城的鲁菜已经不像明清时期那样一统天下，当年的“八大堂”“八大楼”等已经风光不再，有的已关门歇业，“萃华楼”成为鲁菜的后起之秀，与“丰泽园”“同和居”并称京城鲁菜“三秀”。

还有人把现在比较火的东城的“松鹤楼”也归到“八大楼”，这就是不了解京城餐饮界的历史，茶馆里摆手——胡（壶）来了。

京城有“松鹤楼”，这没错儿。但“松鹤楼”不是北京的“楼”，人家是苏州城的苏菜馆，而且是正儿八经的老字号，开业于乾隆年间。

但由于种种原因，“松鹤楼”的牌子在20世纪40年代才在苏州挂出来，此后一发不可收拾，陆续向全国发展。北京的“松鹤楼”是新中国成立后才以合作的方式“定居”的，跟“八大楼”没有一毛钱关系。

老北京叫“楼”的餐馆多了，不能是“楼”，就往“八大楼”里凑数的。

“八大堂”也好，“八大楼”也罢，早已成为历史，而且历史上“八大”的说法也不一致，这主要是因为餐饮业的“堂无定主”造成的。

所谓“堂无定主”，是说一个餐馆做大做强容易，但要长久地生存下去却很难，因为餐饮业的生存和发展，离不开天时地利人和，尤其是在老北京时局动荡、社会不稳定的年代，维持一个餐馆酒楼的运营并不容易。

所以，许多酒楼开业时红红火火，但几年以后就开始走下坡路，随着人员的更替，又过几年便关张歇业了，以“八大堂”来说，有一半的“堂”在民国时期就“歇菜”了，新中国成立后也没复苏。

有的“堂”直到改革开放后才起死回生。目前，还在经营的“堂”，只有“惠丰堂”了。前几年，有人恢复了“会贤堂”，现在也无声无息了。

“八大楼”也没剩下几个，“泰丰楼”在北平解放前夕便朝不保夕，终于在1952年关张歇业。当年“泰丰楼”火的时候，孙中山先生和夫人宋庆龄慕名到这儿吃过饭。新中国成立后，北京市的第一任市长叶剑英也曾在这儿宴请过北京的工商界人士。

改革开放后，当时的全国人大常委会副委员长宋庆龄，想起了当年在老“泰丰楼”吃过的菜，一问才知“泰丰楼”早没了。她感念这家老字号，向北京市政府建议恢复，有全国人大常委会副委员长的建议，北京市政府当然要支持，所以在1984年，“泰丰楼”得以重新营业。

“东兴楼”最早是在东华门大街，后来多次“挪窝”，我当年在《北京晚报》主持《新食府》专版，为保留下这些老字号，没少写文章呼吁。现在“东兴楼”在东直门内大街落了脚，总算把这块金字招牌保住了。

命运最悲催的当属“八大春”。当年在西单大街，这“八大春”真是春风得意，淮扬菜馆一家挨着一家。“同春园”开业时，京城大书法家冯恕为其题匾，并书写对联：“杏花村内酒泉香，长安道上八大春。”

但是随着国民政府定都南京，北京成了“北平特别市”以后，大批南方人奔了南京，淮扬菜馆开始式微。到20世纪40年代，“八大春”也好，“十二春”也罢，最后只剩下了“同春园”。

有意思的是，“同春园”也是“十二春”之一的“四如春”的郭开臣、于宝元等人集资合股，在1930年开的。这真是应了那句话：“风水轮流转，明年到我家。”

经历了近百年的风风雨雨和商海沉浮，京城餐饮界的格局早已发生了变化，老北京“堂”“楼”“居”的档次之分，早就是老皇历了。

当然，老字号的恢复，也只是一个堂号和特色风味菜而已，投资人和厨师、经理都已经换了。

海淀当年叫“海店”

海淀，现在已经是北京有几百万人口的大区，这里有北大、清华等几十个高等学府，还有中科院等科研机构，以及中关村科技开发区等。这里不但是北京，也是全国的科研、教育、文化中心，被称为中国的“硅谷”。因此，海淀的知名度可以说誉满全球。

但是，您知道“海淀”这俩字是什么意思吗？换句话说，海淀为什么叫海淀呢？

先说这个“海”字，据专家考证，北京人说的“海”，属于蒙古语，即水泊的意思。清朝的吴长元在《宸垣识略》里解释这个字时说：“北人凡水之积者，辄曰为海。”显然是不对的。“凡积水者”面儿太大了，下雨积的水坑，能叫“海”吗？肯定不能，只能叫“水洼”或“水坑”。能称为“海”的，怎么着也得是湖，比如北京的“六海”：南海、中海（合称中南海）、北海、什刹海、后海、西海。还有南苑，过去叫“南海子”。

“淀”呢？在《现代汉语词典》里，“淀”字是浅的湖泊的意思，浅的湖泊浅到什么份儿上呢？不好说，河北有个白洋淀，南方有芦花淀，其实也相当于湖了。

海淀这地方，在几百年前，还是“巴沟低地”，自古以来，这儿泉水汇流，形成浅湖之地，用现在的话说，就是这儿是很大的一片湿地，所以早在元朝，人们就把这儿叫作“海子”。

在湿地的周围散落着不少村落。过去，北京的村名不是叫“庄”，就是叫“店”，如三家店、长辛店、五里店、羊坊店等，所以在元朝以前，海淀这地方叫“海店”。

咱们说了，“海”在老北京话里是湖泊的意思，“淀”在老北京话里，是浅湖的意思，显然，把这两个意思相同的字掺和到一块，形成地名，听着别扭。当然，最初，人们也不会这么叫。

“海店”的地名在一些历史笔记里也有记载。元朝的王恽（音运）在《中堂事记》里写道：“中统元年赴开平，三月五日发燕京，宿通玄北郭。六日午憩海店，距京城廿里。”中统元年是1260年，也就是说，那会儿，人们还管海淀叫海店呢。

“海店”什么时候改叫海淀的呢？有专家认为应该在元朝以后，当时海淀这地界有山有水，风光秀丽，每到春秋两季，吸引着大量文人墨客到此游览观光。当然，文人墨客不能赏了风景就完事，他得抒发观景的感慨，或写诗或作画。这一写诗作画，

“海店”这地名就显得土了。

为了让这个富有诗意的地方的名字也有诗意，于是有人就把这个“店”换成了“淀”。显然，海淀要比“海店”写出来文雅。

一个文人在文章中称“海店”为海淀，很快，就会有第二个文人称“海店”为海淀，如此一来，“海店”在文人的笔下慢慢地变成了海淀。

那会儿的地名是老百姓“叫”出来的，约定俗成以后改起来也很难，不会像现在似的在媒体上通告，在网络平台上发布，而是靠老百姓的慢慢儿改口和文人的文章传播，所以也是一个漫长的过程。直到清朝初年，京城的老百姓才改过这个“淀”字。清乾隆年间刊印的《宛署杂记》里就有“海店即今海淀”的注解，可见那会儿，“海店”已经变成了海淀。

从“海店”的地名改成海淀，可以看出早年间老北京人的“浪漫”，当然这种“浪漫”仅限于那些骚人墨客，因为老北京人里的劳动者，大多不识字，您把“海店”写成海淀，跟他没什么关系，因为“店”与“淀”念着都是一个音儿。

有意思的是，清朝的一些关于北京的风情风物的书，把海淀写成了“海甸”，比如清光绪年间震钧写的《天咫偶闻》里就是这样，海淀成了“海甸”。不过，到了清朝末年，海淀这个地名已经约定俗成了，您再想改成“海甸”已经不容易了。

“甸”，在《现代汉语词典》里的解释是“古代指郊外的地方”。在北京的地名里，把“店”改为“甸”的也有例子，比如北三环的马甸，据史书记载，元朝的时候就叫“马店”。

德胜门外有座清真寺，寺内有座石碑，上面明白无误地把现在的马甸写作马店，从碑文可知这块石碑是清道光三十年（1850）立的，可见那会儿，马甸还叫马店呢。

丰台为什么叫丰台

丰台现在是北京的一个区了，其实，当年丰台只是一个镇，最有名的是丰台火车站，而且北京铁路局的几个工段都在丰台。

我小的时候就知道丰台，因为那会儿到北京的火车票不好买，要想回北京，最好的办法就是买到丰台的火车票。到了丰台，就算到了北京。

丰台的地名好听，看上去也挺有文化，但丰台是什么意思呢？

我曾经试着问过几个老北京人，他们一时也卡了壳。是呀，平时挂在嘴边上的词儿，冷不丁一刨根儿，还真就把人给问住了。

这个问题难吗？说难也不难，说不难也难。为什么？

因为您如果不了解北京的历史，还真未见得知道。当然，像这种偏门的话题，“百度”上也未准有。

您也许知道，当年跟宋朝打仗的金朝有个将军叫海陵王完颜亮吧？这位海陵王带兵跟宋朝的军队打仗，骁勇善战，屡屡奏凯。

这位爷不但能打仗，还擅长玩权术。战场上的事儿刚消停，他就跟人密谋，把当朝的金熙宗给杀了。自然，他让熙宗脑袋搬家，是要自己当皇帝，于是，这位爷执掌了金朝的大权。

当时金朝的都城在上京，完颜亮当了皇帝的第一件事儿，便是迁都北京。为什么着急忙慌地迁都呢？您想他密谋把皇上杀了，自己篡了位，那些宗室、贵族能甘心吗？所以他在上京待着，心里不踏实呀。

再者说，完颜亮也是想干大事儿的人，上京那地方太偏僻，而北京与中原地区离得近，便于与中原开展文化往来和经济交流。

天德三年（1151），完颜亮下诏迁都，随即派张浩、苏保衡等人营建中都城。

这张浩、苏保衡二位都是汉人，而且熟知“四书五经”，懂得《周易》八卦。二位对中都的规划和建设十分卖力气，两年多的时间，前后动用了120万人，把金国的首都中都城建得雄伟壮观，富丽堂皇。

据史书记载，中都城“宫阙壮丽”，“工巧无遗力，所谓穷奢极侈者”。您瞧，都用上“穷奢极侈”这词儿了，可以想见当年的中都城有多壮观吧！

金贞元元年（1153），中都城的建设正式完工。这一年，海陵王完颜亮下诏迁都北京，改辽朝的南京“燕京”为“金中都”。

这个年号您得记住喽，经过专家的多年论证，1153年，被确定为北京建都的肇始之年。

换句话说，假如历史老师问您，北京是哪年开始建都的？您告诉他是1153年，准得100分！

金中都之前是辽朝的南京“燕京”，所以说金中都是在燕京城的基础上建起来的，不过，在建中都城的时候，也参照了北宋的都城汴梁城的规制。

金中都有三重城，最里边的是宫城，相当于明清的紫禁城。外面的是皇城，皇城大致的位置在现在的广安门以南，周长9公里30步，有四个城门：东边的叫宣华门，南边的叫宣阳门，西边的叫玉华门，北边的叫拱辰门。皇城的中央是宫城。

金中都的城市布局分为中路、东路和西路。大街与各门基本上是相对应的。居民区称为“坊”，当时共有六十二个坊，如北卢龙坊、棠阴坊等。

最外面是“大城”，相当于明清北京城的内城。“大城”确实不小，它的周长约37里，共有十三个城门：

东边的是：施仁、宣曜、阳春；

南边的是：景风、丰宜、端礼；

西边的是：彰义、灏华、丽泽；

北边的是：崇智、通玄、会城、光泰。

跟建其他都城一样，建城首先要确定中轴线，“大城”的中轴线是由城南的丰宜门，到皇城南面的宣阳门，再到皇城北的拱辰门。

皇城的主要宫殿建筑，是沿着这条中轴线展开的，它的位置相当于现在广安门南护城河附近的地界。

毫无疑问，丰宜门在“大城”的十三个城门中，占有非常重要的位置。当时丰宜门外，有一个非常大的“拜郊台”，皇上拜神祭地都要到这儿来。

当然，当地的老百姓都很景仰这个“台”。丰宜门外的“拜郊台”，也成了一个地名。“丰”者，风宜门也，“台”者，拜郊台也。现在的丰台地名，就是这么来的。

可惜的是好景不长，金贞祐三年（1215），金中都被蒙古的铁骑攻陷，蒙古军队进城后一通儿烧杀，壮美的中都城被彻底焚毁。从建城到城毁，金中都只存在了六十一年，随后就被元大都所取代。

金中都的建筑基本没有留下来什么，甚至连遗迹都难找。不过，也有一些，最有名的是卢沟桥。也许您从卢沟桥的精美，能想到中都城那些宫殿的壮美。

当然，金中都留给北京城的还有一些地名，比如会城门、羊坊店、丽泽桥等，其实最有名的要算是丰台了，只是许多朋友并不知道而已。

京城的琉璃厂和古玩商

古玩有雅玩和俗玩之说，雅玩，也就是现在人们说的艺术品收藏，种类主要有书画、瓷器、玉器、佛像、古代的青铜器、古籍善本、碑帖、陶器、景泰蓝、绣品、唐卡、文房四宝（笔墨纸砚）、名人信札、竹器（竹雕）、木器（明清家具）、名石等。

这些古玩主要来自两个渠道：一是家传的；二是出土的。当然，还有朋友馈赠的、自己购买的等。

在中国的历史上，古玩很长一段时间是达官显贵和文人墨客的专利，所以玩儿的人很少。

清朝以前，北京没有正儿八经的，像后来出现的那种古玩店。那会儿，古玩的买卖主要是在“挂货屋”。这种“挂货屋”类似旧货店，就是把收购上来的东西，加价出售，从中获利。

由于这类店铺没有存货的仓库，所以收上来的东西要马上摆出来或者挂在墙上，“挂货”便是由此得名。

正因为如此，那会儿的古玩还没有后来的那些分类，“挂货铺”的东西比较杂。

老北京的这种“挂货铺”，多集中在前门外大街、东四、“鼓楼前”、崇文门大街、珠市口等繁华的商业街。

“挂货铺”的这种交易方式，到了清朝中期发生了变化，而这种变化是因为北京有了琉璃厂文化街的缘故。

北京的琉璃厂家喻户晓，谁都知道这是中外闻名的古玩古籍字画一条街。但是在元朝，这里却是专门烧琉璃瓦和琉璃物件的窑厂，而且规模还不小，是工部的“五大窑厂”之一。

您看元朝和明朝的北京地图，就会发现，当时的琉璃厂规模不小，它东到延寿寺街，西到南柳巷，南到前公孙园、赵家桥，北到和平门的护城河边，您瞧，琉璃窑厂的面积有多大吧？

明朝诗人吴伟业，有一首专门写琉璃厂的诗：“琉璃窑厂虎坊西，月斧修成五色泥。遍插御花安凤吻，绛绳扶上广寒梯。”

一直到清朝，这里还是烧琉璃的窑厂，一天到晚烟熏火燎，空气污染非常严重。那会儿的人虽然还没环保意识，但每天浓烟滚滚，也感到呛得慌。所以到了康熙末年，把这个琉璃厂迁到了门头沟的琉璃渠。窑厂没了，地名留下了。

离琉璃厂不远的菜市口一带，是京城会馆比较集中的地区，由于迁走了窑厂，这里又成了清幽之地，文人墨客纷纷在此建室筑园，如朱彝尊的“古藤书屋”、李笠翁的“芥子园”、纪晓岚的“阅微草堂”等。

住在这儿的文人多了，开始有了书市。到乾隆年间，纪晓岚挂帅编纂《四库全书》，带动了这里书店业的发展。史料显示，到乾隆三十八年（1773），琉璃厂有名的书店，达到了三十多家。

老北京人公认《四库全书》的修成，得益于琉璃厂的书店，反过来又促进了它的发展。当然，琉璃厂后来的发展，也得益于每年正月厂甸庙会聚拢的人气儿。

前后经历了一百多年的时间，到光绪初年，琉璃厂的书店达到了二百二十多家。

书店跟古玩店像是亲哥儿俩，因为那时候的书店还叫“书肆”，以卖古籍善本为主。

书店的繁荣自然会催生古玩业的发展，一方面人们从古籍的研究中，对古玩的价值有所认识；另一方面，卖书的人又从买书的人那里获取了对古玩的认知，包括古玩的鉴赏和鉴定。

老北京的书店，跟后来的书店是不一样的。那会儿书店的店主，跟买书的顾客不是一般的卖与买的关系，而是座上宾的朋友交情。再没文化，跟这些有学问的人整天泡着，耳濡目染，潜移默化，也会长知识。

店主跟顾客关系莫逆了，您想买什么书，只要跟店主言语一声，店里没有，他也会想办法给您淘换去。

当然，时间长了，店主也会知道您想看哪类的书，新版书出来，不用跟他打招呼，他会主动把书送到您家里。

由此及彼，后来琉璃厂的古玩店，也是这种经营的路数。您想卖古董的经常跟这些书画和金石大家打交道，能不增长学问，提高眼力吗？

《四库全书》修成以后，又经过二十多年的发展，到乾隆后期，琉璃厂的古玩铺逐渐多了起来。

北京人做买卖历来讲究扎堆儿，一家店铺的生意火了，很快会有第二家、第三家，由此形成了带有文化味道的“商业圈”，而且随着声名鹊起，越来越火。

当时的北京人，手里有古玩要出手，拿到一般的“挂货铺”，掌柜的如果断不出年代或真假，人们会马上想到去琉璃厂，找那儿的古玩店去“掌眼”。

到乾隆年间，琉璃厂的古玩店在京城已经形成气候，跟书肆平分秋色，成为京城有名的古玩古籍一条街。

可以说琉璃厂的古玩店，是用国学典籍给熏陶出来的，它的商脉里有着浓厚的文化血液。所以它跟经营其他商品截然不同，带有很深的文化烙印。当然，就古玩本身来说也是文化，您说哪一件古董，不是历史文化的载体呢？

因此，琉璃厂古玩店的经营方式，跟之前的“挂货铺”有了本质上的变化。

原来的“挂货铺”经营古玩，主要是：“一等”，即等买古董的主儿直接找上门来，买自己的物件；“二叫”，即靠“打小鼓”的走街串巷，去“叫”货；“三抓”，即到“小市”或“窜货场”去现抓货，这多少有点儿撞大运的成分。

琉璃厂的古玩店则不同。首先，它们有相对固定的客户，老北京管这也叫“主顾”。而且几乎每个古玩店都依附于几个，甚至更多有权有势的人。他们本身也是玩主儿，又懂眼又有钱。

有这样的主顾托底，做古玩买卖自然就容易放手。比如一件名贵的古瓷，卖主开价比较高，但只要古玩店前去“封货”的人相中了，他就敢把它买下来，因为有玩主儿给他托底，他准知道这东西不会“砸”自己手里。

古玩店掌柜的和伙计对这些有权有势的“主顾”，不但平时以礼相待，而且到了节假日，都要拎着厚礼到家里贺节，保持亲密关系。

其次，琉璃厂的古玩商通常不在店里看货，而是直接到主顾的家里掌眼，所以平时他们之间会互通信息。

京城的收藏圈相互之间都熟，哪个王爷的后代手里有什么存货，哪个店铺新近从外埠进了什么货，哪个大宅门的老人去世了，手里的东西急于出手，他们都门儿清。

得到信息，各古玩店便会派人出面，到这些有藏品的主儿家里，直接“封货”。

当然，这里头有个捷足先登的问题。古玩行的规矩特别多，通常的原则是先到先得，比如五个古玩商都得到一个信息，某王爷有两件宝贝想出手，那么就看谁的动作快了。

一旦有人出手了，那四个古玩商就不能再争了。当然，第一个出手的人，虽然看到了货，但是没看上，他也可以让另外四位选择。

与以往的“挂货铺”最大的不同是，古玩店的古玩商是主动出击，收货也好，出货也好，古玩商往往亲自登门，看货、验货、议价，都在家里。

这样既保持了古玩交易的私密性，也使卖主儿或买主儿减去了来回搬动的劳顿与周折。在老北京，这种直接登门做生意的，只有琉璃厂的古玩行和旧书业。

由于古玩行经营上的特殊性，在老北京，这个行当最讲究“人头儿”。“人头儿”是老北京土话，说白了就是一个人的信誉。

因为这一行接触的都是上流社会的达官显贵，不讲信誉，简直没法在这行里混。

其次，与其他行“同行是冤家”不同，古玩行讲究的是同行是朋友，同行之间谁主营什么，谁手里有什么货，都心里有数。

顾主到您家来了，要买一件明清的粉彩瓷瓶，您手里没有，但知道另一个店里有，您尽可放心大胆地去那家店“拿”货。卖得了钱，您可以从中提取点儿佣金，但绝对不能加价或降低价。

古玩行有“古玩无定价”之说，这是对外行说的，其实古玩行内部还是有一定价位的，比如吴昌硕或齐白石的画儿，多少平尺是什么价位，他们心里都有数。所以他们轻易不会抬高价位，也不会轻易降低价位。

老北京的古玩行比较忌讳讨价还价，因为您一家降了价，等于砸其他店铺的买卖。所以古玩行里的古玩商们，会经常在一起议论行情，当然，什么物品一旦价位定下来，轻易不会有太出格的变动。

老北京人说，“买卖地里”最精明的当属古玩商，虽然有行规管束，有信誉约束，但是在做生意时，古玩商玩的一些猫腻，一般人是难以察觉的。

古玩行有许多隐语，外行人往往不明就里，比如“砸浆”“打眼”“捡漏儿”，这三个词儿是什么意思呢？

举个例子，姓李的古玩商，手里有一个清光绪年间的官窑瓷碗，本来值五百块大洋，但姓王的却花八百块大洋把它买走了。姓李的这叫“砸浆”，姓王的这就叫“打眼”。

假如这个本来值五百块大洋的瓷碗，姓李的却卖四百块大洋，姓王的古玩商又还了还价，最后花三百五十块大洋把这瓷碗买走了，这叫“捡漏儿”。

您从这些术语当中，便知道这行的水有多深了。

清末民初，琉璃厂的古玩业，形成了三大门，即“大观斋”“茹古斋”“笔彩斋”。

“大观斋”的掌门人是赵佩斋，以经营金石古瓷为主。“雅文斋”的肖书农、“韫玉斋”的范岐周，鉴别金石古瓷、玉器眼力极佳，都是“大观斋”门里的人。

“茹古斋”的经理孙玉臣，以经营古瓷字画为主，高足是开“博韫斋”的杨伯衡、肖虎臣，东家是著名画家金拱北。中国银行冯耿光和京剧大师梅兰芳开的“鉴古斋”掌柜的周杰臣、“信古斋”的掌门人程秋圃，也是孙玉臣“门”里的人。

“笔彩斋”的经理最初是陈东甫，后来是武琴轩。“珍古斋”的韩德铭、“贞古斋”的苏惕夫、“宝古斋”的邱震生，都是“笔彩斋”门的。

在20世纪90年代初，我采访过“宝古斋”的邱震生，当时老爷子已经年过八旬。

他告诉我，他在琉璃厂吃了六十二年古玩饭，过眼经手的珍玩瑰宝难计其数。我采访邱震生的时候，他算得上是那会儿京城文物行里年龄和资历最老的人。

邱震生的祖籍是河北燕郊，祖父是前清秀才，父亲是会看风水批八字的老学究。他十五岁进京，到琉璃厂的“虹光阁”学徒，得到曾文波在鉴定书画方面的指教，后来又求教于“大观斋”的掌门人赵佩斋的高徒张云岩和范岐周。这二位均是琉璃厂玩古董的鉴定大家。

古玩行吃的是眼力。由于迄小儿在私塾，念过“四书五经”，邱震生深谙中国古典文化，加上两位老师的指教，他在柜上练就了一双不俗的眼睛。给他一件古董，他拿眼扫几遍，便能估摸出大概其的年代、成色和价值。

邱震生告诉我，琉璃厂古玩店的主顾，多是官僚买办和政界、军界、文化界的名人，他刚出徒不久，就到于右任、易培基家里送过货。当然，给这些人送货，一般要带上几件，甚至十几件古玩，由他们从中挑选。

他曾经跟张云岩一起，到醇王府“封货”。所谓“封货”就是密封投标。比如家里遇到困难，想把手里的五件明清瓷器出售，因为要的是现钱，只好找典当行把这五件瓷器封上，所谓

“封”就是过了期限也不赎回。

那么，到了期限的时候，典当行把古玩商找来，也许找五个，也许找十个，总之，由他们分别定价，谁也不告诉谁，密封好，然后再当众打开，典当行以谁标的价高，谁中标。这就需要有一双慧眼了。

那次在醇王府，他和张先生合议封了几件官窑瓷器，有雍正官窑龟绿色观音像一尊、墨彩笔筒一件，董邦达的焦墨山水画两幅，还有乾隆窑变石榴尊一件，后来这些玩意儿都以高价出售了。

他还和“三益厚”的李子壮一起，到当时的山东省主席韩复榘家里做过生意。李子壮卖珠宝翡翠，邱震生卖田黄和鸡血石。

他对我说，去过的官僚和富翁家多了去啦。当年京城的古玩行，主要做的就是这些人的买卖，一般老百姓玩儿不起古玩。

让邱震生颇为得意的是，他三十多岁时，捡了一个“大漏儿”。

那年，他到天津办一笔交易。事儿办完之后，他抽空儿去逛劝业场。离劝业场不远，有几个摆地摊儿卖古董旧货的。

他走到摊儿前瞄了两眼，突然看见一个地摊儿上，在一大堆杂七杂八的旧瓷器里，有一个小碗。

他不由得眼睛一亮，凭直觉，感到这个小碗不俗。但他抖了机灵，没有直接去拿那个小碗，而是随意看起了别的瓷器。

他知道，只要让摊主看出他要买这个小碗，摊主便会漫天要价，这个碗到最后也就买不成了。

他用手把摊儿上的杂物拨拉几遍，发现除了那个小碗，没一样值钱的东西。他装作漫不经心的样子，把那个小碗拿起来一看，不由得暗自吃惊，原来这是难得一见的明成化压手杯呀！

邱震生灵机一动，看了看摊儿上的东西，对摊主问道："你这些东西，我要是包圆儿，你要多少钱？"

"包圆儿？"摊主不明就里地看着邱震生问道，"摊儿上的东西你都要？"

"都要。"邱震生憨然一笑。

"那你给二百块大洋吧。"

"二百块大洋？真把我当冤大头了是不是？"邱震生咧了咧嘴，做出要走的样子。

"哎，你说能给多少钱？"摊主站起来，把他拉住。

"一百块！成，您把这些东西给我包上。不成，回见吧您哪。"邱震生斩钉截铁地对摊主说。

"得！就是它了。"摊主见邱震生已经说出这话，没有让步的余地了，便答应下来。

于是，邱震生掏出一百块大洋，把摊儿上的货包了圆儿。

当他拍出一百块大洋时，旁边围观的人看他花这么多钱，抱走一堆破烂，都笑他是冤大头。

邱震生却不以为然，拎着一大包"破烂"，回到了客栈，把包袱皮儿一打开，拿起那个压手杯细看，果然是明成化官窑的青花小杯。他不禁为自己捡的这个"大漏儿"欣喜若狂。

摊儿上的其他东西，他看也不看，都当破烂扔了，只带着这个压手杯回到了北京。

邱震生回到琉璃厂，忙不迭地把这件压手杯拿给古玩行的大佬孙瀛洲上眼。

孙瀛洲看后，对邱震生捡的这个官窑“大漏儿”不得不刮目相看了。他认为这是在琉璃厂难见的一件珍品，当场出价一万二，要收这件宝贝。

“您再让它在我手里多捂几天吧。”邱震生没舍得出手。

古玩商的手里是不存宝贝的。后来，由孙耀庭说合，“韫玉斋”的范岐周以一万四的价位，将这个明成化官窑的青花压手杯买走了。

一百块大洋买的，卖了一万四千块。邱震生的这个明官窑压手杯，成了琉璃厂古玩行的一段佳话。

已是耄耋之年的邱震生对我说，这辈子最欣慰的是，解放初期，北京琉璃厂的古玩业公私合营，他被推举为行业的组委之一。

当时有人要把古玩行划归到一般商业，邱震生对此持坚决反对意见。他认为古玩应该是传统文化的精华，古玩业应该改为文物业才对。

当时做这项工作的叶恭绰先生问他，为什么如此固执？他说：“文物业带有研究性质，古玩业是商业性质，这里区别大了。”叶老佩服他的独到见解。

后来，邱震生的建议被北京市政府采纳了，琉璃厂古玩街被改为琉璃厂文物一条街。说起来，这里还有邱震生老爷子的一份功劳呢。

邱震生曾对我说：“早年琉璃厂的人，不但对古玩字画懂眼，而且没有不擅写会画的，胸无点墨想在琉璃厂立住脚，等于没有嗓子想唱戏。那时，古玩店从掌柜的到伙计都有两下子，您想文化名人是琉璃厂的常客，没有文化行吗？”

如今，邱震生那一代古玩商，早已经在人生的舞台谢幕了，但他们在做古玩生意时的那种“范儿”，那种精明但讲究信誉的精神，依然在新一代古玩商中发扬光大。

这也许正是琉璃厂文化街的特色，也是北京文化底蕴所形成的一种气场。

老北京的书市和卖书人

老北京的书店，跟现在的书店完全不是一回事儿，虽然卖的都是书，但书跟书不一样，经营的方式也不同。

那会儿的书店，也叫“书肆”。“肆”与“店”的意思相同，但“肆”属文言，从店的规模上说，似乎要大些。

当时的书店，清一色都是个体经营，属私企。书店自古以来属于特殊行业，跨着文化与商业两界，现在也如是，书店是脚踩文化和商业两条船，其业态较为特殊。

现在的书店以新华书店为主，主要是坐商，也有个体的私营书店，但卖的都是刚出版的新书，几乎没有旧书和古籍。

现今的图书市场，除了主渠道国有企业新华书店以外，还有许多专业书店，比如外文书店、少儿书店、古籍书店、建筑书店，等等。

老北京的书店分得没有这么细，它的功能很多，既卖新出版的书，也卖旧书，甚至还可以联系作家，自己出版书，当然主要业务是收购古籍，然后再修补修订，转手出售。您瞧，那会儿的书店业务有多少吧？

正因为如此，那会儿开书店的东家和营业员都是胸中藏墨的文化人，没有点儿墨水干不了这活儿。要不怎么说书店的店员，跟一般商业的店员不一样呢？

老北京的书店是有门脸儿和字号的坐商，书店通常是合股经营，一些大一点儿的书店，背后还有比较有实力和实权的大人物做股东。

书店主要集中在前门外大街、西单北大街、宣武门内大街、灯市口、东四等繁华商业区。

书店之外，还有许多卖书的书摊儿，于是在老北京形成了书店、书摊儿比较集中的书市。

明朝的胡应麟，在《少室山房笔丛》里写道："燕中书肆多在大明门之右，及礼部门之外，及拱宸门之西。"

"大明门"，相当于现在天安门广场毛主席纪念堂的位置，"拱宸门之西"，就是现在的天安门广场的西部。明朝，这里是"六部"所在的"棋盘街"，内城的中心地带，东西南北交通交会之处。

明朝，每到科举考试之年，全国各地赶考的举子便会云集京城。当时京城没有星级酒店，甚至连一般旅馆都没有，这些举子只能住在宣南一带的会馆里。

考试的地方叫贡院，也就是现在建国门内大街路北的地方，所以这些参加考试的举子几乎都要走“棋盘街”，难怪这儿是书肆集中之地。

明、清两朝的书市，除了书肆比较集中的地方以外，还有在灯市（即现在的灯市口一带）、庙会上摆的书摊儿。

老北京的东西城，各有一个规模较大的庙会，东城的是隆福寺，农历的每月逢初一、二、九、十开庙会；西城的白塔寺，每月逢初五、六开庙会；西城还有护国寺庙会，规模也不小，每月逢初七、八开庙会。

当时的庙会，百物杂陈，老百姓日常生活所需应有尽有，当然少不了书摊儿。这类书摊儿，几乎不卖线装的典籍，以出售蒙学读物（认字启蒙类的书）、消遣小说、鼓词、戏本为主。

老北京人识文断字的少，大多数老百姓不识字，所以跟书有缘的人属“少数派”，清朝才出现的琉璃厂古籍和古玩一条街，当时主要为达官显贵和知识界、文化界的学者服务，老百姓很少光顾。一般北京人买书，主要是奔庙会的书摊儿。

到清末民初，由庙会的书摊儿、小门脸儿的书店等演变的专卖旧书的书摊儿，出现在前门外大街、老东安市场内、老西单商场内，以及东四、宣武门外大街等地界，这种格局一直延续到20世纪七八十年代。

比如老东安市场的书摊儿，主要集中在市场东南角的丹桂商场，以及市场南端的南花园，还有市场北门的几个书摊儿。

1956年公私合营以后，这些书摊儿都纳入中国书店的系统，在改造后的东安市场的北门西侧，开辟了专卖古旧书的中国书店，我曾多次在那里买过书。

老京城有句话：“干什么，吆喝什么。”这句话搁在一般的买卖上好办，卖布的吆喝布，卖菜的吆喝菜，要是把它用在卖书上，可就有点儿难了。书店里摆着成千上万册书，怎么个吆喝法？所以卖书的是不讲吆喝的。

前面说了，老北京甭管是开书店的，还是摆书摊儿的，不能说学富五车、才高八斗，也得小有学识。

虽然书店的店员不一定像卖菜卖水果的，亮开嗓门儿，拿腔作调，但是买主儿拿起一本书来，书的内容、作者是谁，您总得说出个幺二三来，否则就得卷铺盖了。

老北京的书店是大学生最好的实习基地，在这儿您能学到许多课堂上老师教不到的学问。因此，老的书店走出来不少才子，有的当了专业作家，有的成了学界领袖。

20世纪30年代，老东安市场的书市，有个叫雷梦水的人脱颖而出。他在旧书店干了四五十年，古籍知识相当渊博，被人称为“古书先生”。

雷梦水不但能鉴别一些善本书的真伪，还能说出残本书的作者和内容，这确实非一日之功。

老北京的文化人管到书店买书，叫“淘书”。“淘”，有洗去杂质、沙里淘金之喻，北京人有“淘换”一词。

有一年，作家黄裳来书店“淘书”，碰到了雷梦水。

雷梦水对黄先生说：“有本《论语注》，您要不？”

黄裳看着他笑道："这书我有好几本哩。"

雷梦水知道黄裳是有名的藏书家，家里藏书甚丰，像是把着他的脉，对他说道："您手里是有《论语注》的多个版本，但有一本清朝赵之谦刻的《论语注》，您不一定有吧。"

黄裳顿了一下，从雷梦水手里拿过书来，一看大吃一惊，原来这是他找了几十年的、世所罕见的版本。他不得不佩服雷梦水的学识。

有一年，朱自清先生在雷梦水的书摊儿上，相中了一部残本的古籍。

朱先生问雷梦水："这是什么版本？"

雷梦水不但说出了此书有几种版本，还告诉他哪个版本最好，最后说出了这残本古籍的内容，作者是哪个朝代的，为什么成了残本。

朱先生听了，对他心悦诚服。这位大学教授万没想到一个卖书的这么有学问，从此二人交上了朋友。

雷梦水只念过几年私塾，脑子里的那些东西全靠自己钻研。几十年来，他曾为胡适、林语堂、顾颉刚、陈垣、钱玄同、郑振铎等知名学者配书找书，并成为这些学者们的知音。

著名的历史学家谢国桢先生，曾经赠给雷梦水一首诗："感君别具骊黄手，选人不登大雅堂。将化腐朽为神奇，彰幽发潜在公方。"

雷梦水曾跟著名收藏家邓拓以书结缘。邓拓先生在20世纪60年代曾任北京市委书记，对老北京的历史文化非常感兴趣，通过

“淘书”，认识了雷梦水。

1963年的时候，邓拓见到雷梦水，对他说：“你这么熟知老北京的古书市场情况，应该腾出时间，写一写琉璃厂和东西两大商场（即老西单商场和老东安市场）古书市场的历史。这么难得的史料，别人是写不出来的。”

雷梦水听了邓先生的点拨，开始动笔回忆，后来，写出了《琉璃厂书肆四记》和《隆福寺街书肆记》。

可惜三年后，发生了“文革”。邓拓和吴晗、廖沫沙被打成反革命的“三家村”，首当其冲地遭到了批斗。直到去世，也没看到雷梦水写的这两篇文章。

雷梦水写的这两篇文章，我都拜读过。他对老北京古书市场的情况真是熟稔于心，比如隆福寺街上各家书店的门牌号是多少，叫什么字号，店主叫什么，有多大年纪，是什么性格，有什么兴趣爱好，家里的基本情况，这家店主要经营什么类的书，有什么比较稀罕的善本，卖过什么出彩的书……哎呀，写得那叫一个详细！

我想，如果不是多年跟这些书商接触，没有几十年的相濡以沫，是不会这么知根知底儿的。

最让我佩服的是老爷子的脑子好，记忆力超群，虽然他写的是几十年前老北京的事儿，但这些陈年往事在他脑子里记得一清二楚。

看后，让我不得不对这位老北京的卖书人肃然起敬，同时，也感慨老北京书店对人的文化陶冶和历练。一个只念过几年私塾的人，卖了一辈子书，最后居然也成了“写书人”。

旧京茶楼与茶馆斗法

老北京人喝茶跟现代人差不多，以茉莉花茶为主，通常喝茶主要是在家里自饮，只有朋友来了，一起谈事儿才去茶馆。

但就茶馆本身的味道来说，老北京的茶馆跟现在的茶馆是截然不同的。首先，现在的茶馆讲究雅致和清静，要的是清幽和私密性；老北京的茶馆喜欢热闹，要的是红火劲儿。其次，现在的茶馆讲究喝茶的品位，喝茶要有茶道，追求禅意，茶的种类也是多样的；老北京人喝茶对茶本身并不在意，一壶“满天星”（低档的茶叶末儿）能喝上大半天，要的是喝茶的热闹氛围。

老北京茶馆兴盛期是在清末民初，当时的茶馆主要集中在繁华的商业街，还有公园、寺庙、天桥等游客多的地方，有五大类：

一是清茶馆，也叫大茶馆，老舍先生的话剧《茶馆》写的就是这类茶馆。茶馆专卖茶水，有提梁的大茶壶，也有小茶壶以及盖碗。茶馆的设施比较简单，方凳木桌，干净利落。一般到了夏天，茶馆门口会搭起凉棚，棚架或房檐下面挂着长条木板写的“香片”“毛尖”“明前”“大方”等招牌。

大茶馆有点儿现代的“沙龙”和“活动中心”的味道，喝茶的茶客涵盖各行各业，三教九流，而且多是老主顾。人们到这儿来，似乎不是来喝茶的，而是跟老朋友见面、聊天、聚会、说事儿，常有拎着鸟儿笼子遛早回来的，在大茶馆里泡壶茶，坐一会儿，相互聊聊“鸟经”，谈谈家常，评论时政，互通信息。

在这儿喝茶的有清朝的遗老遗少，闲来无事闲磨牙的，有“引车卖浆者”在这儿喝茶歇歇脚的，有买卖人在这儿谈生意的，有老北京的“大了”在这儿给人说“和”的，有算命看相给人道破天机的，还有保媒拉纤在这儿牵线的……总之，大茶馆如同一个小“社会”。

老北京的大茶馆多以“轩”字起字号，有名的大茶馆有前门外的“天全轩”“裕顺轩”“高明远”“东鸿泰”，崇文门内的“长义轩”“广泰轩”“广汇轩”“天宝轩”，崇文门外的“永顺轩”，阜成门内的“天福轩”“天德轩”，宣武门内的“龙海轩”“海丰轩”，北新桥的“天寿轩”，安定门内的“广和轩”等。

二是书茶馆，这种茶馆通常是上午接待喝茶的茶客，下午和晚上请说书的和唱大鼓的来说唱，茶客到这儿来主要是来听评书和大鼓，但也把茶品了。

书茶馆的设施要比大茶馆讲究，有的书茶馆还备有藤椅方桌，并且卖一些瓜子、煮花生、炒栗子、杏仁、果脯等干果，供茶客磨牙。

老北京的书茶馆很有特色，而且特别受大众喜欢，许多说书的名家都在书茶馆说过书，同时，茶客也捧红了一些艺人。老北京比较有名的书茶馆有天桥的“二友轩”和花儿市的“青山居”“三友轩”等。

三是棋茶馆，这种茶馆跟书茶馆类似，不过是把说书唱大鼓换成了象棋。来这喝茶的茶客主要是来下棋的，喝茶是次要的。北京人管下棋叫杀棋。一个“杀”字，可以看出下棋是相互较劲儿的事儿，所以下棋比喝茶要费时间，因此一般棋茶馆的经营方式是上午接待一般茶客，下午和晚上接待棋友。

棋茶馆有两种形式：一种是普通茶馆，备有棋桌，茶客可以边下棋边喝茶；另一种以下棋为主，喝茶为辅。通常这类茶馆的条件比较简陋，有的甚至就是一个棚子，摆一个十多米长的木桌，上面画（刻）上十多个象棋的棋盘，能让二十多个茶客同时对弈，茶馆提供茶，当然按茶收费，不另收下棋的费用了。

四是野茶馆，这个“野”字，是田野的“野”，既有郊外的意思，也有路子“野”的意思，什么是路子“野”呢？是指这种茶馆的随意性。

野茶馆多开在离城门比较近的城外，有的在“关厢”，有的在城边的村落，但一定是每天走人或走车的路边。

野茶馆的条件相对简陋，有的甚至就是一个茶棚，茶客多是走路或坐车累了，在这儿喝茶歇脚的主儿，所以，这类茶馆还给茶客提供一些小吃，或者一些简单的如炒饼、面条之类的“快餐”，类似京城后来出现的“二荤铺”。

五是季节性的临时茶馆，这类茶馆多设在庙会或者夏天的河边湖岸，人们避暑纳凉的地方，比较有名的有什刹海的荷花市场，中山公园的“来今雨轩”，北海公园的“漪澜堂”“五龙亭”，太庙（现在的劳动人民文化宫）的后河等。

这五类茶馆虽然在1927年因民国政府迁都，开始逐渐衰败，但它们是经过市场检验，被老北京人认可的京味儿茶馆。现在北京人开的茶馆，有的依然传承了这种茶馆的模式。比如有名的“老舍茶馆”就是把这几种茶馆的优点融合在一起，又有所创新形成的有京味儿特色的茶馆。

由此可见，老北京的京味儿茶馆还是有生命力的，但是由于京味儿的老茶馆地域文化色彩浓郁，所以早在20世纪初就受到外来茶馆文化的挑战。

民国初年，在前门外大栅栏商业区开设了四座茶楼：廊房头条首善第一楼的三楼、西河沿劝业场的三楼、古观音寺宴宾华楼的三楼和青云阁的三楼。

北京喝茶的地方叫茶馆，茶楼是南方的叫法。四座茶楼都设在三层楼上，大概是一个巧合。茶楼的设备是典型的“南派”。

怎么说它“南派”呢？头一样，它是按江南的风俗，泡茶一律用盖碗，一客一份，茶资按碗计价。第二样，茶楼备有西餐便饭，吃了茶，肠子涮干净，可以点补点儿。第三样，茶楼备有躺椅、烟具，还开设单间，可以叫陪客。这最后一样真叫老舍笔下《茶馆》里的王掌柜望“楼”兴叹了。

当年敢进四大茶楼的多是北洋政府中的南方籍官僚。清帝退位，北洋政府成立之初，四大茶楼也着实闹哄了一阵。

可惜没多久，茶楼在北京栽了跟头。因为老北京坐茶馆的多是喝大碗茶的主儿，谁肯花大价坐茶楼呀！于是随着北洋政府政局动荡、国会的解散，四大茶楼也昙花一现过了景。至奉系军阀进京的时候，茶楼算是彻底改头换面了。廊房头条首善第一楼成了名票雅集清唱之地，青云阁和宴宾华楼随之效仿，劝业场将茶楼改为杂耍场，如此支应了一阵，随后又相继倒闭。

四大茶楼栽跟头，说明开茶楼离开当地的民俗风情，离开了大众化是很难维持的。

“稻香村”叫板“稻香春”

北京有两个著名的南味食品店，字号都挺老，一个叫稻香春，一个叫稻香村。由于“春”与“村”读音相近，一般人分不清它们之间的关系，好像一对孪生兄弟，难分伯仲。

说起这两家老字号，还有一段掌故。

稻香春的创始人名叫张森隆，又名张春山，想当年，这位张森隆在京城的商界可是个叱咤风云的人物。

张森隆祖籍江苏丹徒，父亲是老实巴交的农民，因为家乡离着太湖近，所以后来靠打鱼为生，但不幸的是岁数不大就得病而死。张森隆哥儿五个，他排行老三。他大哥张森裕从小在“勤行”（餐饮业）学徒，父亲去世后，便和一个老乡来北京闯荡。

1914年，民国成立不久，正是京城商业发展的黄金期，张森裕和老乡凭借着在“勤行”学的本事，在东安市场的东庆楼里，摆了个馄饨摊儿。当时的东安市场是个百物杂陈，各样东西都有销售的市场，类似现在的早市和花鸟鱼虫市场的形式，有坐商也有摊商，是东城当时非常热闹的地界，所以张森裕的馄饨摊儿开张便火。

南方人脑瓜聪明，馄饨卖火了，马上改做煎饺。这种饺子不但馅儿是按南方人的口味儿做的，而且烤法也是“南派”，饺子包好后，放在特制的炉子上煎烤，烤出来三面焦黄，喷香可口。

1915年，张森隆凭着这门手艺，也从江苏丹徒来到北京，在东安市场南门搭了两间小棚，专营饺子。这就是稻香春的前身。

张森隆脑瓜精明，买卖越做越大，由煎饺子发展到制作和经营南味食品，门脸儿也由两间小棚发展为十几间店堂的稻香春南味食品店。专营的糕点如猪油豆沙蛋糕、大小奶油蛋糕、八珍六片糕、太史饼、萝卜丝饼、杏仁酥、水晶绿豆糕等，以及肉食如金华火腿、高邮盐鸭、甜酱蛸子、糟青鱼等，享誉京城，与另一家老字号南味食品店桂香村等量齐观。

抗战时期，稻香春的伙计刘松泉，因为经营上的事儿跟掌柜的闹了别扭，一气之下，拉走一拨人，另起炉灶。

刘松泉非是等闲之辈，憋着要跟稻香春对着干的劲头，借了姓岳的股东两万元，在稻香春的斜对门租了三间带楼的门脸，开设了稻香村南味食品店。“村”与“春”音似字不同，您从取的这个名儿上可知他的心计。

刘松泉在金鱼胡同贤良寺建起生产车间，经营的南味食品与稻香春相同。开业后，生意很红火，使稻香春的买卖受损。

张森隆岂是等闲之辈，见刘松泉跟他叫板，当然不甘示弱。他的脑瓜比刘松泉更活泛，这次玩儿了一手谁都没想到的，扩大经营品种，本是卖糕点的，却愣把化妆品、药品、日常用品引进了稻香春的柜台。

张森隆还利用王府井的繁华地段，租橱窗做广告，扩大宣传，增加盈利。

刘松泉见张森隆这种咄咄逼人的势头，只好采取迂回战术，在降低食品价格、增加服务项目上动脑子。两家食品店展开了激烈的竞争，变着法儿要胜过对方。

老谋深算的张森隆见对手是块硬骨头，难啃，便把眼光盯在了开发新的销售品种上。

当时北京的冷饮业，只有西单的“有光堂”一家卖冰棍。张森隆通过关系，买了六台日制冰棍机，分别在本号及联号安装，制作冰棍。

稻香春增设了冷饮部，卖奶油冰激凌、冰砖及各种清凉饮料，这一招儿使稻香春销路大开，压住了对手。

岂知稻香村后来居上，也效此法，你卖冰棍，我卖冰糕。你卖冰激凌，我卖冰砖，总之互不相让。

可悲的是两家争来争去，如同河中鹬蚌。解放战争爆发后，物价飞涨，货币贬值，使两家老字号难以为继，稻香村入不敷出，先关了张，稻香春也苟延残喘。直到新中国成立后，这两家老字号才又获新生。

车船店脚牙，无罪也该杀

老北京有这么一句话："车船店脚牙，无罪也该杀。"显然这是一句气头儿上的"狠话"，没罪，您凭什么要杀人家呀？

为什么这么恨这几个行业呢？主要是因为这几个行业跟老百姓的生活息息相关，而且又是容易"犯小"，即在顾客身上做手脚，"宰人""割肉"，更可恨的是那会儿的店家看人下菜碟，有身份的巴结，没身份的欺负，经常让人有苦难言，产生憎恨，但人们又离不开它。什么是"车船店脚牙"呢？

"车船"好理解，老北京没有火车汽车之前，人们运输货物主要是马车、骡车和舟船，当然运货的货主跟车主或船主，少不了在运费上计较，加上行路和行船的时候，也会碰到意想不到的天灾人祸，所以货主跟车主和船主经常发生纠纷，自然吃亏的肯定是货主，货主会忌恨车主和船主也在所难免。

“店”指的是大车店，老北京没有像样的旅馆，更没有现在的星级饭店，人们打尖和住宿主要是在会馆和大车店，现代意义的旅馆旅店是在清朝末年才出现的。

体面一点儿的人来京城赶考或公干，主要是住会馆，一般做小买卖的或打工学徒的“引车卖浆者”，只能住大车店。

大车店在老北京又叫“鸡毛店”，因为冬天给客人盖的被子舍不得在被子里放棉花，而是往里塞鸡毛，被面是糙布，没盖几次，鸡毛就会从被子里跑出来，睡一宿觉沾一身鸡毛，快成“鸡毛掸子”了。

住店盖的都是这样的被子，其他条件便可想而知了。饶是这样，还时不时地被店主“宰”一刀，您琢磨琢磨住宿的客人跟店主发生磕碰，不是家常便饭吗？所以，开“店”的往往招人恨，被纳入了“无罪也该杀”之列。

“脚”是指老北京的“脚行”。“脚行”有点儿像现在的出租汽车公司，主要是拉人的，“脚”的意思是代替人的脚，在老北京也叫“拉脚的”。

“拉脚的”本应该是讲诚信的行业，因为顾客坐您的马车或人力车（洋车），等于把自己这一百多斤交给您了，您得精心照应着，否则的话，出点儿闪失，您就吃不了兜着走。那会儿也没保险这一说，主客纯是一种信任关系。

但是这种关系一旦涉及钱（运费），便变得复杂和纠结起来。老北京拉客的主要交通工具是马车、骡车、洋车，叫车要到十字路口的“车口儿”。

通常您要坐什么车，跟车主要先讲好价。比如您要从城里的西四到西郊的颐和园，车主大概其算一下里程，会说出一个价：二十块钱（假设）。您如果是有钱人，也许不在乎，当时就答应了，拉洋车的这位一路上把您照顾得挺好，您也感到满意，到了地方也许还会给他两块钱小费。这当然相安无事。

但是多数情况没这么简单，大部分车主想多挣钱，而大部分雇主又憋着少给钱，于是双方难免会讨价还价。

在这方面，车主肯定是强势，因为他整天接触不同的人，什么阵仗都见过，所以往往会要鸡贼，提出各种苛刻的条件，本来二十块钱的车价，他会要你三十块钱或更多，留出让您往下杀价的空间。

如果“车口儿”上还有别的车，您可以选择，但是就他这一辆，您只能认投。

假如您舍不得去当这个冤大头，又不得不坐他的车，三十块钱，只给他二十五块，或二十八块，惹他心里不痛快，那好，您就坐他的车吧，这一路他会用各种办法让您心里也不痛快。

老北京在“车口儿”，洋车夫之间合伙“宰”客的事儿司空见惯，从东单到西四明明只需三块钱，他非要五块。刮风，下雨下雪天，他们还会寻找理由加价，所以京城老百姓对“脚行”处于一种无奈的心理，将他们划入“该杀”之列。

“无罪也该杀”的最后一个是“牙”，关于这个“牙”字，产生过一些争议。

有人认为这个字应该是“衙门”的“衙”。为什么呢？因为在老北京，“衙门”就是政府机构，是管人的地方。

那会儿的“衙门”不是真心实意为老百姓办事儿，而且经常仗势欺人，鱼肉百姓，所以当时有这样的顺口溜儿：“衙门口儿冲南开，有理没钱别进来。”当然，这样的“衙门口儿”会招人恨，列入“无罪也该杀”理所当然。

这种理解没有什么疑问，但问题是这里说的“无罪也该杀”，指的是平时老百姓生活离不开的商业服务业，而不是官府衙门。所以“衙门”的“衙”搁在这儿就不合适了。

我认为这个字应该是“牙”。有人看到这个“牙”字，会立刻想到牙齿的“牙”，的确，这个“牙”字在现实生活中似乎没有别的字义。记得当年我在报纸上发表《解析“车船店脚牙”》的文章时，还引起了一些读者的质疑，认为我把“牙”字写错了。

其实，“牙”字还有另外一个字义，就是“牙行”，什么叫“牙行”呢？简单说就是为买卖双方撮合，“吃”两头的“中介”。

因为新中国成立后这个行当被取缔了，人们也不提这个行当了，许多人对这个行当知之不多，所以对这个“牙”字也就不甚解了。

实际上，《现代汉语词典》里，在“牙”字的注释里有“牙子”的词条：“旧时为买卖双方撮合从中取得佣金的人（通常卖方为农民、渔民等小生产者，买方为收购商或消费者）。”

“牙子”就是“牙行”，由这个“牙”字引申出来的词儿，还有“牙婆”“菜牙子”“果牙子”，等等。由此看来，这个“牙”字的原义是“说客”，它也是由“牙齿”的“牙”这儿引申出来的。“说客”嘛，要的是嘴皮子，当然需要伶牙俐齿，说话不利落不行。

但是，“牙子”吃的可不光是“开口饭”，您光嘴皮子利落不灵。给买卖双方撮合事儿，是利益之争，您没点儿势力，谁听您的？所以“牙子”吃的是“势力饭”。

换句话说，不是任何人都能当“牙子”的，“牙子”必须是“黑白”两道通吃，在市场，在某个行当有一定势力的人，否则的话，他无法在市场或行当里站住脚。

当然，“牙子”在撮合事儿时，难免会有吆五喝六，甚至动胳膊根儿的霸道行为，许多人受了“牙子”的欺负，敢怒不敢言，甚至连怒都不敢，这自然要伤人，把他列入“无罪也该杀”之列，在所难免。

“车船店脚牙，无罪也该杀。”显然是老北京人无可奈何的一种抱怨，甚至可以说是气不打一处来的“泄火”，如同您受到了“车船店脚牙”的伤害，在投诉无门的情况下，只好无奈地“骂”一句咧子，说一句他“真该死”之类的话。

当然，这些都是老年间的事儿了，随着社会的发展，作为社会特殊行业的“车船店脚牙”，也发生了变化。

不过，万变不离其宗，马车骡车舟船，变成了汽车火车飞机；小店变成了酒店宾馆；拉脚的洋车变成了出租车；牙行变成了中介公司。老百姓的日常生活还是离不开这些行当，“车船店脚牙”依然属于容易招骂的行当。

虽然消费者再有怨言，也不敢说“无罪也该杀”这句话，但作为从事这些行当的员工也应自律，千万别让顾客说出什么抱怨的话来。

“八不语”和拾掇门脸儿

一

老北京人卖东西讲究吆喝，北京的吆喝作为“市声”，现在依然被人们津津乐道。

但是在老北京，并不是所有买卖都得吆喝，由于行规和行当的特殊性，有的买卖不能吆喝，所以有“八不语”一说。

所谓“八不语”，就是八种行当不能吆喝。

哪八个行业？首先说是修脚的。修脚的怎么吆喝？站在店门口吆喝：“哪位把脚伸过来，我给您拾掇拾掇。”您说这像话吗？也不好听呀！

还有卖鸡毛掸子的。当年北京人家家都备有掸灰尘用的鸡毛掸子，掸子是常见的日用品。

卖掸子的怎么吆喝？举着鸡毛掸子吆喝：“好大的掸子！”或者吆喝：“卖大掸子嘞！”好嘛，这还不把人给吓着？

除了这两个行当，还有绱鞋的，锔盆锔碗的，行医的，剃头的，粘扇子的，劁（音敲）猪的，等等，是不能吆喝的。

这些行当里，有的是压根儿就没有吆喝的，有的是用响器代替吆喝的。比如行医的大夫，从前也叫“郎中”，虽然他上街行医不吆喝，但是他们有响器，也就是手里拿着串铃。串铃一响，人们就知道走街串巷的江湖医生来了。

剃头的虽然不吆喝，手里有唤头。粘扇子的也有响器，即身上挎着，手里随时摇着的“挎铃”。

其实，这“八不语”概括得并不全面，很多行当没有说到，比如老北京“打小鼓的”，也就是收旧货的，也不讲究吆喝。能吆喝，还打小鼓干吗？

人不语，响器代替，规矩最多的得说剃头的。在老北京，人们戏称剃头的是“低头斋”。您别看这个行当不起眼儿，但因为他能在“太岁”头上动“土”，所以地位特殊。

这儿捎带脚给您聊两句“太岁”。有人以为“太岁”是皇上或神人，其实这是一种在地下25米深生长的菌类生物，因为在土里能生存，在水里也能活，而且生长缓慢，被人们视为奇物，尊为“太岁”。

二

剃头，就是后来的理发，老北京人戏称“拾掇门脸儿”，现在改叫“美发”和“造型”了。说起来，剃头这个行当，是清朝以后才出现的事儿。

清军入关（山海关）之前，中国的男人是不理发的，也没有剃头一说。因为，从老祖宗那儿就讲究“身体发（头发）肤受之父母，不敢毁伤”。所以，男人的头发从生到死是不能剪的。

头发长了怎么办？拢起来呀！您看过去的老戏，男性是不是都“拢发包巾”？

到了清朝，把汉人的老规矩给破了。清顺治二年（1645），清朝皇上进京后金銮宝座还没坐热乎，便下令，男人一律剃发留辫。

剃发留辫，您别以为剃发就是把脑袋上的毛都剃光。敢情清朝说的剃发是有“发型”的，即把脑袋上四周的头发都剃了去，中间只留下一小撮儿，用这一小撮儿头发编成辫子，这就是所谓“削平四方，保留中央”。

原来这剃头是有政治含义的。清朝的统治者是满族人，清军入关后，汉人肯定不服，于是清朝政府玩儿了这么一招儿“剃头”。把“四方”都削平了，维护我大清帝国中央的统治。

当年，汉人对剃头是非常愤怒的，您想把受之于父母的头发给剃了去，谁心甘情愿呀？但清朝政府对待剃头这件事儿极为重视，把它当作确立皇权的一个标志。

这一“标志”，麻烦了。拿京城来说吧，那会儿，大街小巷贴满了强迫剃头的告示，要求男人一律剃头留辫。您要不剃头，好办，杀头！

据说当时摄政王多尔衮亲自下令，派旗兵持刀把守各大路口，在路口搭起席棚，凡是路过留发的男人，一律强制拉进棚子里，由剃头匠当场削发。有不从者，立马儿杀头，然后把脑袋挂在席棚的柱子上示众。这就是所谓的“留头不留发，留发不留头”。

谁不知道头比发重要呀？留发还是留头？甭琢磨，还是留头吧！于是大清帝国统治的二百六十多年，中国的男人都是脑袋后面拖着辫子过来的。当然，由此也诞生了一个行业，那就是剃头的。

由于汉人怀念当年留发的岁月，所以约定俗成，在每年正月祭祖的时候不剃头，说剃头死舅舅。这个民俗一直流传至今。

其实“死舅”，是“思旧”的谐音，是那会儿的汉族老百姓怀旧的一种“俗礼儿”，跟死舅舅没有一毛钱关系。

由于剃头这一行当是在“不剃头就杀头”的历史条件下产生的，所以在老北京，这一行最初是没有门脸儿的，主要是走街串巷，充其量是在桥头搭个棚子。

为什么在桥头呢？因为过去赶车的拉脚的都要从桥上过，上桥下桥往往要站一下脚，打个歇儿，剃头匠正好可以利用这个机会招揽生意。

除了剃头棚，剃头还有下街的，就是前面说的打着唤头，走街串巷为人剃头的。老北京剃头匠有一套家伙什儿，走街串巷也好，桥头搭棚也好，不能就带一把剃头刀呀？

这些家伙什儿包括剃头刮脸的一套用具，磨刀的一套用具，还有脸盆、毛巾，此外还有板凳、烧热水的小火炉子，等等。

怎么拿这些东西呢？用挑子来挑吧。这个挑子特殊，因为小火炉要占挑子的一头，所以老北京留下了一个歇后语："剃头的挑子，一头热。"

由于能在"太岁"头上动土，所以剃头的属于特殊行当，这个行当规矩特别多。在早，这行的业内专门有《净发须知》，师傅带徒弟的时候，未曾学艺，先学做人，要牢记《净发须知》才成。

三

过去，剃头的担着挑子走街串巷，除了上面说的不能吆喝外，还有"三不鸣"，也就是遇到三种情况不能打唤头。

哪"三不鸣"呢？一是路过寺庙和道观不能"鸣"，怕惊动了神灵；二是过桥的时候不能"鸣"，怕把龙王给惊着了；三是路过剃头棚不能"鸣"，怕把同行的生意给搅了。《净发须知》里有"行对行不响唤头"的规矩。什么意思呢？俩剃头的走个对脸儿，打老远就听到唤头响了，这个怕影响对方的生意，不打唤头了，那个也是怕影响对方生意，也不打了，这不就是"不响唤头”了嘛!

您从这些老规矩里，不难看出老北京的剃头匠是多么讲仁义。

老北京人讲究“一招鲜，吃遍天”。剃头虽然算不上有什么高深的技艺，但作为一个熟练的剃头匠，功夫却在剃头刀外。

老事年间的剃头匠讲究“整容十六法”，这“十六法”包括梳、编、剃、刮、捏、拿、捶、按、掏、剪、剔、染、接、活、舒、补。

“梳”，是梳头；“编”，是编辫子；“剃”，是剃头；“刮”，是刮脸；“捏”“拿”“捶”“按”，就是现在的按摩的基本功；“掏”，是为顾客掏耳朵；“剪”，是给顾客剪鼻孔里的汗毛；“剔”，是清眼；“染”，是染头发；“接”，是接骨，现在是正骨术之一；“活”“舒”“补”，是活血、舒筋、补碎骨，都属于正骨术的手法。

通常老北京的剃头匠都会捏骨正骨，我记得小时候，胡同里的孩子谁摔了扭了，伤筋动骨，一般不去医院，而是直接找胡同理发店的师傅。

这些老师傅几乎都有两下子，孩子摔着扭着，找他们捏儿回准好。都是老街坊，找他们捏骨正骨，从来不收费。

辛亥革命后，取消了梳辫子。剃头匠的“十六法”也就自动没了“梳”“编”二法，但其余的技法一直流传下来。您现在找老北京的剃头匠理发，没准儿还能享受到几“法”，比如捶、按、掏、剪、剔、染等。

不过，随着社会的发展，生活方式的改变，以及由此带来的发式、发型的变化，老北京剃头匠的技法已经所剩无几了。

当然，有些技法换了其他形式，比如捏、拿、捶、按、接、活、舒、补，这些属于捏骨、正骨的技术在理发行业早已失传，人们扭着伤着，直接去医院找骨科大夫了，谁还去找理发师呀？理发师如果会这些，就属于不务正业了。

四

辛亥革命取消帝制后，剃头匠头上的活儿也变了，不仅做剃头刮脸的男活儿，也做剪发等女活儿，甚至还把西方流行的烫发引进过来。

京城最早有门脸儿的理发馆之一“美白”的创办人何永禄，民国以前是只会剃头刮脸的剃头匠，后来在理发馆才学会了使推子，给客人推平头、分头、背头等发型。

民国十七年（1928），何永禄在王府井大街开办了“美白”理发馆，这种新式的理发馆很快就引领了潮流，从标新立异到逐步普及，使京城的理发业进入了一个新的时期。

到20世纪三四十年代，京城除了“美白”，还有“中央”“万国”“鼎新”“仙宫”“粹华”“中国”等六家理发馆，他们被并称为京城理发业的“七大家”。

这会儿，剃头匠也改叫理发师了。虽然京城的新派理发馆受到年轻人的青睐，尤其是演艺界的名伶和政界、商界人士成了理发馆的常客，理发业可以说春风得意，但老北京城的封闭性与保守性，使京城的理发业依然没有摆脱剃头刮脸的套路，理发业的整体水平跟那些发达城市还有差距。

新中国成立后，北京作为共和国的首都和国际交往的中心，国家领导人每年要迎来送往许多国家的元首。在国际舞台上，国家领导人当然要注意形象，形象当然离不开美容美发，而当时京城理发业的落后状况，适应不了这种需要。

那会儿，京城理发业的状况，一是像样的理发馆少，二是理发馆的师傅多以剃头刮脸为主，理不出其他发型，更对国际流行的发型不摸门。

面对这种情况，当时的政务院总理周恩来与上海市市长陈毅协商，请上海的理发业支援北京。上海是什么地界儿？十里洋场，内地香港，毋庸置疑，上海的理发师要比北京牛。

陈老总接到总理的指示，不敢迟疑，马上下令，不但把上海最好的理发师调到北京，连理发馆也一并迁来，支援首都。

于是，在1956年，上海有名的“华新”“紫罗兰”“云裳”“湘铭”四家理发馆的108位师傅，以及后勤人员整体迁到了北京。

这四家理发馆合并后，更名为“四联”理发馆，于1956年7月27日在北京正式开张营业。

“四联”的进京，使京城的理发业上了一个新台阶。如果说“四联”来北京之前，京城的理发业还是处于剃头刮脸的“毛茬儿”阶段；那么，“四联”进京之后，京城的理发业就进入了

“洋范儿”的理发时期。

也是在1956年，实行公私合营，过去多少年单打独斗的剃头匠，被编入“国营”序列的修理服务公司，从此，他们成为国企的正式职工。

老北京人剪了辫子以后，流行的发型是一水儿的寸头、平头和光头，由打“四联”进京，北京人的发型样式多了起来，爱时髦的年轻人开始流行分头、背头等多种样式的发型了。

与此同时，理发馆的设备也越来越先进，理发师也告别了剃头刀、手动推子，到20世纪80年代，京城的大小理发馆都已经有了电推子、电吹风机了。

不过，那会儿北京人的消费水平实在有限，像王府井“四联”“美白”，西单第一理发馆、第二理发馆这样的高级理发馆，一般老百姓平时还是望而却步。

首先，这样高级的理发馆京城只有四五家，理发馆人满为患，理一次发，别说等“老点”了，就是一般的理发师，起码也要排半天队。

所谓“老点”，就是手艺高、级别高的理发师，因为顾客来这儿理发，都是慕他的大名，所以点名让他理发的人多。

当时，国家实行的是计划经济，京城的理发馆都是统一价格，找谁理发都是一样的钱，那谁不找“老点”呀？找“老点”，您就得搭半天，甚至大半天的时间。许多人搭不起这些时间，便不愿登门了。

其次，虽然当时理发虽然是统一价格，但“四联”“美白”

这样的高级理发馆的价位比一般理发馆还是要略高一些，比如男同胞到一般理发馆，“洗剪吹”是两毛六分钱，“四联”“美白”要五六毛钱。当时的五六毛，相当于现在的一二百块钱，一般的工薪阶层理一次发，舍不得掏这么多钱。

我记得参加工作后到结婚前，平时连理发馆都不去，理发基本上由单位的同事给包了。结婚前，领结婚证要照片。结婚是人生最光鲜的一件大事儿，我妈劝我去一次“四联”，理完发再去照相馆。我这才平生第一次进王府井的“四联”。

我当时是自己挣钱自己花的青年，平时都舍不得进“四联”这样的高档理发馆，更别说那些拉家带口的中年人了。至于说上了岁数的老北京，依然留恋几十年一贯制的寸头，胡同里的小理发馆就能解决问题了。

当时在职职工每月都发澡票和理发票，通常是一个月两张，一张两毛六，既可以洗一次澡，又可以理一次发，洗澡票全市通用，只有“四联”这样的理发馆要单加钱。

您想老北京人谁舍得把喝酒的钱“贡献”给理发师呀？再说不就理个寸头吗？两毛六能解决的事儿，干吗要另外再花钱呢？所以，当时一般老百姓去“四联”理发，属于“烧包儿”。

这也许就是老北京人对待自己脑袋上的毛儿的态度。难怪当改革开放，“国营”理发馆改制，京城理发业变成个体户的天下后，许多老北京人一时还脑子转不过弯儿来呢。

五

进入20世纪90年代，京城的理发业进入了前所未有的“美发”时代，原来的理发馆改换门庭，变成了“发廊”“发屋”“美发厅”等。

原来京城的理发师都穿着白大褂，年龄有老有少，现在档次高的美发厅，变成了一水的“少壮派”。也许是为了博取顾客好感，抑或是劳动强度使然，行业内出现了“潜规则”，年龄超过四十岁的一律亮“红牌”。

理发师的“行头”也变了，白大褂早就是老皇历了。现在穿的都是“洋范儿”，西装，白衬衫，扎着领结，套着马甲，像大饭店的服务生。

拾掇头发的家伙什儿也变了，原来是“老三样”——推子、剪子、刀子，现在是一把剪子“打天下”。手艺好的理发师有十来把各式的剪子，不管是什么发型，全靠剪子来去薄修饰。

当然美发的名堂也多了。理发前，先洗发，这洗发分为“干洗”和“水洗”。“干洗”通常是一个小时，除了洗头发，还要洗眼睛，掏耳朵，按摩头部，揉捏肩膀、后背、胳膊，折腾六够，这才开始剪、吹。简单截说吧，在美发厅“美”一次发，至少一个半小时，这还不包括排号等位的时间。

女活儿更细致。女同胞美发，如果烫头染发的话，时间应该是男同胞的一倍，大半天时间没了。当然，美发厅不白这么伺候您，项目越多，消费越高。

现在美发厅的理发师都是按级别收费的，通常有总监、都理、监理等，一个级别相差几十块钱。一般在美发厅享受一次，至少一百五六十块钱。

进入2010年代以后，原来的“发廊”“发屋”因为有的藏污纳垢，有色情服务被取缔，所以京城的理发业，再也没有“发廊”“发屋”的踪影，几乎都改叫“美发厅”了。

京城的美发业经过十多年的同行博弈，基本告别了一家一户单打独斗的格局，纷纷主打名牌店连锁的牌，以品牌店独领风骚。有的品牌店在京城有一二百家店。在这种竞争中，连锁经营已经成为趋势。

1998年，京城的理发馆和美发厅是5967家，到2014年，京城的理发网点已经达到了2万多家。

跟过去那些标新立异的理发馆的发展一样，现在新式的美发厅，甭管主店还是连锁店，主要服务对象基本上是年轻人。

那些退休的大爷大妈，舍不得花一百多块钱去理一次发，但价位低的小理发店，让高档的美发厅挤对得已无法生存，加上房租和水电费连年上涨，基本上难以为继，现在价廉的能让大爷大妈掏得起钱的理发馆越来越少了。

于是，京城的街头或公园出现了一景儿，即街头理发摊儿。这种摊儿特简单，一把凳子，一块围裙齐活儿。理发师多是上岁数的，当然也有中年人。

在摊儿上理发，简单，省事儿，不用洗，也不用吹，把脑袋上的毛削短理齐就得，价钱极便宜，有三块的，有五块的，等于吃一根雪糕或喝一瓶汽水。所以这种理发摊儿，特招社区和胡同的大爷大妈待见。

不过，这种理发摊儿属无照经营，算是非法，城管一来，他们就得东躲西藏，整天提心吊胆，打游击战。即便如此，几天见不到他们，大爷大妈们还真想，因为这些流动理发师能解决实际问题。

我曾经采访过上岁数的老北京人，发现他们不愿意去现在的美发厅的原因，并不只是钱的事儿，而是他们想要理的发型，现在的年轻的高级理发师理不出来了，比如，寸头的“毛茬儿”、平头的“拱三茬儿”等。

前些年，京城有位叫靖奎的老剃头匠，九十八岁了，还在给人理发。北京人理发“认人”，找老爷子理发的都是回头客，有岁数大的，也有年轻人。

2012年，有人专门给九十八岁的靖奎老爷子拍了一部电影《剃头匠》，他在电影里自己演自己，非常生动。这部电影还获得了第37届印度果阿国际电影节最佳影片奖“金孔雀”奖。2014年10月，一百零一岁的靖奎，在北京胡同的一个大杂院去世，他真是理了一辈子的发。

我曾经采访过找靖奎理发的老北京人。他们对我说，老爷子十八岁出徒，给人理了八十多年的头发，到这岁数手都不颤，而且理出来的寸头还是样儿，您说这是不是功夫？

的确，像老爷子这种手艺的人不多了。他收了二十多个徒弟，活着的只有两个了。

1990年左右，京城流行过“板儿寸”发型，这种发型是从日本传过来的，受到许多年轻生意人的青睐。

一时间，理“板儿寸”的年轻人趋之若鹜，理发师也纷纷改理这种发型，并以擅长理“板儿寸”为牛，其中最有名的是地安门的一位姓刘的师傅，他打出的字号叫“金板寸”。

当时，一般理发馆理“板儿寸”是两块钱，他这儿是五块，总比别人高一倍，但由于他的手艺好，每天顾客盈门。

刘师傅十五六岁学理发，到现在有三十多年了，他的“金板寸”已经成为京城理发业的金字招牌。经过二十多年的发展，当年的小店现在已经是“文化发展中心”了。老师傅除了理发带徒弟，也是文化公司的经理了。

新中国成立七十年，京城的理发业发生了巨变，现在理发这个词儿又变了，已经不叫“美发”，叫“造型设计”了。

“造型”这名儿有点儿艺术范儿，只是在口语里不知所云。“您上哪儿去？”“我理发去。”这谁都能听懂。“您上哪儿去？”“我造型去。”谁懂呀？

老北京人管剃头刮脸，叫“拾掇门脸儿”，后来又叫“理发”“美发”，不过，您琢磨琢磨，从“拾掇门脸儿”到“造型设计”，是不是万变不离其宗？总而言之，折腾的都是脑袋上的毛儿。

不过，同样是“拾掇门脸儿”，“拾掇”的方法和内容却大不一样了。如果说老北京人理发，只是干净干净，现在则是享受了。难道您没觉得吗?

当然，老字号在新潮中也在不断变化。您如果到“四联”“美白”这样的老字号去理发，照样能找到“造型设计”的感觉，同时也能体会到理发是一种“享受”。在经营上，老字号也搞“连锁”了，由原来的“独一号”，现在发展成几十家门店。

他们的理发的技艺、严格的消毒制度、先进的美发设备、最新的国际潮流发型，在京城的理发业依然独占鳌头。

“四联”的剃头刮脸的“拱三茬儿”“无声吹风”等技艺，还被列为北京市非物质文化遗产。

过年请“面鲜儿”

老北京人过春节的一个重要内容是祭祖。祭祖跟供佛不一样，当然也要有供桌，供桌上摆着祖先的排位。

所谓牌位，就是在长长的牌子上写上祖先的名字，当然有照片更好，一般从太祖那辈，然后依次顺延。

供桌上除了牌位，还要有所谓的“三堂供”，即五碟蜜供、五碟月饼、五碟苹果。在“三堂供”之外，还要请“面鲜儿”。为什么要用这个“请”字，不用别的动词呢？因为这是上供用的，“请”有尊敬和敬畏之意。

什么叫“面鲜儿”呢？说白了就是用面做的桃、苹果、石榴、佛手、橘子，这五种水果都有吉祥的寓意，而且从色彩上看也是粉、红、绿、黄、橙五色纷呈。

老北京的饽饽铺，也就是点心铺，每到春节，进了腊月便开始忙着做“面鲜儿”了。那会儿，家家过年都要祭祖，所以家家都要请“面鲜儿”。当然不单是祭祖，家里供佛祭神也要请“面鲜儿”，所以，“面鲜儿”的用量很大。

老北京饽饽铺的师傅手艺颇高，做出的“面鲜儿”堪称一绝，首先面要发得好，其次做工精细，五样水果不但像，而且还要有一种鲜灵劲儿，不“鲜”没资格叫“面鲜儿”。

因为这是祭祖敬神的供品，师傅们也是以一种敬畏的心理来做的，所以，做出来的“面鲜儿”往往能以假乱真。

供桌上的“面鲜儿”通常是用五个碟子摆放的，也有的放在五个盘子里，码成五摞，每摞用三个“面鲜儿”当底儿，然后再倒扣一个，利用底部再托起一盘，这样一直码起五层来。

“三堂供”和“面鲜儿”从大年三十开始，一直摆到正月十六。

老北京有“正月十五，耗子大搬家”的说法。那会儿北京人都住平房，耗子特别多，供桌上摆着的这些供品，包括“面鲜儿”都“便宜”了这些耗子。家家都摆着供品，耗子们每天都闹个肚圆。正月十六撤供之后，耗子们没得吃了，可不得“搬家”吗?

那些鲜亮的“面鲜儿”，在供桌摆上半个多月，烟熏火燎，落满尘土，加上耗子啃，早已经没有鲜劲儿了，但按老规矩，这些供品不能随便扔，通常要分赠亲友，让大家享用。

当然，民国以后，随着人们卫生意识的提高，没人再吃这些“灰头土脸”的“面鲜儿”了。

桑皂杜梨槐，不进阴阳宅

跟朋友到一个很体面的餐馆吃饭，服务员上菜的时候，我的一个朋友看了上菜的碟子一眼，突然面沉似水，把服务员喊住，让她去叫经理。

众人面面相觑，不知道发生了什么事儿，直到经理踮儿踮儿地跑过来，才知道原来餐厅犯了大忌，上菜的碟子是破边的。

老北京人讲究吃饭的家伙儿一定要完整，不怕旧，也不怕瓷器粗糙，但一定不能破边儿，更不能有裂纹儿。因为过去只有乞丐，也就是“叫花子”才用破了边的碗碟呢。

饭馆的经理是个年轻人，哪里懂这些，听我的朋友这么一说，才知道犯了忌讳，赶紧赔礼道歉，并且让服务员立马儿换碟子，而且重新炒了一个菜。

老北京人在日常生活中的忌讳很多，除了家里要摆什么和不能摆什么，平时身上要戴什么和不能戴什么以外，最主要的忌讳是不能说不吉利的话。

不吉利的话很多，比如杀啦、死啦、老啊、离啊、完啦等词儿，人们说话的时候都要回避，好在汉语的语言丰富，换一个词儿可以替代。

梨，是中国特有的水果，含有多种营养，水分含量也多，吃梨可以解渴，还可以去咳平喘，是北京人喜欢吃的水果。

不过，人们自己买梨自己吃没问题，您要是到亲戚家或朋友家串门儿，却不能送梨，因为梨的谐音是离开的“离”。

您的朋友病了，您去看他，送给他几斤梨，这就犯了北京人的大忌：干吗？您来看我，是要跟我“分离”呀？

由于梨是“离”的谐音，在老北京人的口语里犯忌，所以，平时人们吃梨，一个梨只能一个人吃。一个梨两个人吃行不行？不行，北京的三岁小孩儿都知道“二人不吃梨”。

三个人吃梨行不行？也不行，因为吃的还是“离”。所以，老北京人只好把梨削成片，放在碟里，用竹签或叉子插着吃。

老北京人忌讳说凶狠毒辣、死亡这样的词儿。杀，老北京的满族人要说“省”，读音是“醒”。杀猪，老北京的满族人要说“省猪”。回民对这个“杀”字尤其忌讳，杀牛杀羊，一定要说“宰牛”“宰羊”。

跟杀有关的，比如“杀头”“斩首”，北京人会说“脑袋搬家”“头朝下”“脑袋挨地了”“痛快一下”等。“枪毙”，北京人会说“吃黑枣儿”；“蹲大狱”，北京人会说“啃窝头去了”“进去了”，等等。

老北京人忌讳说“蛋”字。在北京话里，沾“蛋”字的词儿几乎都是骂人的，比如混蛋、滚蛋、傻蛋、扯蛋、王八蛋等，骂人最狠的是你×蛋。

正因为如此，老北京人平时说话很少带“蛋”字，鸡蛋，北京人叫“白果”或者“鸡子儿”。

记得有一年，我陪一位南方来的朋友到饭馆吃饭，他拿起菜谱，点了个“摊黄菜”。

等到这菜上了桌，他不禁哑然失笑，把服务员叫过来问道：“我要的是‘摊黄菜’呀？”

服务员告诉他：“这就是‘摊黄菜’。”

“这怎么是‘黄菜’？”他十分不解地说。

“你看，鸡蛋摊出来是不是黄澄澄的，像黄菜？”我笑着给他解释，因为老北京人忌讳说“蛋”字，所以才把摊鸡蛋叫“摊黄菜”。

他听了恍然大悟，原来他以为“黄菜”是南方的黄花菜。

不过，他迟疑了一下说：“这名字好听，却令人费解，为什么不直截了当呢？”

我说：“这就是老北京人重老礼儿，讲文明的一例。”

其实，老北京人不光是鸡蛋不说鸡蛋，叫“白果儿”，还把跟“蛋”有关的字，也找好听的字给顶替了。

比如鸭蛋做的皮蛋，南方人这么叫吧？到了北京人这儿，皮蛋就改叫“松花”了。

再比如跟蛋有关的食品蛋糕，过去叫“槽子糕”；鸡蛋炒黄花木耳，叫“木樨肉”；鸡蛋汤叫“甩果汤”，等等。

老北京人还忌讳说“完”字。“完”，就是结束了，玩儿完了，没有了。

所以，老北京人管氽丸子，叫“狮子头”，实在怕人听不懂，在“丸子”前边加上“四喜”俩字，用“喜”来“冲”这个“完”的字音。

关于“完”字的忌讳，最有意思的是末代皇帝溥仪登基的故事。

清光绪三十四年（1908）十月二十日，溥仪的父亲醇亲王载沣接到慈禧太后的懿旨，让他三岁的儿子溥仪继承皇位。次日，溥仪离府进宫，但第二天，光绪皇帝就驾崩了，紧接着第三天，慈禧太后也呜呼了，俩人前后脚。

当时，光绪的灵柩停在了乾清宫，慈禧的灵柩停在了皇极殿，两丧并祭，按老北京人的讲儿，这本身就不是吉兆。他们二人的丧礼结束不到一个月，十一月初九，溥仪的登基大典在太和殿举行。

三岁的孩子懂什么事儿呀？他当皇上，完全像个木偶任人摆布。溥仪的晚年，在《我的前半生》里回忆道：

“我被他们折腾了半天，加上那天天气奇冷，因此，当他们把我抬到太和殿，放到又高又大的宝座上的时候，早超过了我的耐性限度。我父亲单膝侧身跪在宝座下面，双手扶我，不叫我乱动，我却挣扎着哭喊：‘我不挨这儿，我要回家！我不挨这儿，我要回家！’父亲急得满头是汗，文武百官的三跪九叩没完没了，我的哭叫也越来越响，我父亲只好哄我说：‘别哭，别哭，快完了。快完了！’”

典礼结束后，文武百官对载沣的这句话议论纷纷，认为他说的“快完了”是犯了大忌，当然也是不祥之兆，等于说溥仪的皇位，甚至大清帝国快完了。

果不其然，大清帝国在三年之后就被推翻了。京城的老百姓似乎从这件事儿上，又找到了不能说“完”字的理由。

其实，大清帝国到了溥仪这儿，已经气数到头儿了，溥仪他爹不说“快完了”，大清帝国也照样完。两者没有什么必然的联系。

老北京有句顺口溜儿：“桑皂杜梨槐，不进阴阳宅。”

桑是桑树，因为跟“丧”是谐音，所以被老北京人给打入“另册”。“阳宅”，也就是自己住的院子里不能种，“阴宅”，家里的坟地也不能种。

“皂”，是黑的意思。“皂”有两种解释，一种是皂树，花落后会结出果荚，也叫皂角，深褐色，可入药，也可当染料，染发、染衣服。因为树皮是深褐色，被北京人认为不吉利。

“皂”的另一种解释是，所有黑色的树，都不吉利，所以“不进阴阳宅”。

我小的时候，常听老人说“桑皂杜梨槐，不进阴阳宅”。我以为这个“皂”，是枣树的“枣”呢，因为“皂”与“枣”

同音。

枣树怎么会不能进阴阳宅呢？老北京人家的院里种枣树很普遍，我小的时候住在外公家，他家的院子里，就种着两棵枣树。当然，在院子里种枣树要讲究方位。

其实，这个“皂”字，跟“枣”字扯不到一块儿去，为什么呢？

因为北京人说到“枣”，一定要加儿化音，“吃枣”，要说成“吃枣儿”，“枣树”，要说成“枣儿树”。否则就要闹笑话，例如“洗枣”，很容易让人听成“洗澡”。

杜，是杜仲，这本来是药材，树生长较快，喜温耐寒，素以安泰敦厚著称。北方的院里种它，枝繁叶茂，可以遮阳蔽日。

但杜仲的“杜”字，在老北京是个忌讳词。“杜”与“度”是谐音。“度”的字义有“过去”“过”的含义，比如僧人劝常人出家当和尚或尼姑，叫“度人”，出家叫“剃度”，人死了叫“超度”。所以，“度”被北京人视为不吉利，自然，杜仲树也跟着倒了霉。

梨，甭说了，除了自己吃，跟别人都不能一起吃，这些忌讳自然会殃及梨树。您想，住的院里种梨树，您不得天天看着它？没辙，就因为名儿叫得不受听，好好儿的梨树就被打入了“另册”。

槐树，是北京的市树，北京的街道、宫苑、寺庙都可以看到它的身影，但唯独住家的院里忌讳种槐树，这主要是跟“槐”是“坏”的谐音有关。

人们都喜欢和追求好的事物，谁喜欢“坏”的呢？所以，即便是市树，在老北京人这儿也不招待见。

不过，我倒觉得北京人院里不种国槐，跟国槐爱生虫子有关。我小的时候，胡同里种的多是槐树，一到夏天，树上就会生出许多嘴里能吐长丝的虫子，悬吊在树上。胡同里的人管这种虫子叫“吊死鬼”。您想，谁愿意住的院子有“吊死鬼”呀？

当然，这些忌讳都是老年间的事儿了，有些忌讳现代人已经不在乎了。

不过，有些民间的忌讳作为一种民俗，人们还是把它当回事儿的，例如在语言上的一些忌讳词，不能随便说死呀、蛋呀、坏呀，等等。

忌讳作为一种礼貌和礼数，现在的北京人还是很讲究的，您或许从这些忌讳中，能感觉到老北京的文化内涵。

天棚鱼缸石榴树

老北京有句顺口溜儿："天棚鱼缸石榴树，先生肥狗胖丫头。"什么意思呢？

它说的是老北京人家居生活的六种讲究，前三个说的是物，后三个说的是人。可以说前后两句话是相对应的。

"天棚"，就是在院里搭的凉棚，因为它要高出房子的屋檐，所以北京人又叫它"天棚"。

北京的夏天，炎热而漫长，尤其是盛夏的三伏天，赤日炎炎，暑气蒸人，炎热的太阳晒得人打蔫儿，东西烫手。正因为如此，讲究的北京人，琢磨出夏天在院里搭"天棚"这一招儿。

"天棚"不但遮阳避雨挡风，而且在棚席上淋上水，可以增加棚下的湿度，调节和降低院子里的温度，以此来驱热纳凉。可以说，这是老北京的一大“发明”。

当然，在老北京，并不是所有院子都可以搭“天棚”的。搭“天棚”的先决条件是四合院或三合房，而且是独门独户的四合院和三合房。

老北京的房价，相对来说比较便宜，有点儿身份的家庭，自己都有所独居的院子，以四合院为主，也有三合房，或只有南北房的所谓“跨院”。只有自己独居的院子，才能在夏天选择搭“天棚”，道理不言自明。

老北京专门有搭“天棚”的棚铺，棚铺专有搭“天棚”的棚匠。

搭天棚是京城棚匠的一绝，甭管多高的房，多高的院墙，棚匠都能给您把“天棚”搭得既体面又大方。

京城棚匠的绝活儿是，多高的棚，都是平地起杆儿，立杆儿，不用刨坑挖槽，搭好的“天棚”，两个人推，纹丝不动，能扛七八级大风。

“鱼缸”，是老北京人住的院里常见的物件，这种鱼缸是泥烧的瓦盆儿，也叫“瓦盆缸”，个儿有敞的大鼓那么大小，口径在一米五以上，小的有一米左右。

一般是直接把鱼缸放在地上，讲究的还要用架子，把鱼缸架起来。

为什么要用瓦盆缸呢？因为老北京人主要养的是龙睛鱼。据养鱼的把式说，用这种缸，透气性好，龙睛鱼娇气，放在瓦盆缸里好养。

老北京人养鱼，没有现在的科技设备，全靠经验和技术。

龙睛鱼的品种有几十种，习性各不相同，讲究的家庭怕自己养不好，只好雇用“鱼把式”帮着饲养。

那会儿，京城玩儿鱼的“鱼把式”，跟许多老宅门都有联系，除了提供养鱼的鱼虫儿、水草之外，有的直接把盆里的鱼给“包养”下来，这样让主家更省事儿了。

“石榴树”，是老北京人的院里常见的树种。老北京人之所以对石榴情有独钟，不仅因为它好吃，而且更看重这种水果的名儿好听，石榴的外形也受看。

石榴，与时气、时运的“时”同音。老北京人认为院子里种石榴树，会“时来运转”，能给家里的人带来好时气、好运势。

同时，人们吃石榴，主要是剥开皮，吃里面的籽儿。石榴的籽儿非常多，多到谁也数不清，所以，老北京人认为院里种石榴，有多子多福的寓意。

老北京人不但喜欢在院里种石榴树，而且石榴也是北京画家钟情的水果。齐白石、张大千、王雪涛等大画家，经常以石榴入画。当然，他们画的石榴，要比真的石榴值钱多了。

“天棚鱼缸石榴树”，这三样是相配套的，换句话说，这是老北京的老式家庭的“标配”，三者缺一不可。

炎热的夏天，在凉爽的天棚下，与三五好友，喝着香茶，品着鲜果，赏着鱼缸里的鱼，看着石榴树上缀着的果实，再有“先生肥狗胖丫头”陪伴着，您说多么赏心悦目！这小日子实在是悠闲惬意。

要不许多老北京人怀念那会儿的生活呢！这种只能在四合院看到的情景，如今离北京人越来越远了，取而代之的是钢筋水泥的森林，还有只能在“半空儿”栖息的公寓。

“先生肥狗胖丫头”，是对应“天棚鱼缸石榴树”的。“先生”，指的是管账的“账房先生”。

在早，北京城的大户人家，几乎都是三世同堂或四世同堂。一个大四合院住着二三十口子人，每天的吃喝拉撒，柴米油盐，挑费开支，是一档子劳神的事儿。所以，一般的大户人家要雇个管账的“先生”来主事。

当然，有的“先生”并不是只管算账，而且还要管家，替主人张罗家里的大小事儿。“先生”在这个家庭，可谓是里里外外“一把手”。

那年头，家里有“先生”，等于有个“管家”，是一个人地位和体面的象征。

“肥狗”好理解，它和“胖丫头”相提并论，可能让有些人不理解了。“肥”“胖”可是现代人的大忌呀。

其实，肥胖恰恰是老北京人所追求的一种“美”。在老北京，大多数人比较穷，人的饮食结构缺少高能高热的吃喝，蛋白质的含量也少，所以，那会儿的人胖的少。

世上什么事儿，都是物以稀为贵。胖的人越少，人们越觉得胖好看。这是老北京人的审美观。

看到这儿，现在苦于抵御美食诱惑而减肥的“胖人”们，或许能从怀旧的情思中，找到某种安慰。

这里说的“丫头”，是指家里的“使唤丫头”，而不是主人的女儿。丫头，跟古代的丫鬟意思差不多，也有“贴身”“贴房”之分。它跟现在的“保姆”或“家政服务员”不同，“丫头”通常是伺候主家夫人的，按现在的说法，应该叫“生活助理”。

一个和美的家庭，要有管事儿的“先生”，那活得多省心呀！再配上富态体面的“丫头”，院里还有一条肥大的“宠物”，看家护院的“肥狗”，这日子是多么的安泰和滋润呀！

“天棚鱼缸石榴树，先生肥狗胖丫头。”不但是老北京大宅门富裕人家的生活写照，也是老北京人的一种生活追求。

不过，话又说回来，这六样吃的、看的、享受的，一般老百姓也只是说说而已。在老北京，这样的富足家庭毕竟还是少数。

京城的十三与“十三陵”

“十三”这个数字在西方是大忌，住址的门牌号、楼层甚至运动员的号码都回避这个数字。

我国的老百姓对“十三”却不以为然，北京人往往还偏爱这个数。清末小说家文康在《儿女英雄传》里塑造了侠女“十三妹”的形象。北方戏曲和曲艺的押韵都定为“十三辙”。

儒家的经典，经过上千年的沉淀，在宋朝被归纳为“十三经”，它们是《诗经》《尚书》《周礼》《仪礼》《礼记》《周易》《左传》《公羊传》《穀梁传》《论语》《尔雅》《孝经》《孟子》。

北京人爱养鸟，所饲养的百灵、画眉等仿喜鹊、老鹰、布谷、苇扎子、大雁、家雀的叫声，最多的叫口为“十三套”。

此外还有两个有名的“十三”。

一个是戏曲界的“同光十三绝”，就是清朝同治光绪年间十三位著名昆曲京剧演员，他们是：

老生和武生程长庚、卢胜奎、张胜奎、杨月楼、谭鑫培，小生徐小香，旦角梅巧玲、时小福、朱莲芬、余紫云，老旦郝兰田，丑角杨鸣玉、刘赶三。

清末沈蓉圃专门为这十三人画了像，现存中国艺术研究院戏曲研究所。

另一个是北京百年老店同仁堂药铺的名药，号称“十三太保”。这十三味中成药名扬海内外，它们是：

安宫牛黄丸、苏合香丸、再造丸、至宝丹、安宫赞育丸、紫雪散、活络丹、虎骨酒、参茸卫生丸、女金丹、牛黄清心丸、十香返生丹、乌鸡白凤丸。

京城的花会，是由中国古代“社火”的形式发展而来的，这是一种纯民间自发组织起来的表演形式，因为这种表演主要是在寺庙开庙时的庙会上演出，所以又叫“香会”。民间花会表演分为“文会”和“武会”，“武会”的表演主要分为十三种，又叫“幡鼓齐动十三档”，这“十三档”花会被人编成了顺口溜儿：

开路打先锋，五虎少林紧跟行。
门前摆着侠客木，中幡抖威风。
狮子蹲门分左右，双石头门下行。
石锁把门挡，杠子把门横。

花坛盛美酒，吵子音乐响连声。

杠箱来进贡，天平称一称。

神胆来蹲底，幡鼓齐动响天平。

这里面把“十三档”花会都包括进去了，它们是：

一、“开路”（耍钢叉）；

二、五虎棍（五虎打路和五虎少林棍）；

三、“侠客木”（秧歌，又分高跷秧歌和地秧歌）；

四、耍中幡（又称大执事）；

五、耍狮子（分太狮和少狮）；

六、“双石头”（用木杆穿入两块大石头，类似杠铃，举动表演）；

七、“石锁”（掷子）；

八、杠子（杠子会，即把杠子绑在大车上，在杠子上表演动作）；

九、“花坛”（即耍坛子）；

十、“吵子”（大鼓、铙、钹、小锣等响器的表演）；

十一、“杠箱”（所谓杠箱，长约80厘米，宽约50厘米。木箱周围画着一些戏剧人物画，箱子上有花会的会旗和铃铛。表演的项目很多，有抬箱子出怪样打趣逗乐的，有蹦跳翻跟头的等等）；

十二、“天平”（北方地区的民间小戏十不闲、莲花落）；

十三、“神胆”（挎鼓，又称“大鼓会”“锅子会”的表演）。

无独有偶，明朝皇帝的陵恰好也是十三座。坐落在京北昌平的长、献、景、裕、茂、泰、康、永、昭、定、庆、德、思这十三座陵墓统称“十三陵”。

明朝近三百年，共有十六个皇帝：

第一个皇帝是太祖朱元璋，年号是洪武，在位三十一年，活了七十一岁。死后葬在了南京的“孝陵”。

第二个皇帝是惠帝朱允炆，朱元璋长子朱标的次子（朱元璋有二十六个儿子，长子早逝），年号是建文，在位四年，“靖难之役”后下落不明。

第三个皇帝是成祖朱棣，朱元璋的四子，于1421年迁都北京，年号永乐。在位二十二年，活了六十四岁。死于北征回师途中的榆木川（今内蒙古乌珠穆沁），死后葬在了昌平，即“十三陵”最大的陵“长陵”，是北京“十三陵”的第一个陵，也是游览“十三陵”的主要景点，只是看到的都是地上建筑，地宫还没有打开。

第四个皇帝是仁宗朱高炽，成祖朱棣的长子，年号洪熙，在位一年，活了四十七岁。死后葬于“献陵”。

第五个皇帝是宣宗朱瞻基，仁宗朱高炽的长子，年号宣德，在位十年，活了三十八岁。死后葬于“景陵”。

第六个皇帝是英宗朱祁镇，宣宗朱瞻基的长子，一生当过两次皇帝。头一次是九岁登基，年号正统，由太皇太后张氏掌权，张氏管理国家有方，明朝经济得以发展。张氏死后，英宗重用太监王振，后来发生“土木堡之变”，英宗被瓦剌军掳走，朱祁镇的弟弟朱祁钰借机登基，当了皇帝，年号为景泰。

八年后，武清侯石亨、副都御史徐有贞等人，趁朱祁钰病重，率军攻入紫禁城，成功演绎“夺门之变”，将软禁七年的朱祁镇重新扶上皇位，年号为天顺。

朱祁镇复辟后一个月，弟弟朱祁钰就病死了。朱祁镇以亲王之礼，把他葬在了北京西山。朱祁镇一共在位二十二年，活了三十八岁，死后葬在了“裕陵”。

第七个皇帝是景帝朱祁钰，宣宗朱瞻基的次子，“土木堡之变”时，借机当了皇上，年号景泰，在位八年，后被哥哥朱祁镇复辟夺回了皇位。活了三十岁，死后没葬在“十三陵”，葬在了西山。

第八个皇帝是宪宗朱见深，英宗朱祁镇的长子，年号成化，在位二十三年，活了四十一岁，死后葬在了“茂陵”。

第九个皇帝是孝宗朱祐樘，宪宗朱见深的三子，年号弘治，在位十八年，活了三十六岁，死后葬在了“泰陵”。

第十个皇帝是武宗朱厚照，孝宗朱祐樘的长子，年号正德，在位十六年，好逸乐贪女色，开“豹房”，活了三十一岁。死后葬在了“康陵”。

第十一个皇帝是世宗朱厚熜，宪宗朱见深的孙子，孝宗朱祐樘的侄子，因武宗朱厚照无嗣而立，年号嘉靖，书法文辞有造诣，崇信道教，宠信严嵩，迷信方术，在位四十五年，活了六十岁。死后葬在了“永陵”。

第十二个皇帝是穆宗朱载垕，世宗朱厚熜的三子，年号隆庆，在位六年，活了三十六岁。死后葬在了“昭陵”。

第十三个皇帝是神宗朱翊钧，穆宗朱载垕的三子，年号万历，十岁登基，在位四十八年，活了五十八岁。死后葬在了“定陵”。这是“十三陵”唯一打开地宫的陵墓，现在对外开放。

第十四个皇帝是光宗朱常洛，神宗朱翊钧的长子，年号泰昌，登基的当天就病倒了，在位不到一个月，活了三十八岁。死后葬在了“庆陵”。

第十五个皇帝是熹宗朱由校，光宗朱常洛的长子，十六岁登基，年号天启，在位七年，宠信宦官魏忠贤，沉溺于木匠活儿。因落水得病，服用“仙药”身亡，活了二十三岁。死后葬在了“德陵”。

第十六个皇帝是思宗朱由检，光宗朱常洛的五子，年号崇祯，在位十七年，是明朝最后一个皇帝。1644年，李自成农民起义军攻破北京时，在景山上吊身亡，活了三十四岁。死后葬在了“思陵”。

十六个皇帝，有三个死后葬在了别的地方，十三个死后葬在了北京昌平，这就是“十三陵”的来历。

老北京的“八”字

说到老北京人，人们自然要说到北京的旗人。所谓旗人，就是属于“八旗”下的人。说到这“八旗”又不能不说到老北京的“八”字。

您得看准了，这儿说的可是“八”这个数儿，而不是算卦的阴阳先生说的那个“八字儿”。过去用天干地支表示人出生的年、月、日、时，合起来是八个字，所以叫“八字儿”，但这个“八字”要儿化音。

也许跟道家的“八仙过海，各显其能”有关，老北京人特迷信“八”这个数儿，什么事儿总要凑成“八”。

比如说吃。老北京管会吃的美食家叫“八方食圣”；餐饮业有“八大菜系”之说；老北京有名的鲁菜有“八大楼”“八大居”；淮扬菜有“八大春”；最有名儿的宴席是“八珍席”，“八珍席”又分“山八珍”和“海八珍”。

一般的席面儿讲究“八大碗”，还有甜品“八宝饭”；老北京的酱菜园酿制的有名的小咸菜叫“八宝菜”；点心铺的点心有“大八件”“小八件”；此外还有“八大名酒”；评选北京小吃，也要搞“八大名小吃”。

风物景观有“燕京八景”；西山有“八大处”，即八座古刹；道教的圣地有“三山五顶”，三和五加一块儿还是“八”。

京城的工艺美术行业有“燕京八绝”；药行有“八大堂”；布行还有“八大祥”；天桥的民间艺人有“八大怪”；说相声的有德字辈儿的“八德”；演唱岔曲用的是“八角鼓”；起个地名要用“八道弯”“八里庄”“八里店”“八里河”“八里桥”；此外，还有“八王坟”；老北京的红灯区有“八大胡同”等说法。

老北京的寺庙还有“大八庙”“小八庙”“内八庙”“外八庙”。所谓“外八庙”，即紫禁城外的八座庙。

因诸位对京城的“外八庙”有所不知，笔者特罗列如下：宣仁庙（风神庙）、凝和庙（云神庙）、普渡寺、真武庙（又叫玉钵庵）、昭显庙（雷神庙）、万寿兴隆寺、静默寺、福佑寺（雨神庙）。这八座庙宇几乎都在南长街、北长街和南池子、北池子。

在老北京，居家过日子要有桌椅，迎门放着的桌子叫“八仙桌”；过去北京人写信的信纸，大都用直线分成八行，所以那会儿的书信，又叫“八行书”；老北京人正式结婚之前先要订婚，订婚的帖子叫“八字帖儿”；媳妇过门儿坐的轿子叫“八抬大轿”（八个人抬的）。

老北京管朋友的交情深，叫“八拜之交”；比喻要办的事儿还没有眉目，北京人会说“八字还没一撇呢”；形容什么事儿哪儿不挨着哪儿，叫“八竿子打不着”。

您瞧，生活中有多少离不开的“八”字呀！

清军以“旗”建制亦不例外，也分为“八旗”。其实是黄、蓝、红、白四种色儿，但为了凑这个“八”字，分为了镶了边儿的和不镶边儿的，变成了正黄、正白、正红、正蓝、镶黄、镶白、镶红、镶蓝。其中镶黄、正黄、正白为上三旗，而在清入关之前，镶黄旗只属于皇帝一人（有关“八旗”，还有别解）。

“八旗”制度外，还有皇族亲王、郡王等世袭罔替的“八大铁帽子王”。满洲旗人有“八大姓”：钮祜禄氏（郎）、瓜尔佳氏（关）、舒穆鲁氏（舒）、那拉氏（分叶赫和辉发，最初都是地名）、完颜氏（王、金）、富察氏（傅）、费莫氏（费）、马佳氏（马）、章佳氏（章）。实际上是九姓，但费莫氏和马佳氏是一族，所以成了“八姓”。

汉军八旗还有“八大家”，即为大清立国建过功的八个汉族姓氏：尚、耿、石、李、佟、祖、蔡、王。

这儿给您补充一句：所谓在旗或旗人，并不都是满族人，还有编入“八旗”的汉族、蒙古族、回族等，例如清末陕西巡抚升允是俄罗斯族人，末代皇帝溥仪的皇后婉容是达斡尔族人。

因为这本书聊的是北京话，所以再让您长点儿学问：由于早年间，“八旗”在京畿（音几，古代靠近国都的地方叫“畿”）各地都有驻军，所以留下了“厢（应该写成镶）红旗”“正蓝旗”“正黄旗”“西二旗”等地名。

现在有些人不懂其意，“正蓝旗”给念成了“证（zheng，四声）蓝旗”，连公交车报站也发这个音。看上去，一点儿错没有，其实是大错特错了。

因为所谓“正蓝旗”，是整个的旗子都是蓝的。而“镶蓝旗”是镶着边儿的蓝色的旗子。所以“正蓝旗”必须念“整蓝旗”。

需要说明的是，广东人也喜欢“八”字，因为粤语“八”的谐音是“发”，说这个字有讨吉利能发财的寓意。老北京人也喜欢讨口彩，不过，这个“八”字，跟“发财”没关系。

因为北京话的“八”，发音不是“发”。“八”是个吉利数儿，北京人喜欢“八”，跟“四平八稳”的心态、“八仙过海”的风习有关。

北京人的口头语

北京人说话，喜欢带口头语。什么叫口头语呢？

它主要有两层意思：一是说话时带的“零碎儿”，这种“零碎儿”习惯成自然了。

二是说话前后的感叹词，当这种感叹变成口头语时，也就失去了感叹意义，成了一种语气。

北京人说话，最常见的口头语是“唔的”“那什么”“什么什么的话”“这个”“那个”“是不是”“应该说”“话又说回来”，等等。

如果跟北京人接触，您留神听的话，就会发现这些口头语，在北京人说话时，会自觉或不自觉地流露出来。

您瞧，我写这句话时，一不留神就带出了一个北京人常说的口头语：“留神听的话。”

这些口头语，也被称为说话的“零碎儿”，换言之，就是说话啰唆，不利落。甚至被语言学家视为“语病”。

您看，电台或电视台的播音员在播音时，带口头语吗？肯定不会带。带了，就会扣奖金，因为它是“语病”嘛。

为什么北京人说话喜欢带口头语呢？主要是因为北京话委婉。委婉、含蓄是北京人的性格，也是北京话的特点。

北京人礼数多，深知话语的重要，很多时候它不是随便说的。

“一言兴邦，一言丧邦。”在人与人的社会交往中，哪句话说不周全，便会得罪人。所以，北京人在说话时，要加一些“零碎儿”，来“修饰”说话的内容。

比如您开车到商场买东西，车停在停车场，但前面有辆车挡住了您的车，您想让他的车挪一下。

假如您走过去，直截了当地对开这辆车的人说：“请您把车挪一下，我的车好出去。”

您看，这句话有毛病吗？没有。但听到这句话的人会觉得心里不舒服，因为话说得过于直白了。

但是，这话放到北京人嘴里，味道可能就不一样了。

北京人可能会这么说：“大哥，麻烦您，如果方便的话，劳您驾把车挪挪，让我的车出去。得，让您受累了！”

您瞧，这就是北京人说话的委婉和含蓄，但是听的人会觉得心里舒服，话让人受听。

毕竟您是在求人挪车，所以说话一定要客气和委婉，这也是一种礼数。可是这么一来，说话就啰嗦了，而且有许多口头语。

不过，正是这种听起来有点儿啰嗦的北京话，才能体现出它的婉约，还有委婉中透着的那种谦和。

北京人说话爱带口头语的另一个原因，是利用口头语的停顿来措辞，选择更贴切的字和词儿。

所以，有时看起来北京人像是急不择言，或者是在玩儿深沉，其实他心里在字斟句酌地选词儿呢。

口头语“这个”和“那什么”，就带有这种意思。

比如有人知道您是老师，他的小孩儿准备上小学，他求您帮忙给孩子找个好学校。但这事儿让您有些为难，您又不好一下子拒绝他，往往会这么说：“这个嘛，要是找李老师办的话更稳妥，这个，那什么要不您给他打个电话，或是发个微信问问。那什么，要是这个，他不给您回话的话，我再想别的办法，您说呢？”

这是纯口语，您看是不是显得很啰嗦，但反过来说，是不是也能听出他的为难和选择托词的犹豫？（“是不是”也是口头语。）

口头语还有一个作用是强调这句话的重要，引起您听说话人的注意。

“应该说”“您说是不是？”这些口头语都能起到这样的作用。

有人把北京人的口头语，归到了北京方言的“京白”里。这话对，但也不完全对。说对，因为“京白”里有北京人说话的语气，而口头语本身就是一种语气。说这句话不完全对，是因为“京白”是北京土话的一种韵味儿，或者说一种腔调。在语言学的概念上，“京白”属于某种音韵或音律。

北京人的口头语里，经常会用到一些感叹词，比如“哪”“吧”“啦”“呢”“哈”“嘿”“嘞”“喽”等。

这些感叹词的使用是有规律的，换句话说，是不能乱用的。比如：“您来啦。”可以用“啦”；“您坐吧。”可以用“吧”；“您走哇。”可以用“哇”。

但是，您如果换了其他的感叹词，那意思可能就不一样了。比如：“您来哇。”“您坐啦。”“您走哪。”这话让人听着多别扭？北京人平时哪有这么说话的。

老北京常用的三个词儿是：“奔”“您哪”“您瞧”。

“奔”，就是现在人们常说的“上”或“去”，“奔东四牌楼”也就是“上（去）东四牌楼”的意思。

“您哪”，是老北京人常挂在嘴边上的一个词儿，照语言学归类的话，该叫它语气词，有点儿像“吧”“吗”“嘞”“啦”，可又含有敬重人、顺从人的委婉劲儿。

“您瞧”则是北京人常说的发语词，在一句话的前头来一句“您瞧”，提醒对方注意，倒不一定非让人家去看什么。

比方说：“今儿这天儿真不赖，您瞧，我得奔隆福寺买件汗褟儿去。”

“您瞧”也可以说是一个口头语。

在一句话的前头，带上一个发语词，是北京话的特点，同时也成了北京人的口头语。

比方说，两个熟人在大街上见了面儿，双方打招呼，不是直截了当叫对方的名字，而是先得来一个感叹词，“呦”或“嗬”。

“呦，李老师，老没见啦！”

“嗨，这些日子学校里的事儿太忙了。”

“哎，您的小孩儿不是闹伤风了吗？怎么样，好利落没有？”

“嘿，瞧让您惦记着。他的病呀，您猜怎么着，早就好啦。”

有话不直说，先得绕一个弯儿，来几句口头语，“您猜怎么着”，或“怎么样”，要不就是“说实在的”，等等。

这就是北京话的特色。听着，感觉很啰唆，但是那么亲切，婉转，更有韵味儿。

漫话北京的流行语

这儿说的流行语，是指北京人说的流行语，但它还算不上北京的土话，因为它属于“流星”，还到不了“行星”的级别。

一般来说，北京土话是相对固定的，尽管任何一种语言都是有寿命的，但够上土话了，寿命应该比较长。

但北京土话，也是从流行语当中产生的，一句土语不流行，也成不了土话。如此说来，流行语是在流行的过程中，经过众口相传，最后才流传下来，成为北京土话的。

举个例子吧，“打的”（音打滴）这个词儿，当初就是流行语，它是20世纪80年代从香港传过来的。

我记得当时有部电影《巴士奇遇结良缘》，在京城上映非常火。人们从这部电影知道“巴士”是公共汽车，这是英语翻译成中文的译音，同时也知道了出租车的译音是“的士”。

北京人常常把“买什么东西”，说成“打什么东西”，比如“买酱油”，说成“打酱油”。把“买一张火车票”说成“打一张火车票”。

于是，便把“叫的士”，说成“打的士”。后来“的士”这个词儿省略成了“的”，“打的士”变成了“打的”。

20世纪90年代，北京的出租车行业进入了惊人的发展期，与此同时，老百姓手里有了钱，出门坐出租车成了时尚，于是，“打的”这个词儿便成了流行语。

京城当时比较火的出租车型，是微型商务车，也就是“面包车”，由于这种车价格便宜，颇受北京人的青睐，北京人把“的士”这个词儿引申了，管这种车叫“面的”。于是，打“面的”又成了流行语。

由“面的”这儿，又引申出许多流行语，坐飞机，叫“飞的”，开出租车的司机，叫“的哥”“的姐”，坐出租车开的发票，叫“的票”，等等。

语言离不开生活。北京流行语的形成，跟社会的发展、新生事物的出现有直接关系。20世纪70年代末，我们国家实行改革开放，历史进入了新的时代，出现了许多前所未闻的新鲜事物，当然，也产生了大量的流行语。

改革开放之初，当时国家的政策放开，允许个人开门脸，搞经营，甚至政府开办了许多夜市，鼓励人们摆摊儿挣钱。在这种全民“经商热”的背景下，出现了许多新的流行语。

比如：“练摊儿”（街头摆摊儿），“起照”（办营业执照），“倒儿爷”（二道贩子），“穴头儿”（文艺演出的组织者），“下海”（辞职经商），“点替”（给钱），“红包儿”（私下给好处费），“打喜儿”（私下给红包儿），“发了”（发财了），“大款”（暴发户），“进去了”（让警察抓起来了），“片儿警”（管片警察），“甩一道牌”（出一把牌），“镇了”（太好了），“平蹚”（各方面人际关系都通），“手够黑的”（手够狠的），“摆平”（疏通关系），等等。

北京流行语除了带有一定的时代性和社会性以外，最大的特点就是它体现了北京人的性格。它不仅带有京城市民的风习、熟语、比喻、隐讳、嘲讽的特色，而且也兼容了外来语的某些风格。

例如前些年使用频率较高的流行语“张儿”，它是由“一张儿大团结”引申而来的。“大团结”是面值十元的人民币，因票面上印有工农兵及各民族人民的形象，故有此称。以后北京人把“大团结”省掉，说“一张儿”，即面值十元的钞票。

“一张儿”成了流行语以后，北京人便把“张儿”当成了“十”的代名词。如果您问北京人的年龄：“今年您多大岁数？”北京人可能会告诉您：“今年四张儿了。”“四张儿”即四十岁了。

在京城流行语中，这种引申使用的词儿非常多，比如“爷”字。“爷”字除了通用的祖父的意思之外，在北京土话里，起码有两种含义：一是对长辈和敬重的人的尊称；二是对平辈或晚辈性格怪僻、玩世不恭之人的调侃，带有嘲弄的意味。

但“爷”字变成流行语之后，就成了一种“泛称”，如把蹬三轮车拉货的，叫“板儿爷”；把那些腰缠万贯的“大款”，叫“款爷”；把摆摊儿做生意的，叫“摊儿爷”；把靠倒卖发财的，叫“倒儿爷”；把靠吃利息为生的人，叫“息爷”；把开出租车的男司机，叫“的爷”；把能说会道、喜欢吹牛的人，叫“侃爷”；把夏天喜欢光膀子上街的爷儿们，叫“膀爷”，等等。

总之，以职业和某种特殊的身份为特征，后面均可缀上个“爷”字，如在宾馆饭店看门的警卫，被戏称为“门神爷”，若此人有些木讷呆板，戏之为“傻帽儿”，又叫“帽儿爷”。

再比如“玩”字，本来是个老北京土语，“玩”的意思，除游戏娱乐本意之外，还有招致、落得的意思。

但是当“玩”字变成流行语以后，意思就不一样了。流行语里的“玩”字，是对从事某一行当，或者对某种行为的一种调侃，并由此引申到收藏、鉴赏的意思，如“玩家”“玩股票”“玩汽车”“玩邮票”“玩蛐蛐儿”“玩鱼”“玩鸽子”，等等。

许多流行语，是在人们的经济交往中，经常使用的名词或熟语，带有明显的“经济味儿”，但是随着人们的广泛使用，它们慢慢地成了流行语。

当然，北京的流行语不仅限于北京地区使用，经过相声、小品、戏剧、歌曲、影视及文学作品的传播，也逐渐演变为大众化的口语了。

其实，北京的许多流行语，也是与外来语的“杂交”和“克隆”出来的，如“老公”（丈夫）、“靓仔”（漂亮的小伙儿）、“帅哥”（漂亮小伙儿）、“大排档”（露天自助餐）、“打工”（工作）、“埋单”（结账）、“泡妞儿”（找小姐），等等，最初都是广东话，引进到北京以后，经过北京人之口，变成流行语的。

研究北京土语的专家徐世荣先生认为，北京土语与别的地方的土语最大的差异，就是它的包容性。包容性也是北京文化和北京人的特征。

您从“的士”这个词儿到了北京人这儿的演变过程，就能看出这种包容性是如何把外来语北京化的，也能体会到外来语是如何变成北京流行语的。

北京流行语的另外一个特点，就是它的“流行性”，像流行性感冒，传播得快，但也消失得快，许多流行语是“速生速灭”的节奏，生命力十分有限，如同现在网上流行的一些“热词”。

老舍先生说“北京话是活的”。是的，北京的土话永远是流淌的一条大河，这条河挟裹着京城民风民俗的泥土味儿，一直向前流淌着。所以，北京话是与时俱进的。

在与时俱进的过程中，随着时过境迁，肯定要淘汰掉许多北京土话。我小的时候，北京人常说的一些“流行语”，现在很少有人再说了。比如“瞜瞜”（看看），“挨剋”（挨打挨说），“独闷儿”（一个人吃独食），“嗝屁着凉”（死了），“不合群”（喜欢独处），“老谣”（不切实际），“家蹲儿”（现在的“宅着”之意），“不合窑型”（不符合规律），“街面儿”（大街上），“观音寺儿”（打官司），“大马金刀”（光鲜照人），“文墨”（斯文、文静），“你算哪道汤”（你算老儿），“烫得舌头打扁儿”（烫得舌头发疼），等等。

一些应归为“行话”或“黑话”的北京土话，比方“吊侃儿”（说行话），“安根”（吃饭），“拜门儿”（拜师），“拍婆子”（大街上跟女孩儿搭讪示好），“雷子”（便衣警察），“手捧子”（手铐），“春点”（黄色笑话），“杵”（钱），“掉杵”（上当花冤钱），“挂桩”（盯梢跟踪），“腥儿”（欺骗的手法），等等，现在别说“上口儿”，已经很少有人知道这些词儿是什么意思了，自然也就被淘汰了。

由于北京的流行语具有吐故纳新的功能，所以流行语也是在不断变化的，前些年许多挂在人们嘴边上的话，现在已经失去了生命力，没人说了。

比如20世纪八九十年代，人们常说的一些流行语：

“炒鱿鱼”（解除职务），“买断”（买断工龄），“买卖黄了”（倒闭），“放羊了”（解散），“大团结”（十元人民币），“大撒把”（放任自流），“摩的”（黑三轮摩托），“信息高速公路”（网络），“盖了”（好），“盖了帽儿”（非常好），“镇了”（好），“没了治啦”（没有比这再好的了），“酷”（非常好），“酷毙”（好极了），“撮饭”（吃饭），“撮一顿”（吃一顿饭），“搓麻”（打麻将），“撮火”（着急上火），“铁”（关系密切），“铁哥儿们”（好朋友），“磁”（关系密切），“歇菜”（靠边站），“没脾气”（没办法），“套磁”（拉近乎），“官的”（公认的），“整个儿一个”（完全），“明戏”（非常清楚），“瞎菜了”（吹了），“帅呆了”（长得特别好），“雷人”（惊人），“吸引眼球”（吸引人），“有点二”（二百五），“有病”（神经不正常），等等。

这些流行一时的词儿，像天上的流星一闪而过，现在已经没人再说了，挂在北京人尤其是青年人嘴边的，又是新的流行语了。

近几年，随着网络和数字时代的到来，微信的普及，新的流行语如夏天的热雨，每天都在更新，比如“头条”“网速”“键盘侠”“平台”“闪送”“点击率”“弱爆”“打卡”“同框”“点赞”，等等，也许当您刚弄明白它的词义，这个流行语便“流行”过去了。

现在的北京流行语的产生，跟以往有许多不同，一是流行语主要产生于“热词”，所谓“热词”，是一个刚刚发生的新闻事件，或者新闻人物和新鲜事物出现的新词儿。

比如有的影视作品主打年轻漂亮的演员，以此来谋求观众的收视率，围绕这一现象，人们在展开议论、评论中，就出现了许多“热词”，比如“颜值”（长相），“高富帅”（年轻、有钱、长得好），“小鲜肉”（年轻漂亮），“吸睛”（吸引眼球），等等。这些“热词”一旦被大众认同，很快就会成为流行语。

二是流行语多产生于网络。现在的网络已经全民化，中国的微信用户已经超过12亿，与此同时，出现了许多个人的信息平台，自媒体也成了发展趋势。

在这种背景下，人们发表自己言论的机会越来越多，言论中能产生许多新鲜词汇，而每个手机用户都有自己的“微信群”和“朋友圈”，微信已经把人们“捆绑”到无限大的传媒空间里，所以一个新词的流行是非常迅速的，传播的面儿有时超乎人们的想象。

三是热播的电视剧和电影里出现的典型语言，跟观众产生共鸣，词语在网络和民众口语里传播后，得到更多人的认同，会很快转化成流行语。比如“囧”（与窘的字义相近），“怼”（相互争论），“女神”（漂亮的女孩儿），“学霸”（考试成绩优秀者）等。

近年出现的北京流行语还有：

“团队”（组合而成的团体），“同框”（与人合影），“机构”（单位），“论坛”（研讨会），“项目经理”（包工头），“菜单”（目录），“小编”（网络编辑），“赢家”（胜出者），“攻略”（计划），“定位”（卫星能选定的地址），“土豪”（暴发户），“资深美女”（半老徐娘），“对话”（谈判），“出轨”（移情别恋），“心灵鸡汤”（告诉他人如何做人），“劈腿”（有了情人），“剩女”（大龄单身女孩儿），“八卦”（闲扯），“非理性亢奋”（发疯），“资源共享”（搭建平台），“悲催”（倒霉），“渣男”（不负责任，玩弄别人感情的男子），“打酱油”（无足轻重），“屌丝”（社会底层人物），“造型设计”（理发），“神器”（高精尖设备），“虐狗”（在单身汉面前秀恩爱），“圈粉”（吸引喜欢你的人），“驴友”（结伴户外活动的朋友），“夜跑族”（夜晚跑步锻炼的人），“撒狗粮”（在公众场合秀恩爱），“草根”（普通百姓），“大妈”（退休妇女），“朝阳群众”（北京朝阳区的街道大妈，以监督举报闻名），“逆生长”（长相年轻），“塑身”（减肥），“老虎苍蝇”（贪官污吏），“零距离接触”（关系亲密无间），“派对”（朋友聚会），“爽歪歪”（痛快），“洪荒之力”（足以毁灭世界的力量），“挨板砖”（在网上挨批），“人肉搜索”（在网上查找某人的详情），“粉丝”（喜欢你的人），“吃货”（美食家），“平台”（发表信息的地方），“吃瓜群众”（平民百姓），“熊孩子”（顽皮少年），“主场”（在本地区比赛），“德比”（同城的两个运动队的比赛），“吐槽”（发泄不满），“喷子”（网上发泄不满的人），“这话有点燃”（热血沸腾），“骨感”（瘦弱），等等。

下篇

谈天说地

高亮引水进北京

过西直门立交桥往西，有条街叫北下关，街南有座不起眼儿的小石桥，这就是北京城有名的高亮桥。

提起这高亮桥，它的传说可就多了，可流传最广的是高亮引水进京的故事。

早年间，咱们北京这地界儿是一片汪洋，东海龙王常到这儿洗澡。自从刘伯温在这儿修了北京城，龙王爷没了洗澡地方，老大的不高兴，一天到晚皱着眉，哭丧着脸生闷气。

龙婆看龙王耷拉着脸，心里窝火，就对他说："你只会生气，就不能想个法子治治他们吗？"

龙王说："他们已然把北京城都建成了，我还想什么辙呀？"

龙婆眼珠子一转，凑到龙王的耳朵根儿，说道："咱们打也打不过他们，赶也赶不走他们，依我看，只有这么着，这么着……"

龙王一听，击掌叫好："还是你的心眼儿多，脑瓜儿灵，就照你说的办吧。"

第二天的大清早儿，刘伯温在上朝的道上，被城里的老百姓给围上了。

一个老爷子说："您瞧，这一大早儿全城的井都干了，一点儿水也打不上来，老百姓可没水喝了。"

一个老太太甩着哭腔说："连河里的水也没了，让我们可怎么活呀！"

她的话音刚落，男的女的、老的少的呼啦跪倒一大片，求刘伯温赶快想主意。

刘伯温拧着眉毛，用手一掐算，知道这是龙王爷搞的花活儿。于是，他微微一笑对大家伙儿说："你们先别揪着心，也用不着惊动皇上，我自有办法让你们喝上水。"

回到府里，他对身旁的军士说："赶快把高亮给我叫来。"

高亮是朝廷里的一员虎将，身高九尺，力拔千钧，是北京城有名的大力士。听到传话，他立马儿来见刘伯温。

刘伯温问他："你的力气和胆量，赛过古代的孟贲，你敢不敢跟龙王较量？"

高亮一拍胸脯说："怎么不敢？"

"好，现在你就去追他。"

“追谁？追龙王吗？”

“对。”刘伯温吩咐道，“这会儿那老家伙就在西直门外。你立刻拿着你的丈二长枪，出西直门一直往西追，瞅见推小车的老头儿和老太太，就是龙王和龙婆。他们推的小车上，有两个大水袋子。你用枪把左边的那个水袋子扎破，然后转身往回跑，可不要跟他们交战。我在西直门城楼等着给你开城门。记住喽，往回跑的时候，千万别回头看。”

“遵命。”高亮答应着，提起长枪，便奔西直门外而去。

诸位一定会问，这龙王和龙婆怎么变成老头儿和老太太，跑这儿来推小车呢？

原来，这就是龙婆出的坏主意。

他们把北京城的水全都收走，京城里的人没了水，那还不得活活渴死？这么一来，甭用轰也甭用赶，他们就得走。龙王照龙婆说的，把全城的水都收到两个水袋子里，捆在车上，匆匆忙忙出了西直门。

他俩走得急，加上天热，走了不到四十里，觉得又热又累。

龙婆对龙王说：“歇会儿吧，落落汗儿，反正也没人追咱们，不用急。”

于是龙王和龙婆把小车掉了头，来到一棵大树底下，纳凉打歇儿。

不一会儿，高亮赶到了。他走到小车跟前，正要用枪扎水袋子，忽然龙王脖子上落了一只马蝇子，龙王转身用手要拍，正看见他。

高亮手疾眼快，不由分说，举枪照左边的水袋子就刺，噗噗两下，扎了两个大洞，拔枪扭头就跑。

他这一慌神，可就坏了醋。原来他没看清小车已然掉了头，左边的那个水袋子，其实是右边的那个。

敢情这两个水袋子还不一样。左边的是甜水，右边的是苦水。刘伯温让高亮扎左边的水袋子，是让他把甜水引进城，哪知道高亮给扎错了。后来北京城里的井水多半是苦的，就是这么来的。

那左边的水袋子后来变成了玉泉，甜得像是撒了糖。要不后来玉泉山的水好喝，成了皇上专用的水呢。

再说，龙王见高亮扎破了水袋子，撒腿就跑，气得捶胸顿足，龙颜大怒，吼道："大胆的小子，我看你往哪儿跑！"

说着，身子一摇，现了原形，龙尾朝天晃了晃，就见从水袋子涌出来的水，瞬间成了排山倒海的巨浪，铺天盖地朝高亮冲过来。

高亮只听身后响声如雷，头也不回撒丫子奔前跑，一口气跑出几十里，远远看见了西直门城楼了，这才松了一口气。

可高亮身后的轰轰隆隆响声，好像比刚才更大了，他忘了刘伯温告诉他的别回头的话，心想，这后边到底是什么声音在响呀？反正也快到城门洞，回头看看吧。

他这一回头不要紧，身后的巨浪一下把他给拍在底下，由不得呼喊便没了顶。可惜了一位英雄好汉，活活被淹死了。

刘伯温在城楼上，瞅得一清二楚，见高亮回了头，不禁仰天长叹。

大水淹没了高亮，又翻滚着向城门扑来，刘伯温担心大水淹了北京城，赶紧让人把城门都给关得严严实实。

大水进不了城，一部分就顺着河道，流入了潮白河，还有一部分，从地底下流进了北京城，城里的井里又都满是水了，全城的老百姓非常兴奋和喜悦，这下再也不用愁没水喝了，大家伙儿都说这是高亮的功劳。

后人为了纪念高亮，就在他被淹死的地方修了一座桥，起名叫高亮桥。

如今，您在西直门外的北下关，确实能看到这座明朝的石桥，当人们从桥上走过，望着汉白玉的栏杆，深幽的桥洞，岸边的垂柳，桥下缓缓流动的河水，总会情不自禁地想起这个动人的传说，缅怀当年为引水进京造福人民而献身的功臣。

这就是老北京最有名的传说故事。其实，高亮是老北京人虚构的人物。

历史上北京就是一个缺水的城市，尤其是人们能喝的水，所以才编出了许多传说故事，寄托人们对美好生活的向往。

智化寺的藻井谜踪

一

有首古诗说：“深山藏古寺，云里听梵音。”其实，在老北京可以说：“胡同藏古寺，幽深有梵音。”

在东城的禄米仓胡同深处，有一座保存相对完好的寺庙叫智化寺。这座庙始建于明正统九年（1444），最初是当时明英宗一朝很有权势的太监王振自己建的家庙，后来被英宗赐名为“报恩智化寺”。

明朝受宠得势的太监，大都喜欢建庙。您知道京西有个法海寺吧？那座庙也是英宗时的大太监李童募捐建的，跟智化寺是前后脚，建成于正统八年（1443）。但智化寺的历史比较传奇。

建智化寺时，正是王振在英宗那里得宠，在朝廷内外不可一世、如日中天的时候，有些大臣甚至管他叫“翁父”。

谁知智化寺盖起来刚五年，即1449年，北边瓦剌的军队就长驱直入，打到了北京城的边上。

英宗九岁登基，这会儿二十岁出头，有点儿血性，在王振撺掇下，亲自率领军队出征，跟瓦剌军死磕。但他毕竟毛儿太嫩，王振虽然在旁边辅佐，怎奈他一个太监，哪有扭转乾坤的本事？

结果明军在内蒙古的土木堡被瓦剌军打得大败，王振死于乱军之中，英宗也成了俘虏。这就是明朝有名的“土木堡之变”。

不过，经过“土木堡之变”，八年之后，风水轮流转，英宗又复辟当了皇上。他倒是挺重旧情，没忘了那位死了的王振，在智化寺内为他立了旌忠祠，还给他做了塑像。

皇上如此看重这个庙，老百姓更觉得王振的这个庙灵。您想，不灵，成了阶下囚的英宗，怎么后来又成了皇上？

这么一传，智化寺可不得了啦，全城的善男信女，都跑这儿上香祈福来了。

二

智化寺的香火在京城一直非常兴旺，但是到清朝的乾隆年间却受到了冷落，原来是一位高官瞅着这座庙不顺眼，把它给告了。

这位官员是乾隆朝的监察御史沈廷芳。有一天，沈廷芳闲来无事，到智化寺溜达，看到王振的塑像摆在庙里非常显眼的位置，香客们不但拜佛，而且也拜王振。这位沈爷心里不舒服了。

沈廷芳知道明史呀，他认为王振在明朝算是罪人，罪人怎么能享受这待遇呀？于是他给皇上奏了一本。

乾隆爷听说一个太监被神化成了这样，龙颜大怒，当下就下了一道圣旨，把智化寺里跟王振有关的塑像、画像、碑等等立即销毁。

在毁像之前，庙里的和尚得到了信息，悄没声儿地把王振画像的石刻藏了起来，得以让后人知道这位庙主长得什么样。

由打这儿起，智化寺便开始没落了，不但香客越来越少，而且庙里的和尚也得不到政府的赏赐和补贴了。到清末民初，智化寺的香火基本断了，庙里的和尚只能靠出租殿房勉强度日了。

智化寺是在王振正春风得意的时候建的，所以整个庙宇非常讲究，从山门到万法堂共有五层殿，主要殿宇用的都是黑琉璃瓦。从京城的寺庙建筑来说，智化寺有几处建筑艺术堪称绝活儿。

一是西配殿的木雕转轮藏。这个木雕转轮藏被放置在八角形的汉白玉的须弥座上，转轮藏上面雕满了小佛龛，每个佛龛都有一尊佛像，顶部还有一尊大的佛像。所有佛像雕工都非常细腻，看上去栩栩如生，是难得的明朝佛像。

寺院的第三层是如来殿，殿是两层楼。一层供奉的是如来佛，两层上下墙壁是一排一排的佛龛，供奉着九千多尊小佛像，看上去密密麻麻，所以这个殿又叫“万佛阁”。

这个殿的楼梯在东北角，沿着楼梯上楼，您会看到二层殿顶是空的，原来这里是一个造型绮丽的藻井。

这个藻井又叫“斗八藻井”，藻井的直径有五米，由高级楠木雕成，共分三层，下层井口是正方形，中间井口是八角形，上层井口是圆形。

在藻井的圆心顶部中央，雕着一条俯首向下的团龙，中间的八角形井口，雕着八条腾云驾雾的游龙，它们簇拥着中间巨大的团龙，呈现出九龙腾空的雄姿。

三层藻井的每一层端口之间，还刻着八个体态丰腴、姿态优美、手托宝物的飞天女神。她们面带微笑，衣带飘逸，形态刻画得栩栩如生，呼之欲出。

20世纪30年代，著名建筑学家刘敦祯教授在《北平智化寺如来殿调查记》中，称智化寺的这个藻井：“云龙蟠绕，结构恢奇，颇类大内规制。”

“大内”就是皇宫。藻井的规制居然和皇宫相当，可见它的精美程度。

“斗八藻井”曾是智化寺的看家宝贝，为什么后来失踪了呢?

我记得直到20世纪80年代末，北京的文物部门才找到智化寺的这个“斗八藻井”的下落。后来，我作为《北京晚报》的记者，曾专程到智化寺进行采访，了解到“斗八藻井”失踪的一些详情。

智化寺是国务院1961年3月公布的第一批全国重点文物保护

单位。您想国家级的文保单位，能不受到重视吗？

所以，在改革开放后，智化寺很快就被修复，并于1984年成立了智化寺文物保管所，不久就对外开放了。

“文革”期间，智化寺内原有僧人被强令还俗，遣返回原籍。我去采访的时候，寺内已经没有僧人了。寺庙归智化寺文物管理所管理，只有两个值班的人看守，显得十分沉寂。

三

陪我参观的智化寺文物管理所的所长姓杨，副所长姓闻，他们饶有兴致地告诉我，智化寺的“斗八藻井”并非坊间所传的那样不知去向了，经过多方努力，他们已经知道它现在的下落。

这个精美的明朝藻井到底是怎么没的？又是怎么找到它的下落的呢？敢情这里头还有很曲折的故事。

原来智化寺在明朝以及清朝初年一直香火很旺，到了清乾隆七年（1742），御史沈廷芳以王振是“明朝之罪人”为名，奏请将智化寺内与王振有关的一切拆毁之后，寺院便开始走入衰败期。

好在明朝从宫中传到智化寺的佛教音乐，被寺里的僧人传承下来，而且一直没有中断，寺里的僧人靠给人在法事上演奏佛乐，勉强维持生计。智化寺的佛教音乐传到现在，有二三十代了，已经被列入国家级非物质文化遗产保护名录。

“庚子事变”八国联军攻进北京后，智化寺也受到殃及。此后，寺院的围墙因年久失修而倒塌，一些僧人也改换门庭走了，寺内荒草杂生，香火也跟着没了。

更让人惋惜的是这个时期，智化寺一直处于没人管理的“真空”地带。您想庙里的和尚能自甘寂寞吗？

为了生存，这些留守的僧人开始不安分守己了，他们不但公然出卖和出租禅房，而且将那些能搬动的、有文物价值的东西都给卖了，“斗八藻井”就是这时候没的。

智化寺原来面积很大，有殿堂和禅房数百间，但这些庙产大都被后人给“挥霍”掉了。

到1929年，智化寺的庙产登记尚存199间房，折腾到20世纪80年代，只剩下寺内中轴线上的主要建筑了，其他庙产都变成了民居。

我曾看到过一篇民国时代的文章，在刘敦祯教授到智化寺调查佛乐之后，发表《北平智化寺如来殿调查记》不久，有人来智化寺，已经发现那个云龙蟠绕的“斗八藻井”不翼而飞了。

照这篇文章发表的年代，智化寺的“斗八藻井”丢失的时间，应该在20世纪30年代。

智化寺从建庙到北平解放，庙里一直有出家的和尚，北平解放时，智化寺的僧人还剩下五位，到20世纪90年代我到智化寺采访时，还有两位在世，其中一位已年逾古稀，当然那会儿，他们早就离开智化寺了。

当时，杨所长告诉我，他见过这两位已经还俗的僧人，并聊起过智化寺遗失的藻井之事。这两位像是事先已经串通好了似的，只要一提“藻井”俩字，脑袋摇得就像拨浪鼓。

您如果再问，老人的脸上就会流露出不耐烦的神色：“干吗呀你们这是？不知道，就是不知道嘛！”

但是，杨所长他们并没失去信心，终于在一次聊天时，一个老僧人无意中说道：“唉，那会儿在庙里，我们还是孩子，庙里的大小事儿都听普远的。”

普远是20世纪30年代智化寺的住持。据了解，普远岁数不大，但心机颇多。他是个地地道道的花和尚，吃喝嫖赌抽，五毒俱全。

“五毒”沾上哪样都够喝一壶的。您想普远是个和尚，能跟那些少爷秧子比吗？为了支应这些花销，他只有一条道可走，就是倒腾庙产。

当时，普远结交了许多京城倒腾古玩的古董商，这些人自然知道这座老庙值钱的东西不少，也都愿意跟他勾搭。

那些年，普远跟这些“穿黑马褂的人”明来暗去，不知倒腾走多少庙里的文物。可那直径五米的藻井，七八个人抬着都费劲，又是怎么拆卸下来，弄出寺院的呢？

四

开始，杨所长他们也很纳闷，后来，通过别的寺院的老人，他们在东四的一条胡同找到了一位叫何凤田的老人。

何凤田老爷子在老北京，是挑挑儿卖小吃的，当时他二十出头，刚从老家来北京闯荡，靠卖自做的小吃谋生，连租房的钱都挣不出来。

普远见他做面食的手艺不错，便让他免费住进了智化寺。当然普远有自己的小算盘，让何凤田住庙里，一来可以让他给自己做饭；二来利用他每天走街串巷卖小吃的机会，打听市面儿上的信息。

何凤田前后在智化寺住了五六年，跟普远朝夕相处，对他还算知根知底儿。

据何凤田回忆：当时，东城有个姓纪的古董商是普远的朋友，经常到智化寺找普远喝茶聊天。有时两个人到东单下馆子，回来晚了，纪先生便用自己“包月”的洋车拉普远回寺安歇。

有时俩人在寺里聊到饭口儿，便让何凤田炒两个菜，边吃边聊。有时俩人聊得晚了，纪先生就住在寺里。

有一天晚上，纪先生跟普远边吃边聊，聊到掌灯时分，俩人看上去还意犹未尽。何凤田把他们侍候周全，便回自己的房间睡了。

夜里两三点钟，何凤田起夜出门解手时，突然看见万佛阁内亮着灯。他猛然一惊，拎着油灯走到殿前，定睛一看，心里不由得“咯噔”一下，敢情在万佛阁内，有十几个人在拆卸殿顶上的藻井呢。

他本想问问是怎么回事儿，突然在灯影中，发现了普远和那位纪先生。他顿时明白是怎么回事儿了。当然他也没敢言语，便蔫蔫儿地回到自己的屋里，接着睡觉了。

第二天早晨，他见到了普远和纪先生，俩人有说有笑，谈笑自如，好像夜里什么事儿都没发生一样。

不过，何凤田心里却犯起了嘀咕，这个藻井被他俩给鼓捣到哪儿去了呢？一连几天，他心里都解不开这个闷儿。

大约过了有一个月，何凤田挑着挑儿到东单卖小吃，冷不丁看见穿着马褂的纪先生跟一个夹着包儿的先生急匆匆地走着。

何凤田出于一种好奇心，尾随着这两个人，走进了羊尾巴胡同（后来的杨宜宾胡同）。

他猛然想起纪先生曾经说过，他家就住这条胡同。他跟着纪先生一直往胡同里走，看他们快走到纪先生家门口时，猛然灵机一动，喊了声："纪先生！"

"呦，是你呀，小何子。"纪先生扭头一看是何凤田，笑了笑说道。

"是呀，想不到我卖小吃，卖到您家门口了。"何凤田笑道。

"巧劲儿不是。得嘞，进来喝杯水吧，咱们不是外人。"纪先生知道何凤田平时老实巴交，十分憨厚，便没有多想，让他进了院。

何凤田进了院，放下挑子，拿眼往院子一扫，突然瞥见了一堆"木头"，再一细看，原来这堆"木头"正是被卸成几段的智化寺里的那个"斗八藻井"。

悬在何凤田心里的疑云，顿时云消雾散。看来是普远把万佛阁的藻井卖给了这位纪先生。

“这是我的亲眼所见。”何凤田对杨所长说。

那么，后来纪先生又把这个藻井卖给谁了呢？何凤田说这他就不清楚了。

事后两三个月吧，他又去过纪先生家，发现原来放在院里的那堆拆卸的“藻井”不见了。显然是纪先生卖给了别的古董商。纪先生是古董商，他手头是不会存这种东西的。

杨所长对我说，这事儿到姓纪的这儿，好像就断了线儿，那位古董商纪某早已过世，他们又很难找到他的后人，所以这个谜，一时也难以解开。

那么，后来呢？

杨所长说，后来的事儿，就有些复杂了……

五

不过，说来也有些蹊跷，话说1986年的一天，有位名字叫韩慕肯的美国留学生，手里拿着北京市地图，东问西问，打听到禄米仓胡同，找到了智化寺。

这位小伙子酷爱中国文化，尤其对中国的寺庙有浓厚的兴趣，得知智化寺是全国重点文物保护单位，特意来此参观。

韩慕肯走进万佛阁时，注意到殿的顶部是空的，便问寺里的讲解员小梁。小梁直言不讳地讲起了藻井失踪的事儿。

“中国流失到国外的文物很多，有可能藻井也流失到了国外。”小梁说。

韩慕肯中文很好，他对小梁说："也许这件东西在美国呢。我回去以后，会留心这件事的。"

韩慕肯的脸上流露出非常诚恳的表情，并且还跟小梁互相留了电话。

小梁没想到几个月后，收到了韩慕肯从美国发来的一封信。

韩慕肯信里说，参观了智化寺后，他一直对藻井失踪的事心存疑惑，回到美国后，到图书馆查找了许多史料，也跑了一些博物馆，但都没有发现"斗八藻井"的踪迹。

在一个偶然机会，他来到了美国堪萨斯州的纳尔逊博物馆，让他感到意外的是，他在这个博物馆，发现了一个造型非常精美的藻井。

经过与纳尔逊博物馆的工作人员的两次深谈，韩慕肯终于搞清楚，这个藻井是博物馆的第一任馆长在20世纪30年代从中国买的。

馆长的名字叫西克曼，当时的年龄是八十二岁，早年在哈佛大学攻读世界艺术史，尤其对中国文化感兴趣，大学毕业后，曾两次以旅游者的身份来到中国，自然，到中国能不到北京吗？

作为专门研究艺术史的人来说，旅游不过是西克曼的一个"幌子"，他的真实目的是来"扫货"的。

20世纪二三十年代，恰逢中国处于军阀混战时期，后来又发生十四年的抗日战争，兵荒马乱，古董文玩自然不值钱，那些放眼世界的古董商都认为正是到中国"抓货"的好机会。

西克曼应名儿是文化学者，实际上也是文物贩子。他跟美国许多古董商都有联系，当然跟中国的古董商人也有接触。

来到中国后，他发现处于战乱的中国人并不把文物当回事儿，别说老百姓没有文物保护意识，连政府对倒卖文物也放任自流，只要肯出钱，什么宝贝都能买到手。

西克曼先后两次来中国，都没有空着手回去，商周青铜器，辽金雕器，明清字画，甚至连龙门石窟的佛像也被他鼓捣到了美国。

在中国“买”的几百件古董里，最让他得意的一笔生意，就是买下了智化寺万佛阁的“斗八藻井”。也许是他太喜欢这件艺术品了，后来，不断有古董商出高价，他都没舍得卖。

其实，纳尔逊博物馆是西克曼参与的一个基金会办的，博物馆里的大部分藏品，都属于他的私人收藏。

六

杨所长从韩慕肯的信中得知智化寺的藻井在纳尔逊博物馆后，一连给西克曼写了两封信，主要是想了解藻井是怎么到他手里的。

西克曼给杨所长也写了回信，信中一再强调，藻井是他从北京的一个木匠铺买走的，当时花了八百块大洋。

普远把智化寺的藻井卖给古董商纪先生后，纪先生又卖给谁了，最后怎么到了木匠铺？现在仍然是个谜。

也许西克曼没有说实话？也许他说的就是实话，这个藻井虽然十分精美，可它一旦从原来的建筑上拆下来，拿到古玩市场，很可能要大打折扣。因为以当时中国人的收入水平和居住条件，这么大的一个玩意儿，是没有地方摆放的。换句话说，东西挺好，但没地方放。更何况中国人对这件艺术珍品的认知程度并不高。

在给杨所长的回信中，西克曼在赞美了这个藻井后，直言不讳地说，文物收藏是无国界的。正是由于他在一个很普通的木匠铺里发现了这个藻井，并且把它买下来，运到了美国，藻井才会完好无损地保护下来。如果不是这样，这件精美的艺术品很有可能被人当作普通木料扔掉，或改作其他东西，这件东西也就不复存在了。

“显然他这是在狡辩，文物收藏怎么会是无国界的呢？”我淡然一笑说。

杨所长看着我，若有所思地说：“他的话听了的确很刺耳，也让人感到痛心，但他说得未必不是实情。”

“实情？什么实情？”我不解地问道。

“其实，在北京的寺庙中，智化寺的‘斗八藻井’并不是最精美的。你可能没见过隆福寺正觉殿里的藻井，下垂如伞，雕刻比‘斗八藻井’精美多了，后来东四人民市场扩建，把这个藻井拆了。当时工人是要把它当劈柴烧掉的，文物专家提出保护，结果拆下来后，放到了北京古建研究所。头年我到先农坛（北京古建研究所所在地），看到这个藻井被拆成一堆木料，在太岁殿里扔着。而智化寺的‘斗八藻井’现在却完好无损地留了下来。”

杨所长无可奈何地对我苦笑道。

“这的确让人深思。这些年，我们自己毁掉的文物还少吗？”我若有所思地点了点头说道。

杨所长沉吟道：“我们有许多珍贵的国宝远走他乡，这是历史的原因造成的。细想起来，让我们这些炎黄子孙的心里很不是滋味儿。但愿我们国家能强大起来，也许有一天，这些流失的文物还会回到祖国的怀抱呢。”

他说这话的时候是在20世纪80年代。一转眼，已经三十多年了，我们国家经过改革开放，经济建设有了翻天覆地的变化，政府和老百姓对文物保护的意识有了新的提升，伴随着民间古董的收藏热，大量流失的文物开始回流。

光阴荏苒，那位花八百块大洋从北京买走智化寺藻井的美国人早已经作古，当年采访杨所长时，他说的那位何凤田老人恐怕也不在了，但杨所长当年说的话却变成了现实。

风水轮流转，保不齐，有一天，智化寺的“斗八藻井”会被北京人给买回来呢？

您还别以为这是梦想，现在的世界，什么事儿都有可能发生。

潭柘寺“神锅”之谜

潭柘寺，为什么不叫潭柘庙呢？相反，比潭柘寺规模不小，等级也高的北京历代帝王庙，为什么不叫历代帝王寺呢？

原来“寺”和“庙”是有区分的。寺最早是国家的行政机构，相当于现在的厅、部，比如大理寺、太常寺等，我国第一座寺是西汉的白马寺。

为什么叫“寺”，不叫“庙”呢？因为当时的经书是白马驮着来到洛阳城的，而接待西域来的使者是政府负责外事活动的机构鸿胪寺。从此，官办的寺院都叫寺了。

庙，在古代最早是帝王和贵族祭祀和供奉祖先牌位的房子。古人把庙说成“貌”，因为在庙里能看到祖先的容貌吧。

在《说文解字》里，“庙，尊祖先貌也”。庙多是个人筹资化缘，或者由地方政府修建的。从规模上说，寺的面积比较大，庙的规模比较小。

此外，寺主要供奉的是佛祖、菩萨、弥勒佛、八百罗汉、四大天王。庙供奉的多是神，如土地神、山神、太上老君、龙王、城隍等；还有帝王的先祖，如北京的太庙（现在的劳动人民文化宫）以及人们崇拜的偶像，如关公、岳飞、包拯等。

了解了这些，再聊潭柘寺，您就会知道这座寺院当年的规模是非常大的。当然，潭柘寺不但规模大，而且年头比较长，老北京有句话叫作“先有潭柘寺，后有北京城”。

这个“先有”怎么个讲法？

咱们都知道，北京作为皇都，最早得从金海陵王完颜亮建金中都算起，说来不过八百多年。潭柘寺呢，建在晋朝，要这么一算有一千七百多岁啦。比金中都要早上八百多年呢。要不老北京人怎么会说“先有潭柘寺，后有北京城”呢？

潭柘寺最早叫嘉福寺，唐朝的时候，寺名改叫龙泉寺。到了金朝改名叫大万寿寺，金朝灭亡后，名儿又改回去了。

清朝的康熙皇上把这座寺抬得挺高，不惜重金，把潭柘寺大修大改了一番。修好了之后，康熙皇上还把名儿给换了，潭柘寺改成“敕建岫云禅寺”。

您瞧，这座千年老禅院，前后改了多少名儿吧。

说来也怪，北京人压根儿不记寺庙的正名，只叫它的俗名，像妙应寺不叫妙应寺，而叫白塔寺一样，老百姓也不叫岫云禅寺，而叫潭柘寺。就连庙里的和尚也这么叫。

为什么叫潭柘寺呢？寺的后边有个深潭，叫龙潭。寺的前边，种着不少柘树，潭柘寺就是这么来的。

一千多年过去了，龙潭还在，柘树也在。由于龙潭在后山，离庙宇比较远，所以很多逛潭柘寺的人，进了寺院只知道拜佛烧香，却往往忽略了看后山的龙潭。来潭柘寺游览，不看龙潭，那多遗憾哪！

正因为潭柘寺的历史悠久，而且有许多美丽的神话传说，所以它是民间流传的京城“四大灵验寺庙”之一。另外三座是西山八大处的灵光寺，因为里面有佛牙舍利塔；北京最大的藏传佛教寺院雍和宫；还有怀柔的红螺寺。

过去，北京有句老话：“火烧潭柘寺，水淹北京城。”意思是说，一旦潭柘寺着火了，北京城就会被淹。

传说当年北京城是一片汪洋大海，水兽经常兴风作浪，后来修了潭柘寺，寺里的法师作法，才把水兽制服。

原来，北京城的崇文门下边有个海眼，潭柘寺的法师就把这水兽压在了里面。潭柘寺一旦着火，水兽就会从海眼里出来，当然，北京城就会被淹。这个传说流传了几百年。

潭柘寺那几口熬粥用的大锅的锅底，都铸有“潭柘寺”三个字，什么要铸上寺名呢？原来这是起警诫作用的。

铁锅做饭也好，熬粥也罢，总得用火烧呀。当用火烧锅的时候，您别忘了要保护北京城，就不能让潭柘寺着火。

咸丰十年五月二十二日（1860年7月11日），后任同治、光绪两朝帝师的翁同龢在日记里有这样一段话：“雨复至，殊无晴，直谚云：火烧潭柘寺，水淹北京城。去年九月潭柘寺佛殿毁于火，今年恐有水患矣。”

直，是直隶，也就是北京。“直谚云”，就是北京的俗话说。

查史料，确实在头一年，潭柘寺着了一把大火，按老北京的说法，第二年可能就要淹北京城。所以翁同龢有些担忧。

赶上巧劲儿，那一年夏季，京城果然发了大水，虽然有惊无险，但好像是印证了此说。

实际上，这不过是一种传说而已，没有任何科学依据。

老北京关于潭柘寺的传说很多，说得都有鼻子有眼儿，说最多的要数寺里的那口青铜大锅。

您现在逛潭柘寺的话，进了山门，往前走，在天王殿左边，能看见立着一口大锅。

这口锅的个儿可真不小，锅口的直径是一米八五，由锅沿到锅底深一米一。有人管它叫“锅王”。

其实，要说的不是这口锅。敢情在早在这口锅的位置上还有一口锅，顶现在这个两个那么大。上口的直径是四米，锅沿到锅底是两米，两个孩子在里面摔跤都成。比个儿的话，它得称王了。

这口大锅熬粥做饭，一次能下米十几斗，得熬一天的工夫。刷锅可费了劲，和尚们要登着大木梯才能上去。

别瞧锅大，它能够漏砂子不漏米。这是怎么回事儿呢？

敢情这口大锅的锅底跟通常的锅不一样，凹进去有水桶那么大的一个“坑”。这个“坑”是干吗用的呢？

原来人们煮粥的时候，要勤搅动，才不会煳锅。在搅动的时候，米里的砂子之类的杂物因为分量重，就自然沉到这凹进去的“坑”里了，所以，人们管这个叫“容砂坠”。

您瞧，几百年前，咱们老辈人有多聪明吧，造这么大的锅，本身就是个奇迹，还想出这么个主意，谁能说前人们没有科学脑瓜儿？

老北京有一句顺口溜儿：“潭柘寺的粥锅，添人不添米。”这是怎么话儿说的？原来这里有一段传说：

有一年，潭柘寺“开戒”。开戒就是想当和尚的来庙里受戒。那年逢灾，来受戒的和尚有好几百，附近的饥民也想趁庙里“开戒”讨碗粥喝。呼啦一下，来了上千人。

按佛门的规定，戒期是五十三天。这么多人，光煮粥，寺里的粮食也不够用呀。

老方丈为这事儿着起急来，前思后想，抓挠不出招儿来。

方丈办事儿没了主意，便向佛爷讨教。电视里不是常见，入佛门的人遇了难，要合掌冲南打坐吗？老方丈便来到寺里的正殿“天王殿”，给佛祖磕起头来。

也许是着了真急，老方丈为表虔诚之心，一口气儿磕了好几百个头，直把头磕下一块青皮去。

方丈磕头磕得头昏脑涨，突然，门外进来一个小和尚。

老方丈定睛一看，不认识这小和尚。

小和尚却微微一笑，说：“师父，您别担心，咱们这口大铜锅是神赐的，煮出来的粥，多少人也吃不完。”

老方丈心说，我在寺里待了几十年，这口锅能煮多少米，能让多少人喝，我还不知道哇？你别跑这给我添心烦来啦。他脸一沉，说道：“红口小子，休要胡言。”

谁知小和尚反倒哈哈笑起来，说道：“老师父急得过了头，怎么连神赐的锅都不记得了？不信，您问佛祖。”

老方丈听罢，仰起头，端详着佛祖。说来也奇了怪，只见佛祖微闭的眼睛睁开了，冲老方丈点了点头。

老方丈一下呆在那儿啦，扭头再找小和尚，早没影儿了。

老方丈这时才幡然醒悟，敢情这个小和尚是佛祖派来的人。佛祖对他点了头，他心里一下子踏实了。

出了殿，老方丈顿时觉得神清气爽，来了精神，他指挥寺院的和尚们，赶紧取米下锅，当天晚上，和尚们用两担白米，熬出了满满的一锅粥来。

说也神了，几百和尚，上千饥民，守着这口锅，喝了整整五十三天粥。“受戒”期满，锅里的粥还满着。

附近村里的老百姓得着这个信儿，纷纷拿着碗，拎着桶，来喝这口神锅里的粥。又喝了几天，锅里的粥仍然不见少。

这桩奇事儿很快传到了京城，也传到了宫里乾隆皇上的耳朵里。

这位乾隆爷对民间稀奇古怪的事儿一向挺感兴趣，极想知道潭柘寺的这口“神锅”到底是真是假。于是，便派了数千兵丁来潭柘寺喝粥。

事儿也透着邪，这些精壮的兵丁每人喝个肚儿圆，锅里的粥愣是不见少。

乾隆爷听了大感惊奇："真有这回事儿吗？"他将信将疑，于是乘着御辇，亲自跑到潭柘寺，看了看那口大锅，又连喝了两碗粥，果然，锅里的粥不见少，他连声称道："此乃神锅也！"

潭柘寺的"神锅"就此扬名。这口大铜锅成了潭柘寺的"镇寺之宝"，每年的腊八，方圆十几里的老百姓都跑到潭柘寺来喝用"神锅"熬的粥。

潭柘寺开放以后，这口"神锅"一直是寺里的展品。北平解放前夕，兵荒马乱，突然有一天，这口"神锅"不翼而飞，怎么找也找不见了。

直到现在，潭柘寺的这口大铜锅跑哪儿去了仍然是一个谜。

“砂锅居”传奇

北京的西四，往南走不远，有个缸瓦市，路东有家建得富丽堂皇的餐馆，它就是享誉京城的老字号“砂锅居”。

“砂锅居”，挂在店门上方的牌匾，三个大字分外的照眼，那字写得古朴浑厚，出自名家。就冲这三个字，就能品出这家餐馆不但字号老，而且故事多。

老北京有几个不知道“砂锅居”的？它的历史，算起来有二百五十多年，它的传说比这更长。

早先，老北京有句口头语叫作“东四西单鼓楼前”。意思是说，东四、西单、鼓楼这几处，是北京城里最热闹的地方。

这缸瓦市，在西单北大街的北面，听地名就知道，当年这里是专卖缸瓦瓷盆的地方，比起西单的热闹繁华，这儿可就冷清多了。那么“砂锅居”干吗要设在这儿呢？这就得从头儿说起了。

清朝的乾隆年间，缸瓦市义达里胡同一带是定亲王府的地界。定亲王府就是乾隆皇上的孙子绵恩的府第。

绵恩的父亲永璜，是乾隆皇上的第一个儿子，是乾隆与哲悯皇贵妃富察氏所生。由于是长子，所以将其当作储君来培养。

什么是“储君”？说白了，就是准备将来封他为太子，做皇上的接班人的。

但是，没想到乾隆十三年（1748），乾隆发妻孝贤纯皇后富察氏染病早逝，那年永璜刚满二十岁。乾隆爷是非常重感情的人，对发妻的死悲痛欲绝，丧礼上，哭成了泪人。

该着永璜倒霉，乾隆爷正哭得泪眼蒙眬，只听得下面有人小声说话，他抬眼一看，只见大阿哥永璜和三阿哥永璋在若无其事地嘀咕着什么，细瞅永璜脸上毫无悲伤之色。乾隆心里不禁大为恼火。

事后，他把这两个儿子叫来，狠狠地怒斥了一顿，并且一时恼怒，发了狠话：“大清江山不得交与汝等不知礼节小人之手！”

得，刚满二十岁的永璜，就因为不拘小节，被父亲打入另册，永远失去了继位的机会。

可怜的永璜面对父亲的大发雷霆，心里懊恼不已，母后的去世他能不悲伤吗？可父亲的严厉又让他无地自容。在这种悲切与自责、悔恨与惊恐中，他没过两年就郁闷而死，只活了二十二岁。

永璜死后，乾隆爷又动了慈悲之心，为自己当初的暴怒感到懊悔了。但人已经没了，再吃后悔药已经来不及了，所幸，永璜留下了两个儿子，长子绵德，次子绵恩。乾隆怀着对永璜的歉疚，追封永璜为定亲王，永璜的儿子，即乾隆爷的长子长孙绵德袭封为定亲王。

没想到绵德也犯了跟他爹一样的毛病，结交官员不检点，让人举报，被乾隆爷疏远降爵为郡王，后来干脆削去爵位，刚四十岁就“呜呼”了。

倒是永璜的次子绵恩聪明伶俐，吸取了父兄的教训，每次见到爷爷乾隆都谨言慎行，毕恭毕敬，深得乾隆的喜爱，稳稳地袭封了定亲王王位。

到了他叔叔嘉庆皇帝这儿，他依然得到重用，负责统领宫禁戍卫，也就是卫戍区司令。及至道光皇帝这儿，对他这个堂兄依然重用，封他为宗人府宗令。

定亲王绵恩可谓是三朝老王爷了，好像当年乾隆爷对他父兄的那些亏欠，都补偿到他身上了。

砂锅居开业于乾隆六年（1741），那么，关于要说的这段定亲王府的传说，当是那位倒霉蛋永璜时候的事儿。永璜的定亲王，是乾隆在他死后追封的，所以，确切地说，当时缸瓦市义达里的府第，还不能叫定亲王府，但民间的老百姓在叫法上却没那么严谨，甭管是受封还是追封，人家永璜是不是王爷？是，就得了。

那会儿，府里最大的事儿，是每月的祭祖祭神典礼。祭祖祭神的典礼上是以全猪作祭品的。据《清史稿》记载：以猪祭祀，要“选牲内最精者以为醢（音海，肉酱），供为神前”。祀礼完毕，“始聚宗人分食胙肉”。

为什么满族人要以猪为主祭品呢?

原来这是满族人的习俗。在满族的习俗中，活猪是一种“神”，称为“黑爷”。

祭祖祭神是在府内的“神殿”举行。府里的建筑布局很讲究，分为“大殿”“二殿”“遗念殿”。“大殿”就是银安殿，绿琉璃筒子瓦，这个殿，只有在祭祖祭神时才开。

“二殿”就是“神殿”，它是府里最神圣的地方了。这里的窗户仍保留着关外（指山海关外）的遗风，用“高丽纸”在外面糊着窗户，殿的右边有一根老高老高的杆子，名叫“啰啦杆子”，也就是“神杆”。

祭祖祭神的时候，殿内用黄云缎作幔，内挂佛祖、关帝（关羽）、观音菩萨、穆哩罕（满族人信奉的神名）等画像。府内由王爷主祭，其他人按辈分尊贵排列，挨肩跪着。

主祭先朝“神杆”前供糕、酒，然后换三次酒，磕三回头，焚一挂纸，这叫“告祭”，完了才把“黑爷”请进来，由厨师提耳灌酒，然后拉出省之（这个字念醒，就是杀的意思，满族人为敬重起见避讳杀字）。

省的方法也特别，先取阿穆孙（满语，即猪的内脏）供在桌的北面，等肉熟之后，装在大木盘内捧着献上。

献时，猪头朝上，上面还要插一把尖刀。主祭的王爷领着府内的家人叩首，嘴里还要念一些祷告的词儿，典礼才算结束。

这时，让厨师摆好席，把煮熟的全猪放在桌上，全家人用刀子片着吃。这儿还有个雅词，叫“享胙”。

他们“享”剩下的，再把府里的下人如太监、更夫、花儿把式等人找来，分给他们吃，也有个雅词，叫“分胙”。

单说这定亲王府，有个厨师叫林和顺。此人身材高大，虎背熊腰，力大如牛，一百多斤的活猪，单臂拎起来，像提只小猫。传说他的手有千斤力，一掌能把猪拍死。

林和顺有一手烹饪的绝技，尤其是烧、燎、白煮活猪，做出来的味儿满街飘香，把王府外的两家小饭馆生生给气跑了。

缸瓦市一带，无人不晓定亲王府内有个好厨子，可谁也没见过他的面，因为王府的规矩大，厨子轻易不准上街露面。

定亲王府里每次祭祖祭神，“黑爷”身上的活儿，都由林和顺一手操办。人要是身上有一绝，别人总要另眼看待。林和顺在王府里虽属下人，可上至王爷福晋，下至更夫丫鬟，都很敬重他。

有一回，定亲王府里祭祖祭神，乾隆皇上也来参加祭礼。定亲王是皇上的长子嘛，老爸要看看儿子祭祖祭神，是不是按祖宗的规矩。

整个礼仪程序皇上很满意。“享胙”的时候，乾隆爷吃着白煮全猪，感到味道不同一般，两块白煮肉下肚，嘴里老有一股奇妙的香味儿。

祭礼完了事儿，王爷陪着父亲到书房进茶。乾隆爷喝了两盖碗“龙井”，愣没冲去嘴里的奇香，这使他越发感到惊奇，忍不住问定亲王：“府里每次祭祖祭神，由谁操持呀？”

王爷赶忙施礼答道：“是一个姓林的庖人。”

“哦，姓林？”乾隆爷又问清了林和顺的年龄和籍贯，笑道，“他的厨艺不错。”

“您过奖了。”王爷躬身道。

定亲王心里琢磨，宫里的御膳房有好几十厨师，伺候着老爸，他又下过江南，什么珍馐美味儿没吃过呀？怎么会对林和顺的白煮全猪这么感兴趣呢？

乾隆爷也纳闷，自从在定亲王府“享胙”之后，嘴里总有一股奇异的香味儿，而且再吃什么，也不觉得香了。

没过几天，乾隆爷在太庙举行祭祖大典，头一天，传定亲王进宫，点名叫林和顺来操持祭祖大典。

定亲王哪敢说个不字，回禀皇上说：“今儿晚上，就让林和顺到宫里来侍候。”

乾隆爷龙颜大悦，点了点头。

再说，这林和顺在府内待人和善，性格耿直憨厚，下人们都爱跟他聊天。他呢，甭管跟老的少的都合得来。府里祭祖的时候，他总要留个心眼儿，把好一点儿的肉片下来，留给更夫侯二和孙五下酒。

侯二和孙五二十多岁进府当差，混了二十多年，眼下一把岁数了，还是上无片瓦、下无分文的光棍儿。

俩人是一根藤上的苦瓜，时不常地躲到更房里，以酒浇愁。

林和顺见他们处境孤独，也常到他们更房来坐一会儿，聊天解闷。

这天，林和顺正在更房与侯二和孙五扯闲篇儿，进来一个小太监，冲林和顺道：“主子传话，叫你马上去。”

林和顺应了一声，跟着太监进了前院王爷的书房。见王爷在案头看书，忙跪下请安。

王爷合上书，抬抬眼皮说：“皇上明天在太庙祭祖，降下谕旨，召你去祭典上操持，你收拾一下就动身吧。”

“什么？皇上下谕旨，要我操办祭典？”林和顺听后，脑子嗡地一下，出了一身白毛汗。

“嗯。”王爷哼了一声。

林和顺愣了片刻，慌忙叩首道：“小人怕是胜任不了这么大场面，回头砸了锅，您的脸上也挂不住呀。”

王爷说：“谕旨点名叫你去，这是抬举你，你我谁也不得违抗。休要啰唆，快去准备，一会儿御膳房来人接你。”

林和顺无可奈何地退了出来。他先到厨房，跟朝夕相处的几个厨师和伙计告别，然后再把侯二和孙五叫来。

侯二和孙五一听林和顺要给皇上祭祖操刀，连忙叫道：“兄弟，这是好事儿呀！我们哥儿俩得给你道喜啦。”

“道喜？有什么喜可道的？”林和顺苦笑道。

“就凭你的一手绝活儿，在皇上面前还露不了脸？弄好了，皇上还要封赏你呢！”侯二道。

林和顺道：“咱们在一块儿待了可不是一天两天了，你们难道不清楚我的为人？我是那种趋炎附势的小人吗？受皇上的封赏？我们家祖坟压根儿没长这根蒿子！”

孙五说：“兄弟的处世为人，大家伙儿的心里跟明镜似的。你不是那种贪图富贵之人。”

林和顺脸色凝重道：“既然你们二位信得过我，我也不把你们当外人，实话跟你们哥儿俩交底吧，我这次应召是凶多吉少，很可能有去无回。”

“这是哪儿的话说呢？”侯二诧异道。

孙五道：“兄弟，别一惊一炸的。瞧你说得这么玄？不至于吧，皇上不至于把你怎么样吧？”

林和顺迟疑道：“你们不知道这里的事儿，本来这是不能跟任何人讲的。如今事情已然到了这一步，我再不讲，怕没有人知道了。”

侯二怔了一下道：“兄弟，我这儿可是越听越糊涂，既然你信得过我们，有什么话就直说吧。”

林和顺沉吟道：“您二位都爱吃我煮的全猪是不？平时，府里的人都夸我的手艺高，二位兄长也时常抬举我。我听了，从来都不言语，默认了。”

“你的手艺本来就好嘛。”孙五道。

林和顺道：“其实，这压根儿就不在我的手艺如何，而是王爷府上那口锅的福分。从我进府看灶，我师傅满三就相中了我，一直把我当他的亲生儿子看待。他煮出来的肉奇香，我一直想知道这里的门道。后来，他对我说，肉香，不是放了什么作料，也没有什么技巧，而是因为煮肉的锅。”

“这么说，那口锅是神锅？”侯二脱口问道。

林和顺道：“是呀。满师傅对我说，神锅的事儿，你不能对任何人说。他教给我几句咒语，放肉的时候，对着锅默念三遍。说来真是神奇，头天晚上放进去一锅清水，第二天就会变成满锅味儿奇香的白汤，煮出来的肉味道奇香。满师傅死后，府上的灶由我掌，神锅的事儿就只有我一个人知道了。”

孙五和侯二听了，成了直眼猴子，半天说不上话来。

原来满族人煮的全猪，又叫“白煮”，就是把全猪刮洗干净，直接下清水锅煮，怕肉贴锅煮煳，锅底事先铺上猪骨。

肉下锅以后，先用“武火”，几成熟后，再用“文火”。煮到一定火候，取出来，肉是肉，骨头是骨头，“享胙”的时候，白嘴儿就可以吃。

“白煮”，头一样是汤要地道，没好汤，再高的技术也白搭，所以，“白煮”的奥妙都在这汤里。

林和顺想了想，对侯二和孙五道：“皇上在咱这儿吃过神锅煮出来的白肉，八成是肉的奇香美味儿，让他动了心，这才在祭祖的时候，特地把我找去。这会儿二位兄长明白了吧，离开了神锅，我又怎么能煮出那奇妙的肉香来呢？”

“是呀！”孙五道。

“皇上要是吃着我煮出来的肉，跟上次吃的不是一个味儿，那我不是犯了欺君之罪吗？欺君，那可是死罪呀！所以，我说此去凶多吉少。”

侯二听到这儿，恍然大悟道："既然是这样，祸到临头，那就三十六计走为上吧。"

"走？离开府里？"林和顺淡然一笑道。

"对呀！我们哥儿俩保着你，你就赶紧躲了吧。"

林和顺犹豫地说道："其实，我倒不在乎这条命。长这么大，我跟你们一样，光屁股一个人，旁的也没什么可惦记的，唯一挂虑的是我这一走，师傅托付我的大事儿完不成了。"

孙五慌忙问道："什么事儿？"

林和顺想了想说道："我师傅生前嘱咐我，府里的这口神锅，不能只让主子一家受用，得想办法要让全城的百姓都能享用。这是他的遗愿。"

"哦，这位满师傅真够仁义的。"孙五道。

林和顺叹了一口气，说道："所以我不能走，也不能违背圣旨，但是去了，小命就被皇上攥在手心里了。假如我真就回不来，我师傅的遗愿，可就要托付给二位兄长了。"

说到这儿，林和顺扑通跪下，给侯二和孙五磕了三个头。

侯二把林和顺扶起来，说道："大兄弟尽管放心去，我们哥儿俩一定想主意，成全你们师徒的仁义之心，甭管怎么着，也要把神锅弄出来，让全城的百姓受用。"

林和顺听了，眼里噙泪道："既是这样，我就放心去了。"

说着，林和顺把神锅煮肉的口诀和咒语告诉了侯二和孙五。二人默默地记下。

林和顺还想再说什么，这时，门外传来小太监的喊声，催林和顺即刻进宫。林和顺只好挥泪向侯二和孙五依依惜别。

正像林和顺所预料的那样，乾隆爷在祭祖之前，跟宫里的太后和皇妃们说，定亲王府有个姓林的厨子煮出的白肉香味儿异常。太后和皇妃们听了心中欢喜，都想一饱口福。

可是，祭祖典礼完后，太后和皇妃们“享胙”的时候，吃到嘴里的白肉，哪有什么香味儿呀？那肉白不呲咧的，比宫里御膳房厨师做的味儿差远了，太后和皇妃们都嚷嚷起来。

乾隆爷吃了一嘴，咂摸咂摸滋味儿，不禁也咧了嘴，心里琢磨，这哪里是朕上次在定亲王府吃的那种白肉，一定是林和顺这小子在捉弄朕。于是，龙颜震怒，派兵前去捉拿林和顺是问。

清兵拿着刀枪直奔膳房，只见林和顺已割颈自刎，手里握着一把“省猪”的尖刀，地上血流成河。

再说侯二和孙五辞别了林和顺以后，俩人的胸口便如揣上了兔子，开始坐卧不安了。

孙五对侯二说：“为了了却和顺兄弟的心愿，咱们第一步得把那口神锅给弄出来。”

侯二道：“那口锅虽然不常用，但在厨房里也显鼻子显眼呀，要是厨师发现锅没了，告诉主子，那事儿可就大了。”

孙五琢磨了半天，想出一个高招儿：“咱们按那口锅的原样儿买一个。”

侯二一拍脑门，笑道：“跟我想到一块儿了，这就叫偷梁换柱。”

俩人偷偷摸摸照那口锅的样，量好了尺寸，画好了图，来到西四北面的铁匠铺，准备让铁匠给打一口。

铁匠看了看他们画的图，笑道："不用现打了，您二位看看这口锅怎么样？"

说着，他让徒弟从后面搬出一口大铁锅。孙五和侯二看看图，跟定亲王府里的那口锅一模一样，再一量尺寸也正好，就好像是铁匠师傅早就给他们预备好了似的。

二人多给了铁匠一两银子，趁着天黑，把锅拉到王府。

当天夜里，侯二和孙五怀里揣着两壶酒，灌醉了掌灶的大师傅和门房，悄没声儿地把神锅给换下来，藏在了更房里。

过了几天，林和顺的死信传到了王府。侯二和孙五哭成了泪人，尤其是孙五，心里难受得不得了，整天耷拉着脑袋，抱着酒壶喝闷酒，喝醉了就号啕大哭。

侯二劝他说："兄弟，光哭也不是事儿呀。咱俩已然在和顺面前许下诺，夸下了海口，甭管怎么着，就是豁出命去，也得想办法让全城的百姓都能吃上神锅煮出的白肉。咱俩真要把这事儿办成了，和顺兄弟在九泉之下也就能合上眼了。"

孙五端着酒壶，咕咚又是一口，睁开哭得跟枣儿似的小眼说："想什么辙呀？我这心都快碎了。提起和顺兄弟，我就想去死。"

侯二照着他的脖梗子给了一下："死？说什么胡话呢？你先精神精神吧！"

这一下让孙五清醒了许多："那你说咱们该怎么办？"

侯二凑到他的身边，低声道："你不是爱喝酒吗？我们干脆出去开馆子得啦。”

孙五皱了皱眉说道：“这府里太憋闷得慌，我早就想出去了。可话又说回来，开馆子，那是上嘴唇对下嘴唇说说就得的事儿吗？得有人有地儿有钱呀！”

侯二嘿嘿一笑道：“我思谋着，咱俩找墙外边义达里开酒馆的安二爷合计一下，就用他的那三间房你说怎么样？”

“安二爷？”

“你不是常去他那儿打酒吗？哼，还欠人家的酒钱吧？”

“嗯，那位爷可是实在人。你这主意不错。”孙五咧咧嘴笑了，“回头我跟他商量去。”

安二爷原本是定亲王府的“旗奴”（汉人投奔旗人充当下人），后来得罪了王爷，给除了籍，在墙外盖了几间房，挂起了酒幌子，开了个小酒馆，算是个营生。

安二爷五十多岁，为人豪爽仗义，脸上总是挂着和善谦恭的笑，听侯二和孙五把林和顺和神锅的事儿说了一遍，打了个沉道：“这么说，你们二位看上了我的这个小馆儿？”

“我们哥儿俩没开过馆子，这事儿还得指着安爷呢。您必须得加一傍。”

安二爷朗声笑道：“让全城的老百姓能吃上神锅煮的白肉，这是积德行善的好事儿呀！既然你们相中了我的这几间房，那还有什么说的？咱们明儿就动手，酒馆换成白肉馆，您二位看行不行？”

“那敢情好！”孙五一拍大腿叫道。

侯二也喜上眉梢道："二爷，有您这句话，我们哥儿俩明儿就把府里的差给辞喽。"

孙五道："咱们老哥儿仨摽着膀子一块儿干，没有干不成的事儿。"

侯二想了想，对安二爷道："二爷，有件事儿我得跟您先说下，神锅的事儿和顺兄弟临死前对我们哥儿俩千叮咛万嘱咐，一定不能走漏任何风声。我们哥儿俩也跟他起了死誓，谁也不告诉。神锅的事儿万一走漏出去，让皇上知道了，那时候咱们谁的脑袋也保不住。"

安二爷道："你们哥儿俩放一百个心好了。二爷也是从府里出来的人，这点儿规矩还不懂吗？神锅的事儿，天知地知，我们老哥儿仨知，从今往后封口了，谁也不能再说了。"

"好！就这么说好了！"孙五站起来，给安二爷打了个揖。

安二爷显得异常兴奋，说道："我今年奔六十了，真能把这件事儿办成了，这辈子没白活。"

侯二笑道："有您出山，咱们的白肉馆就成功了一半儿。"

孙五道："为了纪念今天这个好日子，我们喝一杯壶吧！"

侯二道："你呀，找个借口就得喝！"

安二爷道："不，平时可以不喝，今天必须得喝，我们三个都要喝，这叫'碰杯酒'。来吧，尝尝我的好酒。"说着，他到院里的地窖，把上好的"烧刀子"（一种烈性烧酒）拿了出来。

老哥儿仨喝过了碰杯酒，侯二打了沉道："白肉馆开张，得有个字号呀！二爷给起个名儿吧。"

安二爷擦了一下亮脑门儿，想了想说："开这个白肉馆，得托和顺兄弟的福，咱们吃着神锅里的肉，别把造福的人给忘喽哇，干脆叫'和顺居'吧。"

"'和顺居'这名儿好！"侯二和孙五听了，齐声叫好儿。

乾隆六年（1741），缸瓦市义达里胡同口上的小酒馆没了，原址上飘起了"和顺居"白肉馆的幌子。

侯二、孙五和安二爷都没掌过灶，可是把神锅支上灶，头天放满清水，第二天早起一看，嚄，满满一锅香喷喷、油花花、白汪汪的白汤。他们用这锅汤，煮出来的肉香味儿蹿鼻子，甭吃，就垂涎欲滴。

白肉的味儿满街飘香，附近的老百姓走在街上就能闻到肉香味儿，顺着香味儿找到了"和顺居"，争着前来品尝。这事儿很快就传遍了全城。

老北京人喜欢吃，听说哪家饭馆有什么新花样的菜，都想来尝尝鲜儿。人们闻着香味儿，来到"和顺居"，谁吃了他们的白肉，都齿留余香，赞不绝口。

西城有个好事儿的说书艺人，见天跑"和顺居"吃白肉，觉得这里边有点儿门道，因为他认识煮白肉的这三位，俩更夫，一个酒馆的"酒保"，他们都不是"勤行"出来的，怎么能做出这么地道的白肉来呢？于是心里犯起了嘀咕。

这天，这位说书的闲来无事，拉着侯二到西安门的小酒馆喝酒，酒喝到三成，侯二的话就多了起来。

说书的问道："'和顺居'的肉那么香，你们是不是往汤里加什么灵丹妙药了？”

“没有。”侯二摇了摇头说。

“你还不相信我吗？说了，我也不会告诉别人。”说书的又给侯二的碗里倒满了酒，让他干掉。

侯二是个直肠子，五两“烧刀子”一进肚，嘴就没有把门的了，在说书的一再撺掇下，便把神锅的事儿给抖搂出来了，什么林和顺舍身献神锅了，安二爷酒馆改肉馆了，他借着酒劲儿，全告诉了说书的。

这位说书的知道了神锅的秘密后，像是发现了什么重大的秘密，嘴也没封口儿，见人就说“和顺居”神锅的事儿，您想他是说书的，在说的时候，能不往里加“作料”吗？所以越说越神，说到后来玉皇大帝都出来了。

当然，传的人也往里添枝加叶，这样一传十、十传百，“和顺居”神锅的事儿，弄得全城的老百姓都知道了，大家伙儿不但议论，还都想看看这口神锅，品尝品尝神锅煮的白肉。

于是，“和顺居”每天都门庭若市。人越多，侯二、孙五看着心里越高兴，因为这正是林和顺的心愿，他就想让全城的老百姓都品尝到神锅的白肉。

后来，大家伙儿传着传着，干脆把“和顺居”叫“神锅居”了。但是安二爷觉得神锅的天机不可泄露，为了避讳这个“神”字，他们取“神锅居”的谐音，把“和顺居”的幌子换成了“砂锅居”。

全城的老百姓都争先恐后，要尝尝“砂锅居”神锅煮的白肉，可这口锅直径只有四尺，深度是三尺，一次只能煮一头全猪。

侯二他们头天煮出来，第二天一大早就被人们买没了。所以老北京流传着这么一句歇后语："砂锅居的幌子——过午不候。"

再说定亲王府，自从林和顺引颈自杀后，王爷再也吃不到香味儿扑鼻的煮白肉了，他为此心中十分懊恼。

可是，每天一大早儿，"砂锅居"煮肉的香味儿总会顺着王府高墙飘进来，王爷细细咂摸这奇妙的香味儿，觉着跟林和顺煮出来的一个味儿，不由得心里纳了闷。

他打发两个差人出去探访，差人回来说，这是"砂锅居"白肉馆飘出来的香味儿，开这家馆子的是府里辞了差的侯二和孙五。

王爷听了暗暗起疑，难道说林和顺煮白肉的技术，让他俩给偷了去？于是，他派人当天晚上去捉拿侯二和孙五来是问。

可是当王府的人来到"砂锅居"时，侯二和孙五已不见踪影，只留下安二爷在灶上忙着。府里的差人问他，他脑袋摇得像拨浪鼓。

差人为了交差，在"砂锅居"憋了好几天，始终未见侯二和孙五的影儿，只好回去禀告王爷。王爷十分恼火，却又无可奈何，为这事儿还气得大病一场。

奇怪的是，侯二和孙五打那天离开"砂锅居"，再也没露面儿，二人究竟哪儿去了，到了儿也是个谜。人虽走了，而那口神锅却传到了民间。

“砂锅居”的那口神锅一直用了二百多年，直到近代，北京城战乱频仍，兵荒马乱当中，“砂锅居”也几遭磨难。后来，这口神锅不翼而飞。有人考证过现在“砂锅居”用的那口大锅，不是当年定亲王府里的神锅。

往事如烟，岁月无情。二百多年前的人早已作古，人没了，锅没了，但留下了一段美好动人的传说，还有“砂锅居”的字号，以及烧燎白煮的纯正北京风味儿的烹饪技术。

如今，人们到“砂锅居”品尝这老北京风味儿时，不知道会不会想起这神锅的故事来。

（附言：这个传说故事是1997年的夏天，我在白塔寺的宫门口胡同，采访一位姓秦的八十多岁的老厨师，根据他的口述整理而成的。）

孙老道与避瘟散

老北京大一点儿的中药铺，都有自己的独门小药。这种小药不值钱，也治不了大病，但平常有个头疼脑热、皮肤痛痒，吃了或抹上这小药，立时能减缓一些痛痒。“避瘟散”就是这类小药。

说起“避瘟散”，上岁数的北京人一准忘不了。它属于闻药。谁有个头疼脑热，花两枚铜子，买盒闻闻，顿时会觉得神清气爽，“瘟”病跑了一半儿。

讲究的主儿，闻“避瘟散”像闻鼻烟那样，打开盒盖儿，张开拇指和食指，做出一个八字形，把盒里的药倒在“虎口”上一小撮，然后在鼻子下边抹个“花蝴蝶”，闭口深吸一口气。嘿，您会觉得一股凉爽之气沁人肺腑，身上顿时觉得痛快、舒坦！

这就是“避瘟散”的“神功”。

老北京装“避瘟散”的盒非常有意思，盒有一元硬币大小，形状是锡制的八角形扁盒，小巧玲珑，携带方便。盒里是个小纸袋，“避瘟散”是装在这个纸袋里的，纸袋上印着个慈眉善目抱着八卦图的道士像。

您可能要问“避瘟散”干吗要印八卦图和老道像呀？敢情这里有一段中日两国大夫斗法的故事。

您知道仁丹吧？这也是一味提神醒脑的小药，但它是日本人发明的。您看过反映抗日战争的老电影，就会知道当年在中国的城市乡村，到处贴着日本仁丹和宝丹的广告画，上面有个头戴黑礼帽、翘着两撇八字胡子的东洋人头像。

没错儿，就是这种广告画，不过，这种广告画并不是在日本帝国主义发动侵华战争以后才有的。早在清末民初，许多日本的药品就已经开始倾销中国，当年也贴得北京的街头到处都是。很多人看得多了，也就见怪不怪了，但这些广告画却惹恼了一个老北京人，谁呢？

此人姓孙，名崇善，号三明。孙三明的爷爷叫孙振兰，祖籍山东省招远县，是当地有名的郎中（中医大夫）。清乾隆末年，孙振兰摇着响铃，来北京闯荡，靠着自己的医术和精明，在前门外大街长巷头条开了一家门脸儿不大的药铺。

这个小药铺除了丸散膏丹之外，还卖当时颇为流行的闻药，买卖不大，生意还不错。孙振兰信奉老子的《道德经》，讲仁义，卖的闻药虽然价格不高，但在原材料的炮制上却精益求精，一丝不苟，直到老人家去世，药铺也没有发大财。

孙振兰死后，药铺由他的儿子孙学奎接着经营。同治二年（1863），孙学奎生了个儿子，他就是孙三明。

说起来有些怪，孙学奎本想让儿子学习中医，这样对经营药店会有好处，但孙三明对这些并不感兴趣，偏偏痴迷于道教。

他不到二十岁结了婚，婚后不久便在房山的一所道观受戒，当了在家修行的火居道士。后来，他在永定门外买了几亩地，修了一个道观，取名“长春观”。再后来，他把孙家的药铺也改了字号，叫“长春堂”。自己也蓄发梳鬏，每日都穿道袍，见人行道礼，一副仙风道骨的做派，所以人们见了他都叫他孙老道。

孙老道虽然每天打坐练功，好像两耳不闻窗外事，但他内心却有正义感，也很爱国，看到日本人除了宣传仁丹，还大张旗鼓地宣传清凉闻药宝丹，心里不由犯了嘀咕：药王爷可是中国人，华夏乃中药材的故乡，难道连个仁丹和宝丹都生产不了吗？让日本的这些药耀武扬威。

“长春堂”也卖闻药，但日本的仁丹和宝丹在北京大行其道以后，他药铺里的闻药便成了滞销品。为此，他心里憋着一口气，心想无论如何也要研制出一种闻药，跟日本人的仁丹和宝丹叫板。

自打有了这个心眼儿，孙老道睡觉不踏实了，他成天琢磨研制闻药的事儿。

他在观里打坐，朦朦胧胧觉得有股香气飘过来，吸了几鼻子，感到神清气爽，他揉揉眼睛一看，原来是神像前燃着的两炷香散发的气味儿。他顿开茅塞，决定在香料上打主意。

最初，孙老道自己动手，试着把香条研碎试闻，但粉末粗糙干燥，闻着不是味儿，也起不到提神的功效，一连试了两个多月，仍不得要领。在一个偶然的机会，他遇到了在北京日本川田医院工作的药剂师蔡希良。

蔡先生经常到“长春堂”买药，跟孙老道是老朋友。孙老道把自己研制闻药的事儿跟他说了，没想到，听说孙老道的初衷是跟日本的仁丹和宝丹叫板，他对孙老道心悦诚服，答应帮孙老道这个忙。

蔡先生是药剂师，懂得怎么调药，他给孙老道提供了几味中药，同时选用大栅栏云香阁出产的优质香。经过半年多的反复调整，最后他们在香里面加进了薄荷、冰片、朱砂、麝香和甘油等十几味药材，终于在1914年研制出了“避瘟散”。

孙老道有意与那位“八字胡”抗衡，在“避瘟散”的盒上印出自己蓄发梳鬏、身着道袍的头像，并以八卦图作为商标。

“避瘟散”问世后，受到北京人的青睐，人们觉得它比仁丹和宝丹的效果好。经过几年的宣传，“避瘟散”在国内成为知名的小药，改变了日本仁丹和宝丹独占市场的局面。在后来全国掀起的抵制日货运动中，孙老道的“避瘟散”也发挥了积极的作用。

但是“长春堂”的发展却一波三折。原来孙老道把“避瘟散”研制成功后，过了十多年就病故了（1926年），“长春堂”由他的内侄张子余接手当了经理。

张子余在白云观受戒，也是一位火居道士，但他比孙三明要精明得多，脑瓜灵活，善于交际，经营思路也多。“长春堂”是1914年试销“避瘟散”的，从老铺的账底子上看，从1921年到1923年，平均每年生产销售也就是三四万盒。但是张子余接手“长春堂”后，销量年年提升，到1933年，销量高达二百五十万盒，不但涵盖国内各大城市，而且远销泰国、缅甸和印尼等东南亚国家。

当年孙老道经营“长春堂”时，店里的伙计只有五六个人，到了1930年的时候，店里的员工已有一百五十多人，而且还有自己印包装的印刷厂、做锡盒的铸造车间。

此外，张子余以合股或独资的形式，开了长春棺材铺、庆丰饭馆、油盐店、亿兆百货店、东升木材厂，在地安门开了“仁和堂”药店，加上外地的“长春堂”分号，他开了八个买卖店铺。靠小小的“避瘟散”发迹，张子余后来成为京城商界的“四大巨子”之一。

但是“七七事变”北平沦陷后，“长春堂”的“避瘟散”遭到了日本人的打压。日本宪兵队不但限制“长春堂”对外省的邮寄，而且寻找借口，以莫须有的罪名，把“长春堂”的经理张子余逮捕，强迫“长春堂”用二百两黄金赎身。

这波灾难刚躲过去，谁能想到没多久，“长春堂”着了一把大火，把店铺里的东西烧得精光，而且大火还殃及了华乐戏园子（即后来的大众剧场），把富连成科班的衣箱和舞台道具付之一炬。

这场大火让“长春堂”伤了元气，不但老店损失惨重，而且还赔了华乐和富连成几十万。日本投降后，张子余又一次遭到国民党军统的逮捕，关押了九个月，最后张家花了三百两黄金，才把这位张老道给赎出来。

看来老道不能发财，发财就要倒霉。不过，从孙老道那儿开始，“长春堂”就办善事，他将“长春观”腾出一个套院开办义学，以后，又在永定门外和左安门外增办了“二小”和“三小”。

张子余接管“长春堂”后，接着办这三所小学，学校的一切费用都由“长春堂”负责，学生不但免交学费，所用的书本笔等文具，甚至校服都由“长春堂”包了。三个小学加在一起有近二百人，“长春堂”没少积德。

张子余倒霉是因为所处的那个社会黑暗，那年头，“吃大户”是恶势力的一种手段，没辙。几经折腾，到了北平解放之前，“长春堂”已经衰败。

解放以后，老字号“长春堂”才又获新生，店址从长巷头条搬到了前门外大街路东，门脸儿比原来大了许多，变成了大药房，不光经营丸散膏丹中药，也卖水剂片剂等西药。

当然，“长春堂”卖的药品种再多，依然没忘卖自己看家的小药“避瘟散”。我小的时候，每到夏天，家里的老人便张罗着买“避瘟散”。我家住西单附近，药店不少，但有时也买不着这味小药，这时，家里的老人会说：“到前门的‘长春堂’买去呀！”于是，我便骑着自行车奔前门，到“长春堂”准能买到这味小药。

“长春堂”在新中国成立后以卖药为主，自己的药厂在公私合营以后逐渐就没了，到了1960年以后，他们卖的“避瘟散”都是别的药厂生产的。

由于这味小药虽小，配料却挺多，而且成本大，利润低，再加上跟它疗效差不多的新药很多，所以，到了20世纪80年代，这味小药就从市场上销声匿迹了，连它的发明地“长春堂”也不卖“避瘟散”了。

2003年，北京城爆发了“非典”，因为没有特效药，一时间人心惶惶，这时，有人想起了“避瘟散”这味小药，建议有关方面恢复生产，但是，限于各方面的情况，这件事儿最后沦为空谈。

“避瘟散”这味小药的处方是：将檀香、零陵香、香排草、片姜黄、甘松、玫瑰花、公丁香、广木香、白芷这九味药研成细粉。

再备以下五味药：人造香、朱砂粉、冰片、薄荷冰、甘油。

将人造香研成末，冰片和薄荷冰研成液体，用朱砂粉把前面说的粉和液体调研均匀，兑入甘油，研匀后装缸密封，半年后开封装盒。

您瞧，“避瘟散”的制作是不是并不复杂？殷切希望有识之士，让这味小药有一天起死回生，重新造福老百姓。

北京小吃和打烧饼

烧饼和火烧都属于北京小吃，老北京把小吃叫“碰头食”。

什么叫“碰头食”呢?

“碰头食”不是正餐，走在街上，肚子饿了，打头碰脸，路边有个馄饨挑儿，不远处还有个烧饼铺。得，来两个烧饼，再买碗馄饨，用北京话说“点补”（吃）一下。这馄饨和烧饼，就叫“碰头食”。

当然，也许碰上的不是馄饨和烧饼，而是面茶和炸糕，也可以“找补”（吃）一下。

北京的小吃很多，我看过一份历史资料，上面说，北京小吃最多的时候有三百多种。当然，现在可没这么多了，我们常见的也就是五六十种，能数得出来的一百四十多种。

为了便于您对北京小吃有所了解，增加记忆，我把它们分列如下：

风味类小吃：

炒肝 爆肚儿 卤煮火烧 煎灌肠 烧羊肉 烤羊肉 烤牛肉 涮羊肉 白水羊头（羊头肉） 白汤杂碎（杂碎汤、羊杂儿） 炮糊（炮羊肉） 羊霜肠 烧卖 包子 馄饨 猪头肉 门钉肉饼 炒疙瘩 炒饼 汤羊肉 水乌它 酥鱼 苏造肉 芥末墩儿 炒麻豆腐 炒红果 玫瑰枣 小窝头 豌豆黄 煮芸豆 开花豆 果子干儿 江米藕 烤白薯 冰糖葫芦

烧饼类小吃：

烧饼 肉末烧饼 螺蛳转儿 干崩儿 缸炉烧饼 马蹄烧饼 咸酥烧饼 甜酥烧饼 豆馅烧饼（蛤蟆吐蜜） 五连烧饼 油酥芝麻烧饼 叉子火烧 片丝火烧 马蹄火烧 褡裢火烧 糖火烧 牛舌饼 蒸饼 锅饼 煎饼 春饼 春卷 墩饽饽 硬面饽饽 馅饼 水晶门钉

糕类小吃：

切糕 年糕 豆面糕（驴打滚儿） 芸豆卷 艾窝窝 红白蜂糕 碗蜂糕 米面蜂糕 盆儿糕 豆渣儿糕 凉糕 花糕 枣糕 绿豆糕 紫藤糕 水晶糕 甑儿糕 芝麻凉糕 栗子糕 莲子糕 扒糕 豌豆糕 粽子 元宵

油炸类小吃：

油饼 糖油饼 焦圈儿 麻花 蜜麻花 排叉 姜丝排叉 油条 炸糕 奶油炸糕 半焦馃子 炸三角 炸咯吱 烫面炸糕 炸布袋（炸荷包蛋） 豇豆干 江米条 薄脆 开口笑 炸咯吱盒儿 酥盒子 炸回

头 炸肉火烧 炸年糕坨 炸卷果 炸丸子

汤类小吃：

豆汁 豆浆 茶汤 面茶 油茶 杏仁茶 豆腐脑 老豆腐 腊八粥 粳米粥 八宝莲子粥 杏仁豆腐 冰碗儿 玻璃粉 酸梅汤 酸枣汤 乌鱼蛋汤 甩果汤（鸡蛋汤） 酸辣汤

在常见的小吃里，烧饼和火烧属于比较特殊的。

特殊在哪儿呢？一是烧饼和火烧的种类多；二是北京人拿烧饼和火烧当小吃，也当“大吃”，所谓的“大吃”，就是主食。

早年间，北京人吃早点，离不开“老三样”，即油饼、火烧、豆浆。20世纪六七十年代，买油饼和烧饼、火烧还要粮票，一个普通油饼六分钱，一两粮票；一个糖油饼八分钱，一两粮票；一个烧饼五分钱，二两粮票。

那会儿的北京人过日子都精打细算，一分钱恨不能掰成两半花。舍不得一下吃两个油饼，但吃一个又吃不饱。于是，买一个大火烧，火烧夹油饼，再花两分钱买碗豆浆，一天的早点，齐活儿。

这种吃法被北京人叫作“老三样”。当时我在工厂当工人，京城卖早点的小吃店很多，大一点儿的胡同口都有，所以骑车上班，走到哪儿，看小吃店（早点铺）人不多，就下来，来套“老三样”，吃饱了，再奔工厂。

这种早点，我吃了大概有十来年，雷打不动，不带换样的，自然对北京的大火烧很有感情。

当时的小吃店，小吃的品种很多，但没有比“老三样”更经济实惠的，比如烧饼当时也有许多种，但一个芝麻烧饼五分钱，一两粮票，吃三个就是一毛五。而“老三样”全加起来才一毛三，算算，还是吃“老三样”便宜，所以平时舍不得去吃烧饼。

跟火烧比起来，当然烧饼要好吃，价钱也贵，而且，烧饼的种类比火烧多。我说的是最普通的火烧，这种火烧，那会儿的北京人往往要加一个大字，叫“大火烧”。

有关“大火烧”还有一个典故：清朝末年，前门外大街的大栅栏，买卖铺户生意非常兴隆。庚子年的二月，人们只见大栅栏的街上，每天一早一晚，有个走道踮脚的老头儿推着小车，车上有个小缸炉，还有其他家伙什儿，边走边高声吆喝：“大火烧！”

赶到人们走到他的车前，想买烧饼时，老头儿摇摇头说卖完了，要吃，明天吧。第二天，老头儿又来吆喝“大火烧”，人们想买，老头儿还是那句话：卖完了，要吃，明天吧。

老头儿来大栅栏吆喝了有一个多月，突然有一天，大栅栏的店铺着火了，这是大栅栏有史以来最大的一场火。火势凶猛，一家挨着一家的店铺被这场大火化为灰烬。

大火过后，人们想起那个吆喝“大火烧”的老头儿，奇怪的是，那个老头儿再也看不见了。

也许是老北京人怕犯忌吧，从此以后，人们见到火烧，就说火烧，谁也不说“大火烧”了。

烧饼在山东叫“炊饼”，《水浒传》里的那位倒霉蛋武大郎就是做“炊饼”的。前几年，山东有人居然把“武大郎”给注册为商标，专门卖“武大郎”炊饼，据说生意不错。

在宋朝，像武大郎这样卖烧饼的，通常是一个人的买卖，即一个人连烙带卖。在老北京，做烧饼这样小吃类的吃食，也是单打独斗，北京人管这叫“专工”。

什么叫“专工”呢？就是只做这一样，别的不做，比如炸糕，老北京有专门的炸糕小铺，一间门脸儿，一口油锅，每天就做炸糕。

还有焦圈儿，老北京人喝豆汁儿必吃它，吃烧饼的时候，也喜欢夹焦圈儿。过去专门有炸焦圈儿的焦圈儿铺。老北京有名儿的焦圈儿铺是南城的“俊王”，他是回民，姓王，因为长得俊秀，焦圈儿炸得也好吃，所以四九城闻名。

同样，烙烧饼的、做火烧的也有“专工”，即专门烙烧饼的烧饼铺。有意思的是，自从大栅栏的那把大火之后，做火烧的也叫烧饼铺，不叫火烧铺了。

其实，火烧，除了前面说的“大火烧”之外，还有很多品种，比如糖火烧、褡裢火烧、叉子火烧、肉火烧、油酥火烧等等。

老北京，做褡裢火烧最有名儿的是前门外大街门框胡同的“瑞宾楼”。做糖火烧最有名的是通州的“大顺斋”。现在“大顺斋”的糖火烧已经成为北京有名的糕点了。它和小楼（饭馆）的烧鲇鱼、万通酱园的酱豆腐，并称“通州三宝”。

有人说宋朝的“炊饼”就是现在的烧饼，但也有人认为“炊饼”不是烧饼，应该是火烧。火烧和烧饼有什么区别吗？看到这儿，您可能也会纳闷儿，火烧和烧饼都是“饼”，但为什么叫法不一样呢？

很长时间，我就对这个问题有点儿困惑。后来认识了一位烙烧饼的高手，这位老爷子用一句非常简单的话，解开了我的疑团。

火烧跟烧饼的区别，就在于带不带芝麻。带芝麻的叫烧饼，不带芝麻的叫火烧。区别就这么简单。

说起来，烧饼还属于“进口”食品，最早的烧饼叫“胡饼”，是西汉的张骞出使西域时带回来的吃食。

当时，这位张先生从西域带回不少新鲜东西，这些吃的用的，都被冠以一个“胡”字。汉朝，连西域一带的人，都被称为“胡人”。

所以，“胡饼”是胡人做的饼，但也有人认为，“胡饼”是指用胡麻油做的饼。

不知道从西域进来的“胡饼”是什么样，但可以肯定，它跟后来北京人吃的烧饼和火烧不一样。

不过，史书上有记载，汉朝的皇上非常喜欢吃“胡饼”。皇帝爱吃的东西，老百姓不见得能吃到。

“胡饼”真正流传到民间，是在唐、宋年间，经过数百年的演变，到了武大郎生活的宋朝，火烧和烧饼已经成为中国北方最普遍的吃食了。当然，那个“胡”字早在历史演进过程中给融化掉了。

《资治通鉴》里记述唐玄宗时讲了这样一个掌故：“安史之

乱”的时候，唐玄宗和杨贵妃逃到咸阳的集贤宫，饥肠辘辘，饿得前心贴后心。

宰相杨国忠眼看皇上要饿晕，急忙乔装打扮成平民百姓，到街上踅摸吃的。

当时的咸阳城，人去房空，形同死城。杨国忠在街上转悠了半天，才找到一个烙烧饼的小铺。

正赶上烙的烧饼刚出炉，空气里飘着油香味儿，杨国忠赶紧丢下几两银子，把刚出炉的烧饼都买了回去。

饥饿之中的唐玄宗和杨贵妃吃到烧饼，真是无比香甜，不逊于“庚子事变”时慈禧太后在逃亡西安的路上吃的窝头。

后来，大诗人白居易为此专门写了一首诗：“胡麻饼样学京都，面脆油香新出炉。寄与饥馋杨大使，尝看得似辅兴无。”

诗中的“辅兴”，是指当时长安城有名的烧饼铺“辅兴坊”，最后一句，是诗人在问：您在咸阳吃到的烧饼，有没有西安“辅兴坊”的好吃呀？

白居易也是爱开玩笑，都饿成这样了，您给他什么，他吃了都会觉得比“辅兴坊”的好吃。

不过，诗人肯定吃过“辅兴坊”的烧饼，不然不会用“面脆油香”来形容。好吃的烧饼都会有“面脆油香”的特点，而且这个特点让人回味无穷。

烧饼在北京算是最普通的吃食，一般家庭主妇都会烙，但这世界越容易的事儿，往往又是越难做的事儿，烧饼也如是。

也许一百个人烙烧饼，能烙出一百个味儿来，这不是一句夸张的话，依我看，一百个人烙烧饼，起码也能烙出九十种味儿来。所以，许多北京人抱怨，现在北京吃不到正宗的烧饼了。其实是情有可原的。

老北京烙烧饼，不叫烙烧饼，而叫“打烧饼”。为什么叫“打”呢？

老北京有专门做烧饼的烧饼铺。烧饼铺多数是一个师傅，现做现烤，北京人也是现买现吃，刚出炉的烧饼，带着芝麻和麻酱的油香味儿，外焦里嫩，酥香味儿厚，十分诱人。

烙烧饼讲究把面揉透后，按做十个烧饼的量揉成长条再擀开，然后，一手拎着面的一头，甩成长片，抹上麻酱和麻仁、花椒、茴香、盐炒后研成的细粉，随卷随抻，行话叫“打栅子”。

“栅子”为什么要用打呢？这是师傅为了招揽客人，往往要在“打栅子”的过程中，在案板上摔面，用擀面杖擀面，擀面杖不断地敲打案板，发出“噼噼啪啪”的声音，行话也叫“打花杖”。

烙烧饼的师傅“打花杖”，除了为吸引人过来买他的烧饼以外，同时通过这种敲打，也展示烙烧饼的人的一种“范儿”，让人看上去显得那么利落。正因为如此，北京人管烙烧饼叫“打烧饼”。

我小的时候住家在辟才胡同，胡同的北边有条小街叫十八半截。当年，那儿有个门脸儿不大的烧饼铺，铺子的师傅专门烙马蹄烧饼。

师傅有四十多岁，山东人，大个儿，方头大脸，寸头，不苟言笑，但和蔼可亲。

烤烧饼的炉子是他自己做的，烙烧饼做剂儿、擀饼时，擀面杖在他手上不停地飞舞，在案子上敲敲打打，那“花杖”能打出“锣鼓点”来，煞是引人。

我家离烧饼铺的路不近，每次姥姥念叨想吃他烙的烧饼了，我就自告奋勇，除了买烧饼，主要是想看那位“打烧饼”师傅的表演。

这位师傅到了案子前，如同上了舞台，在案前边敲边打，能在敲打的瞬间，把面团擀成饼状，然后托起这个饼，内放椒盐和油，外面沾上芝麻，接着在案板上再擀成面饼，然后用右手捏着面边儿，与张开虎口的左手相紧压，眨眼间，面饼形成了马蹄状。

在你愣神的工夫，只见他单手轻轻托起马蹄状的面团，掀开炉门，随手将它粘在炉顶的内壁上。动作之快，只是转眼间，这时我的脑子还想着他“打花杖”的“锣鼓点”。

烤上二十分钟左右，师傅掀开炉门，把烤好的烧饼拿下来，放在一个小笸箩里。只见那烧饼的圆面稍鼓，很像马蹄，皮薄心空，芝麻焦黄，咬一口，外焦里脆，真是让人回味无穷。

一晃儿，几十年过去了，十八半截胡同早就变成了高楼大厦，但我还会时常想起那个烧饼铺，想起那个“打烧饼”的师傅，还有那个师傅“打”出来的马蹄烧饼。

“打烧饼”的传统现在京城还能看到，但这个“打”字毕竟是“架子活”，人们吃的是烧饼，而不是看您“打”的玩意儿。

烧饼烙得不怎么样，您就是把案子“打”出窟窿来也没用。

烧饼的种类比较多，除了一般芝麻烧饼以外，还有肉末烧饼、缸炉烧饼、马蹄烧饼、咸酥烧饼、甜酥烧饼、豆馅烧饼（蛤蟆吐蜜）、五连烧饼、油酥芝麻烧饼，等等，但人们常吃的还是普通的芝麻烧饼。

这种烧饼是有标准的，比如要求一斤面要用七钱芝麻酱，七钱麻仁、花椒、茴香等做的椒盐。烙好的烧饼麻酱的香味儿浓，烧饼要层次分明，起码达到二十层以上。

由于烙烧饼的人工和原料成本不停地上涨，而烧饼作为北京小吃，价儿高了又没人吃了，现在卖烧饼几乎赚不到钱，而且这活儿也很辛苦，所以，真正烙烧饼的高手很难找了。自然，北京人能吃到二十层以上标准的烧饼也很难了。

京城大杂院的嬗变

一

老北京关于住的地方，有句顺口溜儿：“贵不贵看瓦，富不富看砖，穷不穷看院。”什么意思呢？

您是不是贵族，看您住的房子是什么瓦就明白了。老北京房子上的瓦是有讲儿的，皇上住的紫禁城，是一水儿的黄琉璃瓦；皇亲国戚的府第，是一水儿的绿琉璃瓦；高门大户的豪宅是筒瓦；一般老百姓的房子都是灰瓦。

通常规矩的四合院都是磨砖对缝，整整齐齐的，所以才有“富不富看砖”一说。

“穷不穷看院”是怎么回事儿呢？老北京居民住的院子，主要分为这四个等级，即府、宅门、四合院、大杂院。

清末民初，北京的房价不贵，一般的有点儿钱的主儿，都能住上独门独户的四合院或三合房。

只有做小买卖的，拉洋车的，干苦大累活儿的劳动者，因为买不起房子，才住大杂院。

那会儿的人买卖赔了钱，或者抽大烟败了家，一旦沦落到住大杂院了，那便是成了真正的穷人。

当时的大杂院，百分之百都是出租房。老北京专门有“吃瓦片儿”的人，房主买个十几间房的院子，自己住两间，或者自己单住一个院，剩下的房出租给房客。

房主靠每月房客的租金过日子。当然，租房住的主要是社会底层的人，做什么的都有，所以才有这个“杂”字。

其实，京城最早是没有混居的大杂院的，您去过农村吧？村里的农民有大杂院吗？没有吧。

农民住的都是一家一户的院子，甭管院子大小，房子高矮，都是自己的房自己的院。当年北京城的居民也是这样，这种格局一直到清末民初才被打破。

换句话说，我们现在说的看的住的大杂院，是在清朝末年才逐渐形成的，之前，京城几乎没有大杂院。

那会儿，北京人主要住的是四合院，当然，四合院在北京话里是一种广义的说法，或者说它只是“院”的概念。说是“四合院”，但并不标准，可能是三合房，也可能是两合房，甚至可能是三间房子的一个院。

二

在四合院没有成为大杂院的时候，北京人是以四合院为骄傲的。有人考证京城的四合院始于10世纪的辽国，北京是辽国的南京，当时叫析津府。

虽然辽国以游牧民族的契丹人为主，喜欢住帐篷，但那是在草原，在都城又是另外一回事儿了。自从辽圣宗耶律隆绪与宋真宗签订“澶渊之盟”之后，国风渐渐汉化，南京（即北京）人住四合院自然就顺理成章，跟帐篷相比，人们当然更喜欢四合院。

这里需要说明的是，四合院并不是北京人发明的，或者说并不是老北京人的“专利”。最早的四合院可追溯到西周时期。

考古发现，“陕西岐山凤雏西周住宅遗址”就是典型的中国合院住宅，虽然不是“四合”，但“天人合一”的理念，“合”的院落形式已经有了。西周以后，随着人们对居住舒适度的追求以及筑屋理念的进化，合院的布局才逐步形成“四合”的样式。

四合院的构建渗透着古代宗法制度观念与《周易》八卦的风水学说，从文化的角度看，四合院与西南各地的穿斗廊楼，西北高原的屋台洞窑，少数民族的土筑石舍、毡房篷包，江南水乡的河街架筑、怡水敞轩，皖闽湘赣的青砖素墙、窄巷高垣，形成了不同的建筑风格和文化气息。

老北京的四合院跟其他地方的有所不同，因为首都是首善之区，又是在天子脚下，所以更重视规制的严谨和等级的规范。

北京的四合院布局严整，院落敞亮，东南西北房，长幼有序，各居其室，老家儿（父母）住正房，晚辈住厢房或南房。院子有砖墁的十字甬路，通到各屋，街门都在东南方的“巽”位上。一般都是清水脊的门楼，两扇对关的街门，旁边两方石礅为上马石。

讲究点儿的北京四合院，有两进或三进之分，进门有影壁，二门是垂花门，院子有回廊，房子磨砖对缝，还有黄松木架、风火双檐、上支下摘的窗户。

院子里栽的树是“金玉满堂”，即柿子树、玉兰、石榴、西府海棠。夏天，在院子里搭上天棚，构成天人合一的景色，即所谓的“天棚鱼缸石榴树，先生肥狗胖丫头”。老北京的四合院，真是让人回味无穷。

远了甭说，直到清朝末年，北京人没为住房问题嘬过牙花子。据著名红学家周汝昌介绍，曹雪芹叔父在江南当官犯了事儿，纱帽翅儿丢了，还被抄了家，回到北京，皇上赏给他十七间半房作为安身之所。一个犯了罪的人，皇上还赏他十七间半房。您咂摸咂摸那当儿京城的房子富余不富余吧？

老北京的城区，特别是东西城，四合院像撒芝麻盐儿。那会儿的房子，一般都挺规整。当时京城人口少，住房并不是费神的事儿。

北京的大杂院最早出现在外城。生活在社会底层的穷人，别说买不起四合院，有的连租房住都租不起。怎么办呢？

有道是：“老天爷饿不死瞎家雀儿。”饿都饿不死，没住的地方怕什么？这些无家可归的穷人，只能在坛墙根儿或城墙根儿，像鸟儿筑巢垒窝一样，用捡来的破砖破席头，自己搭个小窝棚先猫着。

好赖这也算有了遮风挡雨的“窝”，接下来，他们会一点儿一点儿地再拾掇这小窝，由窝棚变成碎砖搭的小房，由一间扩展到两间三间。再由小房扩展成小院，由一个个小院，逐渐形成一条条小胡同。

南城、北城等城根儿，还有天坛、地坛等坛根儿的胡同大杂院，就是这么形成的。所以，老北京住城根儿和坛根儿的人家最穷。

当然，老北京的大杂院形成比较复杂，除了自己盖的小院演变成的以外，还有原来的寺庙、兵营、大车店，甚至妓院，后来住进了人，逐渐演变成了大杂院等等。

老北京的寺庙比较多，过去有“三步一庙”之说，当然这有点儿夸张，但到新中国成立时，北京登记的寺庙有三百多座，当然庙的大小不一样。

20世纪50年代，国家开展破除封建迷信运动，除被列入古建保护的知名寺庙道观外，许多寺庙被“废除”，庙产归公，或建成小学校，或住进居民，变成了大杂院。

有道是：三十年河东，三十年河西。风水轮流转，穷与富也是在相互转化的。别瞧他光亮大门的四合院住着，没准儿过不了几年，就倾家荡产，住大杂院去了。这种事儿在老北京司空见惯。

三

有人说，人是“活”的，北京的四合院是“死”的。事实上，这句话是错的，人是“活”的，北京的四合院也是“活”的。因为四合院不是固定不变的，随着主人的变更，它也会发生分化瓦解，甚至最终成为大杂院。

北京的许多大杂院，就是由原来规矩的四合院演变而成的。

北京四合院的演变，主要受时局的变化，新旧政权的更迭，以及大的政治运动，还有城市的改造和变迁等几个方面的影响。这种演变在“文革”期间最为明显。

“文革”不仅让传统文化受到毁灭性的破坏，而且对北京四合院也造成了历史上少有的肢解，许多四合院经过“文革”的“洗礼”，变成了大杂院。

以我亲身的经历来说吧，我从小在外祖父家生活，外祖父住着两进的四合院，当时这个院只有我们一户人家，三世同堂。当然房子是私人的，房产主是我外祖父。

“文革”开始后，所有私房一律“公有”，一点儿没商量。我外祖父是地主出身，“文革”开始后，被红卫兵抄家，紧接着又被轰回老家。很快，院里住进两户工人，没多久，又住进两户，四合院就这么变成了大杂院。

一年后，我外祖父从老家回到北京，变成了无家可归的人，只好住到我们家，之前，我们家已搬到了大杂院。这种情况在

“文革”期间太多了，我所住的胡同就有四家，由原来的独门独院变成了大杂院。

20世纪90年代，我在朝阳门外红庙西里小区宿舍楼拜访了著名红学家周汝昌。

周先生对北京的大杂院感慨万端，沉思着对我说：“京城最早的民居是单细胞的四合院。大杂院的出现，是特殊历史背景下的产物，或者说是向现代化住宅发展的过渡。”

周先生告诉我：“我原先住在东城的北竹竿胡同，那个院本来是夏衍的，原本是非常规矩的四合院。‘文革’时，他挨整受批，住进了牛棚。原来的院子前后住进了八家，一家住改为八家住，成了名副其实的大杂院。”

北京大杂院的特点是杂和破。不过，这个“杂”与“破”也与“文革”有关。

说老实话，直到“文革”前，北京的四合院基本还都“四合”着呢。别看有的院子住着几家或十几家，叫大杂院，其实并不“杂”，因为院子的格局并没变。

人们在一块堆儿“杂居”，宽也罢，窄也罢，轻易不动砖动土，张罗着扩建，也没有擅自“改造”四合院的想法。住着不可心，您可以换房住，但不能擅自“拆改”。这就是老北京人规矩的一种体现。

但是，到了“文革”，当那些传统的老“规矩”被打成了“四旧”，人们的行动也变得无法无天了，别说拆改院子了，您住得好好的自己的房子，都可能被抄家，让你“滚蛋”，在院里盖间房算什么？

要不怎么说“文革”是一场“浩劫”和“动乱”呢？特别是1976年唐山大地震以后，人们借搭防震棚之机，拉开了在院里私搭乱建的序幕，完整的院落纷纷被蚕食，原有的公共空间被肆无忌惮地侵占，而且没人敢管。

七八年的光景，老北京的四合院就被折腾得面目全非。昔日夏天搭天棚，种花养草，大人们喝茶聊天，孩子们游戏的院子空间，被私自搭建的房子“填满”。有的院子，别说种树养花，连推自行车都要侧身，晾晒衣服都没地方了。

到20世纪80年代，谁要想在京城找个像样的四合院，比老北京人上街捡煤核儿都难。到这会儿，四合院变成了实实在在的大杂院。

四

北京有句老话：东富西贵。东城区被列为国家、市、区重点文物保护单位的四合院有六十多座。

当年我采访胡同时，东城区文物管理所所长对我介绍：“即便是文物保护单位的四合院，原有格局一点儿没动的也不多。拿东城来说，基本保持原貌的四合院几乎没有。”

他的说法在我采访中得到了印证。

在我采访的上千个北京大杂院里，最大的大杂院就是东城区内务部街11号院了。让我想不到的是，这个大杂院，居然是北京市文物保护单位。

其实，这个院在《京师坊巷志稿》都可以查到，它是乾隆时一等诚嘉毅勇公明瑞的府第，明瑞死后，此宅被他的子孙世袭，成为公爵府。民国初年，这个宅子被盐业银行的经理岳乾斋买下，成了岳乾斋的私宅。

北平解放前夕，岳乾斋跑到台湾，这所宅子空了下来。解放以后，这里成为解放军总政的临时办公地，后来总政搬走，这个院子变成了家属宿舍，以后逐渐演变成了大杂院。

这所宅子在没有成为大杂院之前，是一座设计和构建独特的四合院，这种四合院目前在北京属于“独一份”，它是由三组独自延伸但又彼此相通的院落组成，这三组院落又分为五六个小的四合院，可以说是大四合院套小四合院，中间和两边有三个花厅和游廊，后面有一个很大的带假山和亭台楼阁的花园，堪称北京四合院的代表作，难怪被列为北京市文物保护单位。

我的一个朋友住在这个院，所以对这个院比较熟，但最初进这个院时总是迷路，因为大院套小院，每个院又很相似，走着走着就转了向。

每次进这个院，我都难免生出许多感慨，因为当年这座那么深幽灵秀的清朝宅院，如今已被私搭乱建的小房和四处堆放的杂物弄得面目全非，望着断垣残壁、塌陷的石阶和苍然的古树，能够体味到这所有二百多年历史的老院子的沧桑。

老院子后面的花园，现在已经成为陈迹，原址上建了两栋灰砖三层小楼，假山上的亭子被安上门窗，成了居委会的办公室，旁边是锅炉房，有一个很高的大烟筒。当年，姜文拍电影《阳光灿烂的日子》就是在这儿取的景儿。

我的朋友的母亲跟大院居委会的康大姐比较熟，康大姐带着我在院里采访了几位老住户。她告诉我，现在这个院住着一百七十一户，大约有五百多口人，分布在八十多个工作单位。五百多口人的大杂院，在京城真是太少见了。

像老北京的任何一个大杂院一样，这里看着不起眼，却藏龙卧虎。康大姐告诉我，这个院住过将军梁必业，也住过军旅作家王愿坚。

出了主院，康大姐指着后院接出一截的两间南房，问我："你知道这是谁的家吗？"

"不知道。"我摇了摇头。

"这是姜文的家。"康大姐笑道。

"哦。真的吗？"

康大姐对我说："姜文的爸爸原来是总政的，他和他弟弟姜武从小都是在这两间房长起来的。"

我恍然大悟，难怪姜文拍电影《阳光灿烂的日子》会选择后面的那个大烟筒。

"他小的时候，常上烟筒那儿玩儿。"康大姐说。

她还告诉我，在这院里见过刘晓庆，那是她跟姜文一起演电影《芙蓉镇》的时候。姜文是住这个院时出的名儿，当然现在他和父母早就不住这儿了。

说北京的大杂院藏龙卧虎，真是一点儿不假。康大姐带我在内务部街大院采访那天，出了大院，迎面碰上一位慈眉善目的老大姐，看上去有六十多岁，身子骨儿很硬朗。

康大姐对我介绍，这是内务部街的居委会主任。主任非常热情，邀请我到她家坐坐。

主任家在这条街的西口路北，是一个很普通的大杂院，她带我进了里院，引我进了她的家。

她家是两间北房，房子很普通，屋里的陈设也很简单，但很整洁，看得出来主人是个利落人。

她把我让到沙发上坐下，转身给我沏茶。这时，我发现迎门的柜子上有个合影的照片，细看了看，发现上面有北京市副市长孟学农。

我忍不住对这位居委会主任说："你们居委会的工作搞得不错呀！连副市长都接见您了！"

老主任听了我的话，抿嘴笑道："他呀？他是我儿子！"

原来这是北京市副市长的家。您说北京的地面儿水有多深吧！

五

说实在话，土生土长的北京人，谁没住过大杂院？解放前，北京有几座楼房呢？有，也得在前边加个"洋"字，自然跟一般市民无缘。

有人说北京的历史文化和风土人情都是从大杂院里派生出来的。这话不假。过去北京人就生活在大杂院里嘛。

老作家萧乾一辈子走过不少国家，去过不少城市，可是甭管走到哪儿，也忘不了北京的大杂院，忘不了一到下雨，和面的瓦盆、搪瓷脸盆甚至尿盆在小屋接雨时奏出的交响乐。

大杂院的魅力在于它的文化氛围。老舍先生是在大杂院长起来的，他的《四世同堂》也好，《骆驼祥子》《龙须沟》也好，写的都是大杂院里发生的事儿。

他去过英国，去过美国，可是他说："不管我在哪里，还是拿北京做我的小说的背景，因为我闭上眼想起的北京要比睁着眼看见的地方更亲切，更真实，更有感情。"您听听他对咱北京爱得有多深！

《四世同堂》是老舍先生在重庆和美国写成的，但是他对"小羊圈胡同"的大杂院描写得那叫具体。敢情小羊圈胡同就是新街口附近的小杨家胡同，这条胡同的8号院，是老舍先生的出生地。在《四世同堂》里，它成了祁家的院子。

大杂院留给老舍先生的印象太深刻了，他说："它们是自自然然地生活在我的心里，永远那么新鲜清楚，一张旧画可以显得模糊，我这张画的颜色可是仿佛渗在我的血里，永不褪色。"

著名京味儿文学作家陈建功是我的老朋友，他曾经说过："离开大杂院，我简直写不出东西来。"他所说的大杂院，显然是大杂院所浸透着的市井文化。他最成功的作品是写大杂院的京味儿小说。尽管他已然由大杂院搬进了楼房，可时不时还要到大杂院走走，寻求创作灵感。

当年，我采访周汝昌先生时，他对北京的大杂院是持否定态度的。可他的女儿却笑着对他说：“大杂院那么乱和破，为什么当初让您搬楼房住的时候，动员了您两年，您才肯挪窝呢？”

周先生沉吟道：“情感，情感呀！”

您瞧北京人对大杂院的心态有多复杂？我曾在采访周先生后，专程到他住过的东城区北竹竿胡同113号院，看了看他住过的房子。

那是一所典型的老北京四合院，但已然被东一个西一个接出来的小房几乎占满了院子的空间，院子原来的格局早已经看不出来了。

周先生住过的房子已经换了新的主人，门框和窗棂的红漆早已褪了色，廊柱上贴着两年前春节时周先生写的一副对子：“五风十雨皆为瑞，万紫千红总是春。”

这是否能描绘出住过大杂院的人的一种心境呢？是的，不管院子里的房子是不是漏雨，院子里的住户眼睛里却到处是春天。北京人历来是随遇而安的，甭管住高楼，还是住大杂院，都能找乐儿。

北竹竿胡同6号称得上是典型的大杂院了。院子最初紧贴从前朝阳门城墙的墙根儿，就是我前面说的城根儿房。

据从小在这院长大的张连成老爷子说，早先这儿是个大空场，后来一个捡破烂儿的在此盖了几间小房，再后来煤铺掌柜的在边上堆了许多煤，以后成了大车店，后来又改为卖鸡蛋的小市，再后来成了大杂院，左近的人都叫它“鸡蛋大院”。

当然，在我采访完的两年后，这一带的胡同都拆了，这个“鸡蛋大院”也没了，现在这里已经建起了金融大厦。

记得我采访这个大杂院时，院里住着七十一户，小房盖得大院套小院，小院套胡同，过人都要侧着身。我在居委会两位主任的陪同下，探访了院里最老的住户谷老爷子，他那年七十八岁。

老人说：“我从十岁就在这院住，赶了一辈子大车，眼下儿女都大了，我跟儿子一块堆儿住。”

我猫腰进了他住的小屋，太黑，白天都要点灯，两个大鸟笼子迎门，“百灵”在里叫得正欢，床上狗皮褥子上摆着一对铁球，电视里播着京剧。

“挺好，这日子我挺知足！”老爷子皱皱巴巴的脸上裂开笑纹。

一位胖乎乎的大嫂凑过来道：“甭瞅院子乱，日子过得都挺和美，街坊四邻谁家有了难处，各家都能伸把手。这不，头些日子电线老化要增容，大家伙儿都自动掏腰包。”

胡同拆迁时，我又去了一趟，见到了这位胖乎乎的大嫂，她说：“别瞅住的这个大杂院这么破，真拆迁了，大伙儿还舍不得走呢。”

您说这大杂院有什么可留恋的呢？北京的大杂院，我住了有十多年，闭上眼睛，大杂院的场景就能浮现出来：碎砖烂瓦破油毡，高矮不齐的小房，搭得没有站脚的地方，赶上下雨，屋里漏雨，院里成了河。

全院十几户人家，只有院里的一个自来水龙头，水池子既淘米洗菜，又洗衣服涮尿盆，夏天还有人家在里头泡西瓜，冬天家家轮着每天“回水”，不然就会把水管子冻裂。

院子倒是“开放”型的，谁家有屁大的事儿都能在院里曝光；户与户只隔着一堵墙，有的只隔一层木板，家里那点儿事儿，一点儿不糟践都能到邻居的耳朵里。赶上好事儿，您还能仰起脸来；碰上坏事儿，得，晴等遭白眼珠儿，或让人戳后脊梁骨吧。

提起大杂院，年轻点儿的有几个不皱眉头的？不是实在没办法绝不会在这儿窝着。可是在上岁数人的眼里，大杂院却另有一种情感。您觉得住着窝憋不是，他却感到亲热。老北京人的古道热肠有时真让人咂摸不透。

其实，大杂院最让人恋恋不舍的不是简陋的房子和破败的环境，而是人与人之间的那种浓浓的人情味儿，这种人情味儿是在其他地方找不到的。

进入21世纪，首都的城市改造和建设速度日新月异，北京发生了历史性的变化，随着一幢幢高楼的拔地而起，大杂院将要成为历史陈迹。

当北京人告别大杂院搬入新楼时，对生活了几十年的大杂院总会含有一种留恋之情，它像咱北京的“二锅头”酒一样，味儿那么醇厚浓烈，这种韵味儿是在楼房里找不到的。

知道这一点，对一些海外游子故地重游时，放着高级宾馆不住，宁愿住大杂院的心情就不难理解了。也许他们是在寻找逝去的大杂院的情怀，重温大杂院的那种醇厚的京味儿。

只有离开的东西，我们才会觉出它的珍贵。也许再过十年二十年，我们只能从记忆中去寻找北京的大杂院了，在文物保护单位去重温大杂院的脉脉温情了。

花儿市寻根

花市，在北京人的口语中，一定要加儿化韵，念“花儿市”。因为北京人都明白花儿市的“花”，是人人喜欢的花儿。

花儿市，北京人都知道它不是市，而是一条胡同，不，得说它是一条大街。但这条街的名字的确是由“市”这儿来的，换句话说，因为有了卖花儿的大市场，才有了花儿市这个地名。

不过，花儿市这个地名也是后来才叫起来的。元大都时代，花儿市这地方是一片非常开阔的浅水滩，用现在的词儿叫“湿地”，风景秀丽，草木丰茂，所以有钱的人在这里建的花园别墅比较多，亭台楼榭，水波连天，是盛夏避暑的绝佳之地。

据《日下旧闻考》记载：“水木清华亭元侍御史王俨别业，文明门外东南里许，园池构筑甲诸邸第。”一个御史在这儿建的别墅，论豪华气派居然是京城第一，可见当时这里的风景有多幽静。

但是到了明朝，这里的水域明显小了，沧海桑田，当年的豪华别墅也灰飞烟灭了，这一带开始有了普通住户，有了市场，不过仍然是内城的东南郊区。

明永乐二十年（1422），永乐皇上在北京城设置“五大镇物”，按《周易》“五行”和八卦选位，这里算是“东方”，属“木”，于是就把那个巨大的“神木”摆放在离这儿不远的东边了，当时的花儿市已经形成了大街，所以这里的地名就叫“神木厂大街”，它就是花儿市的前身。

在明朝出的《京师五城坊巷胡同集》里，花儿市属于崇北坊，其中就有“神木厂大街”这地名，当时的神木厂大街，东起铁辘轳把，西到崇文门外大街，就是后来的花儿市大街。

1644年，明朝灭亡，清朝入主中原，改朝换代后，原来的许多东西都要更换，“镇物”更要改地方，于是“神木”被移到广渠门外。

当然，“神木”被挪走了，地名跟着也要变。其实，早在明末，这里的花儿市已经初见规模，老百姓的口语，早已把这地方叫花儿市了。

在清朝出的《京师坊巷志稿》和《乾隆京城全图》上，明朝的神木厂大街已经改为花儿市大街了。

花儿市，老北京都会晓得这个花儿，不是鲜花，而是当年北京人最喜欢的簪花，又叫绢花。

花，加了儿化韵，说出来是那么朗朗上口，那么喜兴，那么小巧玲珑，那么让人回味。

的确，花儿市当年是老北京最有味儿的街巷之一。这条街，每个店铺，每棵老树，每块砖头，每一片土地，都散发着浓郁的京味儿，都沉淀着丰厚的历史文化，都能讲述一段让人感到缠绵而留恋的故事。

花儿市，在古老的京城算是比较长的街道之一。它西到崇文门外大街，东至白桥，全长约两千米，以羊市口为界，分为东花儿市与西花儿市。

此外，在这条街上，还“套”着不少小胡同，这些小胡同也以花儿市命名，有花儿市头条、花儿市二条、花儿市三条、花儿市四条及花儿市上、中、下，一至四条等胡同。

老北京从西花儿市口到小市口约一千米的地面儿，就有三百来家老字号店铺，由此可知当年花儿市商业繁荣的盛景。

翻开老北京的地图，您会发现南城有两条东西走向的长街：一条是东起广渠门，穿过广渠门内大街、珠市口东大街、珠市口西大街、骡马市大街、广安门内大街、广安门外大街，到广安门，这就是现在的“两广路”。

另一条是东起白桥，经花儿市大街，到东兴隆街、西兴隆街、鲜鱼口，再往西，过大栅栏，穿过煤市街，往北一斜，往西走杨梅竹斜街，进东琉璃厂，再往西进西琉璃厂，过前青厂，到宣武门外大街。

这两条长街，可以说是明清以及民国时期老北京南城重要的“商脉”，而花儿市则是这条商脉上的重要经络。

老北京的崇文门，因为是“税门”，在内城的九个城门中占有重要的地位。花儿市就在崇文门的眼皮子底下。

花儿市之所以成为花儿市，花儿市之所以中外闻名，就因为它是崇文门城墙根儿下的一条老街。

花儿市的历史至少有六百年了。今天的花儿市已今非昔比。

花儿市大街西口的新世界商场和国瑞大厦，两个现代化的庞然大物，像是两个身强力壮的大小伙子，站在那儿，俯瞰这条老街。

当花儿市大街中部、东部新起的花儿市枣苑等一批新型住宅楼的高大身躯遮掩这条老街的时候，让我们透过历史的烟云，穿过时光的隧道，来追溯一下这条老街昔日的影子。

元大都时代，崇文门叫文明门，俗称海岱门、哈达门（因哈达大王府在门内而得名）。它与顺承门、丽正门依次并列，是大都城垣南面的三个城门。

文明门外水草茂盛，人烟稀少。西来的金口河与穿宫墙而过的通惠河相汇于文明门下，所以这里水木清华，园池相构，建有许多私家园林和府第。

明朝的北京，城墙南移，文明门改为崇文门，成为内城的城门。因此处离皇城较近，而且河道纵横，林木清幽，所以寺庙道观林立。

从史料上能查到的就有关帝庙、天仙庙、土地庙、崇因观、卧云庵、无量庵、卧佛寺、白云寺、万神寺等二十余座庙宇，香火盛极一时。

到了清朝，花儿市一带的寺庙仍然很多，不夸张地说，几乎是三步一庙，五步一寺。

有名的有圣泉寺、三元寺、弥勒寺、药王庙、普陀寺、灶君庙、忠义观、崇兴寺、土地庙、三清观、宝庆寺、九泉积善寺、地藏庵、天龙寺，还有回族的礼拜寺等等。

有庙就有“会”。明、清两朝，花儿市有三处庙会，当时在京城都很有名：一处是火神庙，一处是灶君庙，还有一处是东北角的蟠桃宫。

每到开庙之际，全城的百姓几乎都到这里进香和游乐，庙会摊棚林立，百戏杂陈，人山人海，盛极一时。

庙会带动了花儿市商贸的繁荣。

花儿市离崇文门很近，崇文门在清朝又是税关。清朝“京师九门皆有课税，而统于崇文一司”。外地来京做买卖的货商，都要在崇文门税关纳税。税关对花儿市商贸的发展有直接的影响。

当年花儿市一带，不但商旅留宿的客栈很多，而且还有一些会馆，如上二条的苏州会馆，四川营的金华会馆，手帕胡同内的齐鲁会馆，崇文门东侧的乔山会馆、三晋会馆，缨子胡同的延邵会馆等。

如今这些客栈、会馆已湮没在历史的烟云之中。

花儿市这条有六百年历史的老街，最有特色的当属花儿了。花儿市的花儿指的是绢花。

《旧都文物略》中说：“彼时旗汉妇女戴花成为风习，其中尤以梳旗头之妇女最喜色彩鲜艳、花样新奇的人造花。”

清朝的京城，甭管贫富，妇女发髻和旗袍上不戴一朵两朵绢花，就好像缺点儿什么似的。这种风习一直延续到北平解放前。

绢花也叫簪花，是用绢、绸、缎、绒、绫、纸等不同材料做成的人造花。

相传妇女头上戴花这种习俗始于唐朝。有的说是杨贵妃，有的说是武则天，头上长疮落下疤痕，为了遮掩，戴朵鲜花。

但鲜花不可能老是鲜的，到了冬天难找鲜花。太监出主意以假花替代，颇讨她们的欢心。宫中妃嫔以此为美，纷纷效仿。后来传到民间，渐渐成为习俗。

花儿市的地名，在明朝张爵编的《京师五城坊巷胡同集》中并没出现，一直到了清光绪十一年（1885）朱一新编的《京师坊巷志稿》里，才有花儿市的街名。

清朝以前，花儿市叫火神庙，火神庙每月逢四有庙会。明朝以来，它与西城的护国寺、东城的隆福寺、宣南的土地庙并称京城“四大庙会”。

火神庙的庙会以卖绢花为主，慢慢儿地人们把火神庙的庙会称为花儿市。后来干脆以花儿市当了地名。

当年，火神庙周围聚集着很多绢花作坊。这些“花儿作”（做绢花的作坊）通常是家族性的，做出的绢花，直接拿到庙会上出售，后来渐渐形成了前店后厂的“花局”“花庄”（即出售绢花的店铺）。

“花局”门脸儿并不很大，但数量很多，在火神庙的大街面儿上，“花局”一家挨着一家。

据《旧都文物略》记载：“各街市花庄及住家营花业者，约在一千家以上。”

可以想见，上千家经营绢花的店铺集中在花儿市，那是怎样争奇斗艳的盛况。花儿市真是名副其实的花儿市。

当时四九城的百姓要买绢花，必到花儿市。花儿市各个“花儿作”的工匠，为了招揽生意，尽显其能。一双巧手，把大自然中的百花模仿得如真如幻，花样不断翻新。

花儿市在上百年的花儿世界“演义”中，出了许多名闻遐迩的能工巧匠，如“花儿刘”“花儿金”“花儿高”“花儿龚”等。其中“花儿刘”做的绢花，在巴拿马万国博览会上获过奖。

“花儿金”五代人做绢花。第一代叫金桂，第二代叫金广文，第三代叫金保顺，第四代叫金玉林，第五代叫金铁铃。

我曾采访过“花儿金”的后人，跟金铁铃也是朋友，并在《北京晚报》发表了《“花儿金”和他的后人》的京味儿报道，特别介绍了“花儿金”的第四代传人金玉林。

新中国成立后，他做的绢花组成的大型花车，多次参加国庆节游行，并且多次在全国工艺美术展中获得大奖。

邓拓先生曾在《人民日报》上介绍过金玉林的事迹。他是北京市政协一至四届委员、崇文区一至五届人大代表，还参加过1959年全国“群英会”，受到毛泽东、刘少奇、周恩来等党和国家领导人的接见。

由此可知绢花在京城的影响力。绢花在中国的工艺美术中，算是北京独有的工艺，因此，绢花也被称为“京花儿”。新中国成立后，花儿市的个体“花儿作”，在1956年公私合营时成立了生产合作社，以后在这基础上组建了北京绢花厂，制作的绢花远销欧美十几个国家。绢花为北京争了光。

老北京的花儿市，以花儿闻名，但当年火神庙的庙会上不光卖花儿，百货杂陈，山货土货、古玩玉器，以及曲艺、评书、戏法、掼跤等等，应有尽有。

东花儿市有瓜市、骡马市，铁辘轳把胡同有鸟儿市，羊市口的青山居以攒货场（玉器古董市）闻名。

花儿市大街在南城与前门大栅栏、珠市口、菜市口、鲜鱼口等老商业街齐名。这条主街的店铺一家挨一家，经营的商品门类齐全。

许多老铺驰名中外，如经营古董玉器的青山居，经营副食杂货的吴元泰，经营牛羊熟肉的内明远，经营布匹绸缎的协成生，经营绒线服装的三义厚，经营阳泉铁锅的上义栈，经营香油麻酱的大有蔚，经营文具纸张的崇源亨。

还有启元茶叶庄，庆福斋、天福斋饽饽铺，福源长、福源永干果海味店，吴魁元羊肉铺，德寿堂、万草堂以及万全堂、千芝堂、庆仁堂等药铺。

新中国成立后，特别是到了20世纪六七十年代，花儿市是南城的主要商业街之一。花儿市西口的花儿市百货商场、副食商场、日杂商店、新华书店以及电影院、浴池，在南城都是数得着的。

改革开放以后，老崇文区政府投巨资对古老的花儿市大街进行了改造。老的花儿市百货商场拆了，在原址建起了金伦商厦。“金伦”在20世纪90年代初，在京城各区的百货商场中首屈一指，也火了几年。在商厦东侧建起了花儿市新华书店，当时它的营业面积在北京堪称第一，许多新书的首发式都是在这儿搞的。

我当时住家在东便门，花儿市是我经常逛的地方。我在花儿市新华书店买过不少书，在花儿市电影院看过几部电影，也常在老汇生浴池即西花儿市浴池泡澡。在我的印象中，南城除了前门大栅栏、菜市口、珠市口，花儿市是最热闹的地界。

花儿市的文化底蕴非常厚实。我曾在《北京晚报》撰文，说它是北京民俗风情的“博物馆”。

过去有些人总说原来的崇文区是“穷文区”，“穷崇文破宣武”。其实，就花儿市而言，当年的一些老宅门，不逊于东城和西城。比如花儿市三条曾有一处很大的府第，名曰“查氏园”。此园林木葱郁，池馆清幽，是这一带的名园。

查氏园，疑是浙江海宁查家的园子。海宁查家在清康熙王朝于京城盛极一时，有十人中进士，先后有五人任职翰林院。“兄弟三翰林”老大查慎行、老二查嗣瑮、老三查嗣庭深得康熙皇帝器重。遗憾的是到了雍正王朝，因文字狱获罪。查氏是当代著名武侠小说家金庸的先祖。

近现代史上不少名人也在花儿市居住过。如民国元老于右任，国学大师梁漱溟，京剧名伶侯喜瑞、李多奎、马连良，象棋大师张德奎等。末代皇妃文绣最早也住在花儿市上头条。

当然，花儿市最吸引我的不只是花儿，也不仅是市。我认为从京味儿文化的角度来说，花儿市最诱人的是这里的五行八作。

老北京的花儿市是各种手工作坊的汇集之地。这儿不仅有数百家做绢花的作坊，还有许多民间工艺作坊，主要集中在上三条和上四条，如玉器作坊、珐琅作坊、象牙雕刻作坊、花丝镶嵌作坊、雕漆作、料器作、宫灯画片作、挑补刺绣作、织布作、麻绳作、旋活作、染纸作、铁器作、家具作、洋车行等等。这里简直可以称为京城民间手工艺大师的摇篮。

事实上，北京工艺美术界的许多大师都是从花儿市走出来的。花儿市本身也造就了不少有名的工艺美术师，如“花儿金”“葡萄常”等。

20世纪80年代，我多次穿行于花儿市大街，曾在花儿市采访过八卦掌名师“眼镜程”的后人，采访过京城玉器行“四怪一魔”之一的“鸟儿张”张云和，采访过“葡萄常”的后人，采访过京城曲艺名家高凤山。

花儿市曾住过我的同事和朋友，当时，我常去这些朋友家串门儿。每次走过花儿市大街，我都能感受到老街古朴的民风，感受到京味儿文化所具有的浓烈色彩。

花儿市是一条很有意思的大街。从花儿市西口，走到花儿市东口，你能体会到古都特有的韵味儿，尤其是到了年节。

进西口，你会感受到繁华热闹的商味儿，西口的商场和专营店最多，在浓厚的京味儿文化中融入了现代化的气息。

沿着这条大街往东走，你会越来越感到老街应有的安宁。临近小市口，街道两边突然又热闹起来，老字号店铺一家挨一家。再往东走，步入东花儿市，老街又渐渐静下来。

在这条老街体味这种文化节奏感，你会从中感到这是历史的凝重与现实的跳跃相交融的韵味儿。

花儿市大街变了。进入21世纪，这条老街开始大整容。如果说20世纪90年代初，东花儿市虎背口小区的兴建拉开了花儿市老街改造的序幕，那么可以说，现在的花儿市枣苑等一批新型居民楼的大举动工，又把花儿市老街改造推向了高潮。

花儿市老街的古建很多。原崇文区政府在改造这条老街过程中，加强了对这些古建的保护，比如建于明永乐十二年（1414）的花儿市清真寺，“文革”期间破坏比较严重。区政府在老街改造中投巨资重新进行了维修，恢复了原貌，成为花儿市一带回民宗教活动的主要场所。

花儿市大街确实太老了。20世纪80年代以前，我到老街采访，许多居民住在破败不堪的大杂院里，有的祖孙三代挤在一间十多平方米的小屋。那会儿，住在小平房的人们一下雨就发愁，担心的不只是漏雨，还有年久失修引起的塌方。

花儿市是京城居民最密集的居住区之一，现在经过大规模的危房改造，许多居民搬进了楼房，告别了昔日杂乱破败的大杂院，过上了幸福的小康生活。

古老的花儿市阅尽了人间沧桑，在改革开放的春风沐浴下，旧貌换了新颜。

现在的花儿市，已经基本找不到当年老街的影子了，只有路边饱经风霜的老槐树，还能作为这条老街的见证人，在阵阵秋风里，向人们讲述着老花儿市的故事。

当然，现在的花儿市，也很难寻觅到绢花了，北京的妇女们早已告别了出门头上戴绢花的习俗。

2008年北京举办奥运会的前夕，听说有关部门为装点市容，需要大批的绢花，北京竟无做绢花的工厂，不得不到河北省的乡镇企业去采购。

这个消息让我心里很不是滋味儿。要知道，绢花可是当年的京花呀！花儿市的绢花作坊有上千家，如今竟没留下一家。

为此，我专门到花儿市走了一圈儿，不是为了买绢花，而是寻找老绢花作坊的遗迹。遗憾的是眼睛睁得比煤球都圆，却没找到一处。

让我怅然的是如今的花儿市，不但找不到绢花的影子，连当年花儿市的古风古韵也很难寻找了。

一切都恍若隔世，一切都是那么陌生。而新与旧的更迭却又是如此神速，如此干净利落，真是让我始料未及。

面对新盖的一栋栋漂亮的居民楼，面对已扩宽的马路，一种莫名其妙的失落感油然而生。有六百多年历史的花儿市，难道就这么迅速地在北京的城市版图上消失了吗？我简直难以置信。

但我又不得不相信，因为眼前的一切告诉我这些都是真的。

我走在人流中唏嘘，我站在老槐树下叹息。年轻的姑娘嬉笑着从我面前走过，年老的长者神态自若地从我眼前走过，还有那些活泼可爱的儿童，人们似乎早已忘记了昔日的花儿市，只有我在默默地在为它的消逝暗唱挽歌。

突然，一辆私家车的喇叭声惊醒了我的沉梦。我蓦然醒悟：我现在身处的是现代化的花儿市。这还有什么可说的呢?

“八大胡同”那些事儿

一

妓院，在古代属于忌讳的词儿，当然，现在这俩字也属隐语一类的词汇，所以，自古以来，妓院就被许多词儿所取代，比如“秦楼”“风月场”“红灯区”，等等。

当然，真正的妓院，已经被送进了历史博物馆，因为国家法律有明文规定，禁止一切卖淫嫖娼的行为，妓院早在新中国成立之初就全面封闭了。妓院在中国属于非法的，严格说中国早就没有妓院了。

当然，这个“没有”是要打引号的，因为非法的事儿不见得没有人干，但即便是有卖淫嫖娼之举，也是属于“地下活动”，其场所也不叫妓院了，虽然内容一样，但形式早变了。

中国的“地下”妓院出现在1978年改革开放以后，早期有歌厅“三陪”，后来又有“桑拿按摩”“洗浴中心”，后来又有“足疗”“小姐上门服务”等。这些都属于执法部门“扫黄打非”的对象。

老北京并不是一切都好，当然有社会的阴暗面儿，合法开妓院就是那会儿的社会“毒瘤”。

老北京的妓院主要集中在前门外大街，其中大栅栏地区的八条胡同是比较有名的“红灯区”。哪八条胡同呢?

清朝末年有人为这八条胡同作了一首《咏八大胡同》诗，把这八条胡同给写进去了，全诗如下：

八大胡同自古名，
陕西百顺石头城。
韩家潭畔弦歌杂，
王广斜街灯火明。
万佛寺前车辐辏，
二条营外路纵横。
貂裘豪客知多少，
簇簇胭脂坡上行。

第二句“陕西百顺石头城”，说出了三条胡同，即陕西巷、百顺胡同、石头胡同。

第三句“韩家潭畔弦歌杂”，说出了一条胡同，即韩家潭。

第四句“王广斜街灯火明”，说出了一条胡同，即王广福斜街。

第六句“二条营外路纵横”，说出了两条胡同，即大外廊营、小外廊营。

第八句“簇簇胭脂坡上行”，说出了一条胡同，即胭脂胡同。

这样算下来，您就一目了然了，八大胡同指的是：

陕西巷、百顺胡同、石头胡同、韩家潭、王广福斜街、大外廊营、小外廊营、胭脂胡同。

“八大胡同”有好几种说法，这是比较普遍的说法。其实，大栅栏周边还有一些胡同也是“红灯区”，老北京还流传过京城妓院“十条”一说，所谓“十条”，是指十条胡同。

这十条胡同也被人编成了顺口溜儿：“王蔡朱百柳，石广火燕纱。”即王皮胡同、蔡家胡同、朱家胡同、百顺胡同、留守卫（胡同）、石头胡同、王广福斜街、火神庙夹道（现清风夹道）、燕家胡同、纱帽胡同。这些胡同都在大栅栏附近。

但相比较“八大胡同”，“十条”要次之。因为民国初年政界、商界的许多大事儿都跟这八条胡同的妓院有联系，“八大胡同”在京城家喻户晓，后来就成了妓院的代名词。那会儿的北京人逛妓院不说逛妓院，而说逛“八大胡同”。

二

有人考证，妓院这个词儿是唐朝以后才出现的，而妓女早在商朝就有了，《诗经》里有“汉有游女，不可求思”这样的诗句。“游女”就是妓女。

老北京人管妓女叫“丫头”，妓女在古代叫“娼妓”。《说文解字》里，有“倡”字，没有“娼”字，“倡”在古汉字里跟“唱”是同一个字，由此产生了“女乐”“倡优”“俳优”等名词。从这儿可以看出，古代的妓女主要是唱歌跳舞的，当然她们不光是唱歌跳舞，也有性交易，但跟后来出卖肉体的妓女还是有区别的。

根据史料记载，中国最早开妓院的不是商人，也不是富人，而是官员。谁？当年齐国的宰相管仲。据《东周策》记载，“齐桓宫中女市七，女闾七百”。“女闾”实际上就是皇宫里的妓院。

这位管仲先生是历史上著名的改革家，说起来，他的改革也实在是大胆，居然在皇宫里开起了妓院。这是公元前640年的事儿。

照此说法，早在两千六百五十多年前，中国就有妓院了，而且还是齐国的总理创办的，您没想到吧，道貌岸然的管仲先生居然是中国妓院的“祖师爷”。

其实，古代的人也忌讳说妓院这个词儿，中国的语言丰富，妓院的别名很多，俗一点儿的叫“窑子”“火炕”“房子”等；雅一点儿的叫“青楼”“楚馆”“烟花”“花柳”等；文一点儿的叫“平康”“北里”“章台”“书寓”“行院”“勾栏”。

明朝，北京的妓院主要集中在朝阳门内，当时的“红灯区”分布于现在朝内大街以南到灯市口的十几条胡同里，您从现在的地名可以看出当时妓院的情景，比如演乐胡同、本司胡同、西花厅胡同、堂子胡同、贵人关胡同（后归入竹竿胡同）等。

过去，妓院只是笼统的说法，妓女的服务对象不同，妓院的名称也有所区别，比如有“宫妓”、“官妓”、“营妓”（军妓）、“家妓”（上门留宿）、“市妓”（一般的妓院）等。

老北京的妓院是分档次的，到清末民初，京城的妓院大致分为五等：

一等妓院叫“清吟小班”，或叫“小班”“堂子”“大地方”等，因为妓女多是江南女子，所以又称为“南班”。“清吟小班”多在胡同里的四合院，有两进或三进的，后来在“八大胡同”也有两层或三层西式的小楼。您现在漫步在大栅栏周边的胡同，不难发现一些保留相对完好的青砖灰瓦，带阁楼的洋式建筑，其实这就是当年的“小班”遗址。

“清吟小班”的妓女颜值比较出众，眉目清秀，相貌可人，她们在十岁以前，被老鸨从江南一带买到京城，然后接受琴棋书画和礼仪气质方面的培训，长到“二八”年龄（十六岁）左右才出来接客。

当然，通过特殊调教出来的“小班丫头”透着跟别处妓女的不同，她们都有自己的贴身女佣伺候着，其一举一动、一颦一笑都显得高贵雅致，再加上她们知书达礼，琴棋书画无所不能，所以能讨得那些达官显贵的欢心。

京城的名妓赛金花和小凤仙，当年就是“清吟小班”的，赛金花如果没有魅力，能把“八国联军”的司令瓦德西给征服了？同样，小凤仙如果不是气质优雅，也难拢住蔡锷将军的心。

二等妓院叫“茶室”，环境和设施比“清吟小班”略低，但“茶室”和“小班”的区别，主要是妓女的年龄、姿色和气质，通常“清吟小班”的妓女没有超过二十岁的，超过这个年龄便会下降一等，被老鸨安排到“茶室”。

三等妓院叫“下处”，就是普通的妓院，当时来北京做买卖的、学徒（相当于现在打工）的男性比较多，他们远离故土，离家在京城一待就是一年半载，甚至几年，有不守规矩的主儿，为了解决性的生理需要，便溜达到这种地方。

“下处”有两个含义：一是相比较“小班”和“茶室”而言，它的环境和“丫头”们的成色（姿色）要逊色得多，所以来这种地方的人，多是普通的做小买卖的或劳动者。

二是“下等”之处。正派的老北京人把“吃喝嫖赌抽”视为下等事而不齿，所以，把这种低档次的妓院也叫“下处”。“打立桩”“拉铺”，全脱上床，门帘要永远挂着，送茶水，伙计便把一个铜盆从门帘下递过去，盆边搭一把毛巾是让嫖客净身，完事儿之后，还要再叫“送壶茶”。到饭馆叫餐，要由嫖客给小费。妓院有规矩不允许大茶壶（龟公）跟自家的妓女发生关系，选择妓女也实行挂牌，生意好的自然接客多。相传，郁达夫就专挑丑的妓女。

四等妓院叫“窑子”“房子”“土娼”“小地方”等。它们多分布在较偏僻的胡同或路边，老北京比较有名的几处四等“窑子”，有西直门外黄土坑，老舍先生的作品里，曾描写过这一带的“土窑子”。还有崇文门外的黄花苑，宣武门外的培乐园、花枝胡同等。

“窑子”，因为条件寒酸，又被叫作“土窑子”，有的就是两间房、一个土炕。老北京的穷人家里是没有床的，睡觉就睡土炕。炕上没有炕桌，也不备茶具，冬天天冷，放床脏兮兮的被褥，“嫖价”不固定，临时讲价，门口挂个土布帘子，妓女没客人的时候，便倚门搔首弄姿揽客。嫖客进来，讲好价钱，便直奔“主题”，干完事儿，提起裤子走人。

三

老北京的妓院是合法化的，政府允许开妓院，所以妓院也有营业执照，要定期缴税，而且卫生防疫部门要对妓院的妓女定期进行身体检查。

“土窑子”分为有营业执照的和没有营业执照的，有营业执照的属于合法营业，也得缴税。没有营业执照的属于“暗娼”，不用缴税，也不用定期检查身体，来一个，挣一个的钱。

当然，不管明的暗的，在“土窑子”谋生的多是人老珠黄的中年妇女，“嫖费”也许只是“一等小班”妓女的零头，服务对象主要是底层的劳动者，做小买卖的、赶车的、拉脚的“引车卖浆者流”。

“窑子”一词，最初就是指在这种破烂房子的所谓妓院，后来才成为不分等级的所有妓院的别称，当然，对在“窑子”里讨生活的“性工作者”，后来也统称为“窑姐儿”。

四等妓院的妓女，多半属于“暗娼”，有许多是生活走投无路才去靠卖身糊口的，其生活境遇也十分凄惨。

“暗娼”，在老北京又叫“暗门子”“半掩门”“挂布帘的”等，除了上面说的没有执照的“土窑子”之外，有的“暗门子”属于地痞流氓开的，他们租用一个小四合院，里面设有若干的单间，室内备有茶点，“养”着若干妓女，专门为一些熟客提供性服务。

“暗门子”的大门口没有任何标志，“暗门子”嘛，一切都是“暗”的，老板多与地面儿上的警（警察）宪（宪兵队）勾结，是他们的秘密“据点”。

京城的妓院虽然在明、清两朝就存在了，但发展的高峰期是在民国初年。据当时的官方（京师警察厅）统计，当时的京城共有373家妓院，其中，一等“小班”有78家，二等“茶室”100家，三等“下处”172家，四等“窑子”23家。

从以上统计，您可以看出一等和四等妓院占少数，多数是二等和三等，当然，四等“窑子”有许多是“暗娼”，官方也无法统计，从当时的有关史料来看，“土娼”（暗娼）的数量估计有几千人。

四

为什么老北京的妓院在民国以后增多了呢？换句话说，京城妓院为什么在清末民初会兴盛一时呢？

这主要是因为“庚子事变”后，垂帘听政的慈禧太后实行政治“改良”，清政府推出了一些新政，比如原来北京内外城是“满汉分治”的，也就是说，当时的内城只准住满人，并且按“八旗”的编制，分别住在不同的区域。汉人，您的官再大，对不起，只能住到外城。慈禧太后推行的新政，取消了这条规定，汉人可以到内城买房居住，满人也可以搬到外城去住。

与此同时，原来清政府不准在内城开的买卖，比如当铺、银号、酒楼茶肆等也解了禁令，这些禁令一取消，烟馆、赌局、妓院也就跟着浮出了水面，堂而皇之地成了某些人的正经营生。

原来京城的妓院还遮遮掩掩，裹足不前，随着清政府“新政”的“放开”，加之京城市场的逐渐繁荣，外来人口的骤增，市场有这种需要，妓院如雨后春笋，尤其是一、二等妓院有了新的发展。

但京城妓院发展最快的时期，还是在辛亥革命以后。如果说京城的妓院在慈禧实行“新政”时有所“抬头”的话，那么在辛亥革命以后，京城妓院的发展达到了“仰脖”的地步。我手头找不到相关的数据，但从相关资料得出的估计数字，当时京城一到四等妓院至少有600家，这还不算那会儿颇为流行的“暗娼”。

辛亥革命推翻了帝制，清帝退位，袁世凯当了中华民国的临时大总统，随之，一批新起的权贵粉墨登场，这些人各怀野心，志得意满，恣意妄为，不但政治上尔虞我诈，宗派互斗，而且生活方式上崇洋媚外，追求享乐，把性开放视为一种“革命”。

当时，妓院也成了各派政治人物幕后活动的主要场所，各派官僚，以及那会儿的参众两院的议员，有什么密谋，策划点儿什么事儿，不去茶馆，也不去酒楼，因为那地方人多眼杂，容易走漏风声，哪儿最隐蔽？他们都认准了妓院。

当时，许多社会名流跟妓院都有染，涉足花界司空见惯，如我们所知道的“五四”时期的一些文化名人都在“八大胡同”留下过自己的足迹，那会儿，社会也是着实开放，人们并不认为到“八大胡同”泡妞儿是丢人现眼的事儿，反倒认为那是某种身份的象征。

当然，他们选择的妓院是一等“清吟小班”，至不济也得是二等“茶室”。所以，这个时期，一、二等妓院发展最快，而京城一、二等妓院主要集中在前门外大栅栏周边的胡同，“八大胡同”也是在这个时期“火”起来的。

因为当时政局非常热闹，你方唱罢我登场，各种新鲜事儿让人目不暇接，老百姓对政界有“两院一堂”的说法，一“堂”，指的就是妓院，老北京的高等妓院叫“堂”。

不过，在安分守己、有里有面儿的老北京人看来，逛“窑子”绝对不是“风流”，而是“下流”，甭管您是什么爵儿（官），也不管您有多大学问，更不论您多有钱，逛“窑子”，泡妓院，都是被人所不齿的龌龊之举。

1927年，国民政府迁都南京，北京成了北平特别市，妓院开始逐渐衰落。据1935年的统计资料显示，当时京城的一等“清吟小班”缩减到只有19家，二等“茶室”24家，三等“下处”119家，四等“窑子”48家。您看，一、二等妓院都“抽抽儿”了，只有三、四等妓院多了，说明经济的萧条，还有迁都后上层人物的减少对妓院发展的影响。

五

妓院不论在什么时代，都是社会的“毒瘤”，也是社会最黑暗的角落。通常开妓院的“领家”，也就是“老鸨”，脚踩“两条船”，黑白两道儿通吃。“白道儿”上，他们跟那会儿的军、警、宪（宪兵队）、特（特务机关）都有联系，作为自己的“保护伞”；“黑道儿”上，他们跟地面儿上的地痞流氓“黑社会”都有瓜葛，其实他们本身就属于一路的人。

妓院不但是社会的“黑窝”，也是吞噬妇女的“魔窟”和妇女的“活地狱”，那年头，一旦沦为妓女，便成了任人宰割的“羔羊”，不但受老鸨的压榨，是他们的“摇钱树”，同时也遭受“嫖客”的欺凌，被他们当作随意戏耍的“玩物”，其命运相当凄惨。所以，新中国刚成立，新生的人民政府做的第一件事儿，就是封闭京城所有的妓院，解救这些被侮辱与被损害的妇女。

1949年11月21日，北京市第二届各界人民代表会议通过了“封闭北京市妓院”的决议，那时，新生的人民政府干事儿雷厉风行，为了不打草惊蛇，当天晚上，军队和警察联合行动，对京城所有妓院进行了查抄，一共封闭了一、二、三等妓院237家，收容了1268名妓女，这些妓女都是在册的，其中有几百人是“八大胡同”的。这些饱受蹂躏的妇女从此彻底解放，获得了新生。

在封闭妓院的同时，政府镇压了几个罪大恶极的妓院老鸨。收容的妓女通过集体学习和培训，采取集中分配工作和自谋生路的办法，洗心革面，开始了新的生活。

北平解放后，率先封闭了妓院，此举在国内外引起了轰动，它表明了新诞生的共和国治理国家的坚定决心和力量，同时也向世界宣布新生的共和国是不允许妓院这种社会毒瘤存在的，当然，封闭妓院得到了京城老百姓的拥护和赞许。

这么多年过去了，人们还没忘记当时封闭妓院的情景。自然，当我们现在漫步前门外这八条胡同时，依然会联想到封闭时的场面。

虽然“八大胡同”的胡同名儿还在，当年的妓院遗址还在，但跟妓院有关的一切都已经是过眼云烟了。人们现在走在这些胡同时，再也看不到“青楼”的影子，相反会从封闭妓院这件事儿上，感受到中华人民共和国人民政府的英明。

解密老北京“四大凶宅”

一

在北京人的“生活词典”里，凶宅大概包含这么三层意思：一是宅子里闹过“鬼”；二是宅子里发生过凶杀案件；三是宅子里接二连三地死人。

老北京的凶宅有讲儿，您瞧它说的是“宅”，而不是“院”。为什么呢？敢情北京话里的“宅”跟“院”是有区别的。

“宅”，指的是老宅子或大宅门。“院”，说的是四合院或大杂院。需要说明的是：北京话里的“院”字，必须要加儿化韵，说成“四合院儿”或“大杂院儿”，不加儿化韵，就变成

“医院”的“院”了。

相反，凶宅的“宅”字，是不能加儿化韵的，老宅子或大宅门的“宅”字，不加儿化韵。因为“宅”字加儿化韵，变成“宅儿”，跟“宅门”的意思就是猴儿吃麻花——满拧了。

这么一说，您就会明白“凶宅”，一般指的是大宅门或老宅子里的事儿。而普通的老百姓都住四合院或大杂院，闹“鬼”的事儿也有，但是少，要不然怎么会说“凶宅”，不说“凶院”呢?

北京有句老话：“鬼怕穷人。”或者反过来说：“穷人不怕鬼。”一个人穷得叮当响，爱谁谁（即对什么都无所谓）的时候，“鬼”见了都得躲。

“侯门深似海”，越富有的宅门是非越多，当然是非越多，越容易闹“鬼”。“鬼”是什么?世界上有没有“鬼”?

我记得20世纪五六十年代，曾经就这个问题展开过全民大讨论。社会学家和政治家把这个问题上升到唯物主义和唯心主义的斗争来认识，当然，讨论最后的结果是唯物主义取得了胜利，即世界上根本就没有“鬼”。

后来出了一本书，叫《不怕鬼的故事》。这个书名起得绝，它是让人们不怕“鬼”，但并没直接说这世上没有“鬼”。

因为“鬼”是一个抽象的概念，世界上有许多“灵异”现象，当今世界的科学方法无法解释，如同“外星人”一样，您不能说有些现象无法解释，就认为它不存在。

那个时候我还小，这种讨论是知识界的事儿，民间老百姓似乎不以为然，老人们给孩子讲故事，该说“鬼”，还说“鬼”。

有关“鬼”的故事，总是让人感到那么神秘、玄奥，甚至悬疑和惊悚。所以，“凶宅”的事儿一直是北京人茶余饭后喜欢讨论的话题。

二

京城是古都，老街老宅老房子多，再加上老北京道路狭窄，没有路灯，天黑以后，城就“黑”了，当时也没有电，夜里人们出行只能打灯笼，或者用煤油灯照明亮儿。

此外，那个年代，医疗卫生环保的条件和社会治安状况不好，得病或突发事件死人的事儿经常发生，加上人们的文化和科学知识有限，又比较迷信，所以，常常出现闹“鬼”的“凶宅”。纪晓岚的《阅微草堂笔记》三十多万字，竟讲了一千二百多个鬼神狐怪和“凶宅”的故事。

我小的时候，就经常听胡同里的大人们讲闹“鬼”的事儿。尽管听得直胆儿小，有时晚上都不敢出门，但只要大人们说闹“鬼”的事儿，我还是伸过脑袋去听。

我小的时候，住的西单辟才胡同是条大胡同，这条大胡同像烤串的那根签子，串着许多小胡同，在十多条小胡同当中，有一条小胡同叫“贵门关”。

“贵门关”，您听这名儿多好听呀！其实，它最早叫“鬼门关”，20世纪50年代，北京城整顿地名时才取其谐音，改叫“贵门关”的。

当年，我住在辟才胡同西口的高华里，紧挨着“贵门关”，每天上学必须经过这条胡同。这条胡同非常短，实际上是两条胡同中间的“拐把儿”。记得这条胡同只有五六个门，您说它有多短吧？

为什么当初这条胡同叫“鬼门关”呢？肯定跟“鬼”有关。听胡同里的老人们说，原来这条小胡同真闹过“鬼”。

胡同路北有个院，住着赶大车的一位爷，家里养着三头骡子和一挂大车。老爷子有五十多岁，我小的时候，他还在院里养骡子赶车。

20世纪六七十年代，京城拉货的交通工具主要是人力三轮和马车，汽车很少。赶大车的老爷子每天拉完货，便赶着大车回家。

他住的院里，有一个很大的牲口棚。那三匹骡子卸了套，便被老爷子拉到这儿喂。俗话说：“马不吃夜草不肥。”所以，老爷子通常在午夜要给这三匹骡子吃顿“夜宵”。

一天夜里，老爷子起来，拎着油灯去喂牲口，走到牲口棚，猛然听见有女人啼哭的声音。他打了个愣儿，举着油灯，寻声望去。

只见一个穿着白衣的女子款款朝他走来。他倒退了两步，爹么声儿地问道：“您是什么人？想干吗？”

那个白衣女子好像什么也没听见，要向他扑过来。老爷子急忙一闪身，叫道：“有事儿说事儿！您别玩儿‘虎扑’呀？”

他的这声喊叫，让白衣女子吃了一惊，她直勾勾地看着老爷子。老爷子只觉一股阴气扑过来，暗吃一惊，知道这个女子不是人，是“狐仙”。

老爷子走南闯北，见过世面，对这个女子说：“有什么冤屈你就说出来。”那个女子听了这话，“哇”的一声号啕大哭起来。

“你深更半夜的哭什么？”老爷子怕“鬼”的哭声把牲口给惊着，大声呵斥道。

没想到，眨眼之间，白衣女子变成了一道白影，跑进了牲口棚。老爷子随手绰起赶车的鞭子，向这白影抽了过去，那个白衣女子突然惊叫了一声，不见踪影了。

第二天早晨，老爷子起床，来到马棚查看牲口，发现地上有一撮狐狸毛。他顿时明白这是昨天夜里用鞭子抽那“狐仙”留下的。

我小的时候，听胡同里的几个老人讲过这个故事，我曾经问过这位赶车的老爷子，这事儿是不是真的？老爷子冲我嘿嘿一笑，似乎是默认了。

这个故事让我很长时间里走到这条胡同的时候，心里发毛。当然，我长大成人之后，回忆起这个“鬼”故事，感觉当初老爷子看到的那个“白衣女子”，很可能是油灯的灯影让他产生的一种幻觉。

听我姥姥和我妈说，早先“鬼门关”闹“鬼”可邪乎了，夜里人们拎着灯笼或大车上有风灯，经过“鬼门关”时，那灯立马儿就会灭。这都是“鬼”在作祟。

离“鬼门关”不远，有个“官茅房”（即公共厕所），从我们家上这个“官茅房”必须经过“鬼门关”。小的时候，一到天擦黑，我们这些小孩儿便不敢走“鬼门关”了，宁愿绕道过去。女孩子上“官茅房”走“鬼门关”，往往要凑两三个，结伴儿走。

有一次，我妹妹和两个同学晚上从“鬼门关”过，忽然听到小孩儿撕心裂肺地哭，以为碰上了“鬼”，吓得撒丫子就跑。后来才知道是房顶上“闹猫”呢。

为什么“鬼门关”会闹“鬼”呢？原来，这条胡同边上就是有名的二龙路。二龙路在解放前叫二龙坑，这里在清朝是一条河道。后来河道淤塞，变成了臭沟，垃圾遍地，污水横流，臭气熏天。沟里经常能见到死孩子和屈死冤死的尸体，一到夜里，这里阴森恐怖，所以成了“野鬼”经常出没的地方。

其实，许多“鬼”也是人们被某种假象产生的误会引起的。新中国成立后，二龙坑的臭河沟子得到了彻底的治理，沟被填平，上面铺了柏油路，周围建起了学校、医院、工厂、商店，二龙坑改名叫二龙路，“鬼门关”改名叫“贵门关”。北京西城区委、区政府的办公楼，也建在离“贵门关”不远的地方。

后来，二龙路这一带闹“鬼”的事儿就再没听说过了，当然，现在这一片的老胡同几乎都拆没了，包括那个“鬼门关”胡同。

三

老北京闹过“鬼”的地方很多，大宅子闹“鬼”叫“凶宅”，小门小户闹“鬼”叫“鬼屋”。老北京有“四大凶宅”之说。这“四大凶宅”具体在哪儿，困惑了我很长时间。

让我没想到的是，红学家周汝昌先生对老北京“四大凶宅”的事儿也非常感兴趣。

众所周知，周汝昌先生是著名的红学家，有继胡适之后新中国“红学”研究第一人之称。周先生是天津人，父亲周景颐是光绪末科秀才，可谓出身于书香门第。

他在南开中学毕业后，考入北平燕京大学西语系本科，后又入读中文系研究院。大学毕业后，一直到九十五岁去世，基本上都在北京生活。我跟老先生聊天，他说得一口流利的京腔。

周先生是大学问家，治学以《红楼梦》研究为主，兼顾语言、诗词理论及笺注、中外文翻译等，可以说是才高八斗、学富五车。

您可能纳闷，这么有学问的人，怎么会对北京“凶宅”感兴趣呢？其实，我跟周先生算是忘年交，就我对他的了解，他做学问并不局限于书本，而更重视现实生活。

他曾对我说：“‘红学’其实是杂学。《红楼梦》里不光有诗词歌赋、风花雪月，还有人情世故、风土民情。这些都是学问，比如，书里‘茄鲞’这道菜，为什么叫‘茄鲞’？‘鲞’是剖开晾干的鱼，它跟‘想’是同音，‘茄鲞’实际上有‘且想’之意。这就是民俗。”

看了这段话，您就不会对他为什么留心北京的“凶宅”感到纳闷了。

正因为周先生对老北京的民俗风情和胡同文化有浓厚的兴趣，所以，才跟我在很长时间里保持联系。当时，我在《北京晚报》主持了一个“京味报道”的专版，每周发表一篇写老北京民风民俗的文章。周先生是《北京晚报》的忠实读者，他是通过《北京晚报》认识的我。

那会儿，我还不到四十岁，而周先生已经七十多了。但周先生每次见了我都非常客气，并敬称我是他崇拜的记者，而且用向我请教的口吻说话，让我这个晚辈常常感到诚惶诚恐。

也许周先生年轻时看书太多，到了晚年，他的视力极度减退，后来几乎到了失明的状态，所以平时很少出门。周先生是那么热爱北京文化，所以，常常从我的文章里看到他想得到的信息，等于他想干的事儿，有些是我替他做了，因此他对我有一种特殊的感情。

在跟周先生聊天的时候，他几次询问我老北京“四大凶宅”的事儿。当我告诉他，我对这个事儿也感到困惑时，他嘱咐我想办法搞清楚这“四大凶宅”的出处，至少要明白这四个宅子到底在哪儿。

为什么老先生这么诚恳地对我说这话呢？原来，他在写一篇文章时涉及老北京“凶宅”的事儿，有人告诉他，老北京有“四大凶宅”。这“四大凶宅”到底在哪儿呢？他让女儿到图书馆借阅了许多老北京的书，还查阅了大量民国时期的旧报纸，最后也没弄明白这“四大凶宅”的出处以及具体在哪儿。

周先生知道我是《北京晚报》的记者，而且我这个记者跟一般的记者有所不同。那时我整天骑着自行车，在北京的大小胡同采访，经常挖掘出一些犄角旮旯鲜为人知的事儿，人称“胡同记者”。所以，他觉得要弄清“四大凶宅”是怎么回事儿，非我莫属。

有关老北京“四大凶宅”的传闻有多种版本，其中流传比较广的是：

一、东城区东总布胡同22号，原北洋军阀时期北宁铁路局局长的私宅，日伪时期曾是日本宪兵司令部，当年在这里冤死、惨死的人很多，冤魂不散，变成“鬼”，经常闹事。

二、东城区钱粮胡同的一所老宅子，据说当年章太炎曾在这儿被软禁，宅子闹过“鬼”，也死了不少人。

三、西城区小石虎胡同33号老宅，几易其主，每换新主便会死人，夜里能听到丝竹之声和女人的幽怨，在纪晓岚笔下就是“凶宅”。

四、西城区二龙路的郑亲王府，原来是明成祖朱棣的谋士姚广孝的宅子，后是清第一代郑亲王济尔哈朗的府第，世袭十七代，王爷都没有什么好命运，到民国时，成为京城著名“凶宅”，曾作为背景被拍成电影《十三号凶宅》。

上面说的老北京“四大凶宅”，坊间意见比较集中的是前两个，即东城区的那两个，至于说后两个，即西城小石虎胡同33号、西城区二龙路的郑亲王府，争议很多，说法也不一样。

坊间认为，“四大凶宅”除了东城的那两个宅子外，还有几个：

西安门的礼王府；

虎坊桥的湖广会馆；

骡马市大街板章胡同刘鹗的宅子；

朝阳门内大街81号院。

特别是朝阳门内大街81号“凶宅”，近几年在网上炒得比较热闹，而且还拍成了惊悚电影《京城81号》，所以，几乎被人们一致认为是老北京“四大凶宅”之一。

这么算下来，就不是“四大凶宅”，而是“八大凶宅”了。其实，在我采访过程中，听到的可不止这八处，东西南北，几乎哪个城都有关于“凶宅”的传说，算下来有三四十处，这还不算我小时候住家附近的“鬼门关”。

旧京报纸对“四大凶宅”也有报道，但说法也不一致，比如老北京的《金钢钻月刊》在1934年第一卷第6期上，刊登了专说“四大凶宅”的文章，其中写道：

旧京有“四大凶宅”，一为西城石板房胡同的汤（化龙）宅；二为西单白庙胡同之大同公寓；三为南城柳树井之明湖春饭庄旧址；四为虎坊桥之湖广会馆。四宅皆各有悠久之历史，不吉之说，亦非自今日始也。

您瞧，他说的“四大凶宅”跟前面我们聊的又对不上了，这儿又增加了三个您也许没听说过的。

“四大凶宅”到底是哪“四个”？确切位置在哪儿呢？为了完成周汝昌先生交给我的任务，那几年，我骑着自行车在京城的大小胡同没少转，不知询问了多少老北京人，但说法确实不一样。

四

在我采访的人中，有老北京前门地区派出所的所长，有老东城的巡警，有老北京报馆的记者，等等，他们都回忆不起这“四大凶宅”具体在哪儿了。当然坊间的说法很多，甚至还有关于“四大凶宅”的书。但这些也多属传闻，道听途说，没有准确的实据。

我知道周先生治学严谨，讲究材料来源的真实性。在没有考证到可靠证据时，我不敢轻率下结论，更不敢贸然地把缺乏实据的传闻告诉周先生，如此说来，我等于没有完成周先生交给我的任务。自然，直到周先生去世，我也没弄清楚老北京的“四大凶宅”具体在哪儿。

后来，我从一个八十多岁的老警察那儿，明白了“四大凶宅”是怎么回事儿。这位老警察在解放前就当过巡警，那会儿，他亲自处理过两起“凶宅”死人的案子，都是在西城。

他对我说，其实，这就是两档子因抑郁而自杀的事儿，但因为这是两所闹过“鬼”的老宅，被人们渲染成了“凶宅”死人。

老北京这种事儿很多。

他认为所谓老北京“四大凶宅”，只是民间老百姓的一种说法而已，并不是特指哪四个宅子，因为老北京闹过“鬼”的宅子哪只四个呀？老北京人迷信，而且那会儿城里人也少，老院子里“四大仙”（狐狸、黄鼠狼、蛇、刺猬）经常出没，所以经常有闹“鬼”的事儿，“凶宅”也都出于这种传说。

我倒是觉得他的话比较靠谱。为什么“凶宅”都发生在老宅子呢？就因为老宅子“庭院深深”，经历了几百年的沧桑，平时又高门深锁，难以示人，所以会让人有一种神秘感，加上“四大仙”在老宅子里出没，很容易让人们产生一些奇思妙想，“凶宅”大概就是这么来的。

比如西城区小石虎胡同33号老宅，清朝纪晓岚曾在此居住，并且对老宅有过详细描述：“裘文达公赐第在宣武门内石虎胡同，文达之前为右翼宗学，宗学之前为吴额驸府，吴额驸之前为前明大学士周延儒第。阅年既久，故不免有时变怪，然不为人害也。厅西小房两楹，曰‘好春轩’，为文达燕见宾客地，北壁一门，横通小屋两极楹，童仆夜宿其中，睡后多为魅出，不知是鬼是狐，故无敢下榻其中者。”

这所老宅原来是周延儒的府第，周延儒是明末崇祯朝的文渊阁大学士，两度任内阁首辅（相当于当朝宰相），可以说，此宅当年是“宰相府”。

清初，平西王吴三桂的儿子吴应熊娶了皇太极的十四女和硕恪纯长公主，皇上就把这个宅子赐给了他，所以人们又称此府为

“驸马府”，即纪晓岚说的“吴额驸府”。

后来，此府变为“凶宅”，无人敢住，雍正三年（1725），改为右翼宗学，曹雪芹在去西山写《红楼梦》之前，曾在这儿任差。据周汝昌先生分析，《红楼梦》里的一些“魔幻”构思，跟曹雪芹在这所“凶宅”住过有关。

我查了一些相关史料，没找到这所老宅闹“鬼”的什么稗闻，不过，从老宅主人的命运上，倒是觉得这所老宅的风水有些问题，因为凡是住进去的人，后来几乎都遭到了厄运。

那位周延儒，祖籍江苏宜兴，是一个绝顶聪明的人。他二十岁连中会元和状元，不到三十岁，就得到崇祯皇帝的器重，入阁参预机务，当了首辅。尽管随后在权力争斗中失势被罢免，但不久崇祯又二次重用他，让他入阁，复任首辅。

谁知本来踌躇满志的首辅，却因假传捷报蒙骗皇上，让刚愎自用的崇祯大怒，命其自尽，并籍其家，死的时候，才五十一岁。您说这不是倒霉催的吗？自己栽了，家人也跟着遭了难。

那位吴三桂的儿子吴应熊，娶了皇太极的女儿，当了驸马，本可以舒舒服服，吃香的喝辣的，但谁承想住进“驸马府”二十年后，他老爹吴三桂在南方造反，自己被捕入狱，紧跟着脑袋也搬了家。不但他被杀头，他的小儿子也要被杀。十四格格闯宫求见太皇太后，被挡在门外，悲痛欲绝的她，一头撞在了柱子上，血流如注。丈夫和儿子没了，十四格格也精神失常，被养在宫中，但是她的心神依然还在“驸马府”，所以，周围老百姓常常在深夜听到府里有哭声。

“凶宅”的传闻就是从这时候出现的，到了纪晓岚这儿，已经愈演愈烈，弄得家人“无敢下榻其中”了。

挨着这个老宅的是35号院的“绵德府”。绵德是乾隆的长子定亲王永璜的长子，算是乾隆爷的长子长孙，本来是受乾隆器重的，但是住进这个宅子后，却倒了霉。

史书记载，绵德在乾隆十五年（1750），已然袭父亲爵位，当了定王爷，但在乾隆四十一年（1776），他接受革职的礼部郎中秦雄褒私送的书画，乾隆爷知道后龙颜大怒，为了整肃门风，把绵德的爵位给削了，王爷的爵位由他弟弟绵恩承袭。

您瞧，就因为要了人家一幅画，把王爷的爵位给弄没了，这不是倒霉催的吗？

不过，乾隆爷后来还是后悔了，因为绵德毕竟是他孙子，而且还是长子长孙。一年后，爷爷动了怜悯之心，封他为镇国公，乾隆四十九年（1784），又晋升为贝子，可惜这位绵德没过几年就呜呼了，只活了四十岁。33号院成了“凶宅”，居然殃及了35号院。

民国十一年（1922），梁启超在33号院开设了松坡图书馆第二馆。旁边的“绵德府”在民国二年（1913）开办了蒙藏专门学校。

民国二十年（1931），蒙藏专门学校为扩充校舍，以9000元现大洋买下33号院，并拆除院墙，让两院相通，后来，这里改为北京民院附中，曾叫北京市第一六零中学，再后来学校迁走，这里变为民族大世界（商场）。

经过多次易主，当年的两个老宅院早已面目全非，原来的府第目前还保留着两个院子，建筑有2700平方米，成为文物保护单位。这里紧邻西单大街，现在已经高楼大厦林立，有谁知道这个老宅院曾经是闹过“鬼”的“凶宅”呢？

五

一个几百年的老宅子，尤其是王府这样的深宅大院，住过的有十几代人，人生坎坷，命运无常，哪能没有故事？

深宅本身的神秘感，加上受猎奇心的驱使，难免生出一些臆断的奇闻异事。北京人喜欢神侃瞎聊，在聊的过程中难免添点儿“作料”，这一加“作料”，“鬼”就出来了，不是“凶宅”也成“凶宅”了。“凶宅”郑亲王府就是这么演变出来的。

其实，郑亲王府离西城区小石虎胡同33号老宅只隔一条马路，在西单的二龙路，王府的旧址就是现在的国家教育部。

在北京的王府中，郑亲王府算是规模比较大的，它的面积几乎占了整条大木仓胡同，因为郑亲王济尔哈朗的功名在王爷中非常显赫，是八大“铁帽子王”之一，累封和硕郑亲王，是清朝除多尔衮之外，唯一受“叔王”封号的人。

郑亲王济尔哈朗的父亲舒尔哈齐是清太祖努尔哈赤的三弟。舒尔哈齐比努尔哈赤小五岁，俩人原本关系莫逆，形影不离，但是后来在宫廷权力斗争中，努尔哈赤翻了脸，诛杀了舒尔哈齐。

也许是杀弟的愧疚挥之不去，努尔哈赤一直把舒尔哈齐的第六子济尔哈朗收养在宫中，从济尔哈朗十三岁起，努尔哈赤就带他南征北战。济尔哈朗因战功卓著，后被封为郑亲王，郑亲王府就是这时候建的。

济尔哈朗经历了太祖、太宗、世祖三朝，活了五十七岁，晚年位极人臣，可谓一人之下，万人之上。生前死后，备极荣光，在清初的诸王中，虽不是最耀眼的，但至少是最幸运的。

《清史稿》对郑亲王的评价是："国初开创，栉风沐雨，以百战定天下，繄诸王是庸。"《明清史料》中说他："有贞臣之节，有良将之风。"

郑亲王有十个儿子，十四个女儿，世袭十七代。但在皇太极朝，他因与多尔衮结怨，被人举报在王府建筑超标这个茬口儿而挨整，又罚银2000两，罢免辅政职务。

顺治五年（1648），他又被人诬告，降为多罗郡王，但不到一个月就恢复了亲王爵位，因为皇上还需要他率师南征湖广。这些小的过节并没影响到他在朝廷的威望。

咸丰年间，第八代郑亲王端华被咸丰皇帝临死前任命为辅佐六岁的同治皇帝的"顾命八大臣"之一。咸丰死后，慈禧太后勾结恭亲王奕䜣等人发动"辛酉政变"，杀死肃顺，令端华自尽，但后来念及第一代和硕郑亲王为建大清国立下的功劳，还是恩准其将王爷爵位世袭下去。

总的来看，郑亲王府一直得到清廷的恩宠和庇护，二百多年，王府里的人日子过得还算平静。民国以后，王爷的后人坐吃山空，最后以十万两银子将王府卖给了西什库的天主教神父，后来这里办起了中国大学。

郑亲王府被卖的时候，王府的格局基本没变，您想那么大的王府，人去房空，杂草丛生，“四大仙”安营扎寨，到了晚上黑灯瞎火，阴森可怖，别说在里头住，就是在外面走，都觉得瘆得慌，那位天主教神父也是过了很长时间才硬着头皮进去转了转。

郑亲王府是“凶宅”大概就是这么传出去的。自然，传着传着，就被人编出了许多听了立头发根儿的故事，而且越传越离奇，1948年，居然编出一部电影来。

这部以郑亲王府为背景的电影，叫《十三号凶宅》，由徐昌霖编导，白光、谢添、王元龙等主演，因为是恐怖电影，所以上映后轰动一时。

电影的内容大致是：住在王府的主人莫名其妙地死亡，王府成为北平“十大凶宅”之一。上海一对夫妇租下此宅，守夜老人给他俩讲了老宅的故事，八国联军入侵北京的时候，郑亲王之父因不让洋人占宅，被洋人用马拖死，从此宅中便有古怪。郑亲王之子翁不务正业，郑亲王无可奈何。祭祖之夜，郑亲王遭雷劈而死。民国之后，翁迫于生计，其母上吊而死，妹妹不幸沦落妓院。一个军阀赎她为妾，带回王府后百般蹂躏，妹妹后来上吊自杀，变成了冤死鬼，在王府里闹个不停。

电影上映没多久，郑亲王的后裔四十五岁的金昭熙便将影片编导徐昌霖、影片制作厂厂长徐昂千、主演谢添告上了法庭。

金昭熙称影片里郑亲王之父是他的祖父庆至，郑亲王则是他父亲开泰，他祖父和父亲都是因病去世，府里从来没闹过

“鬼”。电影里却把他祖父描写成被洋人拴在马尾巴上拖拽而死，他父亲则是被雷劈死。他认为，这“实在是有点接近侮辱”。

1948年4月，满洲文化协进会还就此案件召开了紧急会议，决议电告在南京的满族国大代表溥儒，让他就近面见蒋介石，请求他对此案主持公道。

此事闹得沸沸扬扬，最终，在多方压力下，电影公司不得不与金昭熙进行和解，赔偿了他十三亿法币作为精神名誉损失，电影也不再上映。

但时过二十多年，人们依然对“凶宅”的题材感兴趣。1975年，香港由编剧六福小组、导演吴思远重拍《十三号凶宅》。不过，这次影片回避了王府的背景，对人物也进行了虚化，上映后，上座率依然很高。

六

老北京“四大凶宅”的事儿，从民国的时候就开始有人炒作，到现在依然热度不减，前几年，网上又冒出一个“四大凶宅”的新版本，其中提到“四大凶宅”之首是朝内大街81号院。这是以前没听说过的“凶宅”。

朝内大街81号院，有两栋带有欧罗巴式建筑风格特点的小洋楼，原来每到夏天，楼的外立面便爬满“爬山虎”（绿叶植物），小楼在碧绿的叶子掩映下显得洋味儿十足。

其实，我对这个院子和这两栋小楼并不陌生，20世纪80年代末，北京市残疾人联合会主办的《挚友》杂志社就在这儿办公。

当时我在北京市委统战部工作，平时喜欢写作，是《挚友》的特邀通讯员，经常到《挚友》交稿，跟编辑聊天。那会儿，并没觉得小楼有什么异样，因为编辑部的编辑们都很客气、热情，反倒觉得小楼很温馨。想不到多年后，它却成了“凶宅”。

朝内大街81号院之所以被人视为“凶宅”，主要是20世纪90年代由于房屋产权移交，原来在这办公的北京市民政局下属单位，包括《挚友》杂志社都搬走了，于是人去楼空，大门紧锁，失去人气儿的小楼突然让人觉得式微了，就连昔日生机盎然的“爬山虎”也枯黄了。

从20世纪90年代一直到现在，81号院一直闲置。老话说：“人闲生事，房闲生鬼。”偏偏赶上这“两闲”碰一块儿了，您说这院子能不成“凶宅”吗?

关于81号院是“凶宅”的传说版本很多，传说的第一个版本是：这个宅子是清末皇上赐给天主教北京教区的，本来是跟王府井的那个教堂一样，要建教堂的，但王府井的那个教堂建完了，这个还没建好，于是就改建了两栋小楼。

民国的时候，81号院被一国民党军官买了下来。国民党军官有几房姨太太，其中三姨太爱上了军官的朋友，东窗事发，遭到毒打的三姨太绝望了，在小楼上吊自杀。那个军官后来也受到总统的惩罚，最后被满门抄斩。因此，每到夜里，人们都会听到小楼里有孩子和女人的哭声。

“凶宅”传说的第二个版本是：抗战时期，81号院住着京城的一户开银行的大商人，家里非常有钱，大商人死后，三个儿子分别住在两栋小楼里，家里不断发生诡异之事，不是仆人偷东西跑了，就是家里开车撞伤了人。

二儿子找的对象是一个上海姑娘，貌美如玉，倾心倾意，他跟女方约好到上海订婚，结果乘船在海上遇到风浪，船倾而亡。大哥跟二弟感情最好，听了算命先生的话，二弟死后，他到南城的“八大胡同”找了一个妓女，哄骗女子说纳她为妾，但到了81号院，女子才知大哥骗她来是为死去的二弟办冥婚的，女子感到绝望，当夜跳小楼而死。

后来，这个院子天天晚上闹“鬼”，大哥和三弟，还有他们的夫人，前后脚无缘无故都死于意外，这个家族从此衰落，院子直到北平解放前一直是“凶宅”，无人敢住。

“凶宅”传说的第三个版本是：这所“凶宅”与朝内大街的森豪公寓一街之隔，换句话说，森豪公寓的马路对面就是81号院。

但是在2000年之前，森豪公寓的工程停了很长时间。为什么呢？原来跟马路对面的81号“凶宅”有关。

据说2000年的夏天，森豪公寓的工地有四个工人，下了班没事儿，在一起喝酒，喝到午夜，四个人都有些醉意，跑到公寓地下室撒尿，突然一阵阴风吹过来，他们冷不丁发现墙上有个洞。一个工人用脚一踹，发现是个很深的地道。

三个年轻工人出于好奇，借着酒劲儿，非要下去看看。年纪大的那位说，你们去吧，我睡觉去了。

于是他回到了工棚，大约过了二十多分钟，他猛然看见马路对面81号院“鬼”楼的窗户忽闪忽闪地亮着。他慌忙下了床，打算出门看个究竟，忽然亮光消失了。他虽然有些纳闷，但酒劲儿上来了，也没多想，上床就睡了。

第二天上班，这位年纪大的工人发现，头天晚上进地道的那三个年轻工人没来上班，他的心悬了起来。过了几天，那三个人依然没照面，就这样失踪了，他想起那天夜里81号院的灯光，不禁毛骨悚然。

“凶宅”传说的第四个版本是：森豪公寓工地的三个年轻工人进地道失踪后，81号“凶宅”引起京城一些闲人的关注，“凶宅”的传闻越传越邪乎。2007年，有四位所谓探险者趁月黑风高，翻墙潜入81号院，接着他们又撬开小楼的楼门，进了楼内。

据说，他们进门的时候，跟几只黄鼠狼走了个对脸儿。他们在楼内搜寻了半天，终于找到地道的入口。

他们拿着手电和蜡烛，顺着地道一直往前走，想不到走到了东三环的劲松。地道里阴森恐怖，他们走着走着就会发现地上的白骨，听到里面发出凄厉的喊声，令人胆战心惊。

这几个人在地道里走了两天两夜，最后怎么出来的都回忆不起来了。虽然他们全须全尾出来了，但都没有得到好结果，一个出车祸死了，一个得了不治之症死了，还有一个成了植物人，一直在医院里躺着，剩下的一个跑到了美国，对81号“凶宅”的事儿一直守口如瓶。

当然还有很多传说，只不过这四个版本传得比较广。

有意思的是一家文化公司居然根据这些传言，改编了一部惊悚电影，原名就叫《朝内81号》，可能是这个片名太直白了，后来改为《京城81号》。

这部电影由叶伟民执导，吴镇宇、林心如、杨佑宁、秦海璐、莫小棋等主演。从这部电影的内容上看，许多“桥段”跟坊间的传说有关，不过是在那些传说的基础上，又加以渲染、扩展，使其戏剧化了。

它主要讲述现代女作家许若卿来到京城81号老宅后引出前世陆蝶玉与霍家三兄弟之间发生的恩爱情仇故事。影片悬疑离奇，骇人听闻，明眼人一看就知是瞎编的。

但没想到越是编得离奇的电影，越吸引眼球，何况“凶宅”朝内大街81号院还在，人们很想知道“凶宅”的真相和内幕。

这部电影耗资近亿元人民币，当时在国产惊悚电影里算投资最高的。2014年7月在国内上映，首日票房4530万元，8月7号，突破4亿元，刷新国产惊悚片最高票房等十项纪录。

《京城81号》的火爆，更加引起人们对北京“四大凶宅”的关注，特别是对朝内大街81号院充满了好奇，以至于经常有好事者翻墙进院，想看看“庐山真面目”，最后房子的产权单位不得不请求警方介入。

七

其实朝内大街81号院被视为“凶宅”，纯是人为炒作出来的，上面说的四个版本的“凶宅”传言，都是好事者胡编乱造出来的，没有一个是真实的。

81号院的房屋产权方是天主教北京教区。据教区负责人介绍，两栋小楼建成后，一直属于办公机构，压根儿没有入住过私人家庭，所以高官纳妾、富商三个儿子的恩怨情仇、妓女冥婚等等都是子虚乌有。

至于森豪公寓工地的三个工人失踪，四个探险者进地道探险等等，也属于无中生有，没有影儿的事儿。

东城区的民警查阅了近十年的档案和卷宗，根本就没有发生过2000年森豪公寓工地工人失踪的事儿，森豪公寓的建筑单位也出面澄清这是谣言。2007年四名探险者进楼探险的事儿也没有发生过，因为警方经过勘查，两栋小楼压根儿就没有所谓的地道。

由于81号院多年无人使用，一些社会闲散人员和外地进京人员非法跃墙在楼里过夜，做饭睡觉，夜里使用灯光，造成了所谓“鬼火”的假象。随着81号院“凶宅”在网上热炒，确有一些好事之徒经常夜里翻墙而入，制造一些声响和灯光，自己吓唬自己，使“凶宅”之说愈演愈烈。其实这些人私自闯入他人建筑物，都属于违法行为，他们自己就是所谓的“鬼”。

笔者从天主教北京教区了解到，这两栋小楼原本是美国传教士在1910年前后建的，最初是作为语言训练中心和休息的地方，叫“华北协和话语学校”。

1930年，由于种种原因，天主教北京教区停止了对学校的财政支持，学校改为“加利福尼亚学院”，开始招收学生，办学目的主要是培养外交官、学者、商人和外语人才。著名美籍中国问题专家费正清先生1932年曾在这所学校学习过语言。

新中国成立后，小楼一直由政府的行政机关使用，到20世纪80年代，还是北京市民政局下属单位的办公楼。

20世纪90年代，政府把81号院的产权移交给天主教北京教区，但经过房屋管理评估，小楼年久失修，已经不具备使用条件。同时，这两栋小楼已被列入“北京市优秀历史建筑名单”，作为历史文物是不能拆除的，只能在原有的基础上改造。但改造需要大笔钱，教会希望把小楼出租给第三方进行装修，很多租户觉得不划算，所以几十年来一直搁置。

写到这儿，您就明白朝内大街81号院“凶宅”是怎么回事儿了吧？跟前面说的郑亲王府“凶宅”一样，其实都是人们假想出来，故弄玄虚，吓唬人玩儿的。

如此说来，老北京的“四大凶宅”之说，都是民间老百姓的一种假说。首先，有没有“凶宅”本身就是个问号，一个院子发生了凶杀案，或有人蒙冤受屈而自杀，这个院就是“凶宅”，这种说法其实是站不住脚的。

其次，老北京“四大凶宅”的说法炒作了近百年，这“四大凶宅”到底在哪儿，我采访调查了这么多年，到现在依然没有统一的说法。

另外，“四大凶宅”跟“四大名医”“四大名旦”“四大须生”等“四大”不一样，它师出无名，既不是大家评选出来的，也不是官方或有关部门认可的，只是民间的一种说法。而这种说法，也只是借老北京人喜欢用“四大”来说事儿的习惯用法说出来的。

所以，老北京“四大凶宅”的说法本身，就是一种假想或臆断，只不过沾上“四大”的说法，就由“抽象”变成了“具象”。

这一“具象”，便诱发了北京人的想象力，于是乎，出现了许多所谓的“凶宅”。“四大凶宅”便越来越让人感到悬疑了。

其实，当您明白“凶宅”是一种假说时，便会对所谓的“四大凶宅”“十大凶宅”不当一回事儿，甚至对这些说法付之一笑了。

京城镖局往事录

一

镖局是“受人钱财，保人免灾”，即专门为人保护财物或人身安全的行业，也称为“镖行”。

在汽车和火车还没出现的年代，从京城往外埠运送货物，全靠马车骡车。那会儿也没柏油路，好一点儿的是石头子铺的大车道，送一趟活儿，翻山越岭，晓行夜宿，走大道穿小路，路上的辛苦自不必说，最要命的是安全俩字。

那年头，盗贼成帮，土匪成患，江湖险恶，路上被盗匪打劫是家常便饭，弄不好，货被抢了不说，小命也搭进去了。

所以，做买卖的商家或钱庄票号运送货物、票据和值钱的财宝，怕路上有人劫道，要请武艺高强的人保驾护航，镖局就是在这种情况下出现的。

后来，人们发现有了镖局，就有了“平安”，这是多省心的事儿呀！于是找镖局“保驾”的事儿由越来越多，到后来，连官府衙门运送上缴的税赋饷银，也要找镖局“走镖”。

甭管什么时候，人也比东西值钱呀！有权有势的大人物遇到了麻烦，也要找镖局，雇保镖随身“护驾”。所以，镖局不但有“路镖”“航镖”，还替有钱的人家看家护院。即所谓的“六大镖系”：信镖、票镖、银镖、粮镖、物镖、人镖。

有人考证，镖局最早是在清朝出现的。清以前有没有，肯定有，比如《水浒传》里给皇上送“生辰纲”，路上不也有专门“押运”的武师吗？但那会儿，这些“保驾护航”的人还不叫镖师，当时也没有这种专门的机构。

有一部书叫《山西票号史》，书里有这么一段话：“考创设镖局之鼻祖，仍系乾隆时神力达摩王，山西人神拳张黑五者，请于达摩王，转奏乾隆，领圣旨，开设兴隆镖局于北京顺天府前门外大街，嗣由其子怀玉继以走镖，是镖局的嚆矢。”（嚆矢，带响的箭，比喻开始的意思。）

这段话说的是镖局的老祖宗山西人张黑五。他武艺高强，神通广大，乾隆皇上批准他在北京前门外大街开设了“兴隆”镖局。

这是不是京城最早的镖局，有待进一步考证，但是从“镖”这个字上，有人考证出跟山西人开的票号有关。

可不是吗？“镖”字，左边是一个“金”，右边是一个“票”字。众所周知，票号是山西人发明的，“镖局”最早是为山西票号服务的，也是没错儿的。

老北京的“镖行”有句“行话”：“合吾一声镖车走，半年江湖平安回。”这句带有点儿广告味儿的话，第一句的头两个字“合吾”，就是山西话“黑五”的谐音。

开镖局，要有镖号和镖旗，帮雇主押车护运的叫“保镖”。那年头，开镖局的可不是一般的人。

头一样，您在江湖上得有一号，不论是身上的功夫，还是心里的活路，您得戳得住。此外您的人品要能降服人，做人要规矩，仁义厚道，要有侠肝义胆，古道热肠。

第二样，您脚底下得有根，换句话说，您官面儿上要有人当“戳杆儿”，老北京大一点儿的镖局背后都有朝廷的大官“戳”着，江湖险恶，镖局“走镖”很多时候拼的不是胳膊腿儿（武功），而是势力。按现在的话，叫黑白两道儿“通吃”。

第三样，开镖局，您手下得有武功过硬的好镖师，这些镖师不但是武林高手，而且还要有舍生忘死的精神，敢走“险镖”，裉节儿上豁得出去。

这三样缺一不可，否则的话，您的“镖号”就立不起来。

也有人说京城最早的镖局是“会友”镖局，不过，史料显示，“会友”镖局是宋彦超在同治年间创立的。

宋彦超是道光二十五年（1845）来到北京的，他在神机营比武获胜而扬名，后结识八卦掌创始人董海川，二人成为挚友。后来宋彦超有感朝政腐败，报国无望，才创办“会友”镖局。

如此说来，“会友”比“兴隆”创办的时间要晚得多。不过，在道光以后，随着金融票号业的发展，京城的“镖行”也进入兴盛期，镖局越来越多，到光绪年间，北京有名的镖局有八个，人称“八大镖局”，此外还有一些跑“散镖”的。

这“八大镖局”主要集中在前门外大街的周边，它们是“会友”“源顺”“永兴”“志成”“同兴”“义友”“正兴”“万胜”。其中有名的是“会友”镖局和“源顺”镖局。

“源顺”镖局在前门外大街半壁街13号，它的创始人王正谊字子斌，人称“大刀王五”，因结交谭嗣同，成为“戊戌变法”人物，“庚子事变”时死于八国联军的枪下。

后人根据王子斌的故事，拍成了电影《大刀王五》，上映后产生很大社会影响，“大刀王五”由此成为妇孺皆知的人物。“源顺”镖局的旧址，现在已经辟为北京的一个旅游景点。

“会友”镖局在前门外粮食店街南口，是著名武术家宋彦超在道光年间创立。它之所以闻名，一是创办时间比较早，在“八大镖局”中名望最大；二是它的规模最大；三是信誉最高。

按镖行的规矩，镖局可以在外埠设立分号，镖局与分号是师兄弟或师徒关系。当时，南北各地挂“会友”镖号的有二三十家，属“会友”镖局的师兄弟，在“会友”挂名的有一千多镖师。

“会友”之所以在京城“镖行”能成为龙头老大，主要是因为有北洋大臣李鸿章的背景。

据说李鸿章是“会友”背后的“戳杆儿”，当年李鸿章住的地方，都是由“会友”的镖师看家护院。他到外面访问，也有“会友”的保镖相随。

此外，“会友”镖局也出过像李尧臣这样的著名武术家。李尧臣是河北冀州人，十八岁进“会友”镖局，学三皇炮捶，又学十八般兵器，之后还学会了蹿房越脊、飞镖暗器等武艺，功夫在京城镖行赫赫有名，杨小楼为演《安天会》（即《闹天宫》）向他学过猴拳，梅兰芳演《霸王别姬》找他学过剑术。他晚年还进中南海，给毛泽东等党和国家领导人表演过武术。

北京的前门外珠市口西大街，原先有个三十多户人家的大杂院。北平解放前，这个大院是脚夫们打尖儿的“永丰客店”，变成大杂院后，已失去了老客栈的格局。

大约在1990年前后，我在这个院的里院西屋采访了“会友”镖局的镖师“大枪董”。

“大枪董”名叫董英俊，十五岁到“会友”镖局当保镖，直到镖局散伙。我采访他的时候，他已经八十二岁。他对我说，当年，他在“会友”镖局当保镖时，是“柜上”年龄最小的，如今是唯一健在的“会友”镖师了。

当然，现在老先生早已离开人世。我的采访，也成了京城最后一位镖师口述记录。

在旧社会，敢在北京地界吃保镖这碗饭的，除了有一身武艺以外，还要有胆量，这是把脑袋拴在裤腰上的差事。新中国成立后，随着交通运输事业的发展和社会治安的稳定，镖行早已经淡出历史舞台，当年的老镖师也相继作古，镖局和保镖也只有在影视作品里能看到了。

但是，近些年，随着一些社会治安问题的出现，保镖行业在有些城市又悄然兴起，而武侠影视的热播和热映，也使昔日的镖行蒙上一层玄妙的色彩。为了便于人们了解老北京镖局的真相，笔者将董英俊老人的亲身经历，以及他讲述的当年镖局的内情和往事整理如下。

二

董英俊的祖籍是通州马驹桥，算是正儿八经的“老北京”了。他的父亲起小在北京前门外一家洗染店当学徒，以后熬成了洗染匠，娶妻生子，落脚京城。董英俊是他的长子。

凡是当爹的，都希望自己的孩子体格健壮，董英俊父亲也如是，所以给儿子起了个好听的名字。

可谁知他名叫“英俊”，长得却瘦弱，到八九岁，还找不出英俊的影儿来，麻秆儿似的身架五饥六瘦，恨不能来一阵风就能把他吹跑。父亲为他着了急。

一天，董英俊害病卧床，他父亲给他请大夫，半道上见到老朋友李永富，便跟他诉起苦来。

李永富在粮食店街南口开杂货铺，为人随和爽快，一向助人为乐，他见董英俊的父亲脸上布满阴云，劝慰道：“这么小岁数就掉到药罐子里，那怎么行哪？”

“那有什么辙呀？”董英俊的父亲皱着眉头说道。

李永富笑了笑说：“依我看好的身子骨儿不是吃药吃出来，而是练功练出来的。体质越不好，越要练功。”

“您说得有道理，可想练功谁教他呀？”

李永富说：“‘会友’镖局有个镖师叫‘大枪侯’，是我的朋友。您要放心，真舍得把儿子交给我，我让他拜‘大枪侯’为师。用不了一年，准保让你把药罐子给砸了。”

“那敢情好。我这儿先给您作揖了。”董英俊的父亲连忙给李永富作揖道谢。

李永富说话算话，几天以后，便带着董英俊爷儿俩来到了“会友”镖局。镖师侯金魁泡好了茶，在这儿等着他们。

“会友”镖局在粮食店街上是响当当的字号，镖局里的镖师个个都有一身功夫，刀枪剑戟，斧钺钩叉，每个镖师也各有各的绝活儿，其中玩儿大枪的侯金魁，一杆大枪，耍起来威风八面，人称“大枪侯”，这个绰号四九城闻名。

那会儿，侯金魁五十岁上下，从留下来的照片上看，人长得魁梧硬朗，对襟夹袄，灯笼裤子，腰里扎着五指宽的板带，浑身上下黝黑，长脸，亮脑门儿，深眼窝，一对眸子像秋夜里的寒星，一看便知是个地道的练家子。

一阵寒暄过后，“大枪侯”把他们带到了后院。

镖局的后院是一个挺大的空场，镖师们平时不出去走镖时，都在这儿练功。院子的周围放着杠子、石锁等练功的家伙，还有几个刀枪架，架子上有杆大枪格外醒目。

“大枪侯”打量着董英俊，嘿嘿笑道：“想跟我学武？好吧，我先考考你。”说着，他走到刀枪架旁边，把那杆大枪拿了起来，笑道：“这杆枪，你试试，看能不能拿得动？”

董英俊看了一眼那杆大枪，不禁倒吸一口凉气。这是一杆长约两丈、碗口粗细、枪头银亮、扎着缨子的长枪。

“这这……”董英俊支支吾吾，不知如何是好。

“敢不敢拿呀？”“大枪侯”突然绷起了脸问道。

李永富赶紧给董英俊递过一个眼色，董英俊会意地点了点头，鼓了鼓腮帮子说：“敢！”

“痛快！你慢慢拿拿看。”“大枪侯”说道。

董英俊深吸一口气，铆足了劲儿，两手攥住了大枪，往起拿，但那枪实在太重，他使了半天劲儿，怎么也拿不起来。

董英俊一连试了十多次，不一会儿满脑门子全是汗，呵儿喽呵儿喽直喘气，但就是拿不起这杆大枪。

想不到“大枪侯”看中了他的这种不服输的劲头儿，脸上流露出满意的神情，说道：“嗯，是个好坯子。得了得了，拿不起来就算了，先跟李大爷回家吧。后天五更天，到掌扇胡同‘华威’银行门口找我。”

李永富趁机说：“还不快给侯师傅磕头。”

董英俊双膝并拢俯身下跪，“咣咣咣”磕了三个响头。

“得了，得了。”“大枪侯”笑着把他扶了起来。

董英俊就这么进了“会友”镖局的门儿。

三

“大枪侯”会的功夫很多，但他是“会友”镖局的镖师，按“会友”的规矩，不管你原先练过什么拳，进了“会友”的门，必须要会三皇炮捶。

三皇炮捶是“会友”的看门拳。所谓“三皇”，有两种说法，一说是指“三才”，即天、地、人；另一说是指盘古开天后的“三皇”，即伏羲、燧人、神农。“会友”的创始人宋彦超生平绝技是三皇炮捶，他认为，“三皇”是轩辕黄帝为祖，形成的“人宗门”“人祖门”“三皇门”。

三皇炮捶是古代就有的拳术，但有文字可查的是，清初，河北冀县（今衡水市冀州区）南冯管村有个练武的高手名叫乔三秀，精通三皇炮捶，并将此拳传给了儿子乔龄（字鹤龄）。

乔龄（字鹤龄）传给了宋彦超（迈伦）、于连登、张文彩、王双奎四弟子。其中，宋迈伦和于连登最有名。

宋迈伦学武非常努力，潜心钻研三皇炮捶的拳法，创出了“夫子三拱手”绝技，江湖人称宋迈伦为“神拳宋老迈”。他后来在前门外粮食店街南口创建了“会友”镖局。

与此同时，于连登的儿子于鉴当时也在北京传授“三皇炮捶”，侯金魁便是于鉴的得意门生。

董英俊拜“大枪侯”为师后，“大枪侯”对董英俊的练功要求非常严格。他规定董英俊每天五更时分必须到场子，过时不候。

同时，“大枪侯”还有一个习惯，一种拳法，只教一遍，然后让你自己去练，会不会在个人的努力。

董英俊当时是只有十来岁的小孩儿，年纪虽小，却不敢懈怠，因为稍一马虎，拳的套路就会走形，一走形，就会受到师傅的惩罚。

就这样坚持练了几年的功夫，董英俊不但身子骨壮实了，而且跟“大枪侯”学会了“十二炮捶”“两路拆手拳”“六合刀”等拳术。

除此之外，他还练会了使暗器和飞镖。这是保镖的绝活儿，一个飞镖有一斤多重，镖头尖利，要练到指哪儿中哪儿。这确实是硬功夫。

其实，“大枪侯”的真功夫是耍大枪，他看董英俊的其他功夫学得差不多了，才开始教他练枪。

枪，在中国古代被列为“四大兵器”之一，武术界对枪有“百兵之王”一说。平常练武用的枪，长不过七八尺。可是三皇炮捶的高手用的大枪却与众不同，一般都在一丈三以上，杯口粗细的白蜡杆，光枪头就有三斤多重。

“大枪侯”的枪比这还长，还重。要不当初董英俊拿着这大枪，费了九牛二虎之力，都没拿起来呢？

经过两年多的苦练，董英俊练会了大枪的“大枪三十六点”和“二十四式”。“大枪侯”看了对他说：“功夫虽说还嫩点儿，不过也算入了门儿。”

老北京有句俗话：“小子不吃十年闲。”意思是说，男孩子过了十岁，就得自己奔吃喝找饭辙了。

一晃儿，董英俊十五岁了，他爸想让他学门手艺。董英俊撇撇嘴道：“我想进镖局。”

他爸嘿嘿笑了：“瞧你有了点儿功夫，不知天高地厚了。镖局那么容易进的吗？你这岁数，还有你这功夫差远了。”

董英俊父亲说得一点儿不假。早年间，进镖局当保镖并不是一件容易的事儿。北京城会练武的人多了，在镖局里谋事的有几个？

想进镖局当保镖，一得有可靠的人介绍；二得有知根知底的人做担保；三得身上的功夫确实出众，而且人要老实厚道；四得有不怕掉脑袋的胆儿。

董英俊对父亲说：“有我师父呢？我就不信进不了镖局。”

父亲拗不过他，只好让他去试试。没想到“大枪侯”听说他要当保镖，当即拍了板：“我早就看出你是干这个的坯子！谁也别找了，我给你做保人。”

师父给徒弟当担保人，那还有什么说的。董英俊十五岁，进了“会友”镖局，当了一名保镖。

俗话说：“走镖吃一线之地，护院守一剑之地。”所谓的“一线之地”，就是保镖走镖（看押护送货物或钱财）是靠自己的功夫，打出来一条路线。

那会儿，时局不稳，兵荒马乱，匪患成灾，人们出远门走长道都要加十倍的小心，黑道儿上“打闷棍”的事儿司空见惯，这些“贼”多少也会一点儿功夫。

早先一些练武的人，自己备一辆小推车，住在客栈里，亮出牌子，等着客人雇用，待讲好价钱后，推着小车就上路。保镖这一行最早就这么来的。

后来替人保驾护航的买卖大了，自己立个字号，开一家大车店，备有马车、轿车，等候来客雇用，这就是镖局子。

再往后，大一点儿的镖局又在各地开设分号。走镖，是镖局的头一号买卖。此外还有看家护院、跟班儿护身等差事。当时的大宅门、大商号，外国人在中国办的银行、商号，以及北京的一些“宝局”（赌场）和“娼寮”（妓院）都雇保镖。

“会友”在京城的“八大镖局”中，规模最大，当时，南北各地挂“会友”牌子的有二三十家，属镖局的镖师有一千多号人，可是这些人平时都有人雇用，常在镖局柜上看家的，只有二十多人。有个总管事的照应门面，镖局里的人管他叫“当家的”。

当时，跟一些苦大累的活计比起来，在镖局当保镖是挺舒服的差事，只要别出事，保镖每月能挣四五两银子，年终柜上赚了钱，大家伙儿还能分点儿红。分红，“当家的”吃头份，一般人分不到多少。

当保镖的“外快”收入不少，所谓“外快”，就是小费。赶上护送货物或钱财的主儿“手松”，镖师一路上尽心尽责，护送的货物或钱财顺顺当当地到了地方，一高兴，慷慨大方，赏个十两二十两银子是常有的事儿。

镖局的制度不像做买卖那么紧，彼此都是师徒关系，论起来是一家人。跟当官差不一样，镖师之间没什么高低贵贱之分。

镖师平时在镖局里，白天在柜台上，除了吃饭就是练武。到晚上，该去“坐夜”的便纷纷到各家住户、商号守卫去了。若轮着谁出去走镖，谁就得出去，不兴推让。

董英俊进“会友”的时候，已是民国，“会友”鼎盛的时期已过。由于那时已经有了铁路，交通邮政已很发达，镖局已属夕阳产业，业务越来越少。

当时，京城的“八大镖局”只剩下“会友”一家，此外还有一些“散镖”。那会儿，“会友”的“活儿”主要是“跟班儿”（走镖）和“守地”（看家护院）。

董英俊进“会友”以后，只赶上十几次走镖的差事，但印象最深的是两次，一次是给前门外廊房头条一家银号送货，另一档子是护送国民党一个大官母亲的灵柩回老家。

四

说来也巧，头一趟差，董英俊就差点儿把小命搭进去。

那天晚上，董英俊没有“坐夜”的差事，在柜上顶班。镖局不像买卖家，营业没有钟点儿，什么时候有雇主，什么时候应差。

后半夜，董英俊睡得迷迷糊糊，镖局进来一个雇主，神色慌张地找“当家的”。

“当家的”叫孙兰亭。他一眼认出来这位雇主是廊房头条一家银号的管家田三。

田三中等身材，敦实个儿，四方大脸，说话有点儿结巴。他眨巴着小眼，急赤白脸地对孙兰亭说：“孙爷，那什么，我们当、当家、当家的有趟急、急活儿，那、那什么，辛苦弟兄们一趟。”

田三走后，孙兰亭将董英俊捅醒：“机灵一下儿，来活儿了。你跟两个师大爷一块走这趟镖。”

“立刻就走？”董英俊揉揉眼睛，问道。

“马上动身！”孙兰亭说道转过身，又打了个沉道，“爷儿们这趟可是个苦差。城外张作霖的军队正打仗，大道不好走，拣小道。这位师大爷岁数大了，你年轻，多照应着点儿。记住，不到万不得已，别动手。外边天凉，穿暖和点儿。”说完，他去喊人套马拴车。

最早走镖的车是手推车，镖车装上货以后，还要插上镖旗，镖旗分不同颜色，代表各镖局的字号，江湖上的一瞅镖旗，就知道是哪家镖局的镖车。

后来手推车换成了马车，保镖的骑马跟在大车的后头，只是没有镖旗了。到董英俊保镖的时候，连马也不骑了，保镖随车保驾，有点儿像现在火车的押运员。

保镖的在路上，不能有一点儿粗心大意，因为货物一旦出了闪失，镖局要包赔损失。货主的东西若是值钱的话，整个镖局都得赔进去。

董英俊和两位师大爷坐着大车，来到廊房头条，田三张罗着把货装上车。当然，装的是什么货，保镖的是不能问的。

这时，天露曙色，鸡叫头遍，城门已开。三位镖师护着货车，出了朝阳门，奔通县（今通州）而去。

一路上，他们不断听到远处枪响。问了几个路人，说前边军队交了火，打得正热闹。

董英俊跟两位师大爷一合计，改走小道，小道得绕脚到三河县。车到三河县界内，太阳落山，暮色苍茫，一行人找了个大车店住下。

三更时辰，董英俊揉开睡眼，出来换班。哪知身子还没站稳，就出了事儿。

天空阴沉，夜色昏暗，冷风袭人，万籁无声。董英俊倚着房檐下的树桩，留神四望。突然，听见院墙有响动，抬眼望去，黑暗中有个影子一闪。

董英俊心里打了个激灵，但他不敢言声，身子一闪，躲在暗处，观察黑影的动静。

那人轻功极好，从墙上跳下来几乎没什么声儿。只见他一溜碎步，来到客房的窗根底下，侧耳听了听房子里的动静，然后转身直奔货车，撩开苫布看了看，伸手就要搬东西。

董英俊不敢迟疑，干咳了一声，随手掏出斤镖掷了过去。只听那人“哎哟”一声，来了个“虎扑”，身子就势在地上打个滚儿，猛然一蹿，越墙而去。

董英俊知道这人只是黑道儿上派来的“探子”，刚才扔出去的飞镖吓他一下，使他知道货主跟着保镖呢。只怕他不会善罢甘休，保不齐会来更多的贼劫这笔货。

他回到客房，将两位师大爷叫醒，诉说了一遍刚刚发生的事儿。

“八成是道儿上的‘新贼’。这条线，咱们‘会友’吃了几十年，没碰过茬口儿。”师大爷松二说道。

松二五十开外，在“会友”干了多半辈子，精瘦的身量，狭长的脸上嵌着几粒碎麻子。他胆大心细，遇事不慌，经常能化险为夷。

他吩咐董英俊和另一位师大爷拿出家伙，做好准备，然后自己蹿到房上“望风”。

说来也怪，他们爷儿仨一直等到鸡叫天明，也没见贼来。

“等着吧，好戏在后头呢。”松二说。

吃过早饭，他们决定赶早上路。出了客栈，走出大约五里路，拉车的两匹马突然嘶鸣起来。董英俊跳下了车，定睛一看，发现前边的路面当中堆着一些蒺藜棵子。

“师大爷，前面有虎。”董英俊喊道。

保镖的一看蒺藜挡道，便知有贼，江湖上管这叫“恶虎拦路”。

“别言声儿。”松二对董英俊使了个眼色，那意思是让他喊镖。

“吆喝喝唔。”董英俊连喊了两声。

这是“会友”的镖师走镖时碰到劫道的通用的“黑话”，也叫喊“大趟子”。假如这条线被镖局打通，劫道的听出喊的“大趟子”，便会客客气气地放行。

但是对方听董英俊喊完，一点儿没反应。

“喝唔！”董英俊按照道儿上的规矩，又喊了两声，这是“会友”走镖时喊的“小趟子”。对方依然没有反应，董英俊知道遇到了新贼。

松二是老镖师，每临大事有静气。他沉吟道：“果然不出所料，咱们让人家给缠上了。”

他冲董英俊使了个眼色，让车停下，叮嘱另一个师大爷管好货车，然后和董英俊大模大样地空着手往前走。

两个人走到蒺藜棵子前站住，松二突然“哈哈”大笑道：“谁呀？跟爷儿们开这玩笑。”

话音刚落，路边的树林子里闪出一条大汉。这汉子有三十开外，身材粗壮得像个树桩，一脸横肉，露着杀气，大冷的天，衣服敞开，亮着满是毛的胸脯子，傲气十足。他就是这条道儿的“贼头儿”。

按江湖上的规矩，保镖碰上贼，先喊“趟子”后对“春”。所谓的对“春”，就是对一对黑话，也叫作“春点”。

松二满脸堆笑，抱拳拱手，向“贼头儿”打招呼：“当家的辛苦。”

“贼头儿”也拱手道：“掌柜的辛苦！”

这是镖行的规矩。对“贼”也是先朋友后小人，不能上来就动手打。“贼头儿”也懂得这条规矩，他们先问镖行的字号。

"您是哪一家的呀？"

松二道："小字号，'会友'的。"

"贵姓呀？"

"在下姓松，行二，您喊我松二好了。"

"贼头儿"一听"会友"二字，立刻绷起脸来："大胆！你们欺负人有眼不识泰山吗？在我面前竟敢冒充'会友'的镖师。"

他吹了一声口哨，道旁立刻蹿出二十多人，个个手里都拿着家伙，有刀有棍，还有"汉阳造"，虎视眈眈地望着松二和董英俊。

松二朗声大笑："明人不做暗事，是真，假不了，是假，真不了。爷儿们在'会友'混了三十多年，这条线也不是没走过，还没碰见过眼里插棒槌的呢。"说完，亮出了"会友"镖局的腰牌。

"贼头儿"冷笑一声："别拿腰牌蒙事，真是'会友'的人，跟我手下的弟兄比试比试，赢了，你们就顺顺当当地过去；输了，没说的，我要货不要人。"

松二一听这话，就知道这个"贼头儿"是生手，不懂江湖的规矩。

"当家的，您既然说到这儿，我愿意试试，但不知是比什么？"董英俊在一边沉不住气了，从后边闪过来，对"贼头儿"说道。

"慢着，咱们'会友'向来是先礼后兵。"松二拽了董英俊一把，冲“贼头儿”一点头：“当家的认为我的话有假，那好办，我们爷儿俩情愿留在这儿，您高抬手，让雇主的货车先走，别回头误了钟点儿，砸了‘会友’的牌子。等完了事儿，镖局子来人给我们二人做证，您瞧怎么样？”

“贼头儿”嗯了一声，上下重新把松二打量一遍，又细瞅了董英俊几眼，咧起嘴笑起来：“不软，不软。像是‘会友’的人，说出话来局气。”

说完，他一转身，扬了扬手，路边的人把家伙都放下了。

“贼头儿”缓了口气，对松二说：“昨儿我遇上了一档子事儿，一问，应名儿的也是‘会友’的，赶事后一打听，蒙事呢，从我眼皮底下跑了条大鱼。今儿委屈你们二位了。”

董英俊心里松了一口气。

“当家的是新来的吧？”松二笑着问道。

“我原先吃张家口那条线，闹兵变，打不着食吃，才跑这儿来打游飞。”“贼头儿”道。

“有空儿进城，到柜上坐。”

“往后短不了麻烦你们。”

他们说的都是黑话。董英俊心想今儿这关算是闯过去了。

按镖行的规矩，松二和董英俊拱手抱拳，对“贼头儿”说了几句客气话。

“贼头儿”冲他们一扬手，松二和董英俊赶紧回到大车上，车把式扬起鞭子给了马一下，他们扬长而去。

五

有一年，前门外“宝生”银号的经理家闹“贼”，他们找到“会友”镖局。

掌柜的孙兰亭知道前门外的过路贼多，得派个硬手儿顶着，便让董英俊去“坐夜”。

贼分“家贼”和“过路贼”，“过路贼”是外地来京的，作完案就走，一般很难对付。

“宝生”银号是三层高的洋楼，后面是个大院，有二十多间老式的房子，经理的家眷就安在这儿。院子很豁亮，贴着院墙有五六棵老槐树，树叶茂盛。

银号的经理是个胖子，五十多岁，是个南方人。见到董英俊，他十分客气地说：“您来，我这心里就踏实了。头几天，一到夜里，家里就闹‘鬼’，全家人让这个‘鬼’给吓得丢了魂。”

“您不是吓唬我吧？”董英俊跟他打哈哈儿。

“真的。夜里总听见树哗哗响，窗户门也响，院子里有脚步声，先头以为是风刮的，可起来看看并没有风，我太太真以为是闹‘鬼’，把跳大神的姑奶奶请到家里来，做半天法事，毫无用处，晚上照常闹腾。昨天夜里，我又被‘鬼’给惊醒，爬下床，就见窗户外有个黑影晃了一下，我大气儿不敢出，赶紧钻了被窝。早晨起来，管家说家里的保险柜被人撬了。”

董英俊听了点点头说：“保镖的可不管破案，以前出的事儿，我管不了，往后要是再出什么娄子，我顶着。”

事儿也透着邪性，自从董英俊在“宝生”“坐夜”以后，银号什么动静也没了。董英俊心想一定是“坐夜”的事儿走漏了风声。

他活动了一下心眼儿，想出一招儿。天傍黑，他在廊房头条“华俄道胜”银号门前的空场上，练他的大枪，招来许多人围观。

自从“大枪侯”去世，董英俊便把师父的大枪“接”了过来。他的大枪在京城武术界出了名，人送外号“大枪董”。

有位认识他的人，看他每天晚上练大枪，以为他失了业，用同情的口气对他说：“兄弟，你这身功夫也找不到事儿干，真是可惜了。”

过了几天，街面儿上便传出“大枪董”跟“会友”掰了面儿，撂地要枪卖艺谋生了。

董英俊听了暗喜，原来这是他使的计，虚晃一枪，为了引蛇出洞。

这天，董英俊在“宝生”的小屋里闭目养神，管家李嵩推门进来，一惊一炸地说：“董爷，贼让您给吓草鸡了。”

董英俊不解地问道：“‘贼’？什么‘贼’？”

李嵩说：“方才经理太太到广和楼听戏回来，半道上碰上两个汉子，他们截住洋车，一个劲儿地问太太家里的保镖走没走。太太说走了。他们便拿出一个包裹，递给太太。太太说正是前儿天丢失的东西。”

董英俊道：“行了，这事儿我知道了，你回去先不要声张。”

第二天，董英俊去问经理的太太，她说的跟李嵩说的一样。

按说贼没抓着“沉货”，不会善罢甘休。董英俊回到柜上，请教师大爷松二。

松二听他把前后经过说了一遍后，琢磨了一下，对他说：“按镖行的规矩，保镖看家护院，贼不来生事儿，也就尽到了咱们的责任。至于说抓贼，那不是咱们的事儿，有警察局呢。可是眼下这档子事儿让你赶上了，若真能抓住个大贼，也算你为民除害。”

董英俊听了，有些不解，问道：“您说这贼是真走了，还是假走了？”

“依我之见，贼压根儿就没挪地方。”

“什么？”董英俊顿悟道，“您的意思是有家贼？”

“这还真保不齐。”松二点了点说。

“那我该怎么办呢？”董英俊问道。

松二想了想说：“常言道，舍不了孩子打不着狼。你不如先跳到‘圈外’看看动静。”

“妙！真是妙计！”董英俊不禁拍案叫好。

隔了两天，董英俊推开经理室的门。胖经理客气地问：“董爷，您找我有事儿？”

董英俊道：“我请几天假。”

胖经理一听急了：“董爷，您可不能走哇！您在，我能睡上踏实觉。您一走，我这心里可就又没底了。我感觉那‘鬼’就怕你。”

“我是家里有急事儿。不碍的，我两三天就回来。”董英俊坚持说。

“那也只好如此了。您忙完家里的事儿，赶紧回来呀！”胖经理见他言辞恳切，无可奈何地依了。

果然不出所料，董英俊两天没在“宝生”露面儿，第三天夜里，这家银号就出事了。

老北京的街道有路灯的很少，大多数街道和胡同到了晚上便黑灯瞎火了，人们出门得拎着灯笼或打着电棒儿（手电）走。

这天夜里，天无星斗，漆黑一片。董英俊越过“宝生”银号的院墙，猫着腰顺墙根儿蹿到花池边上，将身子隐藏在花草之中。

大约一根烟的工夫，后院西厢房有个人举着油灯，在窗户上来回晃了五六下，然后把灯吹灭了。

紧接着，正房过道又闪出一个人影，他穿着一身黑色的夜行衣，身上挂着飞檐走壁用的“靠子”，直奔北房而去。北房是胖经理和二姨太的卧室。

董英俊见贼已出动，便脚步轻移跟了上去。

正在这时，他忽然听见老槐树“哗哗”作响，好像起了狂风。董英俊定睛望去，黑咕隆咚什么也瞅不清楚。他捡起一块碎瓦片，朝树冠砍去。“扑簌簌”飞起两只鸽子。他明白了，这是贼用的金蝉脱壳之计。

树上的响动把胖经理惊醒，他打开灯，披着衣服推门出来，二姨太惊慌地大喊："贼，有贼！"

就在他俩失神落魄、慌了手脚的时候，贼早已蹿到他们身后，用橡皮包头的铁棍照头就砸，俩人身子一歪，昏倒在地。

贼一闪身进了屋，推倒大衣柜，按动暗钮，地面儿上的铁板慢慢开启，露出了五个装着金条和银圆的保险柜。

贼刚要动手，只听身后有人大喊了一声："慢着！看镖。"话音未落，飞镖从贼的眼前一闪，戳在了墙上。此人正是董英俊。

贼吃了惊，猛然转过身子，一抬手，回敬董英俊一镖。董英俊一哈腰，将镖让过。

贼用黑布蒙脸，只露出两只眼睛。他盯着董英俊"嘿嘿"冷笑两声，然后身子一拧，飞脚踢来，董英俊眼疾手快，使出炮捶"叶底藏花"的功夫，一脚踢在贼的脸上。

那贼"哎哟"一声，假装倒地，顺势从腰里抽出一把两尺长的短刀。这时董英俊一个"鲤鱼打挺"站起身，右手像钳子一般抓住了贼的手腕，"当啷"一声，短刀掉在地下。董英俊又照他的软肋拍了三掌，疼得那贼哭爹喊妈，跪地求饶。

董英俊找了根绳子把贼捆住，正要叫醒胖经理和二姨太一同"审案"时，院里传来一阵骚乱。

董英俊一个箭步来到院里，只见胖经理的太太丢了魂似的朝他奔来，说道："董爷，你可来了。贼刚才把我打昏，盗走了我存钱的小铁柜，里面装着好几百银圆呢。"

董英俊道：“怎么回事儿？慢慢说。”

她说：“我听见院里的树上有响动，以为是闹鬼呢，后又觉着有人推门，刚要喊人，脑袋上重重挨了一下子，等我醒来贼早跑了。”

董英俊听罢转身往西厢房而来，问胖经理：“谁住西厢房？”

胖经理身子像筛糠，结结巴巴地说：“是他！”董英俊如梦方醒。

原来，贼跟李嵩早有预谋，合伙作案，没想到犯在“大枪董”的手里。

再说李嵩见贼被镖师捉拿，便另找主意，他一不做，二不休，将太太打昏，窃走“金柜”，从后门溜走。

李嵩抱着“金柜”，在先农坛墙根儿忍了一宿，第二天清早，城门一开，他便顺永定门外的大道往南跑。

哪知李嵩刚到南苑，正要找个饭铺打歇儿，迎面走过一个人来，他抬头一看，差点儿没吓趴下，原来眼前的这位不是别人，正是董英俊。

“走吧，一块回府见官。”董英俊一指路边的马车。

“您可真是一位爷！”李嵩“哎哟”了一声，瘫在了地上。

事后，那位胖经理要给“大枪董”一千大洋作为犒赏，“大枪董”执意不要。他说：“保证雇主的身家性命安全，是镖局镖师的本职。这事儿本来就是我应该做的，所以这钱我不能要。”

“大枪董”对我说，“会友”镖局为什么在京城有名儿，除了镖局的镖师武艺出众外，还因为镖局讲诚信，镖师尽职尽责，仁义本分，给镖局赢得了声誉。

民国六年（1917年），北京城内大乱，张勋的“辫子兵”为复辟帝制，在城内四处烧杀抢掠，前门外大街的多数铺户遭到劫难，而珠宝市和大栅栏有“会友”众镖师把守，辫子兵愣没敢进。

1921年，经营了几十年的老字号“会友”镖局散了伙。镖局里年纪大的镖师回家养老，年纪小的分散到各银行、商号、大宅门当贴身保镖或看家护院去了。

当时，“大枪董”还年轻，便在前门外两家银号当保镖，几年后，又接替父亲的家业，当了洗染匠，为了谋生，他不得不扔下了自己喜爱的那杆大枪。

新中国成立后，这位老镖师的武术得到了政府的重视。20世纪50年代，他和李尧臣等十几位老武术家被邀请到中南海，为毛主席、周总理等党和国家领导人表演武术，他的大枪武艺备受赞扬。

20世纪60年代，“大枪董”从洗染厂正式退休。晚年，他出于对中华武术事业的热爱，倾心尽力带徒授艺，培养武术人才，在他带的上百名徒弟中，有六人曾在北京市和全国职工武术比赛中获得大奖。

我采访他时，他虽然已经八十多岁，但体格十分健壮，每天仍坚持练武。

当年“大枪侯”传给他的那杆大枪在“文革”中被红卫兵当作“四旧”抄走烧了。后来他又重新制作了一把。他去世后，这杆大枪和武艺都传给了他的徒弟们。